# CLIVE CUSSLER

## JUSTIN SCOTT

# WYŚCIG

Przekład
JACEK ZŁOTNICKI

AMBER

Redakcja stylistyczna
Joanna Złotnicka

Korekta
Hanna Lachowska

Ilustracja na okładce
© Craig White

Zdjęcie autora
© Rob Greer

Ilustracje i szkice
Roland Dahlquist

Tytuł oryginału
The Race

Druk
Grafarti s.c.

ISBN 978-83-241-5142-4


Warszawa 2014. Wydanie I

Wydawnictwo AMBER Sp. z o.o.
02-952 Warszawa, ul. Wiertnicza 63
tel. 620 40 13, 620 81 62

www.wydawnictwoamber.pl

# Prolog

# „KSIĘŻYC PŁONIE"

**W**ysoki pijak tańczył solo w rynsztoku, śpiewając ulubioną piosenkę Ligi Antysalonowej autorstwa Stephena Fostera. Smutna melodia, przywodząca na myśl szkockie dudy, była utrzymana w tempie walca angielskiego. Ciepły baryton rozbrzmiewał głębokim żalem z powodu niespełnionej obietnicy.

*Bracia! Nie napełniajcie mej szklanicy,*
*By duch mój nie utonął w płynnym ogniu...*

Mężczyzna miał przystojną twarz o mocno zarysowanym profilu, okoloną gęstą jasną czupryną. Był bardzo młody, liczył nie więcej niż dwadzieścia lat, co tylko potęgowało przygnębiające wrażenie, jakie sprawiał jego opłakany stan. Wymięte, upstrzone źdźbłami słomy ubranie wyglądało, jakby w nim sypiał, a przykrótkie rękawy i nogawki pozwalały się domyślać, że pochodzi z kościelnej zbiórki dla ubogich albo też zostało ściągnięte ze sznura z suszącym się praniem. Kołnierzyk mu się przekrzywił, u koszuli brakowało mankietu, a w dodatku, mimo chłodu, nie miał kapelusza. Jedynym wartościowym elementem garderoby owego dżentelmena, nadającym się do spieniężenia, były robione na zamówienie buty z cielęcej skóry.

Na skutek kolizji z latarnią zapomniał dalszych słów piosenki, ale nie zniechęciło go to. Próbował poruszać się tanecznym krokiem przy wtórze rzewnego murmurando i zaledwie o włos uniknął potrącenia przez powóz z kostnicy komunalnego parku sztywnych, który właśnie zatrzymał się przy krawężniku. Woźnica uwiązał konie i zniknął za wahadłowymi drzwiami najbliższego saloonu, skąd na uliczny bruk sączył się żółtawy blask.

Pijany młodzieniec zatoczył się i przywarł do czarnego powozu. Wpatrywał się w saloon. Czy byłby w nim mile widziany? A może już kiedyś go stamtąd wyrzucono? Poklepał się po pustych kieszeniach i smętnie wzruszył ramionami. Powiódł wzrokiem po witrynach – pokoje na godziny, burdele, lombardy. Przez chwilę przyglądał się swoim butom. Potem przeniósł spojrzenie na róg ulicy, gdzie znajdował się salon prasowy, pod który podjeżdżały wozy z najświeższymi wydaniami lokalnych dzienników.

Może uda się zarobić parę centów, pomagając w rozładunku powiązanych w paczki gazet? Wyprostował się i ruszył tanecznym krokiem w tamtą stronę.

*Gdy byłem młody, w duszy mojej grały*
*Wielkie idee, szczytne zamierzenia.*
*Lecz męskie lata nadzieje zabrały,*
*A mym rodzicom przydały cierpienia.*

Do salonu prasowego ustawiła się kolejka gazeciarzy, dwunastoletnich urwisów, którzy mieli już za sobą twardą uliczną edukację. Teraz szydzili ze zbliżającego się pijaka. Nagle jeden z nich pochwycił zdumiewająco łagodne spojrzenie błękitnych oczu młodego mężczyzny.

– Zostawcie go w spokoju! – krzyknął.

– Dzięki, syneszku – szepnął bełkotliwie młodzieniec. – Jak się nasyfasz?

– Wally Laughlin.

– Dobry z ciebie dzieciak, Wally. Obyś nie skończył tak jak ja.

– Kazałem wam pozbyć się tego pijaczyny – wysyczał Harry Frost. Ogromny mężczyzna z wydatną szczęką i bezlitosnym spojrzeniem siedział okrakiem na skrzynce dynamitu Vulcan w wozie cmentarnym. Obok przykucnęli dwaj byli zawodowi bokserzy, należący do jego gangu z West Side. Przez otwory wywiercone w ścianie wozu obserwowali punkt sprzedaży prasy, oczekując powrotu właściciela z kolacji.

– Przepędziłem go – zapewnił jeden. – Musiał wrócić.

– Zaciągnij go w tamten zaułek. I nie chcę go więcej widzieć, chyba że na noszach.

– Przecież to tylko pijak, panie Frost.

– Co ty powiesz? A jeśli kolporter wynajął detektywów do ochrony?

– Zwariował pan? To nie jest żaden detektyw.

Pięść Harry'ego Frosta pokonała niecałe pół metra, ale uderzyła z mocą kowalskiego młota. Trafiony przewrócił się i chwycił za pulsujący bólem bok. Przed chwilą kucał koło szefa, a teraz leżał na podłodze i bał się głębiej odetchnąć, bo czuł, jak ostry odłamek kości wbija mu się w płuca.

– Połamał mi pan żebra – jęknął.

Twarz Frosta poczerwieniała.

– Nigdy więcej nie waż się mówić, że zwariowałem – wydyszał wściekle.

– Nie zna pan swojej siły, panie Frost – powiedział drugi bokser. – Mógł pan go zabić.

– Gdybym chciał zabić, uderzyłbym mocniej. Natychmiast pozbądź się tego pijaka!

Bokser wygramolił się na zewnątrz, zamknął za sobą tylne drzwiczki powozu i przepchnął się przez kolejkę gazeciarzy, roztrącając chłopców na boki.

– Hej, ty! – zawołał za pijanym.

Młodzieniec nie usłyszał wołania, ale bezwiednie ułatwił bokserowi zadanie, wchodząc z własnej woli w zaułek wskazany przez Frosta i tym samym oszczędzając mu kłopotliwego szarpania i wleczenia. Bokser uszył za nim, wyciągając skórzaną pałkę z kieszeni płaszcza. Uliczka była wąska, a po obu stronach wznosiły się ślepe ściany. Nie zmieściłby się tu żaden pojazd większy od taczek. Pijany młodzieniec zmierzał do drzwi w przeciwnym końcu zaułka, oświetlonych zawieszoną nad nimi lampą.

– Hej, ty! – zawołał bokser trochę głośniej.

Tym razem mężczyzna zareagował. Stanął i odwrócił się chwiejnie. Jego jasne włosy lśniły w blasku lampy, a na przystojnej twarzy pojawił się niepewny uśmiech.

– Czy my się znamy? – spytał, jakby dostrzegł okazję do zaciągnięcia szybkiej pożyczki.

– Nie, ale zaraz się poznamy.

Powiedziawszy to, bokser zamachnął się trzymaną w ręku pałką. Była to okrutna broń. Pod zewnętrzną warstwą skóry krył się gruby ołowiany śrut, a dzięki sporej plastyczności szczelnie przywierała do ciała, miażdżąc tkanki miękkie i kości. Za jej sprawą wyrazisty profil pijanego młodzieńca miał stać się płaski i krwisty jak befsztyk.

Jednakże, ku niezmiernemu zaskoczeniu opryszka, młodzieniec ów wykazał się zadziwiającym refleksem. Wykonał płynny unik i potężnym, precyzyjnie wymierzonym prawym sierpowym zwalił napastnika z nóg.

Drzwi otworzyły się gwałtownie i stanęli w nich dwaj mężczyźni w średnim wieku.

– Nieźle sobie radzisz, chłopcze – skomentował jeden z nich, błękitnooki Mack Fulton.

Fulton i jego towarzysz, wystrojony w kraciasty garnitur komiwojażera Walter Kisley, byli prywatnymi detektywami z agencji Van Dorna. Chwycili leżącego boksera pod ramiona i wciągnęli do środka.

– Czy Harry Frost jest w cmentarnym powozie? – zapytał Kisley.

Zamroczony bokser nie był w stanie udzielić odpowiedzi.

– Nokaut w pierwszej rundzie – stwierdził Fulton, na próżno próbując ocucić boksera, i zwrócił się do jasnowłosego młodzieńca: – Nie znasz swojej siły, chłopcze.

– To tyle, jeśli chodzi o pierwszą zasadę przesłuchiwania podejrzanych, obowiązującą wszystkich nieopierzonych detektywów – powiedział Kisley.

– A pierwsza zasada brzmi... – włączył się Fulton.

– ...pozwól podejrzanemu zachować przytomność – podjął Kisley i dokończyli już chórem: – aby mógł udzielić odpowiedzi na twoje pytania.

W agencji detektywistycznej Van Dorna mówiono na nich Weber i Fields, od nazwisk pary wodewilowych komików.

Praktykant detektywistyczny Isaac Bell w poczuciu winy spuścił głowę.

– Przepraszam panów, nie chciałem uderzyć go tak mocno – kajał się.

– Człowiek uczy się przez całe życie, chłopcze. Właśnie dlatego pan Van Dorn połączył w jednym zespole studenta wyższej uczelni z dwójką starych, cwanych ignorantów.

– Szef ma nadzieję, że dzięki naszemu doświadczeniu nawet bogaty młodzieniec z dobrego domu wyrośnie na znakomitego detektywa.

– A tak na marginesie, może byśmy zapukali do tego powozu i sprawdzili, czy w środku nie ma przypadkiem Harry'ego Frosta?

Fulton i Kisley wyciągnęli wielkie rewolwery i ruszyli ku wylotowi uliczki.

– Zostań tu, Isaac. Nie możesz iść po Frosta bez broni.

– Której, jako praktykantowi, nie wolno ci nosić.

– Sprawiłem sobie derringera – pochwalił się Bell.

– Co za przedsiębiorczość. Bacz, aby szef się o nim nie dowiedział.

– I mimo wszystko nie ruszaj się stąd. Harry Frost nie przestraszy się derringera.

Detektywi skręcili za róg i wyszli na ulicę. W świetle lamp błysnęło ostrze noża przecinającego rzemień, którym były uwiązane konie zaprzęgnięte do cmentarnego wozu, a chwilę później potężny mężczyzna smagnął je batem po zadach. Konie zarżały, stanęły dęba i ruszyły prosto między wozy stojące przed salonem prasowym. Gazeciarze rozbiegli się na wszystkie strony, umykając przed śmigającymi w powietrzu kopytami. Kiedy spłoszony zaprzęg znalazł się przy punkcie sprzedaży prasy, powóz eksplodował z oślepiającym błyskiem i ogłuszającym hukiem. Gwałtowny podmuch porwał obu detektywów i wrzucił do najbliższego saloonu – jednego przez wahadłowe drzwi, a drugiego przez okno.

Isaac Bell wybiegł z zaułka. Kantor kolportera stał w płomieniach. Na ulicy, pokrytej szkłem i skrawkami palących się gazet, leżały poprzewracane wozy, a zaprzężone do nich konie przebierały nerwowo poranionymi nogami. Bell poszukał wzrokiem gazeciarzy. Trzech stało przy drzwiach saloonu, a na ich pobladłych twarzach malowało się przerażenie. Trzej kolejni leżeli nieruchomo na chodniku. Bell ukląkł przy najbliższym z nich. To był Wally Laughlin.

## Leć, Józefino, latającą maszyną

(muzyka Fred Fischer, słowa Alfred Bryan)

*Chodź, ukochana, polecim wysoko.*
*Dokąd, mój miły? W górę, nad obłoki.*
*Wzbijem się w górę latającą maszyną.*
*Wskakuj tu zaraz, panno Józefino.*
*Ach, jak wspaniałe rozkosze przed nami.*
*Gdzie, mój najdroższy? O tam, pod gwiazdami.*
*Hop, hop, hop, hopla! – do góry!*
*Hen, hen, hen, gdzieś ponad chmury.*

*Patrz, Józefino, jak nasza maszyna*
*W górę, w górę się dźwiga!*
*Umość się niczym na żerdce ptaszyna,*
*Ona w przestworza śmiga!*
*Wyżej i wyżej mknie po nieboskłonie.*
*O, rety! Spójrz, księżyc płonie!*
*Leć, Józefino, latającą maszyną,*
*Żegnajcie wszyscy, co z oczu ci zginą!*

# Część 1

# „LEĆ, JÓZEFINO, LATAJĄCĄ MASZYNĄ"

Broń na grubego zwierza

# Rozdział 1

Josephine Josephs Frost – młoda kobieta, której ogorzała twarz i wyraziste orzechowe oczy wskazywały, że mimo niskiego wzrostu uwielbia największe wyzwania – leciała dwupłatowcem Celere Twin Pusher trzysta metrów nad porośniętymi lasem pagórkami znajdującymi się w granicach majątku ziemskiego jej męża w Adirondack. Siedziała z przodu na niczym nieosłoniętym wiklinowym foteliku, wystawiona na stały pęd zimnego powietrza, przed którym chroniły ją ciepły płaszcz, bryczesy, skórzany hełm lotniczy, wełniany szalik, rękawiczki, gogle i wysokie buty. Za jej plecami motor terkotał w stałym rytmie, synkopowanym ragtime'owym klekotem łańcuchów, które napędzały dwa pchające śmigła.

Szkielet latającej maszyny, wykonany z drewna i bambusa, wzmocniono licznymi poprzeczkami i drutami oraz pokryto płótnem. Cała konstrukcja, chociaż ważyła niespełna pięćset kilogramów, wbrew pozorom była dość mocna. Jednak nie aż tak, by nie ulegać gwałtownym prądom wznoszącym, powstającym nad urwiskami i krawędziami wąwozów, oraz dziurom powietrznym, które dla odmiany ściągały ją w dół.

Nagle silny podmuch tylnego wiatru przegonił powietrze spod skrzydeł.

Dwupłatowiec opadł jak kamień.

Szeroki uśmiech rozjaśnił twarz Josephine.

Opuściła ster wysokości. Maszyna pochyliła się w dół i zaczęła nabierać prędkości. Josephine poczuła, jak powietrze twardnieje i na powrót podsadza się pod skrzydła.

– Bardzo dobrze, Elsie. Grzeczna dziewczynka.

Latające maszyny utrzymywały się w górze dzięki odpychaniu powietrza w dół. Zrozumiała to, gdy tylko po raz pierwszy oderwała się od ziemi. Powietrze daje podparcie, które staje się pewniejsze wraz ze wzrostem prędkości. Im lepsza maszyna, z tym większą ochotą rwie się do lotu. Przed „Elsie" miała już dwie inne, a ta na pewno nie będzie ostatnia.

Ludzie mówili Josephine, że jest odważna, bo nie boi się latać, ale ona wcale tak nie uważała. Po prostu czuła się w powietrzu jak w swoim żywiole, o wiele lepiej niż na ziemi, gdzie sprawy czasami nie układały się po jej myśli. Tu, w górze, zawsze wiedziała, co robić. Co więcej, potrafiła bezbłędnie przewidzieć skutki swoich działań.

Oczy Josephine były wciąż zajęte; patrzyły to na niebieskie góry wieńczące horyzont, to na podwieszony pod górnym płatem barometr sprężynowy informujący o wysokości lotu, to na umieszczony między nogami manometr ciśnienia oleju, to wreszcie na ziemię w poszukiwaniu jakiejkolwiek luki między drzewami nadającej się na lądowisko w razie nagłej awarii silnika. Do rękawa przyszyła sobie damski zegarek, normalnie zawieszany na szyi, pozwalający jej oszacować zapas paliwa w zbiorniku. Zwykle na kolanie mocowała jeszcze mapnik i kompas, ale dziś zostawiła je w domu. Urodziła się w tej okolicy, więc do prowadzenia nawigacji wystarczały jej jeziora, tory kolejowe i rzeka North.

Dostrzegła przed sobą ciemną, głęboką rozpadlinę o poszarpanych, stromych ścianach, która wyglądała, jakby jakiś rozwścieczony olbrzym rozciął góry gigantycznym toporem.

W dole lśniła wąska wstęga rzeki. Przy krawędzi urwiska, w miejscu nieporośniętym drzewami, złociła się łąka. Była to pierwsza większa polana, którą napotkała, odkąd wzbiła się w powietrze.

Zauważyła czerwoną plamkę w takim samym odcieniu jak obwódka na szyi dzięcioła.

To był kapelusz myśliwski Marka Celere, pochodzącego z Włoch konstruktora jej latających maszyn. Marco siedział na krawędzi urwiska ze strzelbą przewieszoną przez plecy i przez lornetkę wypatrywał niedźwiedzia. Po przeciwnej stronie polany, na skraju lasu, Josephine spostrzegła potężną sylwetkę swojego małżonka.

Harry Frost uniósł karabin do ramienia i wycelował w Marka.

Mimo odgłosu pracującego tuż za plecami silnika i klekotania łańcuchów Josephine usłyszała huk wystrzału.

Harry Frost odniósł wrażenie, że chybił Italiańca.

Miał ogromne doświadczenie w polowaniu na grubego zwierza – odkąd stał się bogaty, strzelał już łosie i owce gruborogie w Montanie, lwy w Afryce Południowej i słonie w Rodezji – i mógłby przysiąc, że kula przeszła górą. Mimo to smagły kochaś jego żony zwijał się z bólu na krawędzi urwiska, najwyraźniej trafiony, ale nie martwy.

Frost zarepetował dźwignią swego marlina model 1895, wprowadzając kolejny nabój .45-70 do komory, i przyjrzał się ofierze przez lunetę. Nie cierpiał Marka Celere. Robiło mu się niedobrze na widok jego wybrylantynowanych czarnych włosów, wysokiego czoła jak u wodewilowego Juliusza Cezara, grubych brwi, głęboko osadzonych ciemnych oczu i wypomadowanych wąsów z końcami zakręconymi jak świńskie ogony, więc z tym większą rozkoszą powoli ściągał spust. Nagle w jego głowie rozbrzmiał dziwny klekocący odgłos.

Przypominał dźwięk pracującej młockarni, który wrył mu się w pamięć podczas pobytu na farmie w Matawan. Należała ona do zakładu dla psychicznie chorych przestępców, gdzie trafił za sprawą swoich wrogów za to, że w country clubie zastrzelił własnego szofera.

Dom wariatów był jeszcze gorszy od najgorszego sierocińca, jaki pamiętał. Wpływowi politycy i wysoko opłacani adwokaci twierdzili, że tylko dzięki ich zabiegom Frost wyszedł na wolność. Ale przecież i tak by go wypuszczono. Szofer miał romans z jego pierwszą żoną.

Chociaż trudno w to uwierzyć, sytuacja powtórzyła się z kolejną wybranką. Harry widział zdradę wypisaną na jej twarzy, kiedy Josephine prosiła go o finansowanie kolejnych wynalazków Marka. Teraz próbowała go nakłonić do odkupienia od wierzycieli najnowszej latającej maszyny skonstruowanej przez Włocha, na której zamierzała wygrać Wielki Wyścig Lotniczy Atlantyk–Pacyfik i zdobyć Puchar Whitewaya oraz nagrodę pieniężną w wysokości pięćdziesięciu tysięcy dolarów.

Nieźle to sobie wymyślili. Zwycięstwo w największych na świecie zawodach aeroplanów okryłoby sławą awiatorkę i jej kochanka-wynalazcę. Ten nadęty bubek Preston Whiteway, w czepku urodzony magnat prasowy i zarazem główny sponsor wyścigu, zrobiłby z nich gwiazdy pierwszej wielkości, aby dzięki temu osiągnąć pięćdziesięciomilionowy nakład swoich gazet. Jego samego też nie ominąłby rozgłos. A stary, gruby i obrzydliwie bogaty mąż-rogacz stałby się pośmiewiskiem dla wszystkich, zwłaszcza dla tych, którzy nim pogardzali.

Fakt, Harry Frost był jednym z najbogatszych ludzi w Ameryce. Ciężko pracował na każdego zarobionego dolara. Ale wcale nie był stary. Ledwie przekroczył czterdziestkę. A każdy, kto uważał jego potężną muskulaturę za tłuszcz, powinien go zobaczyć, jak jednym ciosem zabija konia. Nauczył się tej sztuczki w młodości i z czasem uczynił z niej swój urodzinowy rytuał.

Tym razem, w przeciwieństwie do wpadki z szoferem, nie da się złapać. Koniec z niekontrolowanymi wybuchami złości. Zaplanował wszystko bardzo starannie, do najmniejszego szczegółu. Powziąwszy zamiar dokonania zemsty, potraktował ją jak każdy inny interes. Wskrzesił swoje wybitne umiejętności w dziedzinie stwarzania pozorów i wykorzystał je, by zaprosić niczego niepodejrzewającego Celere'a na polowanie na niedźwiedzie. Zwierzęta nie potrafią mówić, dlatego finał miał się rozegrać w leśnej głuszy, bez jakichkolwiek świadków.

Przekonany, że pierwszy pocisk poszedł zanadto w górę, Frost złożył się niżej, pod cel, i oddał kolejny strzał.

Josephine zobaczyła, jak siła uderzenia pocisku przerzuca Celere przez krawędź urwiska, prosto w otchłań przepaści.

– Marco!

Klekotanie w głowie Harry'ego Frosta nie ustawało. Przeciwnie, jego natężenie wciąż rosło. Patrząc wzdłuż lufy karabinu na cudownie puste miejsce, gdzie jeszcze przed chwilą znajdował się Marco Celere, nagle zdał sobie sprawę, że hałas nie był tylko złym wspomnieniem z Matawan, lecz czymś najzupełniej realnym, tak samo jak ważący dwadzieścia sześć gramów pocisk, który właśnie strącił w przepaść złodzieja cudzych żon. Podniósł głowę. Josephine właśnie przelatywała nad nim swoim przeklętym dwupłatowcem. Musiała widzieć, jak zastrzelił jego konstruktora.

Frost miał w magazynku jeszcze trzy naboje. Uniósł broń.

Zaraz, zaraz, przecież nie chce jej zabijać. Teraz, kiedy zlikwidował rywala, żona wróci do niego. No tak, ale ona widziała, jak strzelał do Marka. Znowu zamkną go w domu wariatów. Drugi raz już się nie wywinie. To nie w porządku. W końcu to nie on zdradził, tylko ona.

Skierował lufę prosto w niebo i wypalił dwukrotnie. Źle ocenił prędkość maszyny i odłożył za małą poprawkę. Co najmniej jeden z pocisków przeszedł za nią. Został mu ostatni nabój, więc skupił się i uspokoił nerwy, prowadząc dwupłatowiec w celowniku, jakby mierzył do bażanta.

W sam środek!

Tym razem był pewien, że trafił. Latająca maszyna zakołysała się na boki i weszła w szeroki, niezdarny zakręt. Czekał, aż zacznie spadać. Ale ona wciąż leciała, kierując się w stronę posiadłości. Była za wysoko, żeby trafić ją z rewolweru, mimo to Harry wyszarpnął go z kabury. Oparłszy lufę o krzepkie przedramię, opróżnił bębenek. Teraz już całkiem stracił panowanie nad sobą. Wyciągnął z rękawa tęponosego derringera, w daremnym porywie dał ognia z obu luf i sięgnął po nóż myśliwski, którym zamierzał wyciąć żonie serce, kiedy latająca maszyna wreszcie roztrzaska się o drzewa.

Nic z tego. Klekotanie stopniowo cichło. Harry Frost patrzył bezsilnie, jak niewierna małżonka znika za koronami drzew, umykając przed jego uzasadnionym gniewem.

Pocieszył się myślą, że przynajmniej załatwił jej kochanka.

Ruszył przez polanę w kierunku urwiska, mając nadzieję ujrzeć ciało Celerego roztrzaskane o rzeczne głazy. Jednak w połowie drogi znieruchomiał, bo dotarła do niego straszliwa prawda. Musi natychmiast uciekać, jeśli nie chce znów trafić do czubków.

Josephine musiała wznieść się na szczyty swoich umiejętności, aby bezpiecznie sprowadzić maszynę na ziemię.

Harry trafił dwa razy. Jedna kula zawadziła o dziewięciolitrowy zbiornik benzyny za jej plecami. Druga narobiła większych szkód, blokując linki łączące dźwignię sterową z cięgnami wyginającymi tylne krawędzie skrzydeł. Pozbawiona możliwości przechylenia maszyny Josephine musiała wykonać zakręt wyłącznie przy użyciu steru kierunku. Przypomniało jej się manewrowanie szybowcem, zanim bracia Wright wynaleźli skręcanie skrzydeł – nie tylko kłopotliwe, ale również niebezpieczne ze względu na łatwość wejścia w ślizg, który mógł się skończyć śmiertelnym płaskim korkociągiem.

Zacisnąwszy usta, delikatnie operowała sterem jak chirurg skalpelem. Za każdym razem dokonywała niewielkiej, dobrze odmierzonej zmiany kierunku lotu. Pamiętała, jak nerwowa, wiecznie rozdygotana matka czyniła jej wyrzuty, że jest „zimnokrwistym stworzeniem". Spójrz teraz, matko, jak przydaje się zimna krew podczas prowadzenia uszkodzonej latającej maszyny! Powoli, krok po kroku, znalazła się na kursie powrotnym.

Wraz z tylnym podmuchem wiatru poczuła silny zapach benzyny. Obejrzała się przez ramię i dostrzegła cienką strużkę wyciekającego paliwa. Najwyraźniej pocisk wystrzelony przez Harry'ego przedziurawił zbiornik.

Czy najpierw wyciéknie benzyna i zatrzyma się motor, zastanawiała się, nie tracąc opanowania, czy też jakaś iskra spowoduje zapłon paliwa? Pożar w powietrzu oznaczał pewną śmierć. Lakier, którym powleczono tkaninę pokrywającą skrzydła, był łatwopalny jak magnezja.

Jedynym miejscem nadającym się do natychmiastowego lądowania była ta przeklęta łąka, ale gdyby na niej usiadła, zginęłaby z ręki Harry'ego. Nie miała wyboru. Musiała wracać na miejsce startu i modlić się, żeby wystarczyło jej benzyny.

– Postaraj się, Elsie. Dowieź nas do domu.

Las pod nią przesuwał się bardzo wolno. Prądy wstępujące wprawiały skrzydła w drgania i kołysały maszyną. Nie mogąc temu przeciwdziałać przez skręcanie skrzydeł, starała się utrzymać aeroplan w poziomie tylko za pomocą sterów kierunku i wysokości.

Wreszcie dostrzegła jezioro obok działki Harry'ego.

Kiedy już mogła rozróżnić dom i zabudowania gospodarcze, motor zakrztusił się ostatnimi oparami benzyny i przerwał pracę. Śmigła przestały się obracać. Dwupłatowiec sunął po niebie w kompletnej ciszy, tylko wiatr poświstywał na metalowych cięgnach.

Josephine mogła jedynie planować, czyli kontynuować lot ślizgowy aż do przydomowego lądowiska.

Niestety, nieruchome śmigła, które jeszcze przed chwilą napędzały maszynę, teraz stawiały pokaźny opór, działając jak hamulce. Prędkość gwałtownie spadała, zbliżając się do granicy, za którą dwupłatowiec nie utrzyma się w powietrzu.

Josephine sięgnęła ręką za plecy i szarpnęła linkę otwierającą zawór ciśnieniowy. Podciśnienie przestało blokować tłoki w cylindrach, dzięki czemu śmigła mogły się obracać. Natychmiast odczuła różnicę. Aeroplan zrobił się jakby lżejszy i zachowaniem bardziej przypominał szybowiec.

Przed sobą na wprost miała rozległe pastwisko, ono jednak nie nadawało się do lądowania. Było poprzegradzane płotami na mniejsze fragmenty i w dodatku pasło się na nim całe mrowie krów. Dopiero za pokaźną drewnianą rezydencją rozciągała się lekko nachylona w dół świeżo skoszona łąka, z której wcześniej wzbiła się w powietrze. Lecz aby do niej dotrzeć, musiała przelecieć nad domem, a bardzo szybko traciła wysokość. Wleciała w lukę między kominami, niemal ocierając się o dach, po czym delikatnie, uważając, żeby nie wpaść w korkociąg, poruszyła sterem kierunku i zaszła pod wiatr.

Będąc zaledwie trzy metry nad ziemią, stwierdziła, że leci za szybko. Powietrze ściśnięte między skrzydłami i powierzchnią gruntu nie pozwalało maszynie opaść. Dwupłatowiec nie chciał wylądować, a przed nim wznosiła się coraz wyżej ściana drzew.

Na domiar złego benzyna wyciekająca na lakierowane skrzydła zapaliła się pomarańczowym płomieniem.

Maszyna niosła tuż nad łąką, ciągnąc za sobą ognisty warkocz, a Josephine, która nie miała nad nią pełnej kontroli, nie mogła jej zmusić do opadnięcia na koła. W końcu odwróciła się i ponownie szarpnęła za linkę, zamykając zawór ciśnieniowy. Dwuipółmetrowe śmigła zatrzymały się i wparły w strumień powietrza jak szeroko rozwarte ramiona. Koła i płozy twardo uderzyły o ziemię.

Płonący dwupłatowiec sunął po trawie niemal pięćdziesiąt metrów. Kiedy prędkość zmalała, ogień błyskawicznie rozprzestrzenił się na kolejne elementy konstrukcji. Josephine, czując płomień liżący od tyłu jej hełm, zeskoczyła na ziemię. Padła na płask, żeby nie zawadzić o skrzydło mijającej ją maszyny, a potem zerwała się do biegu, chcąc znaleźć się jak najdalej od rosnącej kuli ognia.

W jej stronę pędzili lokaj, ogrodnik, kucharz i kilku ochroniarzy Harry'ego.

– Pani Frost! – wykrzyknął lokaj, który pierwszy znalazł się przy Josephine. – Czy wszystko w porządku?

Nie zareagowała. Wpatrywała się w słup ognia i dymu. Piękna maszyna zbudowana przez Marka płonęła jak stos pogrzebowy. Biedny Marco. Spokój, który tak bardzo pomógł jej wybrnąć z opresji, teraz zaczynał ją opuszczać. Pożar wyglądał tak, jakby patrzyła na niego przez taflę wody. Zorientowała się, że to łzy wypełniły jej oczy. Nie wiedziała, czy płacze z powodu Marka, czy raczej nad sobą samą.

– Pani Frost! – powtórzył lokaj. – Czy wszystko w porządku?

Nigdy dotąd nie była tak bliska utraty życia podczas lotu.

Próbowała wyciągnąć z mankietu chusteczkę do nosa, ale udało się jej to dopiero po zdjęciu rękawiczki. Uderzyła ją śnieżna biel skóry na dłoni, zupełnie jakby cała krew gdzieś odpłynęła. Teraz już wiedziała, co to strach.

– Pani Frost?

Mężczyźni patrzyli na nią szeroko otwartymi oczami, jakby przed chwilą oszukała śmierć albo objawiła się im jako duch.

– Nic mi się nie stało – zapewniła słabym głosem.

– Czy mogę pani w czymś pomóc?

Josephine przycisnęła chusteczkę do twarzy. Miała mętlik w głowie. Tysiące mężczyzn i kobiet nauczyło się latać, odkąd Wilbur Wright zdobył we Francji puchar Michelina. A ona do tej pory nawet przez moment nie wątpiła, że potrafi poprowadzić aeroplan tak samo szybko i daleko jak każde z nich. Teraz, wsiadając do maszyny, już zawsze będzie musiała pokonać strach. No cóż, to jeszcze nie powód, żeby zrezygnować z latania.

Osuszyła policzki i wytarła nos.

– Tak – odpowiedziała na pytanie lokaja. – Pojedź do miasta i poinformuj posterunkowego Hodge'a, że pan Frost właśnie zastrzelił pana Celerego.

– Że co? – wykrztusił zdumiony mężczyzna.

Obrzuciła go gniewnym spojrzeniem. Czy to takie dziwne, że jej porywczy małżonek kogoś zastrzelił? Przecież zdarzyło się to nie pierwszy raz.

– Jest pani tego pewna?

– Czy jestem pewna? Ależ tak, widziałam to na własne oczy.

Niedowierzanie w głosie lokaja przywiodło jej na myśl niepokojący fakt, że to Harry płacił mu pensję. Zresztą pan Frost płacił wszystkim, a pani Frost nagle stała się kobietą samotną, która nie mogła liczyć na nikogo z wyjątkiem siebie samej.

Goryle Harry'ego nie wyglądali na zaskoczonych. Ich smutne twarze mówiły: oto nasza nowa chlebodawczyni.

Lokaj też zdążył już dojść do siebie i zadał jej rutynowe pytanie, jakby właśnie zamówiła szklankę mrożonej herbaty:

– Czy to wszystko, proszę pani?

– To wszystko – potwierdziła lekko drżącym głosem, wpatrzona w płomienie. – Powiedz posterunkowemu, że mój mąż zabił pana Celere.

– Tak jest, proszę pani.

Josephine odwróciła się od ognia. Jej orzechowe oczy czasem zmieniały odcień na zielony, a czasem na szary. Bez patrzenia w lustro wiedziała, że teraz odbija się w nich tylko bezbarwny lęk. Była całkiem sama i groziło jej niebezpieczeństwo. Marco Celere nie żył, a jej mąż okazał się obłąkanym mordercą. Nie miała nikogo, do kogo mogłaby zwrócić się o pomoc. Nikogo, powtórzyła w myślach, i wtedy przypomniała sobie Prestona Whitewaya.

Jeśli ktoś zdoła ją ochronić, to właśnie on.

– Jeszcze jedno – zwróciła się do lokaja, który już zbierał się do odejścia. – Wyślij telegram do pana Prestona Whitewaya. Napisz, że w przyszłym tygodniu złożę mu wizytę.

# Rozdział 2

## „Hopla!"

Isaac Bell, dyrektor pionu śledczego agencji detektywistycznej Van Dorna, mknął Market Street, główną ulicą San Francisco, z rykiem benzynowego motoru swego czerwonego jak wóz strażacki locomobile'a. Boczne odejścia wydechu wyścigowego auta były otwarte na oścież, aby wydobyć z silnika maksymalną moc. Za kierownicą siedział wysoki trzydziestolatek o szczupłej sylwetce, twarzy ozdobionej gęstym złocistym wąsem i starannie zaczesanych jasnych włosach. Był ubrany w nieskazitelnie biały garnitur i takiż kapelusz z niską główką i szerokim rondem.

Jego stopy w skórzanych, idealnie wyglansowanych butach tylko z rzadka dotykały hamulca, będącego zresztą wyjątkowo mało skutecznym elementem wyposażenia locomobile'a. Dłońmi o długich, smukłych palcach zręcznie operował manetką przepustnicy i lewarkiem zmiany biegów. Oczy Bella, zwykle skrzące się fascynującym odcieniem błękitu, pociemniały od najwyższej koncentracji. Pociągłą twarz ze zdecydowanie zarysowanym podbródkiem raz po raz rozjaśniał szeroki uśmiech będący wyrazem uciechy z szaleńczej jazdy na złamanie karku i wyprzedzania kolejnych tramwajów, ciężarówek, konnych powozów, motocykli i powolniejszych automobili.

Obok Bella, w obitym czerwoną skórą fotelu pasażera, siedział jego szef Joseph Van Dorn, przysadzisty mężczyzna o pełnej twarzy otoczonej rudymi bokobrodami.

Założyciel ogólnokrajowej agencji detektywistycznej, znany na całym kontynencie z nieustępliwości w tropieniu kryminalistów wszelkiej maści, był bez wątpienia odważny. Mimo to nieco zbladł, kiedy Bell wprowadził potężne auto w zwężający się odstęp pomiędzy wozem z węglem a ciężarówką typu Buick ze skrzynią ładunkową zastawioną po brzegi beczkami z naftą.

– Będziemy punktualnie – zauważył. – A nawet trochę za wcześnie.

Isaac Bell, pochłonięty jazdą, nie odezwał się.

Van Dorn odetchnął z ulgą, widząc, że zbliżają się do celu podróży, który właśnie wyłonił się zza sąsiadujących z nim niższych budynków. Była nim dwunastopiętrowa siedziba „San Francisco Inquirera", mieszcząca biura prasowego imperium ekstrawaganckiego wydawcy Prestona Whitewaya.

– Popatrz tylko! – Van Dorn usiłował przekrzyczeć ryk motoru.

Zawieszony na najwyższym piętrze ogromny żółty transparent reklamowy głosił wielkimi literami, że gazety magnata prasowego sponsorują...

### WYŚCIG LOTNICZY ATLANTYK–PACYFIK
### WHITEWAYA

Puchar Whitewaya i nagroda w wysokości 50 000 dolarów
przypadnie w udziale
pierwszemu awiatorowi,
który lotem pokona Amerykę ze Wschodu na Zachód
w pięćdziesiąt dni

– Co za wspaniałe wyzwanie! – odkrzyknął Bell, nie odrywając wzroku od zatłoczonej ulicy.

Latające maszyny od samego początku swego istnienia stanowiły obiekt jego fascynacji. Z entuzjazmem śledził ich błyskawiczny rozwój, nosząc się z zamiarem zakupu najlepszego modelu. Ostatnie dwa lata przyniosły wiele doniosłych wynalazków w dziedzinie podboju przestworzy, czego skutkiem było powstawanie coraz lepszych i szybszych aeroplanów, takich jak Wright Flyer III, June Bug, Silver Dart z bambusową ramą kadłuba, wielkie francuskie voisiny i antoinette'y, napędzane ośmiocylindrowymi widlastymi silnikami od łodzi wyścigowych, Demoiselle – maleńka awionetka Santos-Dumonta, Bleriot – zdobywca kanału La Manche, solidny Curtiss Pusher, wojskowy aparat Wright Signal Corps, Farman III oraz wzmocniony drutami jednopłat Celere.

Gdyby ktokolwiek potrafił przebyć latającą maszyną całe Stany Zjednoczone – co samo w sobie stało pod ogromnym znakiem zapytania – zasługi za zdobycie Pucharu Whitewaya należałoby przypisać zarówno odwadze i umiejętnościom lotników, jak i geniuszowi konstruktorów, którzy stale zwiększali moc silników oraz dopracowywali systemy sterowania, pozwalające aeroplanom osiągać coraz lepszą zwrotność i coraz wyższą prędkość wznoszenia. Zwycięzca musiałby utrzymywać średnią prędkość w granicach stu trzydziestu kilometrów na godzinę przez prawie dwie godziny każdego dnia. Jakakolwiek przerwa, spowodowana przez niekorzystny wiatr, burze, mgły, wypadki lub awarie, zmusiłaby pilota do znacznego wydłużenia dziennego czasu lotu.

– Gazety Whitewaya donoszą, że puchar został wykonany z czystego złota – rzekł Van Dorn. – Może chce nas wynająć, bo obawia się, że jakiś złodziejaszek ukradnie mu to cudo – zażartował.

– W zeszłym roku utrzymywały, że Japończycy zamierzają zatopić Wielką Białą Flotę, ale ta bezpiecznie wróciła do Hampton Roads – odparł Bell. – A oto sam Whiteway!

Jasnowłosy wydawca, prowadzący żółtego wyścigowego rolls-royce'a, właśnie zbliżał się do jedynego wolnego miejsca parkingowego przed wejściem do budynku.

– Wygląda na to, że będzie szybszy – powiedział Van Dorn.

Bell gwałtownie dodał gazu. Wielki locomobile wyskoczył przed rolls-royce'a. Bell wdepnął w anemiczny hamulec, zredukował bieg i zarzuciwszy tyłem auta, przykleił się do krawężnika. W powietrzu rozszedł się swąd spalonej gumy.

– Hola! – Whiteway pogroził mu pięścią. – To moje miejsce!

Był potężnym mężczyzną, niegdysiejszym gwiazdorem uczelnianej drużyny futbolowej. Aroganckie przechylenie głowy świadczyło o ogromnej pewności siebie: mimo nadmiernej tuszy wciąż był przystojny, zawsze dostawał to, co chciał, i miał dość ikry, by walczyć o swoje.

Isaac Bell wyskoczył z auta i wyciągnął ku niemu prawicę z przyjaznym uśmiechem na twarzy.

– Ach, to ty, Bell. Ale to miejsce jest moje!

– Serwus, Preston. Dawno się nie widzieliśmy. Marion kazała cię pozdrowić, kiedy jej powiedziałem, że wybieramy się do ciebie z wizytą.

Gdy tylko Bell wspomniał o swojej narzeczonej, pięknej kobiecie związanej ze środowiskiem filmowym, cała złość Whitewaya natychmiast wyparowała. Marion Morgan kierowała kiedyś jego uwieńczonym sukcesem projektem „Świat w ruchomych obrazach", w ramach którego prezentowano filmowe migawki ze świata w kinach i teatrzykach wodewilowych.

– Powiedz Marion, że bardzo liczę na jej relacje filmowe z moich zawodów lotniczych.

– Jestem pewien, że już nie może się doczekać ich rozpoczęcia. Pozwól, Preston, że ci przedstawię Josepha Van Dorna.

Magnat prasowy i założyciel najlepszej ogólnokrajowej agencji detektywistycznej wymienili ukłony i uścisk dłoni, po czym Van Dorn wskazał ręką w niebo.

– Podziwialiśmy pański transparent – rzekł. – Szykuje się wielkie wydarzenie.

– Właśnie dlatego panów wezwałem. Zapraszam do mojego biura.

Oddział umundurowanych portierów zasalutował, jakby sam admirał schodził z pokładu pancernika. Whiteway strzelił palcami i dwaj z nich podbiegli do żółtego rolls-royce'a, aby odprowadzić go na parking.

Kolejne honory wydawca odebrał w westybulu.

Złocona kabina windy zawiozła ich na ostatnie piętro. W korytarzu czekał tłum redaktorów i sekretarek z ołówkami i notatnikami w rękach. Whiteway rzucił im kilka krótkich poleceń, odsyłając kilkoro do najpilniejszych zadań. Reszta podążała za nim, pilnie notując ostatnie zdania wstępniaka do popołudniowego wydania, którego dyktowanie rozpoczął przed wyjściem na lunch.

– „Inquirer" ubolewa nad godnym pożałowania stanem amerykańskiej awiacji. Europejczycy już dawno uznali przestworza za swoją domenę, podczas gdy my wciąż gnuśniejemy na ziemi i okrywamy się kurzem, pozostając w ogonie światowej stawki zmierzającej ku nowoczesności. Ale „Inquirer" nie ogranicza się do krytyki, "Inquirer" podejmuje aktywne działania! Rzucamy wyzwanie wszystkim pełnym werwy amerykańskim awiatorom i awiatorkom! Niechaj poniosą wysoko nasz sztandar w Wielkim Wyścigu Lotniczym Atlantyk–Pacyfik Whitewaya, podejmując próbę przelecenia nad Ameryką od morza do morza w pięćdziesiąt dni! – Skończywszy dyktowanie, rozkazał krótko: – Natychmiast do druku!

– A teraz to – podjął po chwili i wyciągnąwszy z kieszeni płaszcza wycinek z gazety, zaczął czytać na głos: – „Dzielny pilot zakołysał płatami, pozdrawiając publiczność, po czym stery poziome i wirująca powietrzna śruba uniosły wysoko w niebiosa cięższą od powietrza latającą maszynę aeronauty". Kto to napisał?

– Ja, proszę pana – odparł jeden z redaktorów.

– Zwalniam cię!

Dwóch osiłków z sekcji kolportażu odprowadziło nieszczęsnego redaktora do schodów. Whiteway zmiął grubymi paluchami wycinek i powiódł gniewnym spojrzeniem po przerażonych pracownikach.

– „Inquirer" ma docierać do przeciętnych ludzi, a nie do samych inżynierów i techników. Zanotujcie sobie, że na stronach „Inquirera" „latające maszyny" i „aeroplany" mają być „prowadzone", „kierowane" lub „sterowane" przez „lotników", „awiatorów" i „awiatorki", a nie „pilotów", którzy co najwyżej mogą wprowadzić „Lusitanię" do portu, ani żadnych grecko brzmiących „aeronautów". Cóż z tego, że i wy, i ja doskonale wiemy, że „płaty" to części składowe skrzydeł, a „stery poziome" to stery wysokości. Przeciętny człowiek życzy sobie, aby skrzydła były skrzydłami, ster kierunku służył do zakręcania, a ster wysokości do wznoszenia. Dla niego powietrzna śruba ma być śmigłem. Dobrze wie, że aparat latający lżejszy od powietrza to balon. Wkrótce zechce też, aby pretensjonalny europejski „aeroplan" stał się „samolotem". A teraz bierzcie się do roboty!

Isaac Bell uznał, że waszyngtońska „sala tronowa" Josepha Van Dorna wygląda bardzo skromnie w porównaniu z prywatnym gabinetem Whitewaya.

Magnat prasowy zasiadł za biurkiem i oznajmił:

– Panowie, niniejszym dowiadujecie się jako pierwsi, że postanowiłem wystawić własnego zawodnika w Wielkim Wyścigu Lotniczym Atlantyk–Pacyfik Whitewaya o Puchar Whitewaya i pięćdziesiąt tysięcy dolarów nagrody. – Tu zrobił dramatyczną pauzę. – Będzie nim pani... tak, nie przesłyszeliście się... pani Josephine Josephs.

Isaac Bell i Joseph Van Dorn popatrzyli na siebie porozumiewawczo, gdyż potwierdziły się ich wcześniejsze przypuszczenia. Whiteway, który błędnie uznał tę wymianę spojrzeń za oznakę najwyższego zdumienia, rzekł:

– Wiem, co sobie o mnie pomyśleliście, słysząc, że wspieram kobietę: albo jestem człowiekiem bardzo odważnym, albo kompletnym idiotą. Otóż ani jedno, ani drugie! Czemuż to niewiasta nie miałaby wygrać tego wyścigu? Do prowadzenia samolotu potrzeba więcej hartu ducha niż krzepy, a Josephine Josephs ma w sobie tyle odwagi, że mogłaby nią obdzielić cały pułk.

– Czy chodzi o Josephine Josephs Frost? – zapytał Bell.

– Nie będziemy używać nazwiska po mężu – odparł szorstko Whiteway. – Przeżyjecie prawdziwy szok, kiedy dowiecie się dlaczego.

– Josephine Josephs Frost? – upewnił się Van Dorn. – Czy to nie ta młoda kobieta, do której zeszłej jesieni własny mąż grzał ze wszystkich luf, kiedy unosiła się w swojej latającej maszynie nad północną częścią stanu Nowy Jork?

– Skąd pan o tym wie? – zainteresował się Whiteway. – Nie podaliśmy tego do wiadomości publicznej.

– Nasz zawód polega na tym, by dowiadywać się o takich sprawach nawet przed panem – wyjaśnił dobrodusznie Van Dorn.

– Dlaczego nie chciał pan rozpowszechnić tej informacji? – spytał Bell.

– Moi spece od reklamy starają się wylansować Josephine w celu zwiększenia zainteresowania wyścigiem. Specjalnie dla niej zamówiłem piosenkę, zatytułowaną *Leć, Józefino, latającą maszyną*. Jej podobizna pojawia się na zapisach nutowych, wałkach do fonografu i rolkach do pianoli, a także w czasopismach i na plakatach, aby podsycić emocje podczas walki o zwycięstwo.

– Sądziłem, że sam wyścig budzi ogromne emocje wśród publiki.

– To prawda, ale ludzie szybko się nudzą, jeśli nie podsyca się ich zainteresowania – stwierdził Whiteway, nie kryjąc pogardy. – Gwarantuję, że napięcie sięgnęłoby zenitu, gdyby połowa męskich konkurentów Josephine roztrzaskała się o ziemię jeszcze przed dotarciem do Chicago.

Bell i Van Dorn znów wymienili spojrzenia, po czym ten ostatni rzekł z dezaprobatą:

– Przypuszczam, że chciałby pan utrzymać ten komentarz w tajemnicy.

– To przecież oczywiste, że w wyniku naturalnej selekcji wyścig przerodzi się w rywalizację najlepszych awiatorów z zadziorną dziewczyną – odparł niezrażony Whiteway. – Czytelnicy gazet zawsze kibicują słabszym. Pozwólcie za mną, panowie, pokażę wam, o czym mówię.

Magnat prasowy, w otoczeniu jeszcze liczniejszej świty złożonej z reporterów, redaktorów, prawników i kierowników, zaprowadził detektywów do działu artystycznego, który mieścił się dwa piętra niżej. W przestronnej sali zalanej światłem wpadającym do wnętrza przez wysokie okna siedziało kilkunastu rysowników, którzy pochylali się nad arkuszami papieru, tworząc ilustracje do bieżących wydarzeń.

Na widok swego chlebodawcy z ponad dwudziestoosobowym orszakiem schowali głowy w ramiona i starali się pracować jeszcze szybciej. Whiteway strzelił palcami. Dwaj rysownicy poderwali się z miejsc i podbiegli do niego z makietami okładek zeszytów nutowych.

– Co tam macie? – spytał.

Jeden z mężczyzn pokazał szkic, na którym dziewczyna szybowała w aeroplanie nad pastwiskiem pełnym krów.

– Latająca kowbojka – powiedział.

– Do niczego! – ocenił wydawca.

Pierwszy mężczyzna wycofał się speszony, a drugi pokazał rysunek przedstawiający dziewczynę w kombinezonie, z włosami ukrytymi pod czymś, co Bellowi przypominało czapkę taksówkarza.

– Powietrzna chłopczyca.

– Nie, na litość boską, nie tak! – ryknął Whiteway. – Za co, u licha, bierzecie pieniądze?!

– Ale przecież sam pan mówił, panie Whiteway, że czytelnicy lubią kowbojki i chłopczyce – tłumaczył się rysownik.

– Mówiłem, że czytelnicy lubią dziewczyny, więc musi być bardziej dziewczęca. I ładniejsza! Przecież Josephine jest śliczna.

Bellowi zrobiło się żal rysowników, którzy wyglądali, jakby mieli ochotę rzucić się z okna.

– A może by ją upozować na czyjąś sympatię? – zasugerował.

– Mam! – wykrzyknął Whiteway, po czym rozłożył szeroko ramiona i wytrzeszczonymi oczami zagapił się w sufit, jakby czerpał z niego natchnienie. – Latająca Sympatia Ameryki!

Rysownicy wyglądali na zdumionych. Wpatrywali się z napięciem w członków świty, a ci z kolei nie odrywali wzroku od Whitewaya.

– Co o tym sądzicie? – spytał wydawca.

– Widywałem ludzi, którzy w środku strzelaniny czuli się z swobodniej niż ci tutaj – szepnął Bell do Van Dorna.

– Bądź pewny, że agencja wystawi Whitewayowi słony rachunek za twój pomysł – odrzekł Van Dorn również szeptem.

Wreszcie jeden ze starszych redaktorów, któremu już niewiele pozostało do emerytury, zdobył się na odwagę i powiedział:

– Bardzo dobre. Wręcz doskonałe.

Whiteway rozpromienił się.

– Latająca Sympatia Ameryki! – zawołał redaktor naczelny, a reszta poszła za jego przykładem.

– Tak macie ją narysować! – orzekł wydawca. – Wsadźcie ją do latającej maszyny. I ma być ładna. Nie, ma być piękna!

Detektywi wymienili rozbawione spojrzenia. Śmieszyło ich, jak Preston Whiteway upaja się własnymi słowami.

Po powrocie do gabinetu magnat prasowy spoważniał.

– Zapewne domyślacie się, panowie, czego od was oczekuję.

– Owszem – przyznał Van Dorn. – Wolałbym jednak, aby wyraził pan to własnymi słowami.

– Chwileczkę – przerwał Bell i zwrócił się do mężczyzny, który jako jedyny z całej świty wydawcy wszedł z nimi do gabinetu i usiadł na krześle w najdalszym kącie pomieszczenia. – Zanim zaczniemy, chciałbym się dowiedzieć, kim pan właściwie jest, łaskawy panie?

Zapytany miał na sobie brązowy garnitur z kamizelką, sztywny celuloidowy kołnierzyk i muchę. Gładko zaczesane włosy lśniły od brylantyny. Pytanie wyraźnie go zaskoczyło.

Zamiast niego odpowiedział Whiteway.

– To Weiner z księgowości. Z mojego polecenia Amerykańskie Towarzystwo Aeronautyczne wyznaczyło go na sędziego głównego wyścigu. Będziecie go spotykać na co dzień. Weiner zajmie się rejestracją czasów lotu wszystkich zawodników i rozstrzyganiem ewentualnych sporów. Jego werdykt będzie ostateczny. Nawet ja nie będę mógł go zmienić.

– Jak rozumiem, cieszy się pańskim pełnym zaufaniem i może uczestniczyć w naszym spotkaniu.

– Wypłacam mu pobory, jestem też właścicielem domu, który wynajmuje wraz z rodziną.

– Więc możemy rozmawiać otwarcie – podsumował Van Dorn i skinął głową księgowemu. – Moje uszanowanie, panie Weiner. Za chwilę dowiemy się, z jakiego powodu pan Whiteway zamierza skorzystać z usług mojej agencji.

– Chodzi o ochronę – powiedział wydawca. – Ochronę Josephine przed jej mężem. Harry Frost strzelał nie tylko do niej. Wcześniej, w porywie obłąkańczej zazdrości, zamordował Marka Celere, wynalazcę, który budował dla niej aeroplany. Ten niebezpieczny szaleniec wciąż pozostaje na wolności i obawiam się, że będzie próbował ją zgładzić, jako jedynego świadka popełnionej zbrodni.

– Rzeczywiście, chodzą słuchy o tym morderstwie – zgodził się Bell – ale o ile się orientuję, nikt nie widział martwego Marka Celere, a prokurator okręgowy nie postawił Frostowi zarzutów z powodu braku ciała ofiary.

– To je znajdźcie! – odparował Whiteway. – Josephine widziała, jak jej mąż strzelał do Celerego. Jak pan sądzi, dlaczego Frost zbiegł? Panie Van Dorn, chcę, aby pańska agencja przeprowadziła śledztwo w sprawie zniknięcia Marka Celere i dostarczyła dowodów, na podstawie których prokurator z tej pipidówki zamknie Harry'ego Frosta do końca życia albo pośle go na szubienicę. Zróbcie, co trzeba, bez względu na koszty. Musimy ochronić Josephine przed tym wariatem.

– Niestety, Harry Frost nie jest wariatem – westchnął Van Dorn.

– Co pan sugeruje?

– Według mojej wiedzy, Harry Frost jest obecnie najgroźniejszym przestępcą spośród tych, którzy nie siedzą za kratkami.

– Nonsens! – żachnął się Whiteway. – Harry Frost, zanim stracił rozum, był jednym z najlepiej prosperujących ludzi interesu.

Isaac Bell spojrzał na wydawcę z wyraźną dezaprobatą.

– Zapewne nie wie pan, w jaki sposób Frost rozpoczynał swoją działalność biznesową.

– Nie, ale znam jego osiągnięcia. Kiedy przejmowałem od mojego ojca zwierzchnictwo nad gazetami, Frost miał największą w kraju firmę kolporterską. Gdy w wieku trzydziestu pięciu lat wycofał się z branży, kontrolował stoiska z gazetami na każdej stacji kolejowej w Stanach. Odniósł ogromny sukces, tworząc sieć dystrybucyjną o zasięgu kontynentalnym. Szczerze mówiąc, jako biznesmen podziwiałbym go, gdyby nie to, że próbował zabić żonę.

– Wolałbym podziwiać wściekłego wilka – stwierdził Bell z niesmakiem. – Harry Frost to bezwzględny i przebiegły człowiek. Stworzył, jak pan to ujął, „sieć dystrybucyjną o zasięgu kontynentalnym", wykańczając każdego konkurenta, który stał mu na drodze.

– Mimo to uważam, że był znakomitym biznesmenem, dopóki nie zwariował – upierał się Whiteway. – Po wycofaniu się z branży, zamiast żyć z procentów, zainwestował w stal, koleje i Postum Cereals. Dorobił się fortuny, z której dumny byłby sam J.P. Morgan.

Policzki Van Dorna zapłonęły, aż stały się bardziej czerwone od bokobrodów. Podczas ostrej repliki jego delikatny irlandzki zaśpiew przeszedł w ciężki slang dublińskiego kapitana promu.

– J. P. Morganowi stawiano wiele zarzutów, ale nawet gdyby wszystkie okazały się prawdziwe, z tej fortuny na pewno nie byłby dumny. Harry Frost ma talenty przywódcze generała Granta, siłę niedźwiedzia grizzly i skrupuły samego Szatana.

– Dobrze znamy jego sposób działania – dodał Bell. – Agencja Van Dorna miała z nim do czynienia dziesięć lat temu.

– Dziesięć lat temu pan chodził jeszcze do szkoły – rzucił Whiteway i zarechotał.

– Myli się pan – odparł Van Dorn. – Isaac właśnie zatrudnił się u nas jako praktykant i niech mnie dunder świśnie, jeśli obaj nie stawaliśmy wtedy na głowie, żeby dopaść tego drania. Kiedy opadł kurz bitewny, Frost kontrolował stoiska z gazetami na wszystkich stacjach kolejowych w promieniu ośmiuset kilometrów od Chicago, a wszyscy nasi klienci, o ile jeszcze żyli, byli bankrutami. Położywszy niemal na naszych oczach skąpane we krwi podwaliny pod swój biznes, rozszerzył działalność na wschód i zachód. To szczwany lis. Niestety nie zdołaliśmy zebrać przeciwko niemu wystarczająco silnych dowodów, aby oskarżenie mogło utrzymać się w sądzie.

Whiteway natychmiast zwęszył możliwość uzyskania zniżki na usługi agencji.

– Chyba zbyt pochopnie uwierzyłem w wasze słynne motto „Nigdy się nie poddajemy, nigdy!" Może powinienem się rozejrzeć za lepszymi detektywami?

Bell i Van Dorn wstali jak na komendę i włożyli kapelusze.

– Żegnam i życzę miłego dnia – powiedział Van Dorn. – A że pański wyścig obejmie cały kontynent, radziłbym rozejrzeć się za firmą detektywistyczną o zasięgu ogólnokrajowym, jak moja.

– Chwileczkę, panowie, po co te nerwy. Ja tylko...

– Mówiąc, że już raz solidnie dostaliśmy w kość od Frosta, chcieliśmy jedynie pana przekonać, że nie wolno go lekceważyć. To kompletny wariat, w dodatku agresywny jak rozjuszony buhaj, ale w przeciwieństwie do innych pomyleńców jest wyrachowany i potrafi działać racjonalnie.

– Jeśli się nie wywinie, czeka go kat albo zakład dla obłąkanych, nie ma więc nic do stracenia, a to czyni go jeszcze bardziej niebezpiecznym – podjął Bell. – Nie zadowoli się skrzywdzeniem Josephine. Będzie próbował storpedować całe pańskie przedsięwzięcie, bo to pan uczynił z niej bohaterkę swojego wyścigu.

– Jeden człowiek? Jak może mi zaszkodzić? Zwłaszcza że musi się ukrywać.

– Gdy Frost budował swoje imperium, w każdym mieście na terenie całego kraju zorganizował grupy przestępcze złożone ze złodziei, podpalaczy, łamistrajków i morderców.

– Nie mam nic przeciwko łamistrajkom – zakomunikował Whiteway. – Ktoś musi trzymać robotników w ryzach.

– Ale będzie pan miał, kiedy pobiją mechaników obsługujących maszyny uczestników wyścigu – odparował Bell. – Tory wyścigów konnych oraz tereny targowe, na których będą lądować, to naturalny obszar działania rozmaitych wydrwigroszy i bukmacherów. Już przyjmowane są zakłady na zwycięzcę wyścigu. Jak wiadomo, hazard ma bliskie powiązania z przestępczością. Frost doskonale wie, gdzie znaleźć dawnych kompanów, a oni powitają go z otwartymi rękami.

– I właśnie dlatego – wtrącił Van Dorn – musi pan być gotowy do walki z Frostem na każdym postoju etapowym.

– To będzie kosztowało masę pieniędzy.

Detektywi wciąż mieli na głowach kapelusze. Bell sięgnął do klamki.

– Proszę zaczekać – powiedział wydawca. – Ilu ludzi potrzeba do obstawienia całej trasy?

– W zeszłym tygodniu pokonałem ją w kierunku zachodnim – odparł Bell. – To prawie sześć i pół tysiąca kilometrów.

– Jak to? – zdziwił się Whiteway. – Przecież jeszcze nie podałem trasy do wiadomości publicznej.

Detektywi znów wymienili spojrzenia. Żaden vandornowiec nie przybywał na spotkanie z klientem, nie dowiedziawszy się uprzednio, jakie mogą być jego potencjalne potrzeby. Zasada ta dotyczyła w dwójnasób samego założyciela agencji i jej głównego śledczego.

– Trasa musi spełniać określone wymagania – wyjaśnił Bell. – Latające maszyny nie zdołają pokonać wysokich pasm górskich, takich jak Appalachy i Góry Skaliste. Ekipy techniczne zawodników muszą przemieszczać się koleją, ponadto, ze względu na dobro pańskich gazet, zależy panu na tłumach publiczności. Mając to na uwadze, wybrałem się pociągiem Twentieth Century Limited z Nowego Jorku do Chicago trasą Water Level Route w górę rzeki Hudson i wzdłuż kanału i jeziora Erie. W Chicago przesiadłem się do pociągu Golden State Limited i pojechałem przez Kansas City na południe do Teksasu, przebyłem Góry Skaliste w najniższym punkcie kontynentalnego działu wodnego, potem przez Nowy Meksyk i Arizonę dotarłem do Los Angeles i dalej Doliną Kalifornijską do San Francisco.

Bell podróżował drogimi ekspresami, występując jako dyrektor firmy ubezpieczeniowej. Na każdej stacji powiadomieni telegraficznie miejscowi pracownicy agencji Van Dorna składali mu raporty opisujące pobliskie tereny targowe i tory wyścigowe, które nadawały się na lądowiska. Długie godziny jazdy spędzał na frapującej lekturze kartotek hazardzistów, kryminalistów, informatorów i stróżów prawa. Zanim pociąg dotarł do nabrzeża promowego Oakland Mole, jego encyklopedyczna wiedza dotycząca przestępczości w Ameryce została gruntownie zaktualizowana.

Nieoczekiwanie ze swojego kąta odezwał się Weiner.

– Zgodnie z regulaminem, w celu ukończenia ostatniego etapu wyścigu zwycięzca będzie musiał wykonać pełne okrążenie wokół tego budynku, czyli siedziby „Inquirera", zanim opuści się na lądowisko w bazie Korpusu Łączności w Presidio.

– Zapewnienie ochrony na tak wymagającej trasie to ogromne przedsięwzięcie – stwierdził Van Dorn z niewesołym uśmiechem. – Jak już wspomniałem, będzie pan potrzebował agencji detektywistycznej o zasięgu ogólnokrajowym.

– Zdajemy sobie sprawę ze znaczenia pańskiego wyścigu, panie Whiteway – powiedział Bell, zdejmując kapelusz. – Stany Zjednoczone pozostały daleko w tyle za Francją i Włochami w dziedzinie przelotów długodystansowych.

– Pełni werwy obcokrajowcy, zwłaszcza Francuzi i Włosi, mają prawdziwy dryg do latania – zauważył Whiteway.

– Flegmatyczni Niemcy i Brytyjczycy też całkiem nieźle sobie radzą – odparł Bell.

– Mając na względzie nastroje wojenne w Europie – zawtórował mu Van Dorn – armie tych krajów dokładają wszelkich starań, aby zastosować aeroplany na polu bitwy.

– Istnieje ogromna przepaść między wojowniczymi królami i dyktatorami a pokojowo nastawionymi Amerykanami – wyrecytował uroczyście Whiteway.

– To kolejny argument za tym, aby Latająca Sympatia Ameryki dokonała przełomu w świadomości naszych obywateli, których wiedza lotnicza ogranicza się do heroicznego wyczynu braci Wright i popisów powietrznych straceńców krążących nad tłumami widzów w słoneczne dni – powiedział Isaac Bell. – Jeżeli Josephine podbije Stany, przyczyni się do postępu w najnowszej dziedzinie techniki, jaką jest awiacja.

Ta wypowiedź najwyraźniej przypadła Whitewayowi do gustu. Van Dorn posłał swojemu głównemu śledczemu spojrzenie pełne aprobaty, doceniając jego zręczne pochlebstwo służące zdobyciu klienta. Tymczasem Bell mówił najzupełniej szczerze. Aby przekształcić aeroplany w szybki, nowoczesny środek transportu, awiatorzy musieli zmierzyć się z wichrami i burzami nad bezkresnymi, odludnym połaciami kraju.

– Nie wolno dopuścić, żeby Harry Frost storpedował te wspaniałe zawody – oznajmił wydawca stanowczym tonem.

– Stawką jest przyszłość podniebnych podróży. No i, rzecz jasna, życie pańskiej młodej awiatorki.

– W porządku! – Whiteway podjął decyzję. – Obstawcie cały kraj, od morza do morza. Do diabła z kosztami.

Van Dorn podał mu rękę, potwierdzając przyjęcie zlecenia.

– Natychmiast bierzemy się do roboty.

– Jeszcze jedno – zastrzegł Whiteway.

– Słucham?

– Co do ekipy detektywów ochraniających Josephine...

– Zapewniam, że osobiście wybiorę najlepszych ludzi.

– Wszyscy muszą być żonaci.

– Naturalnie – odrzekł Van Dorn. – To się rozumie samo przez się.


Automobil Bella pędził z powrotem Market Street. Promieniejący zadowoleniem Van Dorn zachichotał.

– Żonaci detektywi, a to dopiero.

– Zdaje się, że Josephine zamieniła zazdrosnego męża na zazdrosnego sponsora.

Bell nie dodał, że jego zdaniem ta rzekomo naiwna wiejska dziewczyna błyskawicznie przestawiła się z bogatego męża, który płacił za jej aeroplany, na bogatego wydawcę, który miał robić to samo. Musi być pełna determinacji i wiedzieć, czego chce. Z niecierpliwością oczekiwał chwili, kiedy ją pozna.

– Odniosłem wrażenie, że Whiteway wolałby, aby Frost zawisł na szubienicy, zamiast siedzieć pod kluczem – powiedział Van Dorn.

– Nie dziwię mu się – odrzekł Bell. – Jego matka, kobieta o wielkiej sile charakteru, pisze artykuły na temat amoralności rozwodów i zmusza go do publikowania ich w niedzielnych dodatkach. Jeżeli Preston pragnie poślubić Josephine, egzekucja bez wątpienia byłaby bardziej po jego myśli. Nie miałby wtedy problemu z otrzymaniem błogosławieństwa mamusi i spadku po niej.

– Chętnie uczyniłbym Josephine wdową – mruknął Van Dorn. – Harry Frost nie zasługuje na nic innego. Tyle że najpierw musimy go dopaść.

– Jeśli wolno mi coś zasugerować, na szefa osobistej ochrony Josephine polecam Archiego Abbotta. W całej Ameryce nie ma detektywa szczęśliwszego w małżeństwie.

– Pewnie nie – zgodził się Van Dorn. – Wszak ożenił się z kobietą niezwykłej urody, w dodatku bardzo bogatą. Czasem zastanawiam się, dlaczego wciąż chce dla mnie pracować.

– Archie jest doskonałym śledczym. Dlaczego miałby rezygnować z zajęcia, które daje mu tyle satysfakcji?

– Dobrze, wyznaczę go na szefa obstawy Josephine.

– Zakładam, że przydzielisz do tej ekipy prawdziwych detektywów, a nie chłopców z ochrony?

Służba Ochrony Van Dorna, bardzo lukratywna filia agencji, dysponowała całymi zastępami detektywów hotelowych, osobistych ochroniarzy, konwojentów i nocnych strażników. Jednak jej pracownicy nie przejawiali odpowiedniego charakteru, stanowczości, przedsiębiorczości, umiejętności i sprytu, aby awansować na pełnoprawnych śledczych.

– Dam mu tylu detektywów, ilu zdołam – zapewnił Van Dorn. – Nie mam do dyspozycji armii śledczych, zwłaszcza teraz, kiedy wyznaczyłem wielu najlepszych ludzi do zakładania zagranicznych biur naszej agencji.

– Skoro nasze siły muszą być ograniczone, poszukaj takich ludzi, którzy w przeszłości pracowali jako mechanicy.

– Świetny pomysł! Niewielki zespół zakamuflowany jako brygada mechaników może trzymać się blisko Josephine, obsługując jej latającą maszynę.

– A ja będę mógł się zająć tropieniem Frosta.

Van Dorn wychwycił twardy ton w głosie Bella i obrzucił go badawczym spojrzeniem. Główny śledczy agencji w skupieniu prowadził automobil przez zatłoczoną ulicę, a jego twarz wyglądała jak wykuta z żelaza.

– Utrzymasz nerwy na wodzy?

– Oczywiście.

– Pamiętaj, że poprzednim razem cię wykiwał.

– Wtedy wykiwał wielu detektywów, znacznie starszych i bardziej doświadczonych ode mnie. Nie wyłączając ciebie, Joe.

– Obiecaj mi, że będziesz o tym pamiętał, a dostaniesz tę robotę.

Bell puścił lewarek zmiany biegów i nad zbiornikiem benzyny locomobile'a wyciągnął rękę do swego szefa.

– Masz moje słowo.

# Rozdział 3

**P**okiereszował mnie niedźwiedź – wyjaśnił John Hodge, posterunkowy z miasteczka North Ridge, w odpowiedzi na niezadane pytanie Isaaca Bella, który obrzucił spojrzeniem jego pokrytą bliznami twarz, bezwładną rękę i drewnianą protezę nogi. – Pracowałem jako przewodnik myśliwych i wędkarzy. Po wypadku nadawałem się już tylko do policji.

– A co się stało z niedźwiedziem?

Posterunkowy wyszczerzył zęby w uśmiechu.

– W chłodne zimowe noce sypiam przykryty jego skórą. To miło, że pan spytał. Większość ludzi nawet nie patrzy mi w twarz. Witamy na dalekiej północy, panie Bell. W czym mogę panu pomóc?

– Jak pan sądzi, dlaczego do tej pory nie znaleziono ciała Marka Celere?

– Nigdy nie udało się znaleźć ciała kogoś, kto spadł ze skały nad przełomem. Wysokość jest duża, rzeka w tym miejscu bystra i głęboka, a wszędzie roi się od głodnych zwierząt, poczynając od rosomaków, a na rybach kończąc. Jeśli ktoś wpadnie do rzeki North, to już po nim.

– Czy był pan zaskoczony na wieść, że to Harry Frost zastrzelił Marka Celere?

– Owszem, byłem.

– Dlaczego? Przecież Frost jest znany z porywczości. Przed laty został skazany za zamordowanie własnego szofera.

– Tego ranka, zanim jeszcze lokaj pani Frost doniósł mi o strzelaninie, pan Frost złożył zawiadomienie o kradzieży karabinu.

– Może miał inny?

– Twierdził, że to był jego ulubiony.

– Czy mógł kłamać, aby odsunąć od siebie podejrzenia?

– Tego nie wiem.

– Czy broń została odnaleziona?

– Natknęli się na nią chłopcy bawiący się przy torach.

– Kiedy?

– Tego samego dnia po południu.

– Czy dopuszcza pan możliwość, że Frost upuścił karabin, wskakując do wagonu towarowego?

– Nigdy nie słyszałem, żeby bogaci panowie wskakiwali w biegu do pociągu, jak jacyś włóczędzy.

– Harry Frost nie zawsze był bogaty – powiedział Bell. – Mając osiem lat, uciekł z sierocińca w Kansas City i dotarł koleją do Filadelfii. Potrafiłby wskoczyć do pociągu z zamkniętymi oczami.

– Tędy przejeżdża wiele pociągów – odparł wymijająco posterunkowy.

Bell zmienił temat.

– Jakim człowiekiem był Marco Celere?

– Nie wiem.

– Nigdy pan go nie widział? Słyszałem, że przyjechał tu zeszłego lata.

– Zajmował się swoimi sprawami. Nie opuszczał posiadłości Frosta.

Bell wyjrzał przez okno na zamienioną w grzęzawisko główną ulicę miasteczka North River. Był ciepły wiosenny dzień, ale meszki cięły niemiłosiernie, więc mało kto ruszał się z domu. Trwał właśnie, jak to określił zawiadowca stacji, „błotny tydzień", podczas którego zimowa zmarzlina roztapia się, zostawiając po sobie głęboką po kolana warstwę rozmokłej ziemi. Jedyne słowa, które małomówny posterunkowy wypowiedział z własnej nieprzymuszonej woli, dotyczyły jego spotkania z niedźwiedziem. Teraz Hodge czekał w milczeniu, a Bell podejrzewał, że jeśli nie zada kolejnego pytania, ten człowiek nie powie mu nic więcej.

– Pomijając zeznania Josephine Frost, czy dysponuje pan jakimkolwiek dowodem, że doszło do strzelaniny? – spytał.

– Celere zniknął. Tak samo pan Frost.

– A więc nie ma bezpośredniego dowodu?

Posterunkowy Hodge wysunął szufladę, sięgnął do środka i położył na blacie biurka pięć mosiężnych łusek.

– Znalazłem je na polanie pod lasem, dokładnie tam, gdzie pani Frost widziała męża strzelającego do Celere.

– Czy mogę?

– Jak najbardziej.

Bell wziął jedną z łusek przez chusteczkę i przyjrzał się jej dokładnie.

– Nabój .45-70 – powiedział.

– Pasują do marlina – dodał Hodge.

– Dlaczego nie przekazał pan tych łusek prokuratorowi okręgowemu?

– Nie prosił mnie o to.

– A czy w ogóle wspomniał mu pan, że je znalazł? – drążył cierpliwie Bell.

– Myślałem, że wystarczy mu zeznanie pani Frost.

– Może ktoś pokazałby mi miejsce, gdzie to się stało?

Ku zaskoczeniu Bella, posterunkowy zerwał się z fotela i wyszedł zza biurka, postukując drewnianą nogą o podłogę.

– Zawiozę tam pana. Po drodze kupimy cygaretki, żeby odpędzić meszki.

Wypuszczając kłęby dymu spod rond swoich kapeluszy, policjant z North River i detektyw z agencji Van Dorna ruszyli w góry należącym do Hodge'a fordem model A. Kiedy droga się skończyła, poszli dalej pieszo. Posterunkowy doczepił do protezy drewniane kółko, aby nie zapadać się w błoto. Ponad godzinę wspinali się ścieżkami wydeptanymi przez jelenie, aż wreszcie wyszli spomiędzy rosnących gęsto jodeł i brzóz na skraj polany, brązowej od przegniłej zeszłorocznej trawy.

– To drzewo, pod którym leżały łuski – powiedział Hodge, wskazując je ręką. – Czysty strzał do kogoś, kto stoi nad samą przepaścią, skąd na oczach pani Frost spadł Celere.

Bell pokiwał głową. Z odległości około stu pięćdziesięciu metrów trudno nie trafić z marlina, nawet bez lunety.

– Jak pan sądzi, co robił Celere na krawędzi urwiska?

– Podchodził zwierzynę. Lokaj mówił, że wybrali się na niedźwiedzie.

– W takim razie Celere musiał mieć pełne zaufanie do Frosta.

– Chodzą słuchy, że pan Frost kupował od niego aeroplany dla żony. To pewnie ufał dobremu klientowi.

– Czy znalazła się broń Celere?

– Nie.

– Co się z nią mogło stać?

– Pewnie leży na dnie rzeki.

– To samo musiało się stać z lornetką.

– Jeśli miał ją ze sobą.

Przeszli na skraj rozpadliny. Bell ruszył wzdłuż krawędzi, mając świadomość, że śnieg, który leżał tu zimą i spłynął z wiosennym roztopem, zatarł wszelkie ślady zdarzenia. Gdy podszedł do samotnego drzewa wczepionego korzeniami w samą krawędź urwiska, zauważył biegnącą dwa metry pod nim wąską półkę skalną. Szeroka na nieco ponad metr, wystawała z pionowej ściany, tworząc jakby drugi brzeg przepaści. Spadające ciało musiało ją ominąć, żeby wpaść do rzeki. Trzymając się korzeni, częściowo odsłoniętych przez erozję, zszedł na nią i rozejrzał się. Ani śladu strzelby czy lornetki. Zerknął za krawędź. Daleko w dole lśniła powierzchnia rzeki.

Wspiął się z powrotem na łąkę. Kiedy oparł się ręką o drzewo, wyczuł otwór w korze. Zbadał go dokładniej, po czym zwrócił się do Hodge'a.

– Czy użyczyłby mi pan swojego noża myśliwskiego, panie posterunkowy?

Hodge wyciągnął z pochwy długi kordelas z głownią noszącą ślady stalowego pręta do ostrzenia.

– Co pan tam znalazł? – zapytał.

– Podejrzewam, że w pniu utkwił pocisk – wyjaśnił Bell.

Nożem Hodge'a odłupał korę wokół otworu, powiększył go ostrożnie i, żeby nie zadrapać ostrzem grudki miękkiego ołowiu, wydłubał ją palcami.

– Skąd się tutaj wzięła? – zastanawiał się zdziwiony policjant.

– Być może z karabinu Harry'ego Frosta.

– Może i tak, ale tego pan nie dowiedzie.

– Zobaczymy – odparł Bell. Pamiętał, że przed kilku laty Olivera Wendella Holmesa uznano za winnego zabójstwa, bo udało się dopasować pocisk do broni, z której został wystrzelony. – Czy nadal ma pan karabin znaleziony przy torach?

– Jest w moim biurze. Miałem go zwrócić pani Frost, ale wyjechała. Pan Frost przepadł już dawno, a wśród osób, które pozostały w posiadłości, nie znalazłem nikogo, komu mógłbym oddać tak zacny karabin.

Po powrocie do North River detektyw, korzystając z pomocy Hodge'a, znalazł w składzie kolejowym belę prasowanej bawełny do pakowania. Ustawił ją na pustym placu załadunkowym, w środek wetknął swój bilet wizytowy i odmierzył sto pięćdziesiąt kroków. Następnie załadował dwa naboje .45-70 do marlina należącego do Frosta, uchwycił wizytówkę w krzyż teleskopowego celownika i ściągnął spust.

Nie trafił w wizytówkę ani nawet w belę bawełny. Pocisk przeszedł nad celem i odbił się z brzękiem od żelaznego słupa semafora.

Posterunkowy popatrzył na Bella z politowaniem.

– Sądziłem, że detektywi z agencji Van Dorna doskonale posługują się bronią palną. Może lepiej strzelę za pana?

– Coś jest nie tak z lunetą.

– To się zdarza. Czasami. – W głosie Hodge'a słychać było powątpiewanie.

– Mogła zostać uszkodzona przy upadku na tory.

Bell popatrzył na ślad po kuli na słupie semafora i odłożył odpowiednią poprawkę. Zarepetował, wyrzucając zużytą łuskę i wprowadzając nowy nabój do komory, po czym strzelił ponownie. Wizytówka spadła na ziemię.

– Chyba zaczyna pan łapać – skomentował Hodge. – Tylko tak dalej, a będzie z pana całkiem niezły strzelec, młodzieńcze.

Bell wygrzebał pocisk z bawełny i zawinął go w chustkę do nosa razem ze spłaszczoną kulą wyjętą z drzewa. Następnie poszedł na pocztę i nadał przesyłkę do laboratorium agencji Van Dorna, z prośbą o zbadanie pod mikroskopem, czy obie kule wystrzelono z tej samej broni.

– Czy ktoś nadal mieszka na działce Frosta? – spytał Hodge'a.

– Zostało kilku ludzi, ale szkoda na nich pańskiego czasu – odparł posterunkowy. – Teraz działa tam tylko mleczarnia. Sprzedają mleko w mieście. Kucharki, pokojówki, ogrodnicy, nawet stróż, wszyscy wynieśli się po wyjeździe pani Frost.

W miejscowej stadninie, gdzie wypożyczano powozy, Bell wynajął automobil marki Ford i, rozpytawszy się uprzednio o drogę, pojechał na działkę.

Kamienna brama zwieńczona spadzistym dachem, pod którym znajdowały się masywne wrota w formie kratownicy z potężnych bali, zadawała kłam zwyczajowej nazwie „działka", jaką w Adirondack określano posiadłość Frosta. Zapewne na tej samej zasadzie ogromne rezydencje w Newport nazywano „letnimi domkami". Do bramy przylegał duży zgrabny bungalow, prawdopodobnie mieszkanie stróża. Mimo łomotania do drzwi i nawoływań nikt nie wyszedł Bellowi na spotkanie.

Przejechał więc pod kamiennym łukiem i ruszył dalej szerokim podjazdem dla powozów, którego starannie zniwelowana szutrowa nawierzchnia była w stanie nieporównanie lepszym niż tonąca w błocie i pełna wybojów publiczna droga do miasta. Trakt, wiodący kilometrami przez las, żłobił zbocza pagórków i przeprawiał się przez niezliczone strumienie ręcznie brukowanymi brodami i kamiennymi mostkami, ozdobionymi zgodnie z duchem współczesnej sztuki użytkowej.

Dopiero po pokonaniu niemal ośmiu kilometrów Bell zobaczył jezioro. Na jego drugim brzegu stał podłużny drewniany budynek na podmurówce. Otaczały go mniejsze domy i zabudowania gospodarcze, a w oddali widać było obory i silos mleczarni. Okrążywszy jezioro, wjechał między zabudowania. Minął kuźnię, wędzarnię, pralnię i dużą szopę na skraju rozległej łąki, służącą prawdopodobnie jako hangar, bo przez otwartą szczytową ścianę widać było przednie stery wysokości aeroplanu.

Zatrzymał forda pod portykiem rezydencji, lekko przegazował motor i wyłączył zapłon. Miejsce wyglądało na opustoszałe. Po ustaniu warkotu silnika słychać było tylko ciche tykanie stygnącego metalu i łagodny szum chłodnej bryzy wiejącej znad jeziora.

Zapukał do drzwi frontowych, a gdy nie uzyskał odpowiedzi, nacisnął klamkę. O dziwo, nie były zamknięte.

– Halo! – krzyknął gromko. – Jest tam kto?

Żadnej reakcji.

Wszedł do środka. Tuż za przedsionkiem rozciągała się główna sala, ogromne pomieszczenie zalane światłem wpadającym przez wysokie okna. Po obu stronach dominowały masywne kamienne kominki. Rustykalne fotele i sofy stały na miękkich dywanach, a ściany zdobiły mroczne europejskie malowidła w błyszczących złoconych ramach. Belkowany sufit był, podobnie jak ściany, wyklejony brzozową korą.

Bell mijał kolejne urządzone z przepychem pokoje i wzbierał w nim coraz większy gniew. Jako potomek bostońskich bankierów i dziedzic ogromnej fortuny swego dziadka, był przyzwyczajony do przejawów wielkiego bogactwa i dobrze znał płynące z niego korzyści. Lecz ta tak zwana „działka" została zbudowana na krzywdzie niewinnych mężczyzn, kobiet i dzieci. Wśród niezliczonych zbrodni, jakich dopuścił się Harry Frost, tworząc swoje imperium, trudno byłoby wyróżnić jedną konkretną, ale dla Bella najważniejsze było wysadzenie w powietrze salonu prasowego w Chicago, które miało na celu zniszczenie konkurencyjnej firmy kolporterskiej. Bomba zabiła trzech gazeciarzy czekających w kolejce na dostawę świeżej prasy. Najstarszy z nich miał dwanaście lat.

Odgłos kroków detektywa rozbrzmiewał echem w pustym korytarzu i na schodach, którymi zszedł na dół. U ich podnóża natrafił na ciężkie dębowe drzwi gęsto nabijane gwoździami. Odsunąwszy zasuwkę, wszedł do środka i znalazł się w ogromnej piwnicy winnej, wykutej w litej skale. Przechodząc między stojakami na butelki, dostrzegł najlepsze roczniki z ostatnich dwóch dekad. Było tam doskonałe bordeaux rocznik 69 i 71, kilka butelek unikalnego château lafite z 1848 roku, a nawet długi rząd butelek château d'yquem 1811 comet vintage. Bell podejrzewał jednak, że wina, podobnie jak liche obrazy wiszące na górze, były fałszywkami nabytymi od nieuczciwego handlarza.

Wracając do wyjścia z piwnicy, zatrzymał się na widok stojącej na stole ślubnej fotografii. Harry Frost, w cylindrze i żakiecie, dziarskim wzrokiem wpatrywał się w obiektyw kamery. Szyte na miarę ubranie nie mogło zamaskować zwalistej sylwetki, a wysoki cylinder tylko podkreślał potężną bryłę jego ciała. Dopiero po dokładniejszym przyjrzeniu się mężczyźnie na zdjęciu Bell zdał sobie sprawę, że Frost wcale nie jest gruby, jak mogło się wydawać na pierwszy rzut oka. Całą swoją postawą wyrażał skumulowaną energię i siłę, jak dzikie zwierzę gotujące się do skoku. Van Dorn określił go słowami „agresywny jak rozjuszony buhaj". I równie szybki i silny, pomyślał Bell.

Stojąca obok męża Josephine wyglądała jak dziecko, ale na jej młodzieńczej twarzy malowała się odwaga, a nawet swego rodzaju zuchwałość, zupełnie jakby wyruszała w daleką podróż w nieznane, którą miała nadzieję szczęśliwie zakończyć.

Za młodą parą, sztywno niczym kołki w płocie, stali członkowie rodziny. Wyglądali jak typowi prowincjusze wystrojeni do kościoła. W tle Bell rozpoznał kamienny kominek. A więc pobrali się tutaj, w tej wielkiej, rozbrzmiewającej echem sali. Wszyscy widoczni na zdjęciu, z wyjątkiem Frosta, byli do siebie podobni, więc Bell domyślił się, że w uroczystości uczestniczyli tylko krewni panny młodej.

Wyszedł na dwór, okrążył dom i przeszukał budynki gospodarcze. W dawnej wozowni urządzono strzelnicę. W jednej z zamkniętych szklanych gablot leżał cały arsenał pistoletów i karabinów. Inne zawierały kolekcje szabel, rapierów, noży sprężynowych i sztyletów.

W garażu stały luksusowe auta, packard limuzyna, palmer-singer skimabout, lancia torpedo oraz kilka motocykli. Na widok pojazdów w myślach Bella zaczął formować się obraz Frosta jako wiecznie niespokojnego samotnika. Żył jak król, a zarazem jak ktoś wyjęty spod prawa. Działka była w równym stopniu rezydencją, co kryjówką, a Frost, na wzór innych głośnych przestępców, w każdej chwili był gotów do ucieczki. Prawdopodobnie spodziewał się, że mimo posiadanego majątku i władzy znów popełni jakiś okropny czyn i na powrót stanie się ściganym.

Bell zajrzał do kuźni. Palenisko było zimne. W skrzyni na odpady znalazł powyginane podkowy. Pamiętał jeszcze z Chicago, że była to swoista wizytówka Frosta. Giął podkowy gołymi rękami, demonstrując swą nadludzką siłę, a potem bandy opryszków wrzucały je przez okna do sypialni jego konkurentów. Wśród wiecznie pijanych bywalców saloonów West Side krążyła przekazywana z ust do ust opowieść, jak to Frost jednym uderzeniem pięści zabił konia rasy Clydesdale.

Nad pogiętymi podkowami, okopcony dymem, wisiał oprawiony w ramki list z podziękowaniami za wsparcie pieniężne jakiejś inicjatywy obywatelskiej. Bell odwrócił się do drzwi i wyszedł na słońce, powtarzając w myślach nazwiska ofiar zamachu na salon prasowy: Wally Laughlin, Bobby Kerouac,

Joey Lansdowne. Chłopcy mieli piękny pogrzeb. Ich koledzy, zgodnie z tradycją panującą wśród gazeciarzy, wynajęli karawany i żałobników oraz opłacili nekrologi i listy kondolencyjne. Wally Laughlin, Bobby Kerouac, Joey Lansdowne musieli już pracować, ale byli jeszcze dziećmi, więc kapłani pocieszali ich matki, że teraz znajdą sobie lepsze zajęcie w niebie.

Ze stojącej nad brzegiem jeziora szopy na łodzie, gdzie znalazł parę płaskodennych kryp i kajaków oraz żaglówkę ze złożonym masztem, Bell poszedł przez wysoką trawę do hangaru dla latających maszyn. Zobaczył tam tyle części zapasowych, że można by z nich złożyć kilka aeroplanów. Ten, który widać było z drogi, nie miał motoru ani śmigieł.

Ledwie wyszedł z hangaru, usłyszał głosy dobiegające od strony wędzarni.

Ruszył w stronę niskiego, pozbawionego okien betonowego budynku, zza którego słychać było rozmowę, i zatrzymał się przy ścianie. Mężczyzna po drugiej stronie gadał jak najęty. Sądząc po głosie, był w średnim wieku lub nawet starszy i zamęczał nieszczęsnego słuchacza potokiem słów. Bell zwrócił uwagę na jego akcent. Wymawiał e tak samo krótko, jak większość autochtonów z regionu Adirondack, ale na pewno stąd nie pochodził, bo inne cechy jego artykulacji świadczyły, że dorastał w Chicago.

A sam temat niepowstrzymanego monologu wskazywał, że należał do mieszkańców okrytej złą sławą dzielnicy Levee, w której zbrodnia i nierząd stanowiły chleb powszedni.

# Rozdział 4

Żeby zarobić kupę forsy, trzeba założyć burdel. No coś ty, jasne, że nie tutaj! Chyba że dla krów. Jak burdel, to tylko w Chicago! Kupujesz w West Side dom za sześć tysięcy. Za parę setek zgodzisz stolarza, żeby w środku postawił od cholery dodatkowych ścian. Najmujesz dziesięć dziewczynek. Dwadzieścia numerów w jedną noc. Za każdy numer kasujesz dolara, nie pięćdziesiąt centów, to ma być porządny burdel. Połowę zatrzymuje dziewczyna, a druga połowa dla ciebie. Spłacasz dom w dwa miesiące i od tej pory zarabiasz trzy tysiące miesięcznie. Na czysto!

– Muszę już iść do roboty – odezwał się młodszy, spokojniejszy głos.

Bell zdjął kapelusz z szerokim rondem i zaryzykował szybkie spojrzenie zza węgła. Starszy mężczyzna siedział tyłem do niego na beczce, z butelką piwa w ręce. Miał na sobie koszulę z długimi rękawami, kamizelkę i melonik. Młodszy, wiejski chłopak w słomianym kapeluszu, trzymał wiadro i grabie.

– Pamiętaj, że zarabiasz też na gorzale sprzedawanej klientom – podjął gaduła. – Zresztą dziewczynkom też. One wszystkie chętnie przepuszczają łatwo zarobione pieniądze. Załatwiasz im morfinę, kokainę, wino, co tam będą chciały, i masz z tego dolę. Tak samo, kiedy kupują sukienki u obnośnego handlarza.

– Muszę już iść, panie Spillane.

Parobek ruszył, powłócząc nogami, w kierunku mleczarni i wkrótce zniknął Bellowi z oczu. Kiedy detektyw wyszedł zza rogu, facet siedzący na beczce odwrócił się twarzą w jego stronę. Bell natychmiast zorientował się, że zna tę zakazaną gębę z listów gończych.

– No proszę, Sammy Spillane.

Spillane wbił w detektywa harde spojrzenie, próbując go sobie przypomnieć. Po dłuższej chwili wycelował palec w Bella i pokiwał głową.

– Znam cię – oznajmił.

– Co tu robisz, Sammy? Czyżby Harry Frost prowadził dom starców dla emerytowanych bokserów?

– Już wiem, jesteś tym przeklętym vandornowcem.

– Jak ci się udało wydostać z Joliet? – spytał Bell, bo blada cera Sammy'ego zdradzała, że jeszcze niedawno siedział za kratkami.

– Puścili mnie wcześniej, za dobre sprawowanie. Najwyższy czas przefasonować ci tę piękną buźkę.

– Daj spokój, Sammy, jesteś za stary na takie zabawy.

– Ja tak – zgodził się Spillane – ale moja stara Sadie dała mi dwóch krzepkich synów. Chodźcie tu, chłopcy! – wrzasnął. – Przywitajcie się z prawdziwym detektywem od Van Dorna, który zapomniał zabrać ze sobą kolegów.

Dwie młodsze i większe kopie Spillane'a wyszły na światło dzienne, ziewając i przecierając zaspane oczy. Na widok Bella obaj bracia skoczyli z powrotem do środka i po chwili pojawili się znowu ze styliskami od kilofów. Przybrali groźną postawę, uderzając miarowo grubszymi końcami w otwarte dłonie. Bell nie miał cienia wątpliwości, że potrafią zrobić z nich użytek. Zapewne przeszli gruntowny trening w roli łamistrajków rozpędzających demonstracje związkowców. Tymczasem ich ojciec wyciągnął rewolwer Smith & Wesson i wycelował w detektywa.

– Jak ci się podobają moi chłopcy, łapsie? – spytał i zarechotał. – Skóra ściągnięta z tatusia, co?

– Uderzające podobieństwo – przyznał Bell, mierząc młodych mężczyzn wzrokiem od stóp do głów. – Zwłaszcza te zezowate świńskie oczka. Ale cofnięte czoła to raczej po mamusi. Powiedz, Sammy, czy ty w ogóle miałeś ślub ze swoją Sadie?

Obelgi sprowokowały osiłków do działania. Ruszyli na detektywa z dwóch stron. Wprawnym ruchem unieśli oburącz styliska, przyciskając zarazem łokcie do tułowia, aby zabezpieczyć się przed ewentualną kontrą. Wiedzieli, że każde uderzenie grubym hikorowym kijem, nawet zadane z samego nadgarstka, potrafi złamać kość. Ruszając do ataku, wpakowali się ojcu na linię strzału.

Bell wykorzystał ich jako osłonę, a potem uskoczył w bok. Kiedy pojawił się ponownie w polu widzenia Sammy'ego, jego biały kapelusz właśnie opadał na trawę, a dwustrzałowy derringer kaliber 11 mm wyciągnięty z główki był wycelowany w twarz starego bandziora. Spillane skierował rewolwer w stronę Bella, ale detektyw był szybszy. Padł strzał, chicagowski gangster wypuścił z ręki broń i zleciał z beczki na ziemię.

Huk wystrzału i widok ojca, który, jęcząc z bólu, trzymał się za prawe ramię, powściągnął zapędy obu braci.

– Jak widzicie, chłopcy, wasz tatuś postanowił sobie odpuścić tę awanturę – powiedział Bell. – Lepiej rzućcie te drągi, zanim wam stanie się krzywda.

Bracia rozdzielili się, rozeszli na boki i stanęli w odległości niecałych czterech metrów od siebie. Każdego dzieliło od Bella nieco ponad półtora metra, mogli więc z łatwością dosięgnąć go styliskami.

– Nie bądź pan taki mądry, panie detektyw, bo masz pan tylko jedną kulkę – odezwał się wyższy.

Bell podniósł z ziemi swój kapelusz, założył na głowę i skierował broń dokładnie w sam środek, między młodych Spillane'ów.

– Zamierzałem wpakować ją twojemu braciszkowi w kolano, bo pomyślałem, że mógłby używać tego styliska jako laski do końca swoich dni. Ale teraz zastanawiam się, czy nie lepiej poczęstować nią ciebie.

Mówiąc to, wodził pistoletem od jednego do drugiego, a potem znów ustawił go w środku między nimi.

– Jak strzelisz do niego, będziesz miał ze mną do czynienia – ostrzegł go niższy z braci.

– Z mojej strony tak samo – oznajmił większy i zaśmiał się złowrogo. – Meksykański impas, tyle że bez Meksykanina. Tato, wszystko w porządku?

– Ni cholery – jęknął Sammy. – Mam przestrzelone ramię! Zabij drania, zanim on rozwali ci ten głupi łeb! Załatwcie go razem! Trzask, prask i po wszystkim. No już!

Bracia rzucili się na Bella.

Powalił większego ostatnim pociskiem i błyskawicznie odchylił się w tył. Drąg mniejszego przemknął ze świstem dwa centymetry od jego twarzy. Młody Spillane stracił równowagę i poleciał do przodu, a detektyw rąbnął go derringerem w kark.

Wyczuł za sobą jakiś ruch.

Za późno.

Sammy Spillane chwycił stylisko upuszczone przez syna, który dostał kulkę, i nie podnosząc się z ziemi, zamachnął się nim. Twardy drąg trafił detektywa w nogę za kolanem. Nawet nie poczuł uderzenia, ale noga złożyła się, jakby jego ścięgna zmieniły się w makaron. Upadł na plecy z taką siłą, że całe powietrze wyleciało mu z płuc.

Przez chwilę, która wydawała się wiecznością, nic nie widział i nie mógł się ruszyć. Ogarnął go mrok. Zamrugał, próbując zdjąć zasłonę z oczu. Kiedy opadła, zobaczył nad sobą niższego z synów Spillane'a, unoszącego stylisko oburącz ponad głowę. Szeroki koniec drąga przesłaniał kawałek nieba. Bell widział, jak całe ciało mężczyzny napina się do zadania druzgocącego ciosu.

Uświadomił sobie, że jedyną szansą ocalenia jest wyciągnięcie pistoletu z kabury pod płaszczem, lecz wciąż nie mógł się ruszyć. A stylisko lada moment opadnie na jego czaszkę.

Nagle, czując gwałtowny napływ energii wyzwolony przez adrenalinę, zdołał sięgnąć pod połę płaszcza. Już mógł się poruszać, więc błyskawicznie zmienił taktykę. Zamiast wyciągać pistolet, kopnął napastnika w krocze. Trafił twardym noskiem buta dokładnie tam, gdzie chciał.

Młody Spillane zesztywniał, jakby zamienił się w posąg. Stał tak z uniesionymi rękami, ale stylisko wyślizgnęło mu się z dłoni. Zanim upadło na ziemię, tuż obok głowy Bella, mężczyzna przewrócił się do tyłu, wrzeszcząc wniebogłosy.

Detektyw wstał, otrzepał ubranie i nadepnął na dłoń Sammy'emu, który sięgał po leżący na ziemi rewolwer.

– Daj sobie spokój – mruknął. – To koniec.

Upewnił się, że postrzelony przez niego młody Spillane nie krwawi z żadnej arterii i będzie żył. Drugi chłopak, ten, którego kopnął w krocze, z trudem wciągał powietrze do płuc. Popatrzył na ojca i brata leżących na ziemi tuż obok niego, a potem przeniósł spojrzenie na stojącego nad nim detektywa.

– Jesteś farciarzem – warknął.

Bell odsunął połę płaszcza i pokazał mu tkwiącego w kaburze browninga.

– Nie, synu, to ty jesteś farciarzem.

– Miałeś drugą spluwę? – zdziwił się chłopak. – Dlaczego jej nie użyłeś?

– Bo pan Van Dorn to sknera.

– Co takiego? O czym ty gadasz?

– W naszej agencji ściśle przestrzegamy zasady dotyczącej marnowania ołowiu na pospolitych śmierdzieli – wyjaśnił Bell. – Praktykujemy też zachowywanie przynajmniej jednego śmierdziela w przytomności, aby mógł odpowiedzieć na nasze pytania. Gdzie jest Harry Frost?

– Niby dlaczego, u diabła, miałbym ci powiedzieć?

– Dlatego, że jeśli mi powiesz, to was nie wsadzę. W przeciwnym razie tatuś wróci do Joliet za napaść z bronią w ręku, a wy dwaj traficie do Elmiry za napaść z użyciem niebezpiecznego narzędzia. Mogę się założyć, że odsiadujący tam wyroki nowojorczycy nie przepadają za kolesiami z Chicago.

– Chłopcy nie mają pojęcia, gdzie jest Harry – odezwał się Sammy Spillane.

– Ale ty wiesz.

– Harry dał nogę przed glinami. Po co miałby mi mówić dokąd?

– Po to – odparł Bell – żebyś w razie potrzeby mógł mu pomóc, zapewniając pieniądze, broń i wsparcie przestępczej ferajny. Gdzie on jest?

– Harry Frost nie potrzebuje ode mnie żadnych pieniędzy ani wsparcia „przestępczej ferajny".

– Nie da się uciekać, nie mając znikąd pomocy.

– Nic pan nie kumasz, panie detektyw. Harry ma od groma forsy poupychanej w różnych bankach w całych Stanach. Wyśledzicie go w Nowym Jorku, to pojedzie po kasę do Ohio. Pogonicie za nim do Ohio, a on już będzie się witał z dyrektorem banku w Kalifornii.

Bell popatrzył w przymrużone oczy rannego gangstera. Spillane opisywał uciekiniera, który doskonale zdaje sobie sprawę, jak ogromnym i niejednolitym krajem są Stany. Nawet organizacja o zasięgu kontynentalnym, jak agencja Van Dorna, mogła mieć poważne trudności, ścigając przestępcę przekraczającego granice kolejnych stanów i regionów administracyjnych. Zanotował sobie w myślach, że musi zlecić terenowym biurom agencji rozesłanie listów gończych do wszystkich dyrektorów banków na ich obszarach działania. Wiedział, że nie będzie to łatwe, bo liczba banków szła w dziesiątki tysięcy.

– Więc Harry wszędzie ma swoich kumpli?

– Nie kumpli, bo kumpel to przyjaciel, tylko ludzi, którym on kiedyś pomógł, więc teraz oni pomagają jemu. Jak sądzisz, dzięki komu trafiłem tutaj po wyjściu z Joliet? Harry zawsze dbał o tych, którzy mu pomagali i mogli pomóc w przyszłości. Odkąd spuściłem łomot pierwszemu gazeciarzowi, kiedy pracowałem u niego w dziale sprzedaży, zawsze mogłem na niego liczyć.

– Skoro wie, że mu pomożesz, to na pewno ci powiedział, dokąd się wybiera. Gdzie jest teraz?

– Tata nic nie wie, proszę pana – wtrącił się jeden z braci.

– Pan Frost bał się, że znów go zamkną w domu wariatów – zawtórował mu drugi.

– Nikomu nic nie powiedział – zapewnili zgodnym chórem.

Isaac Bell uznał, że w ten sposób niczego się nie dowie.

– Więc jak stąd uciekł? – spytał.

– Wskoczył do pociągu.

Szlak kolejowy przechodzący przez North River biegł z północy na południe, z Kanady do Saratogi i Albany, a stamtąd do Bostonu, Chicago i Nowego Jorku. Frost mógł wybrać każdy z tych kierunków.

– Pojechał na północ czy na południe? – drążył detektyw.

– Na północ.

Czyli na południe, pomyślał Bell. Specjaliści od reklamy Whitewaya starali się nagłośnić udział Josephine w wyścigu, wystarczy kupić pierwszą lepszą gazetę, aby ustalić miejsce jej pobytu.

– Jeszcze jedno pytanie. Jeżeli spróbujecie kłamać, poślę was wszystkich do paki. Gdzie jest Marco Celere?

Sammy Spillane i jego synowie wymienili zdumione spojrzenia.

– Ten Włoch? Jak to, gdzie jest? Przecież on nie żyje.

– Na pewno?

– A niby dlaczego, u licha, Harry uciekł?

Bell musiał poszukać odpowiedzi na wiele pytań, aby dopaść Harry'ego Frosta, zanim zdoła on skrzywdzić Josephine. Czekając na pociąg do Albany, nadał depeszę do nowojorskiego analityka agencji Grady'ego Forrera. Chciał uzyskać informacje o poczynaniach Frosta, odkąd ten w stosunkowo młodym wieku trzydziestu pięciu lat wycofał się z interesów. Prosił go także o znalezienie w gazetach zawiadomienia o ślubie Frosta z Josephine, co mogłoby rzucić nieco światła na okoliczności, w jakich się poznali.

Kiedy pociąg już wtaczał się na stację, pchnął jeszcze telegram do Archiego Abbotta, który towarzyszył zawodnikom gromadzącym się na półtoramilowym torze wyścigów konnych w Belmont Park, polecając mu zapytać Josephine, jak poznała Marka Celerego.

Odpowiedź Archiego czekała na niego na stacji w Albany.

Josephine poznała Celere w ubiegłym roku w San Francisco, kiedy była wraz z mężem w Kalifornii na pokazach lotniczych. Marco niedawno wyemigrował z Włoch do Stanów Zjednoczonych.

Aby dowiedzieć się więcej o konstruktorze maszyn latających, Bell zadepeszował do Jamesa Blackwooda, młodego detektywa z biura agencji Van Dorna w San Francisco, prosząc go o zebranie istotnych informacji.

Czy awiatorka i jej instruktor naprawdę mieli romans, czy też Frost był zazdrosny bez żadnego powodu? Ta kwestia niewątpliwie wymagała wyjaśnienia. Wedle relacji posterunkowego Hodge'a Frostowie nie udzielali się towarzysko w North River i nikt w mieście nie znał ich jako pary. Natomiast Marco Celere był obcym, który mieszkał na ustronnej działce swego chlebodawcy i budował tam aeroplany. Bell uznał, że delikatne pytanie o relacje łączące Josephine z włoskim konstruktorem musi zadać jej osobiście.

Na dworcu Grand Central wsiadł do kolejki Interboro Rapid Transit i wkrótce znalazł się przed podziemnym wejściem do hotelu Knickerbocker, gdzie mieściło się nowojorskie biuro Agencji Detektywistycznej Van Dorna. W barze obok dolnego holu spotkał się z Gradym Forrerem. Poszukiwania anonsu prasowego o ślubie Frosta zakończyły się niepowodzeniem, ale Forrer trafił na kilka interesujących plotek. Josephine była ponoć córką mleczarza z Adirondack i mieszkała kilka kilometrów od luksusowej działki przyszłego męża. Małomówny posterunkowy z North River nawet się o tym nie zająknął.

Bell poszedł na górę do biura i zamówił międzymiastową do Hodge'a.

– Była córką Joego Josephsa – poinformował go policjant. – Taka trochę chłopczyca, ale ładna była jak malowanie. Chyba nigdy nie spotkałem bardziej niezależnej dziewczyny. Mimo to była dobrym dzieckiem. Miała łagodny charakter.

– Wie pan, skąd znała Frosta?

– Nie zaprzątałem sobie głowy takimi rzeczami.

Jeśli chodzi o samego Frosta, po wycofaniu się z interesów jeździł po świecie i polował na grubego zwierza. Skoro tak, dlaczego spudłował, strzelając do Celerego? Oddał w sumie pięć strzałów. Trzy ostatnie do latającej maszyny, z czego dwa celne, zgodnie z informacją Josephine przekazaną Hodge'owi. Gdyby luneta została przestawiona, doświadczony myśliwy zauważyłby to po pierwszym strzale i przed następnym albo odłożył poprawkę, albo skorzystał ze stałego celownika karabinu. Mało prawdopodobne, żeby nie trafił dwukrotnie. Kula tkwiąca w drzewie mogła pochodzić od pierwszego strzału, który, jak twierdziła Josephine, był celny, ale nie zabił Celere'a. Dopiero drugi pocisk okazał się śmiertelny. Wprawdzie Frost nie trafił za pierwszym razem w aeroplan, temu jednak trudno się dziwić, jako że myśliwi polujący na grubego zwierza nie mają doświadczenia w strzelaniu do latających maszyn. Potem przecież poprawił się i dwa ostatnie pociski omal nie zabiły jego żony

Dwa dni później laboratorium w Chicago poinformowało, że układ rys na pocisku wystrzelonym przez Bella może wskazywać, iż został on wystrzelony z tej samej broni co kula znaleziona w drzewie, lecz z powodu jej znacznego uszkodzenia nie da się tego stwierdzić w sposób jednoznaczny. Rusznikarz agencji zgodził się z przypuszczeniami Bella, że kula wyjęta z drzewa mogła wcześniej przejść przez ciało osoby, którą zabiła lub tylko raniła. Ale mogła też nikogo nie trafić. Może więc to wcale nie rzeka była powodem nieodnalezienia zwłok ofiary.

# Rozdział 5

Dobrze, że nie odbywa się teraz żadna gonitwa – burknął Harry Frost. – Konie podusiłyby się od dymu.

Nie pamiętał, aby kiedykolwiek dworzec Belmont Park był tak zapchany pociągami.

Dawniej Frost należał do regularnych bywalców, przyjeżdżających na nowy tor prywatnymi samochodami. W dniach gonitw rzeczywiście bywało tu tłoczno, zwłaszcza odkąd trzydzieści dziesięciowagonowych pociągów elektrycznych dowoziło widzów z miasta. Ale nigdy nie było aż takiego ścisku. Miało się wrażenie, że przyjechali tu swoimi pociągami technicznymi wszyscy lotnicy z całego kraju. Każdy taki pociąg składał się z wagonów warsztatowych, osobowych, restauracyjnych i wreszcie sypialnych, w których mieszkali mechanicy, a na każdym z nich było wymalowane imię i nazwisko bohatera przestworzy, przez co przypominały ruchome platformy reklamowe. Parowozy posapywały w lokomotywowni, zwrotnice przekierowywały ekspresy i pociągi towarowe na dodatkowe tory tranzytowe. Pociąg elektryczny, którym Frost przyjechał z Long Island City, zatrzymał się przy ostatnim wolnym peronie.

Harry natychmiast zauważył pociąg Josephine.

Wszystkie sześć wagonów, łącznie z warsztatowym, pomalowano na żółto – tym kolorem ten kalifornijski padalec Whiteway znaczył każdą rzecz, która do niego należała – a ich burty krzyczały czerwonymi napisami „Josephine", sporządzonymi nagłówkową czcionką z obramowaniem i cieniem, jak na okładce zeszytu nutowego z tą przeklętą piosenką.

Została napisana na zlecenie Whitewaya i teraz kroczyła triumfalnie przez kraj niczym nacierająca armia. Gdziekolwiek Frost się znalazł, wszędzie dopadała go ta melodia, grana we wszystkich saloonach, sącząca się z gramofonów, nucona przez przechodniów na ulicach. Wdzierała mu się pod sklepienie czaszki jak dźwięki organów parowych.

*Wyżej, wciąż wyżej... księżyc płonie... Józefino... Żegnajcie...*

Powinno być „żegnaj", pomyślał i z twarzą poczerwieniałą ze złości ruszył do wyjścia z dworca. Nie dość, że Josephine go zdradziła, nie dość, że Celere nadużył jego zaufania, namawiając do zainwestowania tysięcy dolarów w swoje wynalazki, to teraz jeszcze zrobili z niego zbiega!

W tajemnicy zasięgnął rady kilku prawników i wszyscy jak jeden mąż uznali, że gdyby stanął przed sądem, skutki byłyby dla niego katastrofalne. Mimo ogromnego majątku drugi raz nie zdoła się wywinąć. Poparcie polityków, kupione za ciężkie pieniądze, ulotni się w mgnieniu oka, kiedy gazety rzucą mu się do gardła i rozszarpią na strzępy. Pewnego razu Harry przydybał sędziego nowojorskiego sądu apelacyjnego w apartamencie kochanki przy Park Avenue. Mężczyzna powiedział mu bez ogródek, że nawet jeśli zdoła uniknąć stryczka, będzie gnił do końca życia w zakładzie dla obłąkanych.

Najpierw jednak muszą mnie złapać, pomyślał Frost, a to nie będzie łatwe. Odkąd zwolnili go z Matawan, żył jak pustelnik. Zresztą przedtem też nie był znany szerszej publiczności. Tytuł „Króla Kolportażu" odnosił się jedynie do jego wizerunku biznesowego. Przeciętni obywatele, tacy jak ci zmierzający pospiesznie z dworca na główną trybunę Belmont, nigdy nie widzieli jego zdjęcia.

Uśmiechnął się półgębkiem, dotykając zapuszczanej od dawna gęstej brody i wąsów. Teraz nawet on, patrząc w lustro, widział nieznajomą twarz. Wyglądał znacznie starzej, bo zarost miał szary jak popiół, mimo iż w czarnych włosach na głowie próżno było szukać śladów siwizny. Okulary ze szkłami przyciemnianymi na europejską modłę upodobniały go do jakiegoś niemieckiego profesora. A dzięki płaskiej sportowej czapce mógł uchodzić za irlandzkiego pisarza.

Obawiał się tylko jednego: że zdradzi go potężna postura. Podtatusiały brodaty profesor w przyciemnianych okularach zajmował tyle samo miejsca, co Król Kolportażu. A nawet więcej, bo pod obszernym ciemnym garniturem miał broń i kamizelkę kuloodporną. Nie zamierzał ani zrezygnować z zabicia Josephine, ani dać się zamknąć po zamordowaniu kobiety, która sobie na to w pełni zasłużyła. Pod ubraniem skrywał bardzo precyzyjny pistolet Browning, którym planował osłaniać swą ucieczkę, mały pistolet kieszonkowy oraz derringer, tak na wszelki wypadek, i potężny automatyczny rewolwer Webley-Fosbery. Ten ostatni miał obciętą lufę, żeby zmieścić się w kieszeni, a w jego bębenku tkwiły naboje z pociskami grzybkującymi o wklęsłych czubkach. Nazywano je „manstopper", bo jednym trafieniem można było zwalić z nóg dorosłego człowieka.

Kamizelki kuloodporne, szyte według projektu pewnego polskiego księdza z chicagowskiej parafii, składały się z wielu warstw sprowadzanego z Austrii jedwabiu o specjalnym splocie i miały grubość prawie trzech centymetrów. Frost po cichu zainwestował w firmę, która wprowadziła je na rynek. Wojsko zrezygnowało z kamizelek, bo żołnierze skarżyli się, że są za ciężkie i jest im w nich za gorąco. Ta, którą miał na sobie Frost, ważyła prawie osiemnaście kilogramów. Ciężar mu nie przeszkadzał – zwalisty i silny jak byk, ledwie zwracał na niego uwagę – ale czuł się w niej jak w piecu. Pokonawszy zaledwie kilkanaście metrów, musiał sięgnąć po chusteczkę i wytrzeć spocone czoło. Jednakże niewygoda opłacała się, bo kamizelka skutecznie zatrzymywała pociski, nawet te wystrzelone z najnowszych pistoletów i rewolwerów.

Nie był zadowolony, że zastrzelił Marka Celere z dużej odległości. Przez to nie mógł cieszyć się strachem widocznym w oczach tego zdradzieckiego łajdaka w chwili śmierci. Nie mógł nawet obejrzeć jego ciała. Tym razem zadba o to, by mieć pełną satysfakcję. Udusi Josephine gołymi rękami.

Wmieszał się w tłum widzów ustawiających się w kolejkach po bilety, a potem wraz z nimi dostał się na trybunę. Nieustanne brzęczenie motorów świadczyło, że właśnie odbywają się loty próbne. Lekki wiatr nie przeszkadzał awiatorom i w górze unosiło się kilkanaście aeroplanów. Josephine na pewno tu jest. Albo w powietrzu, albo na trawie pośrodku hipodromu, gdzie mogła zajmować się przygotowaniem maszyny, którą kupił dla niej Whiteway.

Frost musiał przyznać, że organizatorzy znali się na rzeczy. Na kilka tygodni przed rozpoczęciem wyścigu udało im się przekonać pięćdziesiąt tysięcy ludzi do przyjazdu do hrabstwa Nassau i zapłacenia po dwadzieścia pięć centów za możliwość obserwowania treningu lotników. Awiatorzy nie ścigali się między wieżami ani nie próbowali ustanawiać rekordów wysokości. Nie wykonywali też ewolucji, które wzbudzają zachwyt podczas pokazów lotniczych. Po prostu latali w kółko, jakby dla własnej przyjemności. Mimo to na zapełnionych trybunach panował gwar, widzowie zadzierali głowy i z ożywieniem komentowali obserwowane manewry. Patrząc na ich twarze i słuchając ich achów i ochów, Frost zrozumiał, dlaczego byli skłonni zapłacić za bilety. Widok ogromnych maszyn utrzymywanych w górze przez jakieś niewidzialne siły zapierał dech w piersiach. Wprawdzie pod względem szybkości ustępowały lokomotywom i samochodom wyścigowym, ale to nie miało znaczenia. Chociaż wielkie, unosiły się pośród błękitu nieba, jakby właśnie tam było ich miejsce.

Nagle ją zobaczył.

Josephine spływała z nieba niczym wielki złoty miecz. Nie sposób było pomylić jej maszyny z żadną inną, bo lśniła tą przeklętą żółcią, z której Whiteway uczynił swój znak firmowy.

Frost bywał z żoną na pokazach i kupował jej aeroplany, więc teraz przyglądał się nowej maszynie okiem człowieka znającego się na rzeczy. Był zachwycony. Ostatnia konstrukcja Włocha robiła ogromne wrażenie. Od poprzedniego aeroplanu Josephine różniła się jak jastrząb od gołębia. Tamten był nieco topornym dwupłatowcem. Ten miał tylko jedno skrzydło i nawet gdy już się zatrzymał, wyglądał zgrabnie i zwinnie.

Przyłożył do oczu lornetkę i zacisnął zęby. Josephine właśnie zeskoczyła na ziemię, uśmiechnięta od ucha do ucha. Najwyraźniej była zadowolona ze swojego nowego aeroplanu. Nic nie wskazywało na to, żeby opłakiwała ukochanego czy tęskniła za mężem.

Znów zrobiło mu się gorąco. Przetarł chustką czoło i ruszył w dół trybuny. Strażnikowi przy furtce pokazał kartę wstępu, kupioną poprzedniego wieczora od pijanego pracownika toru w saloonie w Hempstead, i mężczyzna przepuścił go bez słowa. Przeciął trawiastą bieżnię i nagle stanął jak wryty na widok własnej twarzy na liście gończym przybitym do wewnętrznej bariery.

POSZUKIWANY
podejrzany o morderstwo
HARRY FROST
NAGRODA
*** $5,000 ***
(Uzbrojony i niebezpieczny – Nie zbliżać się!!!)
Zatelefonuj albo wyślij depeszę
AGENCJA DETEKTYWISTYCZNA VAN DORNA
„Nigdy się nie poddajemy. Nigdy".

Umysł Frosta zaczął pracować na podwyższonych obrotach. Dlaczego vandornowcy rozesłali za nim listy gończe? Czemu, u licha, zajmują się sprawą zabójstwa Marka Celere? O co w tym wszystkim chodzi, do cholery?

Z plakatu patrzyła na niego jego własna twarz.

To był typowy list gończy agencji Van Dorna. Frost pamiętał je jeszcze z czasów chicagowskich, kiedy prywatni detektywi kręcili się po całym mieście i próbowali go powstrzymać, wyłapując ludzi, którzy dla niego pracowali. Gdy ta metoda zawiodła, usiłowali wyciągnąć od ludzi informacje na jego temat, ale gwałtowna śmierć kilku kapusiów powstrzymała ich na dobre. Zarechotał na wspomnienie tamtej sytuacji.

Nigdy się nie poddajemy?

Nigdy?

Czyżby? Przecież zmusiłem was do kapitulacji.

Zarechotał ponownie, bo wizerunek na plakacie przedstawiał go bez brody. Frost nie przejmował się tym, że śmiejąc się w głos, zwraca na siebie uwagę osób zmierzających na środek hipodromu. Nikt nie skojarzy jego brodatego oblicza z pozbawioną zarostu twarzą widoczną na liście gończym.

Śmiech zamarł mu na ustach, gdy zauważył kolejny list gończy, wiszący na barierze. Treść była identyczna, ale portret przedstawiał jego przypuszczalny wygląd po zapuszczeniu zarostu.

Zimny dreszcz przebiegł mu po plecach. Wizja rysownika niewiele się różniła od rzeczywistości. Wprawdzie mężczyzna z portretu nie miał okularów, ale podobieństwo było wyraźne. Frost stanął przy barierze, aby przyjrzeć się rysunkowi dokładniej, i kilka osób wpadło na niego. Zignorował ich cierpkie uwagi, które zresztą zamierały im na ustach, kiedy dostrzegali jego potężne rozmiary. W końcu ruszył dalej, uznawszy, że istnieje bardzo małe prawdopodobieństwo, aby ktokolwiek skojarzył jego twarz z portretem na liście gończym, mimo dorysowanej brody. A gdyby nawet, nikt, kto znał jego nazwisko, nie odważyłby się wejść mu w drogę.

Do diabła z vandornowcami. Wykiwał ich dziesięć lat temu, więc i teraz da sobie radę.

Przechadzał się między aeroplanami, czując znajomą woń benzyny, oleju, gumy i płótna i odurzający zapach lakieru. Z każdym krokiem zbliżał się do żółtej maszyny. Kiedy znalazł się w odległości piętnastu metrów od niej, wsadził ręce do kieszeni. Prawą dłonią pogładził webleya, a lewą zacisnął na nożu sprężynowym, który umożliwiał ciche pozbycie się ewentualnego opiekuna.

Josephine, odwrócona do niego plecami, stała na skrzynce i zaglądała do silnika. Podszedł bliżej. Serce waliło mu jak młotem, twarz paliła, dłonie pokryły się potem. Zacisnął je mocniej na broni.

Miał pokonać kilka ostatnich metrów, gdy nagle zatrzymał się, tknięty złym przeczuciem.

W zachowaniu mechaników Josephine coś mu nie pasowało. Przeszedł kawałek w bok, schował się za dwupłatowcem Wright Model A i zaczął się im przyglądać zza przednich sterów. Nie musiał długo czekać na potwierdzenie swoich podejrzeń.

Z pozoru mechanicy wyglądali całkiem zwyczajnie. Mieli odpowiednie kamizelki, koszule, muszki i płaskie czapki. Tyle że zamiast zajmować się aeroplanem, przez cały czas obserwowali widzów. Wniosek był oczywisty. To nie żadni mechanicy, tylko detektywi przebrani za mechaników. Vandornowcy.

Frost zmiął w ustach przekleństwo i zaczął się zastanawiać, o co w tym wszystkim chodzi. Nie dość, że ścigają go listem gończym, to jeszcze ochraniają Josephine. Dlaczego? Whiteway! To na pewno jego sprawka. Wykupienie z zastawu zbudowanej przez Włocha maszyny latającej musiało go sporo kosztować, podobnie jak wynajęcie pociągu. Ale zarobi na tym krocie, wykorzystując Josephine do rozreklamowania wyścigu i tym samym podniesienia nakładów swoich gazet. Krótko mówiąc, magnat prasowy wynajął detektywów do ochrony swojej inwestycji w Josephine.

A może chodzi mu o coś więcej?, przemknęło Frostowi przez myśl i nagle poczuł się, jakby głowa miała mu się rozpaść na kawałki.

Czyżby Whiteway zadurzył się w Josephine?

Dokoła panował nieznośny hałas. Co chwilę rozlegał się ryk zapuszczanego motoru, a kilka maszyn brzęczało w powietrzu. Wszystko, na co patrzył, było w ciągłym ruchu – aeroplany, lotnicy, vandornowcy. Przez moment miał wrażenie, że cały świat zaczyna wirować w ogłuszającym warkocie.

Frost kilka razy odetchnął głęboko. Musi wziąć się w garść i zrobić to, co zaplanował. Z Whitewayem policzy się później. Najpierw załatwi Josephine.

To jednak wcale nie będzie proste. Detektywi na pewno doskonale znają wizerunek z listów gończych i nie dopuszczą do swojej podopiecznej nikogo, kto choćby trochę przypomina mężczyznę z portretu.

Zauważył, że ich oczy zwróciły się ku wysokiemu rudzielcowi w eleganckim garniturze i szykownym meloniku. Czyżby uznali go za podejrzanego? Czy naprawdę sądzili, że Harry Frost przefarbował włosy na rudo, zrzucił czterdzieści kilogramów i urósł o pięć centymetrów? Facet wyglądał

Customer ID: *******4799

**items that you have checked out**

Title: Wyscig
ID: 80003388134
Due: **03/09/2016**

Title: Powtorka
ID: 80003384322
Due: **03/09/2016**

Title: Czerwone Oczy
ID: 80002972632
Due: **03/09/2016**

Total items: 3
Account balance: £0.00
13/08/2016 12:06
Checked out: 3
Overdue: 0
Reservations: 0
Ready for collection: 0

jak typowy goguś z Fifth Avenue. Skąd w takim razie ma te cienkie białawe blizny na łukach brwiowych, charakterystyczne dla bokserów? I dlaczego cały czas się rozgląda, choć stara się to czynić ukradkiem?

To nie podejrzany, uznał Frost, tylko kolejny przeklęty vandornowiec. Zapewne dowódca ekipy, sądząc ze sposobu, w jaki patrzyli na niego pozostali. Twarz i sylwetka wydawały mu się znajome. Chyba nigdy go nie spotkał, ale bez wątpienia widział jego fotografię. Wytężył umysł i wreszcie skojarzył. Wysoki rudzielec to Archibald Angel Abbott IV. Nic dziwnego, że nie przebrał się za mechanika.

Archibald Angel Abbott IV był zbyt znany, żeby pracować pod przykrywką. Należał do nowojorskiej arystokracji i swego czasu uważano go za najlepszą partię w tym towarzystwie. A potem gazety uczyniły go sławnym, donosząc o jego ślubie z dziedziczką ogromnej fortuny, córką magnata kolejowego Osgooda Hennessy'ego.

Czemu, u licha, ten cały Abbot nie zamienił pistoletów na kije golfowe?, zastanawiał się Harry. To pytanie doprowadzało jego mózg niemal do wrzenia. Wreszcie znalazł odpowiedź.

Archibald Abbott miał rację, nie porzucając kiepsko płatnej posady w Agencji Detektywistycznej Van Dorna mimo bogatego ożenku. Bo spocząć na laurach to jak zabrnąć w ślepą uliczkę. Kiedy on sam zdał sobie z tego sprawę, było już za późno. Stracił czujność. Od dziecka marzył o zdobyciu fortuny, dzięki której nie będzie musiał dłużej pracować. Udało mu się zrealizować to marzenie. I jakie były skutki? Całkiem zgłupiał od nadmiaru pieniędzy. Właśnie dlatego Josephine i Marco, para sprytnych oszustów, tak łatwo zdołała go podejść. Gdyby nie zgnuśniał z bezczynności, natychmiast przejrzałby ich perfidną grę.

Zacisnął palce na ukrytym w kieszeni nożu i spojrzał na Josephine, która wciąż pochylała się nad motorem. Tak bardzo pragnął złapać ją za gardło, poczekać, aż go rozpozna, i przebić jej serce stalowym ostrzem.

Wiedział jednak, że nie zdoła się do niej zbliżyć. Nim zdąży zabić tych wszystkich vandornowskich przebierańców, któryś z nich go zastrzeli. Wprawdzie nie bał się śmierci, ale nie chciał ginąć na próżno. Potrzebował czyjejś pomocy.

Wrócił na dworzec i pociągiem elektrycznym dojechał do stacji Flatbush, z której udał się do Brooklyńskiego Banku Oszczędnościowego. Kiedy po zainwestowaniu zysków z kolportażu w akcje, które przyniosły mu fortunę, został milionerem, założył konta bankowe we wszystkich stanach na całym kontynencie. Dobrze poznał smak biedy, gdy jako dziecko tułał się, żebrząc o kilka centów na kawałek chleba, i postanowił sobie, że już nigdy nie zabraknie mu pieniędzy.

Wypłacił trzy z dwudziestu tysięcy, które miał na koncie w tym banku. Dyrektor osobiście przeliczył banknoty w swoim gabinecie, a kiedy Frost chował pieniądze, jakby mimochodem położył na biurku list gończy z jego podobizną.

Różnił się od plakatów wiszących na hipodromie, zawierał bowiem specjalny apel do bankierów, aby powiadomili odpowiednie władze, w razie gdyby sam Frost albo ktoś do niego podobny próbował podjąć pieniądze z jego konta. Harry potraktował lojalność dyrektora skinieniem głowy. Nie musiał dziękować, gdyż bankier miał wobec niego dług wdzięczności. Zainwestował kiedyś pieniądze swoich klientów w interes, który okazał się niewypałem. Gdyby Frost nie pokrył wtedy jego strat, do tej pory siedziałby w Sing-Sing.

Po wyjściu z banku Harry pojechał tramwajem do portu.

Pieszo dotarł na nabrzeże przeładunkowe należące do kolei Pennsylvania Railroad. Holowniki dopychały do niego płaskie krypy z wagonami towarowymi. Wyprowadzano z nich krowy, owce i świnie, które następnie zamykano w zagrodach. Frost skierował się do budynku stojącego na kei i wszedł do środka przez drzwi z napisem „Wstęp wzbroniony". Dwóch osiłków w mundurach straży ochrony kolei próbowało go zatrzymać. Położył ich ciosami jednej ręki i pchnął kolejne drzwi na tyłach budynku, prowadzące do obory. Stało tam kilkanaście wołów z wypalonymi na bokach meksykańskimi znakami, przywiązanych do słupków wystających z podłoża.

W oborze byli też dwaj mężczyźni. Jeden siedział przy stole, na którym leżały porozrzucane rogi, a drugi właśnie odkręcał jednemu z wołów róg umocowany na gwintowanym pręcie sterczącym u jego podstawy. Mężczyzna przy stole nazywał się Rod Sweets. Najwyraźniej nie rozpoznał brodatego przybysza, bo w jego dłoni pojawił się mały pistolet.

– Nie rób tego – powiedział Frost. – To ja.

Sweets otworzył szeroko oczy.

– A niech mnie szlag trafi – mruknął.

– Zaraz cię trafi, jak nie odłożysz tej spluwy – odburknął Harry.

Sweets szybko schował pistolet.

– Czyżbyś nabrał ochoty na odlot? – spytał.

W Meksyku odpiłowywano wołom rogi, wydrążano je i mocowano w nich pręty, a następnie napełniano opium sprowadzanym z Hongkongu i przykręcano z powrotem. Wykorzystując tę metodę, Sweets przemycał do Nowego Jorku kilkaset kilogramów surowego opium rocznie. Kierował również licznymi destylarniami i rozległą siecią dystrybucji, dostarczającą morfinę aptekarzom i lekarzom. Do ochrony tak poważnego przedsięwzięcia potrzebował całej armii.

– Nic z tych rzeczy – odparł Frost. – Potrzebuję paru chłopaków.

Wiedział, że ludzi Sweetsa nie obchodzą powody, dla których zamierzał rozprawić się Josephine i jej nowym frajerem Prestonem Whitewayem. Interesowały ich tylko pieniądze, a tych miał pod dostatkiem.

Szybko więc dogadał się ze Sweetsem, po czym udał się do saloonu Red Hook, gdzie miał nadzieję znaleźć braci

Jonas. George i Peter Jonasowie specjalizowali się w majstrowaniu przy zbiornikach paliwa i hamulcach samochodów rozwożących prasę. Byli w salonie, a na wzmiankę o sowitej zapłacie zapalili się do tej roboty, zapewniając Harry'ego, że spowodowanie katastrofy latającej maszyny jest o wiele łatwiejsze niż w przypadku ciężarówki.

– Najważniejsze są druty, które trzymają wszystko do kupy – zaczął George.

– Kiedy jeden drut pęka, skrzydło odpada i całe ustrojstwo wali się na ziemię – dokończył Peter.

– Lotnicy dobrze o tym wiedzą – odparł Frost, który spędził sporo czasu, obserwując żonę podczas mityngów i pokazów. – Dokładnie sprawdzają te druty przed każdym startem.

Bracia wymienili spojrzenia. Nie znali się na aeroplanach, ale mieli ogólną wiedzę o działaniu różnych maszyn, a to im wystarczało, by każdą skutecznie uszkodzić.

– Jasne, że sprawdzają – powiedział George. – Szukają pęknięć, nacięć, słabych punktów.

– Tak więc, panie Frost, nie zamierzamy skradać się do ich maszyn z piłą do metalu – uzupełnił Peter.

– Prawda jest taka, że nie zawsze sprawdzają gniazda mocowania drutów do skrzydła – stwierdził George i popatrzył wyczekująco na brata.

– Wyciągamy więc stalowy zaczep – podjął Peter, gdyż jak zwykle wyjaśniali wszystko w zgodnym duecie.

– Podmieniamy go na aluminiowy, który wygląda tak samo, ale jest dużo słabszy.

– Nikt niczego nie zauważa.

– Aeroplan startuje.

– Skrzydła mocno pracują w powietrzu.

– Zaczep pęka.

– Skrzydło odlatuje.

– Aeroplan spada jak kamień.

Frost wrócił tramwajem do Flatbush.

Z niejakim zdziwieniem skonstatował, że jego samopoczucie uległo znacznej poprawie.

Nie ma to jak znów być w siodle. Stanowczo za długo oddawał się bezczynności. Po raz pierwszy od chwili, gdy odkrył zdradę Josephine, poczuł się ożywiony i pełen energii, mimo iż wciąż musiał się ukrywać. Jak zawsze najważniejsze okazało się, by działać szybko, zanim prześladowcy poznają jego zamiary, i nigdy nie postępować zgodnie z ich oczekiwaniami.

Elektrycznym pociągiem kolei Long Island Rail Road pojechał do dzielnicy Jamaica w okręgu Queens. Tam w wypożyczalni automobilów wynajął najdroższe auto, jakie mieli – luksusowego pierce'a. Mijając liczne gospodarstwa rolne i hodowlane wzdłuż granicy hrabstwa Nassau, dotarł do Garden City i zatrzymał samochód przed wejściem do hotelu o tej samej nazwie. Był to wyjątkowo elegancki hotel. Jeszcze zanim Harry poznał Josephine i na długo przed tą idiotyczną historią z szoferem zakończoną pobytem w domu wariatów, bywał tu i ocierał się o Schuylerów, Astorów i Vanderbiltów.

Obsługa nie rozpoznała go z powodu siwej brody. Wynajął ogromny apartament na ostatnim piętrze i zamówił obiad do pokoju. Wypił do posiłku butelkę wina, a potem zapadł w niespokojny sen, pełen zjaw i majaków.

O świcie zerwał się na równe nogi, obudzony klekotaniem młockarni. Serce waliło mu jak młotem, kiedy usłyszał skrzypienie wózka, którym strażnik rozwoził śniadaniową breję, i brzęk chochli uderzającej o krawędź kotła. Dopiero po chwili zaczął dostrzegać w swoim otoczeniu pewne różnice. Łóżko było miękkie, a w pokoju panowała cisza. Spojrzał na okno, w którym lekko falowały firanki, poruszane poranną bryzą. Nie było krat. A więc to nie dom wariatów. Ani sierociniec. Odetchnął z ulgą i uśmiechnął się od ucha do ucha. To nie było klekotanie młockarni, tylko odgłosy aeroplanów odbywających poranne loty próbne w Belmont Park.

Jedząc śniadanie w łóżku, myślał o tym, że znajduje się zaledwie pięć kilometrów od toru wyścigów konnych, gdzie Josephine i jej nowi wielbiciele przygotowują swoje latające maszyny do wyścigu.

# Rozdział 6

Gdzie jest Josephine? – Isaac Bell wypytywał detektywów agencji Van Dorna pilnujących furtki, którą można było dostać się na trawiastą płytę hipodromu Belmont Park.

– W powietrzu, panie Bell.

– A Archie Abbot?

– Koło tego żółtego namiotu.

Bell przyjechał do Belmont pożyczonym samochodem marki Pierce-Arrow. Chciał porozmawiać z Josephine o jej mężu. Spędziła z Frostem kilka lat podczas jego dobrowolnej ucieczki od świata, mogła więc się domyślać, kogo zwerbował do pomocy i gdzie się ukrył.

Musiał przyznać, że Preston Whiteway wybrał wręcz idealne miejsce na start swojego wyścigu. Hipodrom Belmont, otoczony najdłuższą w kraju półtoramilową bieżnią dla wierzchowców, miał powierzchnię niemal pięćdziesiąt akrów, a równy jak stół trawnik był doskonale widoczny z trybuny, mieszczącej tysiące widzów. Chociaż przygotowano na nim kilka dwustumetrowych trawiastych pasów, na których aeroplany nabierały rozpędu przed wzbiciem się w przestworza, zostało dość miejsca na namioty, tymczasowe drewniane hangary, ciężarówki i auta osobowe. Stacja kolejowa, na której stały pociągi techniczne, znajdowała się po drugiej stronie trybuny.

Bell zaczerpnął głęboko powietrza, będącego oszałamiającą mieszanką spalonego oleju, gumy i benzyny, i poczuł, że jest w swoim żywiole. Pachniało tak, jak na wyścigach samochodowych, przy czym tu aromat wzbogacony był wonią lakieru, który lotnicy nanosili na płócienne pokrycie kadłubów i skrzydeł. Na całym terenie panował ożywiony ruch ludzi i aeroplanów, ale teraz oczy wszystkich były skierowane w jasnobłękitne niebo.

Maszyny śmigały w górę, nurkowały w dół i przechylały się w zakrętach, swobodne jak ptaki, tyle że setki razy od nich większe. Aeroplany różnych kształtów i wielkości unosiły się w przestworzach. Bell widział nad sobą konstrukcje trzykrotnie dłuższe od wyścigowego samochodu, ze skrzydłami o rozpiętości dwunastu metrów. Tuż obok przemykały mniejsze; niektóre sprawiały wrażenie tak delikatnych, jakby lada moment miały się rozpaść, inne zaś były gibkie jak ważki.

Panował dojmujący hałas, każdy typ motoru wydawał własny unikalny dźwięk. Słychać było cmoktanie trzycylindrowego gwiazdowego anzani, ostry warkot czterocylindrowego curtiss and wright, łagodny pomruk budzącego podziw, widlastego ośmiocylindrowego antoinette, znanego Bellowi z łodzi wyścigowych, oraz żywiołowe klekotanie francuskiego rotacyjnego gnome omega, którego siedem cylindrów wirowało obłędnie wokół nieruchomego wału korbowego i buchało dymem ze spalonego oleju rycynowego, pachnącego jak tląca się woskowa świeca.

Bell ruszył w kierunku ogromnego żółtego namiotu, w takim samym jaskrawym odcieniu jak transparent na biurowcu Whitewaya. Po chwili przywitał się serdecznie z Archiem Abbottem, który niemal dorównywał mu wzrostem, ale miał rude włosy, intrygujące spojrzenie szarych oczu, a jego gładko wygolona twarz skrzyła się uśmiechem. Delikatne białe blizny na arystokratycznych łukach brwiowych świadczyły o doświadczeniu w walkach na ringu. Bell i Abbott zaprzyjaźnili się w czasie studiów, kiedy Archie boksował w barwach Princeton, a Isaac posłał go na deski, broniąc honoru Yale.

Bell zauważył, że Abbott nie marnował czasu. Zdążył się zaprzyjaźnić ze wszystkimi uczestnikami i organizatorami. Jego podwładni, zarówno ci przebrani za mechaników, reporterów, sprzedawców hot-dogów i chrupek kukurydzianych Cracker Jack, jak i ci, którzy pełnili oficjalną służbę patrolową w garniturach i melonikach, otrzymali przydziały do odpowiednich sektorów i mieli się na baczności. Niestety, na temat stosunków łączących Josephine i Marka Celere Archie nie mógł powiedzieć niczego więcej ponad to, co Bell wiedział już wcześniej, a i tak były to głównie przypuszczenia.

– Czy mieli romans? – zapytał Isaac.

Archie pokręcił głową.

– Niestety nie wiem – odparł. – Niby na wspomnienie Celerego czasem wilgotnieją jej oczy, ale mam wrażenie, że jedyne, co ją tak naprawdę obchodzi, to latająca maszyna.

– Może nie jest jej żal samego Celerego, tylko jego wiedzy technicznej?

– Niewykluczone, tyle że sama Josephine jest znakomitym mechanikiem. Gdyby musiała, potrafiłaby samodzielnie rozmontować aeroplan na części i złożyć go z powrotem. Mówiła mi, że na trasie wyścigu są miejsca, gdzie będzie musiała liczyć tylko na siebie.

– Już nie mogę się doczekać spotkania z nieustraszoną Josephine. Gdzie ona jest?

– W górze. – Archie wskazał na niebo.

Unieśli głowy i przyglądali się kilkunastu maszynom krążącym w pobliżu.

– Sądziłem, że Whiteway każe pomalować jej aeroplan na żółto – odezwał się Bell.

– I tak właśnie zrobił – odparł Abbott. – Jest żółty jak ten namiot.

– Nie widzę żadnej żółtej maszyny.

– Josephine nie lubi kręcić się w kółko razem z innymi. Zazwyczaj lata samotnie tam, gdzie jej się podoba.

– Dawno wystartowała?

Archie wyciągnął z kieszonki zegarek.

– Godzinę i dziesięć minut temu – odpowiedział wyraźnie niezadowolony, że kobieta, za której bezpieczeństwo, a może nawet życie, odpowiadał, znajduje się poza zasięgiem jego wzroku.

– Jak mamy ją ochraniać, skoro jej nie widzimy? – mruknął Bell.

– No właśnie. Gdyby to ode mnie zależało, poleciałbym razem z nią – oznajmił Archie. – Niestety to wbrew regulaminowi. Nie mogą brać żadnych pasażerów, pod groźbą dyskwalifikacji. Ten facet z księgowości, Weiner czy jak mu tam, powiedział mi, że byłoby nie fair wobec konkurentów, gdyby pasażer pomagał prowadzić maszynę.

– Musimy znaleźć jakiś sposób, żeby nie spuszczać jej z oczu – orzekł Bell. – Po rozpoczęciu wyścigu Frost może się na nią zaczaić gdziekolwiek na trasie.

– Planuję rozmieścić obserwatorów z karabinami i lornetkami na dachach wagonów pociągu technicznego – powiedział Abbott.

Bell pokręcił głową.

– To niewystarczająca ochrona – stwierdził. – Widziałeś te wszystkie pociągi na stacji? Wystarczy, że jeden się zepsuje, i zablokuje przejazd pozostałym.

– Zastanawiałem się nad puszczeniem przodem grupy automobilowej.

– Świetny pomysł. Wystarczą dwa auta, o ile znajdę do nich kierowców. Van Dorn już i tak narzeka, że ogołociłem agencję z ludzi. Nadlatuje jakiś zielony pchacz. Kto nim powozi?

– Billy Thomas, kierowca wyścigowy. Został wynajęty przez syndykat Vanderbilta.

– Jego maszyna to curtiss.

– Syndykat kupił trzy egzemplarze, żeby Thomas wybrał sobie najszybszy. Po sześć tysięcy za sztukę. Naprawdę zależy im na wygranej. A tu mamy Francuza, nazywa się Renee Chevalier.

– Słyszałem o nim – rzekł Bell. – Przeleciał na tej maszynie nad kanałem La Manche.

Elegancki jednopłatowy bleriot już wcześniej przyciągnął jego uwagę. Wyglądał lekko jak ważka. Nieosłonięta kratownica łączyła kryte płótnem skrzydła z ogonem, złożonym ze steru kierunku i sterów wysokości. Chevalier siedział tuż za skrzydłem, w pudełkowatej kabinie, której krawędź sięgała mu do piersi. Wytracał prędkość na podejściu do lądowania, raz po raz wyłączając i włączając kontakt rotacyjnego silnika Gnome.

– Kupię sobie taki, jak skończymy tę robotę – oznajmił Bell.

– Zazdroszczę ci – powiedział Archie. – Mam wielką ochotę spróbować latania.

– Doskonale. Będziemy szkolić się razem.

– Nie mogę. Po ślubie sprawy zaczynają wyglądać inaczej.

– Co ty opowiadasz? Lilian nie będzie miała nic przeciwko temu. Sama prowadzi sportowe auta. Pewnie też będzie chciała nauczyć się latać.

– Wszystko wygląda inaczej – powtórzył poważnym tonem Abbott.

– O co ci chodzi?

Archie rozejrzał się dookoła i ściszył głos.

– Nie chcemy o tym nikomu mówić, dopóki nie będziemy pewni, że wszystko jest w porządku. Nie bardzo mogę poświęcić się nowemu, niebezpiecznemu hobby, bo wygląda na to, że zostaniemy rodzicami.

Bell chwycił przyjaciela pod ramiona i uniósł wysoko w górę.

– To wspaniale! Gratulacje!

– Dziękuję – odrzekł Archie. – A teraz mnie postaw na ziemi.

Ludzie zaczęli się na nich gapić. Pewnie niezbyt często mieli okazję zobaczyć, jak jeden dryblas unosi drugiego w powietrze i potrząsa nim jak terierem.

Isaac Bell nie posiadał się z radości.

– A to się Marion ucieszy, kiedy się dowie! Wybraliście już jakieś imię?

– Zaczekamy z tym, aż będziemy wiedzieli, czy to chłopiec czy dziewczynka.

– Możesz sobie sprawić aeroplan, jak pójdzie do szkoły. Do tego czasu latanie będzie o wiele bezpieczniejsze niż teraz.

Kolejna maszyna opuszczała się na trawę.

– Kto prowadzi tego niebieskiego farmana?

Był to dwupłatowiec z pojedynczym śmigłem pchającym, zbudowany we Francji. Leciał wyjątkowo stabilnie, schodząc do lądowania jak po sznurku.

– Sir Eddison-Sydney-Martin.

– To jeden z głównych kandydatów do zwycięstwa. Wygrał wszystkie podobne wyścigi w Anglii, latając na najlepszych maszynach.

– Ma tytuł baroneta i sam jest biedny jak mysz kościelna – zaznaczył Archie – ale bogato się ożenił.

Obracający się w najwyższych sferach Archibald Angel Abbott IV, którego przodkowie należeli do założycieli Nowego Amsterdamu, był prawdziwą kopalnią plotek o przedstawicielach nowojorskiej arystokracji, a od niedawna także o członkach najznamienitszych rodów niemieckich, francuskich i brytyjskich. Wszystko to za sprawą długiego miesiąca miodowego spędzonego w Europie, na który uzyskał zgodę samego Joego Van Dorna, w zamian za zorganizowanie zagranicznych wydziałów agencji.

– Jego teść jest zamożnym lekarzem z Connecticut – ciągnął. – Żona kupuje mu aeroplany i troszczy się o jego sprawy, bo on sam jest chorobliwie nieśmiały. Á propos bogatych dobroczyńców, popatrz tam, jak ląduje podopieczny Wuja Sama, porucznik armii Stanów Zjednoczonych Chet Brass.

– Jego maszyna to signal corps wright.

– Znam Cheta jeszcze ze szkoły. Kiedy zaczyna opowiadać o przyszłości bomb i torped lotniczych, trzeba mu zagrozić bronią, żeby przestał. Chociaż z drugiej strony, w Europie cały czas mówi się o wojnie, a wojskowi coraz częściej nawiedzają pokazy lotnicze.

– Czy ten czerwony to kolejny wright? – spytał Bell, doszukując się podobieństw i różnic, po czym dodał, gdy aeroplan znalazł się bliżej: – Nie, to coś innego. Ma śmigło ciągnące.

– Za jego sterami siedzi Joe Mudd, reprezentant „ludu pracującego". Do czasu kolizji z dębem to rzeczywiście był wright. Związki zawodowe, chcąc poprawić swoją reputację, kupiły wrak i poskładały go do kupy z części zamiennych. Nazwali go „Amerykański Oswobodziciel".

– Które związki?

– Kamieniarzy, Murarzy i Tynkarzy, do spółki z Bractwem Palaczy Parowozowych. To całkiem dobra maszyna, zważywszy na fakt, że związki ledwie wiążą koniec z końcem. Whiteway próbował nie dopuścić ich do zawodów.

– Na jakiej podstawie?

– Skoro robotnicy dysponują nadwyżkami finansowymi – wyjaśnił Archie, parodiując pompatyczny sposób mówienia Whitewaya – to powinni przekazać je na Ligę Antysalonową.

– Preston Whiteway i wstrzemięźliwość w piciu? Nie raz widziałem go zalanego w trupa.

– Ale szampanem, a nie piwem. Jego zdaniem picie to przywilej zarezerwowany dla tych, których na to stać. Tak na marginesie, kiedy aeroplan Josephine pomalowano „żółcią Whitewaya", Joe Mudd i jego koledzy pociągnęli swój „czerwienią rewolucji".

Bell nadal obserwował niebo.

– Gdzie się podziewa nasza dziewczyna?

– Wróci – zapewnił go Archie, choć on też z lekkim niepokojem wypatrywał żółtego jednopłatowca. – Niedługo zacznie jej brakować paliwa. Będzie musiała wrócić.

Nagle powietrze przeszyło intensywne wycie, przypominające odgłos syreny alarmowej.

Bell rozglądał się za źródłem hałasu, który był tak donośny, że mógłby postawić na nogi całą remizę strażacką. Ku jego zaskoczeniu, nikt spośród lotników ani obsługi technicznej nie zwracał na to uwagi. Po chwili dźwięk umilkł tak samo raptownie, jak się rozległ.

– Co to było?

– Silnik reakcyjny Płatowa – wyjaśnił Archie. – Płatow to taki zwariowany Rosjanin. Wynalazł nowy rodzaj motoru do aeroplanów.

Nadal wypatrując na niebie Josephine, Bell poszedł za przyjacielem do prawie trzystumetrowej szyny, na początku której tkwiło dziwaczne urządzenie. Obok mechanicy montowali duży biały dwupłatowiec.

– A oto i Płatow – powiedział Archie.

Kilka pań w letnich sukienkach i wymyślnych kapeluszach wpatrywało się w rosyjskiego wynalazcę z niekłamanym podziwem. Był to przystojny mężczyzna, którego długie czarne kędzierzawe włosy spływały spod słomkowego kapelusza z jasnoczerwoną tasiemką na policzki i imponujące bokobrody.

– Wygląda na to, że robi duże wrażenie na damach – zauważył Bell.

Archie potwierdził skinieniem głowy i wyjaśnił, że są to matki, żony i przyjaciółki zawodników, podróżujące pociągami technicznymi.

Płatow wymachiwał suwakiem logarytmicznym. Bell zauważył w spojrzeniu jego ciemnych oczu błysk charakterystyczny dla „szalonego naukowca". Ale Rosjanin nie wyglądał na groźnego pomyleńca, raczej na ekscentryka, zwłaszcza że był pochłonięty flirtowaniem ze swymi wielbicielkami.

– Próbuje przyciągnąć inwestorów– powiedział Archie cicho. – Ma nadzieję, że któryś z uczestników wypróbuje jego wynalazek podczas wyścigu. Jak dotąd nikt nie zamierza zrezygnować ze śmigieł, ale może szczęście uśmiechnie się do niego. Widzisz tego grubego jegomościa ubranego na biało? To plantator bawełny z Missisipi. Ma więcej forsy niż rozumu. Wyłożył sporą sumę na przetestowanie tego motoru na prawdziwym aeroplanie. – Zwrócił do Rosjanina: – Panie Płatow, czy mógłby pan łaskawie wyjaśnić mojemu przyjacielowi, panu Bellowi, jak działa to pańskie ustrojstwo?

Wynalazca ucałował okryte rękawiczkami dłonie otaczających go dam, uchylił kapelusza i w mgnieniu oka znalazł się przy nich. Uścisnąwszy dłoń Bella, stanął na baczność i strzelił obcasami.

– Dmitrij Płatow. Chodzi o to, że Płatow pokazać lepszego napęda latającej maszyny.

Bell słuchał z uwagą. W silniku reakcyjnym zwykły motor automobilowy został wykorzystany do napędu sprężarki, która pod ciśnieniem wtłaczała naftę do komory spalania. Rozpylona nafta zapalała się od iskry elektrycznej, a powstałe gazy wylatywały przez dyszę, tworząc ciąg.

– To robić odrzut, a odrzut odpychać.

Bell zauważył, że wszyscy bardzo przyjaźnie odnosili się do elokwentnego Rosjanina. Wprawdzie jego łamana angielszczyzna wywoływała uśmieszki na twarzach umazanych smarem mechaników przypatrujących się próbom, ale z uwag, jakie wymieniali między sobą, wywnioskował, że traktują nowy silnik z całkowitą powagą. Tak samo jak mechanicy zajmujący się samochodami wyścigowymi, byli otwarci na wszelkie nowinki techniczne, dzięki którym można było konstruować coraz mocniejsze i szybsze maszyny.

Z tego, co mówili, wynikało, że gdyby silnik reakcyjny rzeczywiście działał tak, jak zamyślił jego twórca, miałby spore szanse na sukces, pozwalał bowiem rozwiązać trzy poważne problemy dotyczące motorów latających maszyn: znaczny ciężar, niedostatek mocy i wibracje, które zagrażały integralności delikatnych kadłubów. Na razie jednak był on zamocowany na szynie, wzdłuż której „latał” raz po raz z dużą prędkością. Na prawdziwą próbę trzeba było poczekać do czasu, gdy mechanicy skończą montować płatowiec plantatora bawełny.

– Chodzi o to, że tłoki nie telepać i śmigło nie pękać – powiedział Rosjanin.

Członkowie ekip technicznych znów zgodnie pokiwali głowami. Silnik Płatowa mógł, przynajmniej w teorii, pracować równie płynnie jak turbina, w przeciwieństwie do motorów benzynowych, które trzęsły tak mocno, że lotnikom wypadały plomby z zębów.

Do rosyjskiego konstruktora podbiegł zdyszany mechanik.

– Panie Płatow! Proszę przyjść jak najszybciej do naszego wagonu warsztatowego!

Rosjanin chwycił skórzaną torbę z narzędziami i oddalił się szybkim krokiem.

– Co się stało? – spytał Bell.

– Płatow jest doskonałym ślusarzem – odparł Archie. – Utrzymuje się z wykonywania części zamiennych na zamówienie. W wagonach warsztatowych są tokarki, wiertarki, szlifierki i frezarki. Gdy ktoś pilnie potrzebuje jakiejś części, Płatow dorobi ją szybciej, niż potrwa ściągnięcie jej z fabryki.

– Leci nasza dziewczyna! – zawołał Isaac.

– Nareszcie – powiedział Abbott i odetchnął z wyraźną ulgą.

Bell nie spuszczał z oczu żółtej plamki, którą wypatrzył nad horyzontem. Zbliżała się bardzo szybko i znacznie wcześniej, niż się spodziewał, nabrała kształtów zgrabnego jednopłatowca. Wkrótce dobiegł go wyraźny, równomierny warkot motoru.

– To jest ten celere, którego Preston Whiteway odkupił od wierzycieli Marka – powiedział Abbott.

Isaac przyglądał się maszynie z niekłamanym zachwytem.

– Pozostałe aeroplany wyglądają przy nim jak latawce skrzynkowe – orzekł.

– Jest szybki jak wyścigówka – przyznał Archie – ale chodzą słuchy, że wytrzymałością nie dorównuje dwupłatowcom. Ponoć właśnie z tego powodu Celere popadł w długi.

– Jak to?

– Słyszałem, że jeszcze będąc we Włoszech, sprzedał jedną maszynę armii, zapożyczył się na poczet przyszłych zysków i wyemigrował do Ameryki. Tu skonstruował kilka zwykłych aeroplanów, sprzedał je mężowi Josephine, a potem pożyczył kolejne pieniądze i zbudował właśnie ten egzemplarz, którym teraz ona lata. Tymczasem maszynie sprzedanej włoskiej armii odpadło w locie skrzydło i doszło do wypadku, w którym jakiś generał połamał sobie nogi. Armia anulowała kontrakt, a Marco stał się, jak to mówią Włosi, persona non grata. Nie ręczę, że tak było naprawdę, ale mechanicy zgodnie twierdzą, że jednopłaty są mniej wytrzymałe od dwupłatów.

– Tyle że wytrzymałość dwupłatowców jest uzyskiwana kosztem prędkości.

– Niby tak, ale lotnicy i mechanicy, z którymi rozmawiałem, uważają, że przelot do San Francisco to wyjątkowo trudna próba. Maszyny zbudowane wyłącznie pod kątem osiągania jak największej prędkości nie przetrwają całego wyścigu.

Bell pokiwał głową.

– Faktycznie, thomas flyer model trzydzieści pięć z sześćdziesięcioczterokonnym czterocylindrowym silnikiem, który wygrał wielki wyścig automobilowy z Nowego Jorku do Paryża, nie był najszybszy z całej stawki, ale najbardziej wytrzymały. Miejmy nadzieję, że Preston nie kupił naszej klientce latającej trumny.

– Zważywszy na stertę telegramów przysyłanych jej każdego dnia przez Whitewaya, możesz być pewien, że bardzo dokładnie sprawdził tę maszynę, zanim za nią zapłacił. Nie wystawiłby na szwank życia Josephine. Jest w niej zakochany.

– A co ona na to? – spytał Bell.

Zadał to pytanie nie bez kozery. Archie był jedyną osobą, która mogła wiedzieć, jakie uczucia żywi Josephine Frost względem Prestona Whitewaya. Zanim bowiem Archibald Angel Abbott IV został najszczęśliwszym w małżeństwie amerykańskim detektywem, przez wiele lat cieszył się sławą najbardziej pożądanego kawalera nowojorskiego city.

– Moim zdaniem – odpowiedział teraz z miną znawcy – Josephine jest zachwycona aeroplanem kupionym jej przez Whitewaya.

– No tak, Preston nigdy nie wykazywał się rozsądkiem w swoim życiu osobistym.

– Czy przypadkiem nie smalił kiedyś cholewek do Marion?

– Owszem, pozostając w błogiej nieświadomości, że ryzykuje życiem lub zdrowiem – potwierdził Bell i zaśmiał się złowrogo. – Co tylko potwierdza moją opinię.

Ruszył w kierunku otwartego pola, gdzie lądowały aeroplany. Dwupłatowiec Joego Mudda, który wzniósł się w przestworza, kiedy Bell słuchał wyjaśnień Płatowa, właśnie podchodził do lądowania. Josephine zatoczyła pełny krąg, aby go przepuścić. Czerwony dwupłatowiec opadł na trawę i zatrzymał się po stumetrowym dobiegu.

Maszyna Josephine zaczęła opadać pod bardziej stromym kątem i z dużo większą prędkością. Wydawało się, że awiatorka straciła nad nią kontrolę i za chwilę rozbije się o ziemię.

# Rozdział 7

Ucichły wszystkie rozmowy. Mechanicy odłożyli narzędzia i wpatrywali się w spadającą maszynę.

Zaledwie kilkanaście metrów dzieliło żółty aeroplan od rozbicia się o ziemię, kiedy Josephine pociągnęła za dźwignię. Na tylnych krawędziach skrzydeł uniosły się ruchome klapki, w górę wychyliły się też stery wysokości. Maszyna wyrównała tuż nad podłożem, zwolniła, podskoczyła na trawie i potoczyła się, by po chwili znieruchomieć.

Przez dobrą minutę panowała kompletna cisza. Potem wszyscy lotnicy i mechanicy zaczęli klaskać, gwizdać i wiwatować, zachwyceni wyczynem awiatorki. Było dla nich jasne, że Josephine wylądowała dokładnie tak, jak zamierzała. Wykorzystała swoje nieprzeciętne umiejętności i po prostu zakpiła sobie z grawitacji.

Kiedy drobna, odziana na biało kobieta wysiadła z kabiny, rozległ się ryk uznania tłumów zgromadzonych na trybunie. A ona pomachała widzom i uśmiechnęła się promiennie.

– Jest po prostu genialna! – wykrzyknął Isaac Bell. – Co z tego, że Preston Whiteway zachowuje się jak idiota, skoro potrafił wytypować zwycięzcę.

Ruszył szybkim krokiem w stronę żółtej maszyny, zostawiając w tyle długonogiego Abbotta. Zastąpił mu drogę korpulentny detektyw przebrany za mechanika.

– Pan dokąd?

– Jestem Isaac Bell, główny śledczy Agencji Van Dorna. Mężczyzna cofnął się.

– Przepraszam, panie Bell, nie miałem pojęcia, że to pan – sumitował się. – Nazywam się Tom LaGuardia, pracuję w biurze w Saint Louis. Właśnie mnie tu przerzucono. Widziałem, że rozmawia pan z panem Abbottem, i powinienem się domyślić, że jest pan jednym z nas.

– Dobrze pan zrobił – odparł Bell. – Nie czas na domysły, kiedy jest zagrożone życie klienta. Jeżeli zatrzyma pan kogoś przez pomyłkę, zawsze może pan przeprosić. Jeśli zaś nie zatrzyma pan tego, kogo trzeba i klient zginie, to nie będzie pan miał kogo przepraszać.

Dogonił ich Archie.

– Dobrze się spisałeś, Tom – zwrócił się do LaGuardii. – A za niego ręczę, to naprawdę Isaac Bell.

Bell podszedł do Josephine, która tymczasem wspięła się na poprzeczkę usztywniającą podwozie i teraz śrubokrętem regulowała gaźnik.

– Te ruchome wypustki na tylnych krawędziach skrzydeł zapewniają pani dodatkową kontrolę nad maszyną – zagaił Isaac.

Obrzuciła go przenikliwym spojrzeniem. Zauważył, że ma ciemnozielone oczy, w świetle słońca przechodzące w odcień szarości.

– Nazywają się „alettoni" – powiedziała – czyli po włosku „skrzydełka".

– Czy hamują opadanie dzięki zwiększaniu powierzchni skrzydła? – zapytał Bell.

– Raczej dzięki zagarnianiu większej ilości powietrza – odparła, wracając do swojego zajęcia.

– A czy są skuteczniejsze niż skręcanie skrzydeł?

– Jeszcze nie wiem – przyznała. – Nie zawsze działają zgodnie z moimi oczekiwaniami. Czasem zachowują się jak hamulce, zamiast utrzymywać maszynę w poziomie.

– Można je jakoś wyregulować?

– Pewnie tak. Ale człowiek, który je wynalazł, nie żyje, więc sama muszę do tego dojść.

Skończyła z gaźnikiem, schowała śrubokręt do tylnej kieszeni i zeskoczywszy na ziemię, podała Isaacowi dłoń w rękawiczce.

– Mam na imię Josephine, a kim pan jest?

– Przepraszam, powinienem był się przedstawić. Isaac Bell, główny śledczy agencji Van Dorna.

– Moi dzielni obrońcy – powiedziała z ujmującym uśmiechem.

Ależ z niej kruszyna, pomyślał Bell. Niewiele ponad metr pięćdziesiąt wzrostu i twarz raczej dziewczynki niż dorosłej kobiety. Wprawdzie śmiałe spojrzenie jej bystrych oczu pasowałby do osoby o wiele starszej, lecz wysoki głos brzmiał bardzo dziewczęco.

– Miło mi pana poznać, panie Bell. Mam nadzieję, iż pańskie przybycie nie oznacza, że Archie stracił posadę?

– Nic z tych rzeczy. Archie odpowiada za pani ochronę, a moim zadaniem jest schwytanie pani małżonka, zanim zdoła wyrządzić pani krzywdę.

W jej nagle pociemniałych oczach pojawił się lęk.

– Nigdy go nie złapiecie, dobrze pan o tym wie.

– Niby dlaczego?

– Bo jest sprytniejszy od was. Kieruje się instynktem, jak dzikie zwierzę.

Bell uśmiechnął się, chcąc rozładować napięcie, ale widział, że Josephine naprawdę boi się Frosta.

– Poradzimy sobie. – zapewnił. – Liczę na to, że dowiem się od pani czegoś o jego zwyczajach. Każda, nawet najdrobniejsza informacja może pomóc mi go dopaść.

– To, co mogę panu o nim powiedzieć, w niczym wam nie pomoże. Obawiam się zresztą, że nic nie zdoła wam pomóc.

– W takim razie proszę mi opowiedzieć o wszystkim, co nam nie pomoże.

– Harry jest całkowicie nieprzewidywalny. Nigdy nie wiedziałam, czego się po nim spodziewać. Potrafi się zmienić w mgnieniu oka.

Mówiąc, patrzyła na lądowisko, skąd po raz kolejny wzbijał się w przestworza czerwony dwupłatowiec Joego Mudda. Bell zorientował się, że Josephine ocenia chłodnym okiem konkurenta, w taki sam sposób, w jaki on sam taksowałby złoczyńcę, z którym za moment będzie toczył walkę na noże.

– Co pani wie o jego przyjaciołach, do których mógłby zwrócić się o pomoc?

– Nigdy nie widziałam żadnego jego przyjaciela. Nie wiem nawet, czy jakiegoś miał. Jeśli tak, utrzymywał to w tajemnicy.

– W waszej posiadłości spotkałem wczoraj kilku ludzi z Chicago. Odniosłem wrażenie, że tam mieszkają.

– Harry trzymał ich do obrony, ale poza tym nie miał z nimi nic wspólnego.

– Do obrony przed kim?

Była wyraźnie zdziwiona tym pytaniem.

– Jak to przed kim? Przed jego wrogami.

– Kim byli ci wrogowie?

– Kiedyś spytałam go o to. Jeden jedyny raz. Wściekł się i zaczął na mnie wrzeszczeć. Bałam się, że mnie zabije. Myślę, że oni istnieli tylko w jego głowie. Harry siedział kiedyś w domu wariatów.

Bell taktownie zmienił temat.

– Czy chodził na polowania w większym towarzystwie? Zabierał ze sobą jakichś znajomych?

– Czasem wynajmował przewodników i nagonkę, ale zawsze polował sam.

– Pani też nie zabierał?

– Ja zawsze wolałam latać.

– Czy bywał zły z tego powodu?

– Nie. Latałam już przed ślubem.

Teraz śledziła wzrokiem bleriota przelatującego nad nimi z prędkością stu kilometrów na godzinę.

– Ach tak. A jak nauczyła się pani latać?

Promienny uśmiech rozjaśnił jej twarz.

– Uciekłam z domu – wyznała. – Schowałam włosy pod czapką i udawałam chłopca.

To nie było trudne, pomyślał Bell. Josephine ważyła nie więcej niż pięćdziesiąt kilogramów.

– Znalazłam pracę w fabryce rowerów w Schenectady. W weekendy właściciel budował latające maszyny, a ja pomagałam mu przy silnikach. Znałam się na tym, bo na farmie ojca naprawiałam wszelką maszynerię. Pewnego poniedziałku, zamiast iść do pracy, wymknęłam się na pole i poleciałam.

– Bez szkolenia?

– A kto miał mnie uczyć? Wtedy nie było kursów ani szkół latania. Większość z nas nauczyła się sama.

– Ile miała pani wtedy lat?

– Siedemnaście.

– Tak po prostu usiadła pani za sterami i poleciała?

– A co w tym dziwnego? Wiedziałam, na czym to polega. Aeroplan unosi się do góry, spychając powietrze w dół.

– Więc mimo braku formalnego przeszkolenia zastosowała pani w praktyce równanie Bernoulliego i dowiodła istnienia efektu Venturiego.

– Co?

– Chodzi mi o to, że pani wie, w jaki sposób kształt skrzydeł wpływa na powstawanie nad nimi próżni, która sprawia, że unoszą się do góry.

Roześmiała się.

– Niestety nie, panie Bell. Venturi i cała reszta to dla mnie zbyt skomplikowane. Mój przyjaciel Marco Celere ciągle gadał o tym Bernoullim. A tak naprawdę latająca maszyna spycha powietrze w dół i dlatego wznosi się do góry. Wyginanie skrzydeł służy jedynie odepchnięciu się od powietrza w stronę, w którą chce się lecieć – w dół, do góry albo na boki. Powietrze jest cudowne, panie Bell. Mocniejsze, niż się panu wydaje, dzięki czemu dobra latająca maszyna, taka jak ta – dotknęła czule pokrytego płótnem boku kadłuba – najlepsze dzieło Marka, utrzymuje się w górze.

Słuchał jej ze zdumieniem. Lubił młodych ludzi – właśnie dlatego zwykle on opiekował się praktykantami w agencji – ale jeszcze nigdy nie rozmawiał z dwudziestoletnią osobą, która wyrażałaby swoje myśli z tak wielką pewnością siebie i prostotą.

– Nikt nie potrafiłby ująć tego trafniej – pochwalił ją.

Niestety, wciąż nic nie wiedział o zwyczajach jej męża. Zadawał Josephine kolejne pytania, ale z odpowiedzi, jakich udzieliła, wynikało, że przed ślubem prawie nie znała Harry'ego Frosta, a potem dowiedziała się o nim tylko tyle, by zacząć się go bać.

Podczas ich rozmowy nie spuszczała wzroku z rozpędzających się i wzbijających w niebo aeroplanów. Bell doszedł do wniosku, że niezależnie od przyczyny, dla której wyszła za Frosta – czy wskutek jakiegoś nieporozumienia, czy też z powodu młodzieńczej głupoty – Josephine miała jakby dwa oblicza. Na ziemi była dziewczyną, wrażliwą i naiwną, a w powietrzu przeistaczała się w pewną siebie, doświadczoną kobietę.

– Czy dzięki znajomości z Markiem Celere nauczyła się pani czegoś więcej o lataniu?

Josephine westchnęła.

– Nie znam włoskiego, a on mówił po angielsku bardzo słabo, w dodatku ciągle był zajęty konstruowaniem swoich maszyn. – Nagle pojaśniała. – Ale nauczył mnie jednego. Chwilę potrwało, zanim zrozumiałam, co do mnie mówi tą swoją łamaną angielszczyzną, ale w końcu udało mi się to z niego wyciągnąć. Powiedział, że dobry aeroplan to taki, który wręcz rwie się do latania. Nie sądzi pan, że to cudowne?

– A czy to prawda? – spytał Isaac.

– Oczywiście – odparła, ponownie kładąc rękę na kadłubie. – Proszę mi więc wybaczyć, panie Bell, ale jeśli nie ma pan więcej pytań, zajmę się swoją maszyną, bo wydaje mi się, że bardzo chce polatać, a jeszcze chwilę potrwa, zanim się co do tego upewnię.

– Czy brakuje pani Marka Celere?

Jej oczy pozostały suche, ale skinęła głową.

– Był miły i subtelny – powiedziała. – Nie to, co mój mąż. Bardzo mi go brakuje.

– Rozumiem. Ale chyba pewną pociechą jest fakt, że lata pani jego ostatnią maszyną.

– Tylko dzięki uprzejmości i hojności pana Whitewaya. Jak zapewne pan wie, odkupił ją od wierzycieli Marka. – Rzuciła detektywowi znaczące spojrzenie i dodała: – Mam wobec niego ogromny dług wdzięczności.

– Jestem pewien, że spłaci go pani z nawiązką, zapewniając ogromny rozgłos Pucharowi Whitewaya – powiedział.

– Rozgłos to nie wszystko – odparła. – Ja muszę zdobyć ten puchar. Nie mam pieniędzy. Byłam uzależniona finansowo od Harry'ego, a teraz jestem uzależniona od pana Whitewaya.

– Jestem pewien, że Whiteway będzie pani bardzo wdzięczny, jeśli wygra pani ten wyścig.

– Nie ma żadnego „jeśli". – Odprowadziła wzrokiem bleriota o barwie pergaminu, wzbijającego się właśnie w powietrze. Gdy znowu spojrzała na Isaaca, zauważył, że jej oczy pociemniały. – Ja wygram, panie Bell. Nie dlatego, że liczę na wdzięczność pana Whitewaya. Wygram, bo ja dam z siebie wszystko, a Marco zbudował maszynę, której nie dorówna żadna inna.

Zakończyli rozmowę i Bell wrócił do Archiego.

– Gdybym był graczem, postawiłbym na nią – powiedział.

– Przecież jesteś graczem! – przypomniał mu Abbott.

– Rzeczywiście.

– W Belmont Park aż się roi od bezrobotnych bukmacherów, którzy tylko czekają, żeby oskubać cię z forsy. Nowojorscy reformatorzy właśnie przegłosowali ustawę zakazującą zakładów na wyścigach konnych. Wyścig „Atlantyk–Pacyfik" to dla nich istny dar niebios.

– Ile płacą za zwycięstwo Josephine?

– Dwadzieścia do jednego.

– Dwadzieścia? Chyba żartujesz? Można zarobić fortunę.

– Według oceny bukmacherów Josephine nie ma szans w konfrontacji z najlepszymi lotnikami amerykańskimi. Co więcej, uważają, że Europejczycy spuszczą naszym lanie, bo dotychczas zawsze oni wygrywali takie wyścigi.

Isaac zdecydował, że postawi tysiąc dolarów, i udał się na poszukiwanie bukmachera, który przyjąłby tak wysoki zakład. Znalazł się tylko jeden odważny. Był nim Johnny Musto, niski, tęgawy osobnik w kraciastej marynarce, wyperfumowany drogą wodą kolońską, której zapach Bell czuł niedawno u fryzjera w hotelu Plaza. W związku z oficjalnym zakazem przyjmowania zakładów podczas wyścigów konnych w hali pod trybuną, w której dotychczas królowali bukmacherzy, urządzono wystawę motorów i akcesoriów lotniczych oraz wyścigowych aut i motorówek. Musto czaił się za jedną z kolumn podtrzymujących trybunę. Mówił z tak silnym brooklyńskim akcentem, jaki Bell wcześniej słyszał tylko w teatrze.

– Czy naprawdę pan tego chce? – zapytał, bo potrafił rozpoznać detektywa na kilometr.

– Jak najbardziej – potwierdził Isaac. – A skoro pan spytał, to niech będzie dwa tysiące.

– Kompletna mogiła. Zanim pan popełni ten wielki błąd, chciałbym spytać o coś jeszcze.

– O co?

– Czy ten wyścig jest ustawiony?

– Ustawiony? Przecież to nie gonitwa konna.

– Niby nie, ale wyścig to wyścig. Jest ustawiony?

– Ależ skąd – zapewnił Bell. – Wyścig jest autoryzowany przez Amerykańskie Towarzystwo Aeronautyczne. Wszystko odbywa się, jak Pan Bóg przykazał.

– Dobra, dobra, tyle że ta mała jest żoną Harry'ego Frosta.

– Nic już jej nie łączy z Frostem.

– Naprawdę? – W głosie bukmachera zabrzmiała ironia, tak jakby Musto wiedział coś, o czym Bell nie miał pojęcia.

– Naprawdę. A czemu cię to dziwi, Johnny?

– Bo skoro ona już nie jest z Frostem, to dlaczego on się tu kręci?

– Co?! – Bell chwycił bukmachera za ramię i mocno ścisnął.

– Widziałem wczoraj faceta, który wyglądał kropka w kropkę jak on – wykrztusił Musto, krzywiąc się z bólu.

Isaac zwolnił uścisk, ale przygwoździł go wzrokiem.

– Dobrze znasz Frosta? – spytał.

Ze zgromadzonych dotychczas dowodów wynikało niezbicie, że Harry Frost nie pojawiał się publicznie od kilku lat.

Johnny Musto nadął się jak paw.

– Kiedyś obstawiali u mnie najelegantsi panowie. Przyjmowałem zakłady od pana Frosta, gdy był stałym bywalcem Belmont Park.

– Kiedy to było?

– Bo ja wiem... Jakieś cztery lata temu.

– To znaczy zaraz po otwarciu hipodromu?

– Tak, chyba tak. A wydaje się, że to było tak dawno.

– Jak wyglądał ten facet, którego wczoraj widziałeś?

– Wielki, kark jak u byka. Zapuścił brodę, taką jak na tym portrecie. – Wskazał list gończy agencji Van Dorna, na którym Frost miał dorysowany zarost.

– Wyglądał tak jak na portrecie?

– Tak, tylko że brodę miał całkiem siwą. Wyglądał z nią dużo starzej.

– Starzej? Więc skąd pewność, że to był on?

– Bo burczał coś sam do siebie, jak to miał w zwyczaju. Roztrącał ludzi na boki, jakby ich wcale nie widział. Chwilami, robił się na twarzy czerwony jak befsztyk. Dokładnie tak zachowywał się wcześniej, zanim go zamknęli w domu wariatów.

– Skoro byłeś pewien, że to Frost, dlaczego tego nie zgłosiłeś? Pięć tysięcy dolarów to sporo pieniędzy, nawet dla bukmachera obsługującego eleganckich panów.

Musto popatrzył na detektywa z niedowierzaniem.

– Był pan kiedyś w cyrku?

– W cyrku? O czym ty mówisz?

– Pytam, czy chodzi pan do cyrku.

Bell dał za wygraną.

– Tak, bardzo często. Kiedy byłem chłopcem, kilka razy uciekłem z domu, żeby dołączyć do trupy cyrkowej.

– A wkładał pan kiedyś głowę w paszczę lwa?

– Daj spokój, Johnny. Dobrze wiesz, że vandornowcy potrafią ochronić ludzi, którzy im pomagają.

– Niech mnie pan nie rozśmiesza – prychnął Musto. – Przed Frostem?

# Rozdział 8

Kiedy nad Belmont Park zapadła noc, lotnicy i mechanicy okryli samoloty płachtami, aby obciągnięte płótnem skrzydła nie nasiąkły wilgocią. Zakotwiczyli maszyny, przywiązując je do wbitych głęboko w ziemię kołków namiotowych i tym samym zabezpieczając na wypadek gwałtownych podmuchów wiatru. Potem udali się na stację, aby przenocować w pociągach technicznych. Gdzieś w oddali rozległo się jedenaście uderzeń dzwonu.

Tor wyścigów konnych spowiła cisza.

Od trybuny oderwały się dwa cienie. Bracia Jonas przyjechali z Brooklynu ciężarówką do przewozu lodu jeszcze za dnia, żeby zapoznać się z terenem działania. Teraz, choć księżyc i gwiazdy skryły się za chmurami, poruszali się szybko i pewnie. Przeszli przez bieżnię i przeskoczyli nad wewnętrzną barierą otaczającą płytę hipodromu. Najpierw skierowali się ku maszynie Joego Mudda, bo stała z boku i łatwo było ją zlokalizować. Kiedy do niej podeszli, usłyszeli chrapanie. Zwolnili i podkradli się bliżej. Dwaj potężnie zbudowani mechanicy spali pod skrzydłami. Bracia prześliznęli się na przeciwną stronę toru, trzymając się z dala od aeroplanu należącego do Josephine, bo zanim zapadły ciemności zauważyli, że jest on otoczony przez nieskorych do żartów, za to uzbrojonych w strzelby detektywów agencji Van Dorna. Wybrali inną ofiarę, nie wiedząc nawet, że jest to wyprodukowany we Francji dwupłatowiec farman, należący do angielskiego baroneta sir Eddisona-Sydneya-Martina.

Sprawdziwszy, że nikt koło niego nie śpi, ściągnęli płachtę z podwójnych skrzydeł po jednej stronie kadłuba i przez chwilę przypatrywali się ich zarysowi na tle ciemnego nieba. Nie wiedzieli dużo o latających maszynach, ale spostrzegli, że konstrukcja komory płatów przypomina znaną im kratownicę. Jedyną różnicą było to, że kratownica mostu kolejowego składała się z prostych i ukośnych stalowych belek, a komorę płatów usztywniono drewnianymi pionowymi rozpórkami i poprowadzonymi na krzyż cięgnami ze stalowego drutu.

Po zapoznaniu się z metodą wzmacniania skrzydeł zastosowaną w farmanie Jonasowie zaczęli się zastanawiać, jak osłabić ich konstrukcję. George namacał w ciemności ściągacz, który służył do napinania biegnących ukośnie między płatami plecionych stalowych linek.

– Linki Roeblinga – szepnął. – Dobrze, że Frost nie kazał nam ich podpiłować. Nie skończylibyśmy roboty do świtu.

Osłaniając dłońmi reflektory latarek, przyjrzeli się ściągaczowi. Była to zwykła śruba rzymska owinięta drutem, żeby nie odkręcała się pod wpływem wibracji. Odwinęli drut i poluzowali śrubę, lekko zmniejszając naprężenie cięgna, po czym zdjęli koniec ściągacza z zaczepu łączącego go ze skrzydłem. Następnie wymienili stalowy zaczep na mniej wytrzymały, wykonany z aluminium.

Ponownie naprężyli cięgno, owinęli ściągacz drutem, aby całość wyglądała dokładnie tak jak przedtem, i przykryli skrzydło płachtą. Musieli poinformować Frosta, który aeroplan uszkodzili, dlatego w świetle latarek sprawdzili kolor płóciennego pokrycia skrzydła. Po wyjściu z hipodromu wsiedli do ciężarówki, pojechali na pobliską farmę i położyli się spać. Godzinę po świcie spotkali się z Harrym Frostem w Hempstead i zdali mu relację ze swych działań.

– Która to maszyna?

– Dwupłatowiec z jednym śmigłem.

– Z tyłu czy z przodu?

– Z tyłu.

– Jaki kolor?

– Niebieski.

Frost wręczył im po sto dolarów. Było to więcej niż miesięczna pensja wykwalifikowanego mechanika, nawet mającego wyjątkowo hojnego szefa.

– Nieźle jak na jedną nockę – powiedział George do Petera, kiedy ruszali w drogę powrotną.

Przed dotarciem do Brooklynu musieli załatwić jeszcze jedną sprawę. Szwagier pożyczył im ciężarówkę pod warunkiem, że oddadzą mu ją z pełnym ładunkiem. Zajechali więc do portowego składu lodu, należącego do trustu American Ice Company, stanęli na wadze i kupili tonę lodu za cztery dolary.

– Czy możemy dostać pięćdziesiąt centów rabatu? – spytał George.

– Nie dajemy rabatów niezrzeszonym dostawcom – odparł pracownik składu.

– Jedna tona to tysiąc kilogramów – zauważył Peter. – Dlaczego płacimy za tonę, skoro załadowaliście tylko dziewięćset kilogramów?

– Przecież to jest lód. Roztopił się.

– Powinniście uwzględniać straty i ładować więcej.

– W przypadku niezrzeszonych nie uwzględniamy strat. Zabierajcie się stąd, blokujecie wagę.

– To niesprawiedliwe.

– I co na to poradzisz?

Chcąc nie chcąc, zapłacili pełną cenę. Ze składu ruszyli do szwagra, zwrócili mu ciężarówkę i tramwajem pojechali do ulubionego salonu na śniadanie.

Jedząc, rozmawiali o wydarzeniach minionej nocy. Uznali zgodnie, że powinni namówić Harry'ego Frosta, aby zainteresował się lodowym biznesem. Toż to jeden wielki przekręt. Trust kontrolował wszystko – pozyskiwanie lodu, transport, składowanie, dystrybucję i sprzedaż – zarabiając co najmniej dziesięć milionów rocznie. Frost na pewno zrobi z tym porządek, kiedy przejmie cały ten interes.

Po śniadaniu, złożonym z jajek na twardo i kilku piw, bracia Jonas postanowili pojechać pociągiem elektrycznym do Belmont Park, aby obejrzeć katastrofę niebieskiego dwupłatowca.

# Rozdział 9

Isaac Bell obserwował tłum reporterów, którzy zeszli na płytę hipodromu i teraz zbliżali się do brytyjskiego faworyta, sir Eddisona-Sydneya-Martina. Tuż obok mechanicy uzupełniali paliwo i olej w farmanie Anglika. Detektyw zachowywał najwyższą czujność, gdyż zabójca mógł się z łatwością ukryć wśród dziennikarzy.

Abbott trzymał się blisko Josephine, która przynajmniej tym razem nie poleciała Bóg wie gdzie, tylko czekała na swoją kolej do udziału w pokazowej próbie maksymalnej prędkości. Środek toru był niemożliwie wręcz zatłoczony gośćmi – zupełnie jakby wszyscy pozałatwiali sobie przepustki – toteż Archie podwoił kordon bezpieczeństwa wokół młodej awiatorki. Pilnowało jej dziesięciu vandornowców, w tym czterej przebrani za mechaników.

Bell odetchnął z ulgą, rozpoznawszy twarze wszystkich reporterów. Ponieważ zawody relacjonowały tylko gazety należące do Whitewaya, miał nieco ułatwione zadanie. Wprawdzie wydawca był pewien, że kiedy wyścig wzbudzi większe zainteresowanie opinii publicznej, zaczną o nim pisać dziennikarze z innych tytułów, Isaac uznał jednak, że nie ma sensu martwić się na zapas. Na razie Whiteway wykorzystywał swoją pozycję monopolisty, więc wszystkie publikacje dotyczące zawodów były dokładnie takie, jak sobie życzył. Reporterzy nie dawali żadnych szans amerykańskim lotnikom, wśród których jako najsłabszą wymieniano Latającą Sympatię Ameryki.

Na czele grupy dziennikarzy kroczył przedstawiciel flagowego „Inquirera", wołając z daleka do Eddisona-Sydneya-Martina:

– Czy jest coś, co brytyjski mistrz chciałby przekazać amerykańskim czytelnikom?

– Niech wygra najlepszy albo najlepsza.

Bell zauważył, że Anglikowi drżą dłonie. Najwyraźniej Archie nie przesadzał, wspominając o chorobliwej nieśmiałości baroneta. Widać było, że kontakt z szerszym audytorium budzi w nim znacznie większą trwogę niż latanie tysiąc metrów nad ziemią. Żona baroneta, urodziwa brunetka imieniem Abby, stała obok męża, by zapewnić mu wsparcie. Isaac podziwiał odwagę tego człowieka. Chociaż trzęsły mu się ręce, a oczy niemal wychodziły z orbit, stawił czoła wyzwaniu.

– Chyba nie mówi pan poważnie, sir – reporter „Inquirera" udawał niedowierzanie. – Londyńska prasa głosi całemu światu, że ściga się pan dla Anglii i broni honoru całej Wielkiej Brytanii.

– Prasa brytyjska potrafi być równie zapalczywa jak amerykańska – odparł baronet. – Tymczasem można by powiedzieć, że jestem właściwie pół-Amerykaninem za sprawą szczęśliwego ożenku z moją ukochaną Abby, która pochodzi z Connecticut. Nie uważam też, aby wyścig o puchar Whitewaya był podobny do meczu bokserskiego, w którym na końcu tylko jeden zawodnik trzyma się na nogach. Tu każdy lotnik będzie zwycięzcą już tylko dlatego, że stanął do zawodów. A wiedza, jaką zdobędziemy podczas wyścigu, sprawi, że będziemy mieli lepsze aeroplany i lepszych awiatorów.

– Czy dostrzega pan możliwość praktycznego wykorzystania latających maszyn w przyszłości? – zapytał dziennikarz jednego z nowojorskich czasopism Whitewaya, zajmującego się gospodarką.

– Jeżeli ma pan na myśli wożenie ludzi za opłatą, tylko Bóg wie, kiedy powstaną „aerobusy" dysponujące odpowiednim udźwigiem. Ale przed paroma minutami widziałem pewne przedsięwzięcie reklamowe, które może mieć przed sobą wielką przyszłość. Gdy podchodząc do lądowania w Belmont Park, przelatywałem nad Garden City, znajdującym się pięć kilometrów stąd w kierunku północnym, zauważyłem jadącą pode mną ciężarówkę wydawnictwa „Doubleday, Page and Company". Pewnie zapytacie państwo, jak zdołałem się zorientować, kto jest właścicielem ciężarówki, skoro napisy maluje się tylko na burtach pojazdów. Odpowiedź jest prosta. Jakiś zdolny szef reklamy z oddziału tegoż wydawnictwa w Garden City musiał zauważyć przelatujące nad głową maszyny z Belmont Park i polecił umieścić napis „Doubleday, Page and Company" na dachu ciężarówki, aby przyciągnąć uwagę awiatorów.

Reporterzy pilnie notowali jego słowa.

– W każdym razie przyciągnął moją, kiedy nad nim szybowałem – oznajmił baronet i podsumował: – Może więc praktycznym skutkiem rozwoju lotnictwa będzie upowszechnienie poziomych tablic reklamowych.

Isaac Bell, który roześmiał razem z innymi,

Po chwili dostrzegł, że na pociągłej twarzy Eddisona-Sydneya-Martina odmalował się wyraz ogromnej ulgi, jakby właśnie przedterminowo zwolnili go z więzienia.

– Witaj, Josephine! – zawołał Anglik.

Josephine, która z głową opuszczoną między ramiona zmierzała szybkim krokiem do swego aeroplanu, mając nadzieję, że nikt jej nie zauważy, zatrzymała się. Pomachała ręką baronetowi i serdecznie przywitała się z jego żoną.

– Miło cię widzieć, Abby.

Eddison-Sydney-Martin zwrócił się do dziennikarzy.

– Czy nie wolelibyście porozmawiać z piękną kobietą, panowie?

Gdy tylko reporterzy ruszyli w stronę Josephine, pospiesznie wskoczył na siedzenie swojego farmana i krzyknął:

– Kręć, Ruggs!

Lionel Ruggs, szef ekipy jego mechaników, zakręcił śmigłem. Rotacyjny gnome zaskoczył od razu, a maszyna baroneta oderwała się od ziemi, ciągnąc za sobą smugę błękitnych spalin.

Bell bezskutecznie usiłował zastąpić drogę dziennikarzom kierującym się ku Josephine. Wiedział, że gdyby ktoś chciał ją skrzywdzić, mógł sobie zatknąć legitymację prasową za tasiemkę kapelusza i dołączyć do grupy.

Abbott był jednak przygotowany na taką okoliczność. Zanim reporterzy zdołali się zbliżyć, Josephine została otoczona przez detektywów, którzy patrzyli na wszystkich i każdego z osobna świdrującym wzrokiem.

– Nieźle – pochwalił przyjaciela Bell.

Archie uśmiechnął się krzywo.

– Nie bez powodu Van Dorn tyle mi płaci.

– Płaci, ale dziwi się, że nadal chcesz dla niego pracować.

– Sam się sobie dziwię – odparł Abbott. – Zwłaszcza odkąd zdegradował mnie do roli ochroniarza.

– Nie zostałeś zdegradowany. Sam poprosiłem, żeby przydzielił ci to zadanie.

– Nie zrozum mnie źle, Isaac. Josephine jest urocza i cieszę się, mogę się nią opiekować. Mimo wszystko uważam, że to robota dla chłopaków z SO.

Bell pokręcił przecząco głową.

– Mylisz się, Archie. Harry Frost zamierza ją zabić, a w Służbie Ochrony Van Dorna nie ma nikogo, kto zdołałby go powstrzymać.

Abbott, wysoki i szczupły, nie wyglądał na siłacza, ale nikomu poza Bellem nie udało się położyć go na deskach. Pod maską niefrasobliwości i nienagannych manier krył się człowiek o ogromnej sile charakteru i wielkiej determinacji, rzadko spotykanej wśród przedstawicieli sfery, w której się obracał.

– Przeceniasz tego Frosta – odpowiedział teraz przyjacielowi.

– Nie widziałeś go w akcji – obstawał przy swoim Bell. – A ja tak.

– Dziesięć lat temu. Byłeś wtedy młokosem, teraz jesteś dojrzałym facetem. A Frost jest o dziesięć lat starszy.

– Mam cię zwolnić? – spytał Bell chłodno.

– Tylko spróbuj. Poskarżę się u samego Van Dorna.

Przez chwilę mierzyli się wzrokiem. Ktoś stojący obok mógłby pomyśleć, że za chwilę zaczną okładać się pięściami. Ale łączyła ich zbyt głęboka przyjaźń, aby nieporozumienie miało zakończyć się bijatyką. Bell roześmiał się, rozładowując napiętą atmosferę.

– Jeśli szef się dowie, że skaczemy sobie do oczu, zwolni nas obu.

– Isaac, przysięgam ci, że nikt nie skrzywdzi Josephine, dopóki ja jej pilnuję – zapewnił Archie. – A jeśli ktokolwiek podniesie na nią rękę, będę jej bronił do ostatniej kropli krwi.

Bell odetchnął z ulgą. Wcale nie z powodu tej obietnicy, lecz dlatego, że przez całą rozmowę Abbott nie spuszczał wzroku ze swojej podopiecznej.


Lśniąca nowiutkim lakierem ciężarówka wydawnictwa „Doubleday, Page" dotarła do Belmont Park i zatrzymała się przed służbowym wjazdem koło trybuny. Kierowca i jego pomocnik, którzy mieli na głowach czapki w takim samym ciemnym odcieniu zieleni jak ich pojazd, wyładowali powiązane w paczki najświeższe wydania magazynów „World's Work" i „Country Life in America". Potem jednak, zamiast opuścić teren wyścigów, skręcili na polną drogę łączącą stację kolejową z płytą hipodromu i pojechali za fordem T, który wiózł na odkrytej platformie silnik Wright z wagonu warsztatowego do jednego z aeroplanów.

Przejazd przez bieżnię toru przegradzał szlaban, przy którym dyżurowali detektywi Van Dorna. Przepuścili forda, ale ciężarówkę „Doubleday, Page" zatrzymali. Popatrzyli na wyglądających całkiem niewinnie dwóch mężczyzn w szoferce i jeden z detektywów spytał:

– A wy dokąd się wybieracie?

– Nie powiem, że wieziemy lekturę dla lotników, bo i tak mi pan nie uwierzy – odparł z uśmiechem kierowca.

– Faktycznie, nie uwierzę. Co jest grane?

– Wieziemy motor dla liberatora. Mechanicy właśnie skończyli robotę i poprosili nas o pomoc w transporcie.

– A co z ich ciężarówką?

– Ma zepsutą skrzynię biegów.

– Joe Mudd to mój szwagier – wtrącił się pomocnik. – Wiedział, że mamy przywieźć czasopisma. Musimy tylko uważać, żeby nasz szef się nie połapał.

– W porządku, możecie przejechać. Wiecie, gdzie go szukać?

– Damy sobie radę.

Zielona ciężarówka ruszyła przez zatłoczoną płytę hipodromu, omijając aeroplany, mechaników, auta osobowe, inne ciężarówki, wózki i rowery. W blaszanej skrzyni nadwozia tłoczyło się dwunastu opryszków Roda Sweetsa. Było tak ciasno, że musieli stać, ściśnięci jak śledzie w beczce. Byli w garniturach i melonikach, należeli bowiem do wyższej kategorii zbirów, zajmujących się zapewnieniem nieprzerwanego dopływu opium i morfiny do lekarzy i właścicieli aptek. Chociaż zachowywali milczenie, można było wyczuć ich napięcie. Elegancki ubiór miał im ułatwić wmieszanie się w tłum widzów po zakończeniu akcji. Żaden nie miał ochoty zadzierać z vandornowcami, ale Harry Frost zapłacił im taką forsę – i to z góry – że nie sposób było odmówić. Zdawali sobie sprawę, że zbiorą cięgi, a kilku zapewne trafi do pudła, lecz ci, którym uda się wymknąć i wrócić cało do Brooklynu, nie będą musieli pracować przez kilka miesięcy.

Harry Frost stał razem z nimi i patrzył przez otwór wywiercony w bocznej ścianie skrzyni na niebieskiego farmana sir Eddisona-Sydneya-Martina. Był zadziwiająco spokojny i przekonany, że jego plan powinien się udać.

Aeroplan angielskiego baroneta śmigał po niebie, próbując ustanowić rekord prędkości dla dwupłatowców po obwodzie zamkniętym, wyznaczonym przez dwa słupy ustawione w odległości stu pięćdziesięciu jardów. Dystans wynosił trzy mile morskie i aby pobić rekord, Eddison-Sydney-Martin musiał zrobić dwadzieścia okrążeń w czasie poniżej jednej godziny, ścinał więc zakręty, umiejętnie pochylając maszynę na skrzydło. Nie wiedział, że każdy szybki wiraż, w który kładł swojego farmana, mógł okazać się ostatnim. Kiedy zamontowany przez braci Jonas albuminowy zaczep pęknie pod wpływem ogromnych naprężeń, cięgno usztywniające wyrwie się z mocowania, całe skrzydło złamie się i odpadnie i oczy wszystkich obecnych na trybunie i na torze skierują się na spadającą maszynę.

Frost, który kilka razy miał okazję obserwować katastrofy aeroplanów, wiedział, że przy wysokości stu pięćdziesięciu metrów – a na takiej był farman Anglika – od rozpoczęcia spadania do momentu uderzenia o ziemię upływa sporo czasu. Nikt, nawet żaden vandornowiec, nie powinien więc zauważyć jego ludzi wyskakujących z ciężarówki. Ci zaś, zupełnie jak zawodnicy drużyny futbolowej, stworzą klin, wbiją się nim w tłum i oczyszczą teren, umożliwiając mu przypuszczenie ostatecznego ataku na Josephine.

Isaac Bell z zapartym tchem obserwował wyczyny sir Eddisona-Sydneya-Martina, próbującego pobić rekord prędkości. Gdy po trzydziestu minutach odpadło skrzydło farmana, w pierwszej chwili pomyślał, że to tylko złudzenie. Silnik wciąż warczał, a aeroplan nadal leciał poziomo. Kilka sekund później oba płaty, górny i dolny, rozeszły się na długość łączących je metalowych linek, i pozostała część maszyny wraz z pilotem zaczęła opadać stromym łukiem w dół.

Ludzie na trybunie zerwali się z miejsc i z pobladłymi twarzami wpatrzyli się w niebo. Mechanicy stojący na płycie hipodromu czuli niemal fizyczny ból, patrząc na opadające szczątki maszyny. Rozległ się krzyk przerażonej kobiety. Bell spojrzał w jej stronę i rozpoznał żonę baroneta.

Spadający pionowo aeroplan zaczął się obracać, a strzępy płótna zerwanego z usterzenia przez potężne siły ciągnęły się za nim jak zwichrzone włosy.

Eddison-Sydney-Martin daremnie szamotał się ze sterami. Nie miał już żadnej kontroli nad maszyną, która nieubłaganie zbliżała się do ziemi, by wreszcie uderzyć w nią z głuchym odgłosem. Bell poczuł wstrząs pod stopami, choć upadek nastąpił prawie pół kilometra od miejsca, w którym stał. Zwielokrotniony jęk ludzi zgromadzonych na płycie hipodromu rozbrzmiał echem na trybunie.

Chwilę później Isaac usłyszał krzyk, który zmroził mu krew w żyłach. Spojrzał na bieżnię i zobaczył, że żona baroneta biegnie na miejsce katastrofy, przyciskając ręce do twarzy. Więc to nie ona krzyczała. Pełen grozy i przerażenia głos dobiegał zza jego pleców.

Głos Josephine.

# Część 2

# „UMOŚĆ SIĘ NICZYM NA ŻERDCE PTASZYNA"

Umość się niczym na żerdce ptaszyna

# Rozdział 10

Isaac Bell wyszarpnął browninga z kabury pod pachą i puścił się pędem między dwoma rzędami aeroplanów.

Mechanicy obserwujący wypadek rozpierzchali się na boki na widok wysokiego mężczyzny w białym garniturze, biegnącego prosto na nich z bronią w ręku. Utworzyli w ten sposób szpaler, na którego końcu Bell zobaczył Josephine. Stała tyłem do niego, a z przodu miała rudowłosego Abbotta, który zasłaniał ją własnym ciałem. Kawałek dalej sześciu vandornowców blokowało kilkunastu ustawionych w klin opryszków, atakujących ich pięściami, pałkami i łańcuchami rowerowymi.

Z otwartych na oścież tylnych drzwi ciemnozielonej ciężarówki „Doubleday, Page”, która stała za plecami opryszków, wyskoczył Harry Frost z rewolwerem w jednej ręce i nożem w drugiej.

Jeden z vandornowców zdołał sięgnąć po pistolet, ale uderzenie łańcucha wytrąciło mu go z pokrwawionej dłoni, a cios pałką w głowę pozbawił mężczyznę przytomności. Po chwili drugi detektyw upadł na zdeptaną trawę. Pozostała czwórka usiłowała nadal stawiać opór, ale przeważający liczebnie napastnicy wbili się pomiędzy nich i rozrzucili ich na boki. Droga do Archiego i Josephine została otwarta. Natychmiast skorzystał z niej Frost, szarżując na nich z siłą i szybkością rozwścieczonego nosorożca.

Bell nacisnął spust browninga. Była to bardzo precyzyjna broń, ale że strzelał w pełnym biegu, dla pewności wolał mierzyć w korpus zamiast w głowę. Pocisk dosięgnął celu. Bell widział wyraźnie otwór po kuli w marynarce Frosta, lecz trafienie, o dziwo, nie zrobiło na nim żadnego wrażenia. Nie powstrzymało go też od wycelowania w Abbotta.

Bell, który był już bardzo blisko, rozpoznał rewolwer Webley-Fosbery. Znając skłonność Frosta do okrucieństwa, pomyślał z przerażeniem, że broń najprawdopodobniej została załadowana nabojami z pociskami grzybkującymi, powodującymi wyjątkowo ciężkie obrażenia.

Archie stał pewnie jak skała, mierząc we Frosta ze swojego pistoletu. Był to kieszonkowy Mauser kaliber 6,35 mm, eksperymentalny model, który otrzymał w prezencie podczas podróży poślubnej do Europy od właścicieli niemieckiej fabryki. Bell powiedział kiedyś przyjacielowi, że to za lekka broń, aby na niej polegać, lecz Archie tylko uśmiechnął się i odparł:

– To pamiątka z naszego miesiąca miodowego, a poza tym nie odznacza się pod marynarką.

Teraz spokojnie poczekał, aż Frost znajdzie się tuż przed nim, i posłał mu, jedna po drugiej, trzy kule w pierś.

Mimo że wszystkie były celne, Frost biegł dalej. Prędkość, masa i bezwładność potężnego ciała okazały się silniejsze od trzech kul niewielkiego kalibru. Bell pomyślał, że Frost pewnie wkrótce umrze, ale przedtem zdąży jeszcze narobić nieszczęścia. Wycelował w jego głowę, nie mógł jednak strzelić, bo na linii ognia znajdował się Archie.

Rudowłosy detektyw, wciąż zachowując stoicki spokój, lekko uniósł lufę mausera, aby dobić Frosta strzałem między oczy. Zanim nacisnął spust, w powietrzu niczym pejcz świsnął łańcuch rowerowy i wybił mu pistolet z dłoni.

Bell wychylił się w lewo i strzelił nad ramieniem Abbotta, ale Frost, zamiast upaść, nacisnął spust swojej broni. Webley huknął jak armata. Archie zachwiał się, trafiony w pierś z bliskiej odległości.

Frost wsadził rewolwer do kieszeni, przerzucił nóż do prawej ręki i ruszył ku Josephine, niemal ocierając się o Abbotta.

Upadający detektyw wyrżnął go potężnym sierpowym. Mimo ciężkiej rany włożył w ten cios całą swoją siłę i umiejętności. Jego pięść trafiła Frosta w szczękę tak mocno, że Bell usłyszał, jak pęka kość. Pod wpływem dotkliwego bólu Frost otworzył szeroko oczy i odruchowo otworzył dłoń, z której wypadł mu nóż.

Bell nadal nie mógł do niego strzelić. Tym razem na linii ognia znalazła się Josephine.

Frost wykorzystał to. Odwrócił się na pięcie i uciekł.

Bell rzucił się za nim w pościg. Już miał przeskoczyć nad rannym przyjacielem, ale kiedy zobaczył jasnoczerwoną krew buchającą z rany na jego piersi, natychmiast się zatrzymał i ukląkł obok Archiego.

– Doktora! – zawołał. – Wezwijcie doktora!

Rozpiął Abbottowi marynarkę i koszulę i wyciągnąwszy zza cholewy ostry jak brzytwa nóż do rzucania, rozciął mu podkoszulek. Z rany wydostawały się krwawe bąbelki powietrza. Bell rozejrzał się dookoła. Wśród zdjętych zgrozą ludzi przypatrujących się rannemu wyłuskał parę oczu, w których dostrzegł spokój i gotowość do niesienia pomocy.

– Josephine!

Gdy podeszła, wręczył jej nóż i polecił:

– Wytnij kawałek płótna z pokrycia skrzydła, mniej więcej taki. – Rozsunął dłonie, pokazując rozmiar. – Tylko szybko!

– Będziecie tak stać? – krzyknął do zgromadzonych gapiów. – Ruszcie się, sprowadźcie doktora!

Josephine uwinęła się w mgnieniu oka i po niespełna minucie wróciła z kwadratem żółtego materiału.

Bell położył go na ranie i przycisnął do skóry wzdłuż trzech krawędzi. Dzięki temu kiedy Archie oddychał, powietrze mogło wydostawać się przez otwór po kuli, ale nie było zasysane do środka.

– Josephine! – ponownie przywołał awiatorkę.

– Słucham?

– Potrzebuję czegoś do zrobienia opatrunku.

Bez wahania rozpięła ciężki lotniczy kombinezon, zdjęła bluzkę i podarła ją na długie pasy.

– Pomóż wsunąć mi to pod niego – poprosił Bell.

Przewrócił Archiego na bok po stronie rany, a kiedy Josephine przeciągnęła pod rannym zaimprowizowany bandaż, związał mocno oba końce.

– Podaj mi tę płachtę – zażądał Isaac. – Trzeba go okryć, żeby się nie wyziębił. Co z tym doktorem?!

Wreszcie nadbiegł zdyszany medyk. Rzucił na trawę ciężką torbę, przyklęknął przy rannym i zbadał mu puls.

– Dobra robota – powiedział na widok opatrunku. – Pan jest lekarzem?

– Widziałem kiedyś, jak się to robi – odparł Bell. Mógł dodać, że miał wtedy dwadzieścia dwa lata i chodziło o ranę w jego piersi, opatrywaną przez Josepha Van Dorna, który próbował uratować życie swojego młodego praktykanta. Mógł, ale nie dodał, bo ledwo powstrzymywał łzy napływające mu do oczu.

– Co spowodowało tę ranę? – spytał doktor.

– Pocisk grzybkujący kaliber jedenaście i pół milimetra.

Lekarz popatrzył na detektywa.

– To pański przyjaciel?

– Najlepszy, jakiego mam.

– Przykro mi, synu. – Doktor pokręcił głową. – Nie bez powodu nazywają te pociski „manstopper".

– Trzeba go zawieźć do szpitala.

– Karetka już jedzie. Angielski lotnik nie potrzebował pomocy.

Kilka minut później Archie Abbott został załadowany do karetki i w towarzystwie dwóch doktorów pojechał do szpitala.

W tym czasie vandornowcy przegrupowali się i utworzyli szczelny kordon wokół Josephine.

Ponieważ Harry Frost zdołał zbiec, korzystając z ogólnego zamieszania, Bell zajął się organizowaniem obławy. Kazał detektywom powiadomić o uciekinierze wszystkie okoliczne szpitale.

– Powinien mieć w ciele co najmniej trzy pociski – wyjaśnił. – W dodatku Archie złamał mu szczękę.

– Złapaliśmy dwóch jego kompanów – powiedział jeden z vandornowców. – Zakazane typy z Brooklynu, ludzie opiumowego króla Roda Sweetsa. Co z nimi zrobić?

– Wyciągnijcie z nich, co się da, a potem przekażcie policji – polecił Isaac.

Nie miał wątpliwości, że Archie po pojawieniu się na torze wyścigowym nawiązał przyjacielskie kontakty z miejscowymi stróżami prawa. To było rutynowe działanie: przypochlebić się i zapłacić komu trzeba, aby w razie potrzeby móc liczyć na życzliwą pomoc.

– Już wszystko wyśpiewali – odparł detektyw. – Frost dał im po stówie na łebka, i to z góry, więc mogli zdeponować forsę u swoich dziewczyn, na wypadek gdyby zostali złapani.

– W porządku. Nie sądzę, żeby wiedzieli na temat Frosta coś, co mogłoby nam się przydać. Ale spróbujcie jeszcze trochę ich przycisnąć. I powiedzcie gliniarzom, że Van Dorn zamierza postawić im zarzuty. Muszą mieć jakiś powód, żeby ich zamknąć.

Po wydaniu poleceń detektywom Bell porozmawiał chwilę z Josephine. Zapewnił ją, że może czuć się bezpieczna, bo przydzielił dodatkowych ludzi, którzy nie będą odstępować jej na krok do czasu schwytania Frosta.

– Wszystko w porządku? – zapytał na koniec.

– Tak. Zaraz startuję.

– Teraz? Po tym, co zaszło?

– Latanie mnie uspokaja.

– A nie musisz najpierw załatać dziury w pokryciu skrzydła?

– Nie – odparła z uśmiechem. – Wycięłam ten kawałek tak, żeby nie naruszyć powierzchni nośnej.

Isaac Bell postanowił obejrzeć miejsce katastrofy dwupłatowca Eddisona-Sydneya-Martina. Dziwnym trafem w chwili ataku Frosta i jego ludzi uwagę wszystkich zgromadzonych w Belmont Park, nie wyłączając detektywów, przykuł wypadek Anglika. Ta zbieżność w czasie nie mogła być przypadkowa. Frost musiał to ukartować.

Farman zarył w ziemię przednią częścią kadłuba. Ogon samolotu sterczał pionowo w górę, jak krzyż nagrobny biednego baroneta, który – o ile podejrzenia Bella były słuszne – padł ofiarą morderstwa, a nie wypadku.

Żona nieszczęsnego awiatora stała obok rozbitej maszyny. Towarzyszył jej wysoki mężczyzna w lotniczym hełmie. Otaczał ją ramieniem, jakby chciał pocieszyć, a w drugiej ręce trzymał zapalonego papierosa. Pochylił się i szepnął jej coś do ucha. Ku zaskoczeniu Bella, kobieta roześmiała się.

Detektyw okrążył ich, chcąc zobaczyć twarz mężczyzny. Okazało się, że to Eddison-Sydney-Martin we własnej osobie. Był blady jak ściana, a spod opatrunku na czole wypłynęło kilka kropli krwi. Niemal wisiał na ramieniu podtrzymującej go Abby, a jednak, szczęśliwym zrządzeniem losu, nie dość że żył, to jeszcze stał na własnych nogach.

Bell popatrzył na wrak farmana i zwrócił się do baroneta:

– Kto leciał pańską maszyną?

– Uczestniczyłem w tej przygodzie osobiście – odparł Eddison-Sydney-Martin, uśmiechając się półgębkiem.

– Jakim cudem pan przeżył? –spytał zdumiony detektyw.

– Konstrukcja maszyny w dużym stopniu absorbuje siłę uderzenia – wyjaśnił Anglik. – Drewno i bambus łamią się, składając w harmonijkę. Jeśli nie wypadnie się na ziemię, co grozi złamaniem karku, i uniknie przygniecenia wyrwanym z ramy silnikiem, ma się spore szanse na przeżycie. Rzecz jasna, najważniejsze jest szczęście, którego tym razem mi nie zabrakło.

– Szkoda, że nie weźmie pan udziału w wyścigu.

– A czemużby nie? Muszę tylko szybko znaleźć nową maszynę.

Bell zerknął na żonę baroneta. W końcu to ona podpisywała czeki. Ciekawe, czy po tym, co się stało, pozwoli mężowi nadal latać.

– Słyszałam, że jacyś pomysłowi ludzie z New Haven eksperymentują z „bezgłowym" curtissem, który ma stery wysokości przeniesione na ogon. Podobno ta maszyna radzi sobie doskonale – powiedziała Abby, rozwiewając jego wątpliwości.

– Kupili licencję od Bregueta, który skonstruował wyśmienity aeroplan – dodał Eddison-Sydney-Martin.

– Czy wie pan, jaka była przyczyna wypadku?

– Przypuszczam, że puścił naciąg. Najpierw usłyszałem głośny huk, a po chwili metalowe cięgno świsnęło mi nad głową. Pozbawione usztywnienia skrzydło złamało się i odpadło i maszyna runęła na ziemię.

– Jak to możliwe, żeby cięgno uległo zerwaniu?

– Sam się nad tym zastanawiam. Farmany słyną ze starannego wykonania. Moi ludzie próbują ustalić przyczynę awarii. Ale cóż, takie jest życie. Wypadki chodzą po ludziach.

– Czasami – mruknął Bell, coraz bardziej przekonany, że katastrofa nie była przypadkowa.

Podszedł do wraku. Lionel Ruggs, szef ekipy mechaników zajmujących się farmanem, grzebał w szczątkach, szukając ocalałych elementów, które nadałyby się do powtórnego wykorzystania.

– Znalazł pan urwane cięgno? – spytał go detektyw.

– A gdzie tam – odparł Ruggs. – Tu mało co zostało w jednym kawałku. Walnął z taką siłą, że wszystko poszło w drzazgi.

– Chodzi mi o linkę, której zerwanie spowodowało katastrofę. Baronet twierdzi, że urwała się w locie.

– Tam je położyłem. – Mechanik wskazał pęk metalowych cięgien. – Żadna nie jest uszkodzona. To linki Roeblinga. Z takich samych spleciono kable podtrzymujące most Brooklyński. Są praktycznie niezniszczalne.

Gdy Bell oglądał linki, pomocnik mechanika właśnie podszedł z kolejną.

– Co tam masz ciekawego, synu? – spytał detektyw, dostrzegłszy, że chłopak przygląda się jednemu z końców plecionki.

– Nic.

Bell wyjął z kieszeni srebrnego dolara.

– To w co się tak wpatrujesz jak sroka w gnat? Łap!

Chłopak zręcznie chwycił monetę.

– Dziękuję panu.

– Lepiej pokaż tę linkę swojemu szefowi.

Pomocnik podszedł do Ruggsa.

– Niech pan rzuci na nią okiem, szefie.

– Połóż ją na stertę, chłopcze – mruknął mechanik.

– Chyba powinien pan popatrzeć.

Ruggs założył okulary i przysunął linkę do oczu.

– O, cholera... Jasna cholera!

W tym momencie nadbiegł Płatow. Pokręcił głową nad szczątkami farmana, a potem zauważył Eddisona-Sydneya--Martina, który właśnie przypalał kolejnego papierosa.

– On żywy? Szczęściarz jest.

– Co pan na to powie, panie Płatow? – spytał Bell.

Rosjanin wziął do ręki koniec cięgna i przyglądał mu się z rosnącym zakłopotaniem.

– Dziwne jest. Bardzo dziwne.

– Co w nim dziwnego?

– To aluminium.

– Aluminium w naszej maszynie?! Skąd, do cholery?! – wykrzyknął Ruggs.

– O co tu chodzi? – zainteresował się Bell.

– To nie być tak jak trzeba. Wy na to mówić ogniwo słabe – próbował tłumaczyć Płatow.

– Ten zaczep został wykonany z czystego aluminium – Ruggs aż gotował się ze złości. – Cięgna muszą wytrzymać obciążenie kilku ton, zwłaszcza podczas ostrych zakrętów. Jeżeli zaczep jest od nich słabszy, staje się, jak powiedział pan Płatow, słabym ogniwem.

– Skąd to się mogło wziąć? – dociekał Bell.

– Nie mam pojęcia. Niektórzy używają aluminium. Ale my nigdy.

Detektyw zwrócił się do Rosjanina.

– Czy spotkał się pan z takim zastosowaniem aluminium?

– Nie – odparł Płatow. – Aluminium lekkie. Dobre na słupki, dobre na poprzeczki, dobre na kratownice. Ale nie na zaczepy. To głupota. – Oddał Ruggsowi cięgno, a jego zwykle wesoła twarz nabrała surowego wyrazu. – Kto to zrobić, powinno się rozstrzelać.

– Jeśli tylko dorwę tego sukinsyna, sam chętnie pociągnę za spust – oznajmił szef mechaników.


# Rozdział 11

Isaac Bell pobiegł na stację do pociągu Josephine, bo Archie urządził swoje stanowisko dowodzenia w rogu wagonu warsztatowego. Przejrzał raporty, które docierały drogą telegraficzną, telefoniczną i przez gońców agencji. Harry Frost, mimo odniesionych obrażeń, wciąż pozostawał na wolności.

Po prostu zniknął, jakby zapadł się pod ziemię. Powiadomiono wszystkie szpitale, ale w żadnym się nie pojawił. Może dogorywa w jakimś rowie albo już leży martwy. Mógł też zaszyć się na jednej z farm w pobliżu toru wyścigowego lub dotrzeć do Brooklynu, gdzie hojnie opłaceni znajomi gangsterzy ukryli go i opatrzyli z pomocą jakiejś lewej akuszerki czy szemranego aptekarza. Mógł wreszcie uciec na wschód do hrabstwa Nassau albo Suffolk bądź na północ, na rozległe i słabo zaludnione tereny myśliwskie Long Island, gdzie właściciele wielkich amerykańskich fortun polowali z psami.

Bell zatelefonował do nowojorskiego biura i zażądał przydzielenia dodatkowych agentów z Manhattanu, aby podwoić liczbę patroli na dworcach kolejowych, stacjach metra i przystaniach promowych. Rozesłał także praktykantów do szpitali z wyraźnymi instrukcjami, aby w razie czego nie działali na własną rękę, lecz wezwali pomoc. Kiedy podjął już wszelkie możliwe środki w celu wzmocnienia pierścienia obławy, polecił dwunastu detektywom nie odstępować Josephine na krok, a sam pognał pożyczonym pierce'em do Nassau Hospital w Mineola, dokąd zawieziono Archiego.

Przed drzwiami sali operacyjnej stała Lillian, żona Abbotta. Dziewiętnastoletnia blond piękność przyjechała samochodem z Nowego Jorku i wciąż miała na sobie długi podróżny płaszcz. Jej błękitne oczy były suche, ale czaił się w nich paniczny lęk.

Bell wziął ją w ramiona. To on poznał ich ze sobą, przekonany, że ta pełna temperamentu dziewczyna, jedyne dziecko owdowiałego magnata kolejowego, wniesie wiele radości w życie Archiego. Przeczucie go nie myliło i młodych bardzo szybko połączyła wielka namiętność. Isaac przekonał gderliwego ojca Lillian, że Abbott nie jest łowcą posagów. A potem, w dniu ich ślubu, na którym był drużbą, Archie dziękował mu, mówiąc, że zmienił jego życie. Właściwie to zmienił życie przyjaciela już kilka lat wcześniej, kiedy zaproponował mu posadę detektywa u Van Dorna. Teraz tego żałował.

Chirurg, który kilka minut później wyszedł z sali operacyjnej, miał minę niewróżącą niczego dobrego. Na widok Bella obejmującego Lillian w jego oczach pojawił się wyraz ulgi, jak gdyby obecność przyjaciela podtrzymującego ją na duchu miał mu ułatwić przekazanie wieści o śmierci męża.

– Przyszedł doktor – szepnął Isaac.

Lillian zwróciła się do lekarza.

– Proszę powiedzieć mi prawdę.

Chirurg milczał.

Niezwykła uroda Lillian Osgood Abbott zapierała dech w piersiach większości mężczyzn, którzy widzieli ją po raz pierwszy, odbierając im zdolność mówienia. Bell zdawał sobie z tego sprawę, chociaż sam traktował żonę przyjaciela jak młodszą siostrę. Teraz jednak był pewien, że milczenie doktora ma zupełnie inną przyczynę. Chirurg nie był w stanie wykrztusić ani słowa, bo bał się reakcji Lillian na to, co za chwilę od niego usłyszy.

– Proszę – powtórzyła, biorąc lekarza za rękę.

Mocny uścisk jej dłoni dodał mu odwagi.

– Bardzo mi przykro, pani Abbott. Kula spowodowała bardzo poważne obrażenia. Przeszła tuż obok serca i złamała dwa żebra.

Bell poczuł, jak lodowaty chłód wypełnia mu serce.

– Czy on żyje?

– Tak… Jeszcze żyje.

– Nie ma żadnej nadziei?

– Chciałbym, naprawdę chciałbym…

Bell przytrzymał Lillian mocniej, czując, jak jej ciało wiotczeje.

– Czy jest jakakolwiek szansa?

– Przykro mi, ale nie potrafię mu pomóc.

– A czy jest ktoś, kto mógłby go uratować? – zapytał Bell.

Lekarz westchnął ciężko i odpowiedział, nie patrząc mu w oczy:

– Tak skomplikowanej operacji mógłby się podjąć tylko jeden człowiek. Wybitny chirurg doktor S.D. Nuland-Nowicki. W czasie wojny burskiej opracował nowe metody leczenia ran postrzałowych. Niestety...

– Proszę go natychmiast wezwać! – wykrzyknęła Lillian.

– Niestety to niemożliwe – dokończył lekarz. – Doktor Nuland-Nowicki wyjechał. Ma wykład w Chicago. Nawet jeśli zdąży na pociąg Twentieth Century Limited, będzie w Nowym Jorku za osiemnaście godzin. A kolejną godzinę zajmie mu dojazd na Long Island. Musiałby operować tutaj, bo ranny nie przetrzyma transportu do Nowego Jorku.

– Ile czasu mu zostało? – spytał Bell.

– Dwanaście, najwyżej czternaście godzin.

– Musimy jak najszybciej skorzystać z telefonu. Proszę nas zaprowadzić.

Lekarz tylko skinął głową i pobiegli za nim do szpitalnej centrali telefonicznej.

– Dzięki Bogu, ojciec nigdzie nie wyjechał – Lillian podniosła słuchawkę i zwróciła się do telefonistki: – Nowy Jork, Murray Hill 444.

Chwilę później w rezydencji przy Park Avenue zadzwonił telefon. Kamerdyner poprosił Osgooda Hennessy'ego do aparatu.

– Tato, posłuchaj mnie uważnie – mówiła Lillian. – Archie został ranny... Tak, jego stan jest bardzo poważny. Trzeba ściągnąć z Chicago pewnego chirurga. Musi tu być w ciągu dwunastu godzin.

Doktor pokręcił głową.

– Ekspresy Twentieth Century i Broadway Limited jadą z Chicago do Nowego Jorku osiemnaście godzin – powiedział do Bella. – Jaki pociąg pokona ten dystans szybciej?

Isaac pozwolił sobie na lekki uśmiech.

– Pociąg specjalny mający wolny tor za sprawą barona kolejowego, który bardzo kocha swoją córkę – odparł.


– Wrogowie Bakera twierdzą, że komisarz jest miernotą – Osgood Hennessy miał na myśli niedawno mianowanego szefa nowojorskiej policji. – A dla mnie to cholernie równy gość.

Sześć samochodów należących do policyjnej służby ruchu i motor testowany przez wydział z myślą o utworzeniu jednostki motocyklowej czekały, grzejąc silniki, przed budynkiem dworca Grand Central, aby poprowadzić limuzynę Hennessy'ego z maksymalną prędkością przez Manhattan Bridge i Brooklyn do hrabstwa Nassau. Ulice pogrążone były w mroku, niebo na wschodzie dopiero zaczynało różowieć.

– Już są! – zawołała Lillian.

Z hali dworcowej wypadli jak burza Isaac Bell i niewysoki mężczyzna o młodzieńczej, wysportowanej sylwetce, który truchtał obok detektywa niczym rozentuzjazmowany sznaucer.

Ryknęły motory, zawyły syreny i po kilku sekundach limuzyna mknęła wzdłuż Park Avenue. Lillian wręczyła Nulandowi-Nowickiemu ostatnie depesze ze szpitala. Chirurg przemknął po nich wzrokiem i pokiwał głową.

– Pacjent ma silny organizm – orzekł. – Świetnie. To zawsze poprawia rokowania.


Ten sam różowawy przedświt majaczył na niebie nad Belmont Park, odbijając się w lśniącej stalowej szynie, po której za kilka godzin miał pomknąć pionierski silnik reakcyjny Dmitrija Płatowa. Widmo nadchodzącego poranka zmuszało do pośpiechu mężczyznę, który przykucnął pod szyną. Jeśli zmarudzi za długo, jakiś ranny ptaszek może go przydybać na obluzowywaniu śrub wielkim kluczem nastawnym. Oho, już szykują śniadanie, pomyślał, czując zapach smażonego bekonu, płynący wraz poranną bryzą od stacji po drugiej stronie trybuny, gdzie stały pociągi techniczne.

Mechanicy mogli pojawić się już za kilka minut, tymczasem sabotaż wymagał czasu. Po zwilżeniu każdej śruby odrdzewiaczem musiał poczekać, aż oleisty płyn spłynie po gwincie, żeby skorodowany metal nie wydawał rozdzierających pisków podczas odkręcania. Potem wycierał zacieki, które na pewno zauważyłby ktoś z ekipy przeprowadzającej ostatni naziemny test przed zamontowaniem silnika w stojącej nieopodal pod płachtą maszynie Steve'a Stevensa.

Już dawno by skończył, gdyby nie to, że detektywi pilnujący aeroplanu Josephine stale patrolowali płyty hipodromu. Nie chodzili ustaloną trasą i poruszali się cicho jak koty. W każdej chwili mogli wychynąć skądkolwiek, świecąc swoimi latarkami, by po chwili zniknąć równie niespodziewanie, jak się pojawili. A on po ich odejściu natychmiast zaczynał się zastanawiać, kiedy i z której strony przyjdą następnym razem.

Na koniec, kiedy już poluzował łubki wiążące ze sobą końce dwóch sąsiednich odcinków szyny, w powstałe szczeliny powpychał zapałki. Gdyby teraz ktoś chciał sprawdzić łączenie, nie stwierdzi luzów. Ale szyna, pod wpływem ogromnych sił wytwarzanych przez silnik reakcyjny, rozejdzie się w miejscu łączenia. Był to efekt podobny do przestawienia zwrotnicy w celu skierowania pociągu na drugi tor. Tyle tylko, że tu nie było drugiego toru, a „pociąg", czyli cudowny silnik Płatowa, miał wypaść z szyn i polecieć jak wyposażona we własny napęd kula armatnia.

I niech Bóg ma w opiece tego, kto znajdzie się na jego drodze.

# Rozdział 12

**H**arry Frost żyje – powiedział z przekonaniem Isaac Bell.

– Przecież został dwa razy postrzelony przez ciebie i trzy przez biednego Archiego – odparł Joseph Van Dorn. – Musi być nafaszerowany ołowiem.

– To za mało, żeby go zabić.

– Tak czy inaczej, przepadł jak kamień w wodę. Nie pojawił się w żadnym szpitalu. Żaden lekarz nie powiadomił nas o pacjencie ze złamaną szczęką i ranami postrzałowymi.

– Przekupieni lekarze nie informują o ranach postrzałowych.

– Nie ma żadnych sygnałów, że ktokolwiek go widział.

– Dostaliśmy kilka zgłoszeń.

– Ale żadne się nie potwierdziło.

– To jeszcze nie dowód, że Frost nie żyje.

– Jeżeli nawet żyje, na pewno jest niezdolny do działania.

– Nie byłbym taki pewien.

Van Dorn huknął pięścią w stół.

– Słuchaj, Isaac. Szczerze mówiąc, wolałbym, żeby Harry Frost żył, bo to dla nas złoty interes. Whiteway musiałby płacić nam krocie za ochronę Latającej Sympatii na całej trasie wyścigu. Ale w obecnej sytuacji nie mogę żądać od niego pieniędzy za pracę dwunastu detektywów przez dwadzieścia cztery godziny na dobę. Dobrze chociaż, że chce zapłacić za znalezienie ciała Frosta.

– Nie ma żadnego ciała – powiedział Bell, kręcąc głową.

– Masz jakikolwiek dowód na to, że on żyje? – spytał Van Dorn.

Bell poderwał się z krzesła i zaczął chodzić po apartamencie hotelu Knickerbocker, w którym szef agencji urządzał swój prywatny gabinet, ilekroć przebywał w Nowym Jorku.

– Sir – zaczął. – Jest pan detektywem dłużej niż ja.

– O wiele dłużej.

– W takim razie zdaje pan sobie sprawę, że przeczucia doświadczonych śledczych zawsze są oparte na jakichś realnych przesłankach. Nie biorą się znikąd.

– Za chwilę będziesz mnie przekonywał o istnieniu szóstego zmysłu – prychnął Van Dorn.

– Nie mam najmniejszego zamiaru, sir – odciął się Bell. – Przecież dzięki wieloletniemu doświadczeniu doskonale pan wie, że szósty zmysł i przeczucie to jedno i to samo. Oba są inspirowane przesłankami czy faktami, których nie do końca jesteśmy świadomi.

– Więc wyjaśnij mi, jeśli łaska, co takiego mogło zainspirować twoje przeczucie?

– Złośliwość jest przywilejem szefów – mruknął Bell półgłosem, po czym rzekł już zwykłym tonem: – Może to, sir, że Frost po otrzymaniu kilku postrzałów uciekał tak szybko, jakby wcale nie był ranny? I jeszcze to, że zauważyłem grymas bólu na jego twarzy dopiero wtedy, gdy Archie złamał mu szczękę. Trafienia naszych kul nie robiły na nim żadnego wrażenia.

– Czy możesz przestać tytułować mnie „sir"?

– Tak jest, sir – Bell wyszczerzył zęby w uśmiechu.

– Coś ty dziś taki radosny, jak szczypiorek na wiosnę?

– Ulżyło mi, kiedy się dowiedziałem, że Archie ma szansę się wylizać. Doktor Nuland-Nowicki powiedział, że najważniejsze to przetrwać pierwsze dwadzieścia cztery godziny, a jemu się to udało.

– Kiedy możemy go odwiedzić?

– Na razie tylko Lillian może wchodzić do jego sali. Nawet rodzona matka grzecznie czeka w korytarzu. A co do mojego radosnego nastroju, kolejną przyczyną jest fakt, że w każdej chwili spodziewam się przyjazdu Marion z San Francisco. Whiteway zlecił jej rejestrowanie wyścigu na taśmie filmowej.

Van Dorn milczał dłuższą chwilę, zastanawiając się nad zakończoną przed chwilą wymianą zdań.

– Z tym, co mówiłeś o przeczuciach – rzekł wreszcie – zgodzi się, przynajmniej częściowo, każdy detektyw mający praktykę w pracy operacyjnej.

– Tak, zdolność nieświadomego kumulowania spostrzeżeń to fascynujące zjawisko – odparł Bell.

– Jednakże – Van Dorn uniósł palec wskazujący dla podkreślenia wagi swoich słów – każdy doświadczony detektyw przyzna również, że dzięki przeczuciom i szóstemu zmysłowi wzbogaciło się wielu bukmacherów. A dziś z samego rana dowiedziałem się, że podwoiłeś stawkę, wzywając do Belmont Park najlepszych spośród ludzi, których oddelegowałem do innych zadań na obszarze całego kraju.

– Konkretnie Walta Hatfielda z Teksasu, Eddiego Edwardsa z Kansas City, Arthura Curtissa z Denver i Jamesa Dashwooda z San Francisco – wyliczył bezczelnie Bell, ani myśląc się usprawiedliwiać.

– Dashwooda nie umieszczałbym w tym gronie. Za świeży.

– Współpracowałem z nim w Kalifornii – przypomniał szefowi Isaac. – Braki w doświadczeniu nadrabia zawziętością. Poza tym najlepiej z całej agencji strzela z pistoletu. Gdyby był z nami wczoraj, zrobiłby Frostowi trzecie oko pośrodku czoła.

– To nie zmienia faktu, że sprowadzenie ich tutaj jest bardzo kosztowne. No i odciąga ich od spraw, którymi się zajmowali.

– Omówiłem to z szefami biur terenowych.

– Najpierw powinieneś był omówić to ze mną. Niniejszym informuję cię, że natychmiast odsyłam „Texas" Walta z powrotem do Teksasu, żeby zamknął sprawę napadu na pociąg w San Antone, a Arthura Curtissa do Europy, gdzie zajmie się organizowaniem naszego biura w Berlinie. Abbot wskazał nam kilku sensownych kandydatów. Arthur ich poprowadzi, bo zna niemiecki.

– Zrozum, Joe, ja naprawdę potrzebuję najlepszych. Mam teraz na głowie cztery sprawy: ochronę Josephine, zabezpieczenie trasy wyścigu, pościg za Frostem i wyjaśnienie, co tak naprawdę stało się z Markiem Celere.

– Również w tym przypadku dowody wskazują na to, że nie żyje.

– I również brakuje ciała.

– Minionej nocy skontaktowałem się telegraficznie z Whiteayem. Wszystko mu jedno, którego trupa znajdziemy, zapłaci tak samo. Jeśli Marka Celere, to będziemy mieli haka na Frosta, a jeśli samego Frosta, to zamknie sprawę na dobre.

– Wolałbym, żeby Frost nie żył – stwierdził Bell. – Josephine byłaby bezpieczna, a ja dla przyjemności mógłbym poszukać Włocha.

– Dlaczego miałbyś zawracać sobie nim głowę w przypadku śmierci Frosta?

– Bo nie podobają mi się morderstwa, w których brakuje zwłok. Coś tu się nie zgadza.

– Kolejne przeczucie?

– Powiedz mi szczerze, Joe: czy morderstwo bez ciała ofiary nie budzi twoich podejrzeń?

– Masz rację. To śmierdząca sprawa.

Rozległo się ciche pukanie do drzwi.

– Wejść! – rzucił Van Dorn.

Do pokoju wszedł praktykant z telegramem do Bella.

Detektyw przebiegł wzrokiem depeszę, spochmurniał i zwrócił się do praktykanta, który miał taką minę, jakby chciał jak najprędzej czmychnąć.

– Spytaj ich – polecił – co takiego sprawiło, że nie zdołali dostarczyć na czas listów gończych do tego cholernego banku.

Praktykant skinął głową bez słowa i zniknął za drzwiami.

– Co się stało? – zainteresował się Van Dorn.

– Frost żyje – odparł Isaac.

– Znów przeczucie?

– Nie. Właśnie podjął dziesięć tysięcy dolarów ze swojego konta w First National Bank w Cincinnati, a tamtejsze biuro naszej agencji dostarczyło specjalne bankowe listy gończe z ostrzeżeniem, że może się zgłosić po pieniądze, dopiero po jego wyjściu. Kiedy dyrektor banku skontaktował się z nami, było już za późno na pościg.

– Akcja plakatowa przyniosła rezultaty – stwierdził Van Dorn. – Dobra robota.

– Byłaby jeszcze lepsza, gdyby ktoś w Cincinnati poważnie traktował swoje obowiązki.

– Od jakiegoś czasu zastanawiałem się nad zrobieniem porządków w Cincinnati. Teraz klamka zapadła. Czy którykolwiek ze świadków wspomniał o ranach Frosta?

– Nie – odrzekł Bell, wstając. – Joe, proszę, żebyś do mojego powrotu sprawował osobiste kierownictwo nad ekipą ochraniającą Josephine.

– A dokąd się wybierasz?

– Do Massachusetts. A konkretnie do pewnej miejscowości na wschód od Albany.

– Czego zamierzasz tam szukać?

– Młody Dashwood, którego poprosiłem o zbadanie przeszłości Celerego, dokonał bardzo interesującego odkrycia. Okazało się, że nie tylko Frost czyhał na jego życie.

Van Dorn spojrzał z uznaniem na swojego głównego śledczego.

– To rzeczywiście ciekawe – przyznał. – Komu jeszcze podpadł Celere?

– Pewnej obłąkanej kobiecie, Włoszce nazwiskiem Danielle Di Vecchio. Dźgnęła go nożem, krzycząc *Ladro! Ladro!*, co po włosku oznacza złodzieja.

– Co pchnęło ją do tego czynu?

– Nie mamy pojęcia. Została umieszczona w prywatnym zakładzie dla umysłowo chorych. Pojadę tam i spróbuję się od niej dowiedzieć czegoś więcej.

– Może cię czekać trudna przeprawa – ostrzegł Van Dorn. – Ludzie prowadzący tego rodzaju przybytki dysponują tak wielką władzą nad pacjentami, że stają się małymi Napoleonami. Zabawne, zważywszy, jak wielu ich podopiecznych uważa się za Napoleonów.

– Poproszę Grady'ego, żeby znalazł na właściciela coś, co zmiękczy jego ewentualny opór.

– Tylko nie spóźnij się na początek wyścigu. Twoi młodsi koledzy lepiej nadają się do uganiania za latającymi maszynami i spania pod gołym niebem. I nie martw się o Josephine. Zajmę się nią osobiście.

Bell zdążył na ekspres Empire State do Albany. Na miejscu wynajął potężnego forda model K i ruszył w ponad trzydziestokilometrową podróż po słabo zaludnionej okolicy w północno-zachodniej części Massachusetts. Jechał gruntowymi drogami przez pagórkowaty teren, tylko z rzadka mijając samotne farmy, oddzielone od siebie gęstym lasem. Dwukrotnie się zatrzymał, aby spytać o drogę. Za drugim razem wskazał mu ją ponury młody mężczyzna, który na poboczu zmieniał przebite koło w swojej ciężarówce, wiozącej na przyczepie rozmontowany aeroplan ze złożonymi skrzydłami. Miał na sobie płaską czapkę, kamizelkę w pionowe pasy i muszkę, był więc prawdopodobnie mechanikiem lotniczym.

– Prywatny Zakład dla Umysłowo Chorych Rydera? – powtórzył pytanie zadane przez detektywa.

– Tak. Wie pan, gdzie to jest?

– Oczywiście. Zaraz za tym wzgórzem. Będzie go widać ze szczytu.

– Dokąd pan wiezie tę latającą maszynę? – zainteresował się Bell.

– Donikąd – odburknął młodzieniec nieuprzejmie, najwyraźniej nie życząc sobie dalszych pytań.

Bell pożegnał go i wjechał na wskazany pagórek. U jego stóp zobaczył niezgrabną budowlę z czerwonej cegły, stojącą w cieniu wąskiej doliny. Forteczne blanki i wieże na obu końcach potęgowały przygnębiającą atmosferę spowijającą to miejsce. Teren był otoczony wysokim murem z takiej samej czerwonej cegły. Zbliżywszy się, detektyw zauważył kraty w niewielkich oknach, upodabniające budynek do więzienia. Zatrzymał auto przez żelazną bramą i nacisnął przycisk dzwonka, co w końcu zwróciło uwagę gburowatego strażnika z pałką policyjną u pasa.

– Nazywam się Isaac Bell. Jestem umówiony z doktorem Ryderem.

– Nie wolno tym wjeżdżać za bramę – powiedział strażnik, wskazując na samochód.

Bell zaparkował forda z boku podjazdu i podszedł do bramy.

– Nie odpowiadam za to, co stanie się z tym autem – ostrzegł strażnik, uśmiechając się złośliwie. – Nie wszystkie świry siedzą w środku.

Bell zmierzył go wzrokiem.

– Będziesz pilnował tego auta jak oka w głowie aż do mojego powrotu.

– Coś pan powiedział?

– Jeżeli cokolwiek mu się stanie, wypruję ci flaki. Zrozumiałeś? – Mężczyzna mruknął coś niewyraźnie i skinął głową. – To dobrze. A teraz zaprowadź mnie do doktora Rydera.

Właściciel zakładu był zadbanym, nienagannie ubranym mężczyzną po czterdziestce, ale sprawiał wrażenie wrednego typa, zadowolonego ze sprawowania władzy absolutnej nad życiem setek pacjentów. Bell pomyślał, że Van Dorn miał rację, przestrzegając go przed małymi Napoleonami.

– Nie jestem pewien, czy to najlepszy moment na spotkanie z panną Di Vecchio – powiedział Ryder.

– Podczas naszej porannej rozmowy telefonicznej wyraził pan zgodę na tę wizytę – przypomniał mu detektyw.

– Stan umysłu obłąkanego pacjenta nie zawsze pokrywa się z oczekiwaniami odwiedzających. Źle wybrany moment wizyty mógłby przysporzyć cierpień obu stronom.

– Jestem zdecydowany podjąć to ryzyko – stwierdził Bell.

– Rozumiem, ale co z pacjentką?

Isaac popatrzył Ryderowi w oczy.

– Czy obiło się panu o uszy nazwisko Andrew Rubenoff?

– To chyba jakiś Żyd.

– Zgadza się, jest Żydem – potwierdził Bell ze złośliwym błyskiem w oku. Nie znosił bigoterii, więc perspektywa upokorzenia Rydera sprawiała mu dużą przyjemność. – Bardzo wybitnym Żydem, w dodatku znakomitym pianistą.

– Obawiam się, że nie miałem przyjemności poznać tego... hm... dżentelmena.

– Pan Rubenoff jest bankierem, a także bliskim przyjacielem mojego ojca. Właściwie zawsze traktowałem go jak wuja.

– Nie znam żadnego bankiera o nazwisku Rubenoff. A teraz, pan wybaczy...

– Nie dziwię się, że nie zna pan Rubenoffa. Jego klientami są przedstawiciele najlepiej prosperujących branż, tacy jak właściciele fabryk samochodów czy wytwórni filmowych. Jednak z powodów sentymentalnych pozostawił sobie kontrolę nad kilkoma mniejszymi, bardziej tradycyjnymi bankami, a czasem nawet kupuje jakiś nowy do kolekcji. Tak więc wuj Andrew, dowiedziawszy się, że będę bawił w tej okolicy, poprosił mnie, abym złożył w jego imieniu wizytę w pobliskim banku. O ile dobrze pamiętam, chodzi o First Farmers Bank w Pittsfield.

Twarz Rydera nabrała kredowej barwy.

– Analitycy z Agencji Detektywistycznej Van Dorna dokopali się do bardzo interesującej informacji – ciągnął Bell. – Otóż zaciągnął pan, doktorze Ryder, kredyt hipoteczny w First Farmers. Zgodnie z regulaminem bank może zażądać jego natychmiastowej spłaty w razie gwałtownego spadku wartości zabezpieczenia, a tak się obecnie dzieje z większością prywatnych zakładów psychiatrycznych, nie wyłączając pańskiego, z powodu konkurencji ze strony państwowych instytucji tego typu, do których trafia większość pacjentów. I właśnie dlatego za chwilę spotkam się z panną Di Vecchio w przytulnym, czystym i dobrze oświetlonym pomieszczeniu. Pańskie mieszkanie, które, jak sądzę, znajduje się na ostatnim piętrze wieży, nada się doskonale.

Widok Danielle Di Vecchio zaparł Bellowi dech w piersiach. Weszła do kameralnego apartamentu Rydera z wahaniem, lekko zaniepokojona – co uznał za w pełni zrozumiałe – ale też wyraźnie zaciekawiona. Wysoka, zgrabna i bardzo piękna kobieta była ubrana w zgrzebną białą sukienkę. Miała długie czarne włosy i ogromne ciemne oczy.

Isaac zdjął kapelusz, odprawił gestem pielęgniarkę i zamknął drzwi.

– Witam panią, panno Di Vecchio – podał jej rękę. – Dziękuję, że zechciała się pani ze mną spotkać. Nazywam się Isaac Bell.

Mówił cicho i łagodnie, pamiętając, że kobieta została umieszczona w zakładzie wyrokiem sądu za usiłowanie morderstwa. Dłuższą chwilę wodziła spojrzeniem po pokoju, przyglądając się meblom, dywanom, obrazom i książkom; wreszcie jej wzrok spoczął na nim.

– Kim pan jest? – spytała z wyraźnym włoskim akcentem.

– Jestem prywatnym detektywem. Prowadzę dochodzenie w sprawie postrzelenia Marka Celere.

– *Ladro!*

– Właśnie. Dlaczego nazywa go pani złodziejem?

– Bo kradł – rzuciła krótko i skierowała spojrzenie na okno.

Bell podejrzewał, że była trzymana pod kluczem i od dawna nie widziała nawet z daleka zieleni drzew, trawy i błękitu nieba.

– Może podejdziemy do światła? – zaproponował.

Podszedł wolno do okna, a Di Vecchio podążyła za nim, ostrożnie i z rezerwą, jak kot tęskniący za pieszczotą lekkiej bryzy poruszającej zasłonami. Bell ustawił się w takiej pozycji, aby ją złapać, gdyby próbowała wyskoczyć.

– Proszę mi powiedzieć, co takiego ukradł Marco Celere.

– Czy on naprawdę nie żyje?

– Wszystko na to wskazuje.

– To dobrze – odetchnęła z wyraźną ulgą i natychmiast się przeżegnała.

– Dlaczego uczyniła pani znak krzyża? – zainteresował się Isaac.

– Bo cieszę się, że on nie żyje, i że to nie ja odebrałam mu życie. Widać Bóg tak chciał.

Bell szczerze wątpił, aby sam Wszechmogący natchnął Harry'ego Frosta. Nie podzielił się jednak tą myślą z panną Di Vecchio, natomiast zadał jej kolejne pytanie.

– Pani próbowała go zabić, prawda?

– Nie udało mi się – wyznała. – Rozmyślałam o tym przez wiele miesięcy i doszłam do wniosku, że jakaś cząstka mojej jaźni nie pozwoliła mi tego zrobić. Nie pamiętam dokładnie wszystkich wydarzeń tamtego dnia, ale wiem na pewno, że nóż minął jego szyję i pozostawił długie skaleczenie na jego ręce. O, tutaj... – przebiegła palcami po wewnętrznej stronie przedramienia Bella. – Czułam wtedy zadowolenie. Nie pamiętam, czy dlatego, że upuściłam mu krwi, czy raczej dlatego, że go nie zabiłam.

– Co ukradł Marco?

– Dzieło mojego ojca.

– Jakie?

– Mój ojciec był *aeroplano cervellone*, czyli, jak wy to mówicie, miał głowę nie od parady. Był prawdziwym geniuszem!

– Konstruował maszyny latające?

– Tak! *Bella monoplano*. Nazwał go *Aquila*. To znaczy „orzeł". Zabrał go ze sobą do Ameryki. Był tak szczęśliwy z przyjazdu do waszego kraju, że zmienił nazwę na „Amerykański Orzeł". – Zaczęła mówić o Celere, który był mechanikiem i pomagał jej ojcu w budowaniu zaprojektowanych przez niego aeroplanów. – To było jeszcze we Włoszech, zanim skrócił swoje nazwisko.

– Celere zmienił nazwisko? A jak się nazywał wcześniej?

– Prestogiacomo.

Bell poprosił ją o przeliterowanie i zapisał nazwisko w notesie.

– Po przyjeździe do Ameryki stwierdził – podjęła Di Vecchio – że jego nazwisko jest za długie dla miejscowych. Ale tak naprawdę wcale nie o to chodziło. Wszyscy wiedzieli, że Prestogiacomo to *ladro*, a Celere oznacza „szybki". Teraz nikt nie wie, kim jest naprawdę.

– Co konkretnie ukradł pani ojcu? – zapytał Isaac.

– Metodę wzmacniania skrzydeł i sterowania poprzecznego – odparła.

– Czy może mi pani wyjaśnić, co oznacza termin „sterowanie poprzeczne"? – poprosił Bell, wciąż niepewny co do jasności jej umysłu.

W odpowiedzi wyciągnęła ręce na boki, imitując skrzydła.

– Kiedy *aeroplano* przechyla się na jedną stronę, *conduttore*, pilot, zmienia kształt skrzydeł, żeby przechylić go w stronę przeciwną i wyrównać.

Bell przypomniał sobie rozmowę z Josephine i spytał:

137

– Czyżby to pani ojciec wynalazł *alettoni*?

– *Si! Si!* Właśnie o tym mówię! *Alettoni!*

– Skrzydełka.

– Tak, to mój ojciec je wynalazł – powiedziała, klepiąc się z dumą po piersi. – Mój wspaniały *babbo*. Zamiast skręcać całe skrzydło, wystarczy poruszać tylko niewielką jego częścią. Tak jest o wiele lepiej.

Isaac podał jej swój notatnik i wieczne pióro Watermana.

– Czy może to pani narysować?

Zręcznie naszkicowała sylwetkę jednopłatowca, zaznaczając ruchome elementy na tylnych krawędziach skrzydeł. Wyglądały tak samo jak te, które miał żółty aeroplan Josephine.

– I właśnie *alettoni*, ruchome skrzydełka, ukradł Marco Celere pani ojcu?

– Nie tylko. Ukradł też wytrzymałość.

– Nie rozumiem.

– Mój ojciec zbadał, jak pracują skrzydła podczas lotu, aby zwiększyć ich wytrzymałość.

W kolejnym potoku wymowy, poprzetykanym pojedynczymi włoskimi słowami i zilustrowanym kolejnym rysunkiem, Danielle wyjaśniła, że jednopłatowce, mające słabszą konstrukcję od dwupłatowców, stosunkowo często rozbijały się z powodu urwania skrzydeł w locie. Bell pokiwał głową ze zrozumieniem, gdyż niejednokrotnie słyszał to samo w Belmont Park. Jednopłatowce były szybsze od dwupłatowców ze względu na niższą masę i tym samym mniejszy opór powietrza. Za to dwupłatowce miały mocniejszą konstrukcję – właśnie dlatego wszyscy byli tak zaskoczeni, kiedy farman Eddisona-Sydneya-Martina rozpadł się w locie. Według Danielle Di Vecchio, Marco Celere uznał, że niska wytrzymałość skrzydeł jednopłatowca jest spowodowana słabością górnych cięgien, rozpiętych nad skrzydłami, a nie dolnych, znajdujących się pod nimi.

– Przeprowadził próbę, używając worków z piaskiem, żeby zrobić takie obciążenie jak w locie. Jak to się mówi po waszemu?

– Zasymulować?

– *Si*. Zasymulować siły działające na skrzydła podczas lotu. Mój ojciec uważał, że próba statyczna to za mało, aby sprawdzić rzeczywistą wytrzymałość skrzydeł. Marco postąpił tak, jakby skrzydła były nieruchome, jakby podlegały naciskom stałych sił. A to nieprawda! Skrzydła poruszają się wraz z aeroplanem. Rozumie pan, panie Bell? Napór powietrza i naprężenia podczas manewrowania maszyną – *carico dinamico* – atakują skrzydła z wielu kierunków i nie tylko naciskają, ale także skręcają ich powierzchnię. Tego wszystkiego nie uwzględnił Marco podczas swojego głupiego testu – w jej głosie zabrzmiała pogarda. – Skrzydła, które skonstruował, były zbyt sztywne. On jest *meccanico*, nie *artista*!

Wręczyła Isaakowi rysunki.

Natychmiast zauważył znaczne podobieństwo do maszyny, którą Preston Whiteway odkupił na prośbę Josephine od wierzycieli Celerego.

– Czy *monoplano* Marka jest niebezpieczny? – zapytał

– Ten, który zbudował w San Francisco? Byłby niebezpieczny, gdyby nie zastosował w nim rozwiązań ukradzionych mojemu ojcu.

– Słyszałem, że w jednopłatowcu, który Marco sprzedał włoskiej armii, odpadło skrzydło.

– *Si!* – potwierdziła skwapliwie. – Stąd się wzięły wszystkie nasze problemy. Jego zbyt sztywny *monoplano*, ten, który sprawdzał workami z piaskiem, rozbił się.

– Dlaczego więc pani ojciec nie sprzedał wojsku swojego *monoplano*, skoro był lepszy od tamtej maszyny?

– Ponieważ po katastrofie generałowie uznali, że wszystkie *monoplano* są do niczego. Właśnie przez to zbankrutowała fabryka ojca.

– I pewnie dlatego Marco i pani ojciec musieli wyjechać z Włoch – powiedział Bell, ciekaw jej reakcji.

– Marco uciekł – odparła, wykrzywiając usta w wyrazie pogardy. – Zabrał rysunki mojego ojca do San Francisco i tam sprzedawał aeroplany tej bogatej kobiecie, Josephine. A ojciec przyjechał do Ameryki, bo pojawiła się możliwość sprzedania *Aquilla monoplano* w Nowym Jorku. Bankierzy z Wall Street mieli zainwestować w nową fabrykę. Zanim jednak dobił z nimi targu, wierzyciele zajęli wszystko we Włoszech. Został zrujnowany. Był tak przygnębiony, że popełnił samobójstwo. Otruł się gazem w tanim hotelu w San Francisco.

– W San Francisco? Przecież przyjechał do Nowego Jorku.

– Marco ściągnął go tam, obiecując mu zapłacić za ukradzione wynalazki. Ale tak naprawdę chciał tylko, żeby mój ojciec udoskonalił konstrukcję jego maszyn. Umarł sam, nawet bez księdza. To dlatego próbowałam zabić Marka Celere. – Skrzyżowała ramiona i popatrzyła Bellowi w oczy. – Byłam na niego wściekła, i nadal jestem, ale nie jestem obłąkana.

– Zauważyłem to – odparł Bell.

– Mimo to trzymają mnie w domu wariatów.

– Czy dobrze tu panią traktują?

Wzruszyła ramionami i długimi, smukłymi palcami skubnęła materiał sukienki, która po niezliczonych praniach zrobiła się szara.

– Kiedy się wściekam, zamykają mnie w izolatce.

– Pomówię z doktorem Ryderem i już nigdy pani tam nie trafi – obiecał Bell.

– Nie mam pieniędzy na prawników ani na ekspertów medycznych, którzy potwierdzą przez sądem, że nie jestem wariatką.

– Proszę się tym nie martwić – uspokoił ją. – Teraz chciałbym się jeszcze dowiedzieć, dlaczego pani ojciec nie zdołał znaleźć innych kupców na swoją maszynę.

– *Monoplano* mojego ojca jest inny, lepszy, nowocześniejszy, i przez to, jakby to powiedzieć... *innato*. Żywiołowy.

– Kapryśny?

– Tak, jest jeszcze nieokiełznany.

– Mam przez to rozumieć, że maszyna pani ojca jest niebezpieczna?

– Powiedzmy raczej: nietuzinkowa – odparła Danielle Di Vecchio z czarującym uśmiechem.

Zupełnie jakbyśmy byli tysiące kilometrów stąd, flirtując w wytwornym salonie, pomyślał Bell.

– Gdzie teraz jest? – spytał.

Wzrok ciemnookiej Włoszki powędrował za jego plecy i zatrzymał się na widocznym za oknem pagórku.

– Tam – powiedziała, uśmiechając się szeroko.

Bell podążył za jej spojrzeniem. Ciężarówka ciągnąca przyczepę z aeroplanem właśnie wtoczyła się na szczyt wzgórza.

– Ten chłopak jest bardzo miły i zakochany we mnie po uszy – wyznała Danielle.

– Skąd się tu wziął z tą maszyną?

– Ojciec zabrał ją ze sobą z Włoch. Tutaj jest poza zasięgiem wierzycieli. To spadek po nim i zarazem moje dziedzictwo. A chłopak pomagał ojcu w Ameryce. On jest *eccellente meccanico*!

– A może *artista*? – spytał Isaac, wciąż uważnie obserwując jej reakcje. Nie był jeszcze do końca pewien, ale wyglądało na to, że jest zupełnie zdrowa.

– Jak pan zapewne wie, panie Bell, artyści to rzadkość. Pisał do mnie, że przyjedzie, ale myślałam, że to tylko jego marzenie.

Zaczęła podskakiwać i machać ręką, ale ze względu na odległość młodzieniec raczej nie mógł jej zobaczyć. Isaac podał jej rąbek białej zasłony.

– Proszę tym pomachać. Może panią zauważy.

Zrobiła, jak radził, ale nie przyniosło to oczekiwanego efektu. Prawdopodobnie młody człowiek obserwował rzędy zakratowanych okien.

Danielle osunęła się na fotel.

– On ciągle marzy. Czyżby sobie wyobrażał, że tak po prostu mogę stąd wyjść?

– Jak się nazywa pani wielbiciel?

– Andy Moser. Ojciec bardzo go lubił.

Bell uświadomił sobie, że otwiera się przed nim wspaniała okazja.

– Czy jednopłatowiec pani ojca jest szybki?

– Bardzo szybki. Ojciec uważał, że tylko dzięki prędkości można pokonać wiatr. Mówił, że im szybszy jest aeroplan, tym lepiej sobie radzi podczas złej pogody.

– Potrafi lecieć z prędkością ponad stu kilometrów na godzinę?

– Ojciec twierdził, że powinien robić co najmniej sto dziesięć.

– Panno Di Vecchio, mam dla pani pewną propozycje.


# Rozdział 13

Pańska sytuacja wkrótce znacznie się poprawi, panie Moser – powiedział Isaac Bell do smętnego mechanika, opiekającego frankfurterkę nad ogniskiem, które rozpalił w bezpiecznej odległości od jednopłatowca „Amerykański Orzeł".

– Skąd pan wie, jak się nazywam? – zapytał mężczyzna.

– Proszę to przeczytać – odparł detektyw, wtykając w uwalane smarem dłonie mechanika pergaminową kopertę, którą zabrał z biurka Rydera. – No, proszę otworzyć – ponaglił, gdy młodzieniec nie zareagował.

Andy Moser rozerwał kopertę, rozłożył arkusz papieru listowego pokrytego eleganckim pochyłym pismem i zaczął czytać, poruszając bezgłośnie wargami.

Bell skorzystał z nadarzającej się okazji, by pomóc pięknej Włoszce i jednocześnie rozwiązać trudny problem, o którym rozmawiał z Archiem. Ponieważ coraz więcej zawodników zgłaszało się do rywalizacji o puchar Whitewaya, rosła liczba pociągów technicznych poruszających się po jednym torze. W takich warunkach zapewnienie stałej ochrony Josephine byłoby niemożliwe nawet przy użyciu automobilowego patrolu.

Kiedy więc Isaac dowiedział się od Danielle, że młody mechanik przywiózł do zakładu Rydera aeroplan jej ojca, od razu zadał sobie pytanie: a gdyby tak wzbił się w powietrze? Mając własną latającą maszynę, mógłby dołączyć do uczestników wyścigu i pilnować Josephine podczas lotu, a ekipa naziemna zajęłaby się zabezpieczaniem lądowisk na trasie.

Panna Di Vecchio potrzebowała pieniędzy, żeby wydostać się z zakładu. On zaś potrzebował szybkiego aeroplanu, więc odkupił go od niej.

– Danielle pisze, że powinienem z panem pojechać, panie Bell – odezwał się mechanik.

– Oraz dostarczyć mi latającą maszynę – dodał Isaac, spoglądając na przyczepę. Stojący na niej rozmontowany płatowiec wyglądał jak ważka w klatce.

– I może jeszcze nauczyć pana, jak się nią lata?

– Kiedy tylko załatwię odpowiedni wagon do jej transportu.

– Ale ja się nie znam na lataniu. Jestem tylko mechanikiem.

– O to proszę się nie martwić. Ma pan tylko przygotować maszynę do lotu. Ile czasu zajmie poskładanie tego do kupy?

– Dzień, jeśli będę miał dobrego pomocnika. Czy kiedykolwiek prowadził pan aeroplan?

– Nie, ale prowadziłem locomobile'a rozwijającego prędkość stu sześćdziesięciu kilometrów na godzinę, wyścigowy motocykl marki Indian z dwucylindrowym widlastym silnikiem, lokomotywę Pacific cztery-cztery-dwa oraz stalowy jacht o napędzie turbinowym, pływający z prędkością pięćdziesięciu węzłów i zbudowany przez samego sir Charlesa Algernona Parsonsa. Myślę więc, że sobie poradzę.

– Lokomotywy i jachty nie odrywają się od ziemi, panie Bell.

– Właśnie dlatego jestem taki podekscytowany! Niech pan dokończy jedzenie i pomacha Danielle na pożegnanie. Drugie piętro, czternaste okno od lewej. Nie odmacha panu przez kraty, ale na pewno to zobaczy.

Moser popatrzył smętnym wzrokiem na budynek u stóp pagórka.

– Nie chcę zostawiać Danielle samej, ale skoro napisała, że pan pomoże się jej stąd wydostać... – westchnął i posmutniał jeszcze bardziej.

– Wyciągniemy ją stąd – zapewnił Bell. – Na razie musi nam wystarczyć zapewnienie doktora Rydera, że warunki jej pobytu ulegną radykalnej poprawie. Czy pańska ciężarówka doturla się do Albany? Bo wygląda, jakby za chwilę miała się rozpaść.

– Tak.

– Świetnie. Pojadę przodem i wynajmę w Albany pociąg specjalny. Załaduje pan do niego maszynę i pojedzie do Belmont Park. Tam już będą czekali mechanicy, którzy pomogą panu ją zmontować .

– Belmont Park? Zamierza pan zgłosić „Amerykańskiego Orła" do wyścigu?

– Nie – odparł Bell. – Ale z jego pomocą będę mógł zapewnić ochronę Josephine Jones.

Moser popatrzył na niego z niedowierzaniem.

144

– Zna pan Latającą Sympatię Ameryki?

– Tak. Jestem prywatnym detektywem i zostałem wynajęty do ochrony Josephine, której mąż zamierza ją zabić. Mam nadzieję, że „Amerykański Orzeł" pomoże mi uratować jej życie.

Z Albany Bell zatelegrafował do San Francisco, aby powiadomić Dashwooda, że Mark Celere przybył tam pod swoim prawdziwym nazwiskiem – Prestogiacomo. Miał nadzieję, że ta informacja przyspieszy niemrawe jak dotąd poszukiwania.

– Nie zamierzam tracić czasu na pokaz silnika reakcyjnego Płatowa. Wolę sobie polatać – powiedziała Josephine do Bella następnego dnia. – Zresztą wątpię, żeby się do czegoś nadawał. Poza tym Stevens i tak nie poradzi sobie z prowadzeniem aeroplanu, nawet zbudowanego przez Marka.

– Aeroplan zbudowany przez Marka? – zdziwił się Isaac. – O czym pani mówi?

– Ten wielki dwupłatowiec to jego konstrukcja – wyjaśniła. – Miał służyć do przewozu kilku pasażerów.

– Więc w wyścigu bierze udział druga maszyna Celerego? Nie wiedziałem o tym.

– Stevens odkupił ją od wierzycieli. Poszczęściło mu się, bo to jedyna maszyna, która zdoła unieść tego grubasa w powietrze. W dodatku zapłacił za nią zaledwie jedną piątą prawdziwej wartości. A biedny Marco nie dostał ani centa.

Bell odprowadził awiatorkę do jej żółtego jednopłatowca. Mechanicy Van Dorna zakręcili śmigłem. Kiedy niebieskawy dym z motoru zrobił się biały, Josephine wytoczyła maszynę na otwarte pole i wzbiła w powietrze, aby odbyć kolejny lot treningowy z dala od Belmont Park.

Detektyw patrzył za aeroplanem, który wkrótce stał się maleńką plamką nad widnokręgiem, i pocieszał się myślą, że wkrótce będzie mógł lecieć obok niego. „Orzeł" przyjechał późno w nocy czterowagonowym pociągiem specjalnym, wynajętym przez Bella na czas trwania wyścigu. Andy Moser z pomocą kilku vandornowców właśnie przewoził części latającej maszyny ze stacji na płytę hipodromu.

Teraz Isaac musiał nauczyć się jako tako prowadzić to ustrojstwo przed rozpoczęciem zawodów. Miał nadzieję, że podczas wyścigu zdoła nabrać odpowiedniej biegłości, bo natychmiast po dotarciu do San Francisco zamierzał porwać Marion w przestworza. Z tego, co mówił Andy, motor „Orła" dysponował znaczną nadwyżką mocy, pozwalającą na zabieranie pasażerów. Marion będzie mogła nawet wziąć ze sobą kamerę filmową. A może uczynić z tej przygody prezent ślubny?

Popatrzył na wschód, za niknącą w oddali żółtą maszyną.

– W porządku, chłopcy – zwrócił się do vandornowców. – Zostańcie tu i czekajcie na powrót Josephine, a potem nie odstępujcie jej na krok. Gdybyście mnie potrzebowali, będę koło silnika reakcyjnego.

– Myśli pan, że Frost zaatakuje drugi raz w tym samym miejscu? Przecież wie, że teraz mamy się na baczności.

– Wtedy też byliśmy czujni, a udało mu się nas zaskoczyć. Nie rozchodźcie się. Zresztą pewnie wrócę, zanim Josephine wyląduje.

Podszedł do prawie stumetrowej szyny, po której miał za chwilę „polecieć" silnik Płatowa, w ramach ostatniego eksperymentu przed zamontowaniem go w dwupłatowcu Stevensa.

Steve Stevens, w białym garniturze opinającym jego otyłe ciało, siedział przy stoliku nakrytym do śniadania i obserwował Płatowa i szefa mechaników, którzy szykowali silnik do ostatniej próby. Mechanik regulował zawory, a Rosjanin co chwilę sprawdzał coś na suwaku logarytmicznym. Stevens, wyraźnie podenerwowany, raz po raz rugał lokajów: a to kawa za zimna, a to bułeczki czerstwe i w dodatku jest ich za mało. Starsi mężczyźni usługujący plantatorowi bawełny wyglądali na przerażonych.

Spojrzenie Stevensa spoczęło na nieskazitelnie białym garniturze Bella.

– Domyślam się, że w pańskich żyłach płynie krew południowca – zagaił, niemiłosiernie przeciągając samogłoski. – Nie widziałem jeszcze Jankesa, który wyglądałby w bieli tak szacownie, jak swojacy ze starego Południa.

– Mój ojciec przebywał przez pewien czas na Południu – odparł Isaac.

– Zapewne dzięki niemu potrafi się pan nosić jak dżentelmen. Czyżby zajmował się sprowadzaniem bawełny do tkalni w Nowej Anglii?

– Nie, był oficerem wywiadu Unii i wykonywał rozkazy prezydenta Lincolna.

– Zaczynamy, panowie – oznajmił Dmitrij Płatow z błyskiem w ciemnych oczach. Długie bokobrody aż drżały mu z emocji. – Silnik reakcyjny gotowy.

Stevens spiorunował wzrokiem szefa mechaników.

– Czy aby na pewno, Judd?

– Jak najbardziej, panie Stevens – odrzekł zapytany.

– Najwyższy czas. Mam już dość tego bezczynnego czekania... A dokąd to się wybierasz?

Judd chwycił kij bejsbolowy i ruszył wzdłuż szyny.

– Muszę walnąć w wyłącznik, żeby zatrzymać motor na końcu – wyjaśnił.

– To tak będziecie zatrzymywali motor w moim aeroplanie? – żachnął się plantator. – Czyście powariowali?

– Nie martwi się – uspokoił go Płatow. – W maszynie automatyczny wyłącznik. Teraz tylko próba. Widzi tu? – Wskazał silnik spoczywający na szynie. – Wielki wyłącznik. Tylko dotknąć kijem, jak przejeżdża obok.

– No dobrze. Zaczynajcie wreszcie, na litość boską. Jak nie przestaniecie się tak grzebać, wszyscy już dawno miną Missisipi, zanim ja wzbiję się w przestworza.

Judd zatrzymał się trzydzieści metrów przed końcem szyny i zajął pozycję. Wyglądał na nieszczęśliwego, jak pałkarz lubujący się w mocnych odbiciach, któremu kazano zagrać skrót.

– Zapłon! – ryknął Płatow.

Silnik zaskoczył z głuchym jękiem, który po chwili przeszedł w rozdzierający wizg. Bell zakrył uszy dłońmi i obserwował drgający z wielką siłą motor. Nic dziwnego, że mechanicy odnoszą się do Rosjanina z takim szacunkiem, pomyślał. Stalowe pudło, które skonstruował, było mniejsze od podróżnego kufra, ale sprawiało wrażenie, jakby dysponowało mocą lokomotywy.

Płatow pociągnął dźwignię blokady, uchwyty opadły i silnik reakcyjny ruszył po szynie.

Isaac nie wierzył własnym oczom. W jednej chwili motor był tuż obok niego, by w następnej znaleźć się tuż przed mężczyzną z kijem. Naprawdę działał, a prędkość była wręcz oszałamiająca.

Nagle rozpętało się piekło. Judd właśnie przymierzył się do uderzenia kijem w wyłącznik, kiedy motor zeskoczył z szyny.

Metalowa skrzynia uderzyła mechanika i powaliła na ziemię jak tekturową figurę. Pokonała jeszcze prawie sto metrów, dziurawiąc po drodze nowiutkiego curtissa sir Eddisona-Sydneya-Martina i urywając ogon bleriota, by na koniec wbić się w ciężarówkę syndykatu Vanderbilta i stanąć w płomieniach.

Bell podbiegł do Judda, ale natychmiast zorientował się, że w żaden sposób nie można mu już pomóc. Podczas gdy większość mężczyzn ruszyła w kierunku zniszczonego curtissa i płonącej ciężarówki, on podszedł do szyny i przykucnął w miejscu, gdzie silnik się od niej oderwał.

Płatow był załamany.

– Przecież do teraz było wszystko dobrze! – lamentował. – Bardzo dobrze. Biedny on. Patrzcie na ten nieszczęśnik.

Stevens przyczłapał na miejsce wypadku.

– Tylko tego brakowało! – jęknął zbolałym głosem. – Szef mechaników nie żyje i szlag trafił silnik. Jak ja teraz wystartuję w zawodach?

Płatow wyrywał sobie włosy z głowy i bił się w piersi.

– Co ja narobił?! – szlochał. – To wszystko moja wina! Czy u niego jest żona?

– A która by chciała wyjść za Judda? – burknął Stevens.

– To straszne, straszne...

Isaac podniósł się z klęczek, odsunął na bok Stevensa i położył dłoń na ramieniu Rosjanina.

– Niepotrzebnie pan się obwinia, panie Płatow – rzekł.

– Ja kapitan statku. Moja maszyna, moja błąd. Ja zabić ten człowiek.

– To naprawdę nie przez pana ani przez pańską niesamowitą maszynę – tłumaczył Bell. – Ktoś przyłożył rękę do tego wypadku.

– O czym pan mówi, do diabła? – wtrącił się Stevens.

– Szyna puściła na złączu i dlatego silnik z niej spadł.

– To jego wina! – wykrzyknął Stevens, wskazując Płatowa oskarżycielskim gestem. – On to zbudował i jest za wszystko odpowiedzialny! Zaraz zawiadomię moich prawników i postawię go przed sądem.

– Proszę spojrzeć na to złącze – powiedział Bell, ignorując plantatora, i pokazał Rosjaninowi miejsce, w którym rozsunęły się dwa odcinki szyny.

Płatow przyklęknął obok Isaaca i przyjrzał się dokładniej.

– Śruby poluzowane – burknął ze złością.

– Luźne śruby?! – zawył Stevens. – Nie dokręciliście ich, jak należy... Co pan wyprawia?! – cofnął się odruchowo, kiedy Bell podsunął mu palce pod nos.

– Zamknij się pan i powąchaj to – warknął detektyw.

– Śmierdzi ropą. I co z tego?

– To odrdzewiacz, ułatwia odkręcanie śrub.

149

– Nie piszczeć, nie hałasować – dodał Rosjanin.

– Konstrukcja została uszkodzona celowo – stwierdził Isaac Bell. – Śruby mocujące łubki poluzowano, aby szyna przesunęła się pod naciskiem.

– Nie! – zaprotestował Płatow. – Ja sprawdzać szyna przed każda próba. Dziś rano też.

– Już wiem, jak to zrobiono – powiedział Bell i podniósł z ziemi kilka zapałek nasączonych ropą. – Sabotażysta powtykał zapałki w szczelinę, żeby nie można było zauważyć luzów podczas sprawdzania. Kiedy silnik poruszał się po szynie, pod wpływem wibracji zapałki wypadły. Szatański pomysł.

Płatow pokiwał głową ze zrozumieniem.

– Szyna się ruszać, silnik odlecieć. Ale dlaczego?

– Czy ma pan wrogów, panie Płatow? – spytał Isaac.

– Nie – odparł Rosjanin. – Płatow lubi. Płatow lubiany.

– A może to ktoś z Rosji? – Bell wiedział, że rosyjscy emigranci reprezentują różne nurty polityczne, od lewa do prawa.

– Nie. Ja zostawić rodzina, przyjaciele. Ja wysyłać pieniądze do domu.

– Więc kto to zrobił?! – wybuchnął Stevens.

– Czyżby komuś zależało, aby nie wygrał pan wyścigu na maszynie z niesamowitym motorem Patowa?

– Niedoczekanie! Płatow zbuduje dla mnie nowy motor!

– Nie można. Nie ma czasu. Mnie być przykro. Pan kupić zwykły motor na benzyna. Dwa motora. Zamontować je na dolne skrzydło.

– Dwa? Dlaczego?

Płatow rozłożył ręce, jakby chciał zmierzyć Stevensowi obwód w pasie.

– Duży ciężar. Silnik reakcyjny duża moc. Benzynowy mała. Trzeba dwa.

– A skąd ja teraz wytrzasnę dwa motory?! – gorączkował się plantator. – I kto mi je zamontuje, skoro Judd nie żyje?

– Pomocniki Judda.

– To zwykłe wiejskie chłopaki, nie znają się na tym. Wszystko było dobrze, dopóki Judd mówił im, co mają robić. – Stevens wziął się pod boki i westchnął ciężko. – Co za pech. Mam maszynę, mam pieniądze na nowe motory, ale nie mam ludzi, którzy mi je zamontują. A może pan by to zrobił, Płatow? Chce pan dla mnie pracować?

– Nie, dziękuję. Ja teraz budować nowy silnik reakcyjny.

– Przecież wiem, że wykonuje pan różne usługi za pieniądze. Dobrze zapłacę.

– Mój silnik reakcyjny ważniejszy.

– Zróbmy tak: w czasie wolnym od pracy przy mojej maszynie będzie pan mógł budować swój silnik.

– Pan doczepić mój wagon warsztatowy do swój pociąg?

– Jasne. Lepiej, żeby pan miał ze sobą swoje narzędzia.

– A będę mógł robić zlecenia, żeby zarobić na mój nowy silnik reakcyjny?

– Naturalnie, o ile nie będzie to kolidowało z przygotowaniem mojego aeroplanu – odparł Stevens i skinął na służących. – Hej, wy tam! Dajcie panu Płatowowi coś do jedzenia. Nawet najzdolniejszy mechanik nie będzie dobrze pracował z pustym żołądkiem.

Rosjanin spojrzał na Bella, jakby chciał go zapytać, czy postąpił słusznie, zgadzając się na propozycję plantatora.

– Zdaje się, że wrócił pan do gry – powiedział Isaac.

W tym momencie zauważył nadlatującą maszynę Josephine, ruszył więc w kierunku lądowiska. Idąc, rozmyślał o niedawnej katastrofie farmana. Maszyna Anglika rozbiła się niemal jednocześnie z napadem Frosta na Josephine. To nie był zbieg okoliczności. Ktoś ją uszkodził, aby spowodować wypadek i odwrócić uwagę od poczynań złoczyńców.

O co mogło chodzić tym razem? Czyżby to była kolejna zasłona dymna? Ale przecież nie doszło do żadnego ataku.

Josephine jest bezpieczna w powietrzu, a on nie zauważył, żeby cokolwiek niepokojącego działo się na ziemi. Frosta widziano ostatnio w Cincinnati. Niewykluczone, że wrócił do nowego Jorku, wydawało się jednak bardzo mało prawdopodobne, aby zdecydował się ponownie uderzyć w biały dzień w Belmont Park. Zwłaszcza że kilku vandornowców, przy współpracy miejscowej policji, dokładnie przeszukiwało wszystkie pojazdy wjeżdżające na płytę hipodromu. Frost bez wątpienia wie o dodatkowych środkach bezpieczeństwa, należało więc się spodziewać, że zaszyje się gdzieś na jakiś czas, aby znów zaatakować z zaskoczenia.

Isaac podszedł do mechaników Josephine, którzy obserwowali jej żółty jednopłatowiec schodzący spiralą do lądowania.

– Wszystko w porządku, chłopcy?

– Tak, panie Bell, nie licząc wypadku z silnikiem reakcyjnym.

A może Frost nie miał nic wspólnego z tym drugim sabotażem? Może to ktoś inny zniszczył silnik Płatowa? Ale kto? I po co? Jedyną odpowiedzią, która się nasuwała, była chęć wyeliminowania potencjalnie silnego konkurenta.

– Czy pan coś mówił, panie Bell?

Isaac powtórzył głośniej to, co przed chwilą mruczał pod nosem.

– Nienawidzę zbiegów okoliczności.

– Ja też, sir! To było pierwsze, czego mnie nauczono po wstąpieniu w szeregi vandornowców.

– Pańska maszyna jest piękna! – wykrzyknęła z zachwytem Josephine. – A pan, jak widzę, radosny jak skowronek.

Bell rzeczywiście był w doskonałym humorze. Wynajęci przez niego mechanicy, którymi zawiadywał Andy Moser, właśnie kończyli napinać górne i dolne cięgna usztywniające skrzydło. Czekało ich jeszcze sporo pracy nad ogonem i linkami sterowymi, a w wagonie warsztatowym czekał silnik, rozłożony na części pierwsze. Ale po zmontowaniu skrzydeł z kadłubem całość zaczęła nabierać kształtów aeroplanu.

– Muszę przyznać, że to najwspanialsza rzecz, jaką kiedykolwiek kupiłem – odparł Isaac z szerokim uśmiechem.

Josephine krążyła wokół maszyny, przyglądając się jej okiem fachowca.

– Andy powiedział mi, że Di Vecchio skonstruował system sterowania na licencji Bregueta – rzekł Bell, ciekaw jej reakcji.

Pokiwała głową.

– Właśnie widzę.

– To koło działa podobnie jak kierownica w automobilu. Obrót w lewo powoduje wychylenie steru kierunku w lewo. Jednoczesne przesunięcie kolumny w tę stronę odpowiednio wychyla *alettoni* i maszyna kładzie się na lewe skrzydło w zakręcie. Gdy odepchnie się kolumnę w przód, maszyna idzie w dół, a kiedy się ją pociągnie, zaczyna się wznosić.

– Po nabraniu wprawy do sterowania maszyną wystarczy panu jedna ręka – zauważyła Josephine.

Dzięki temu w drugiej będzie mógł trzymać pistolet, na wypadek gdyby ktoś chciał zaatakować awiatorkę podczas lotu.

– Pani aeroplanem steruje się tak samo?

– Tak, to najnowocześniejszy system.

– Powinien mi ułatwić naukę latania.

– I tak, i nie. Ta maszyna to istne cudo, ale muszę pana ostrzec, że może okazać się niesforna. Jest bardzo szybka, a przez to ma większą prędkość lądowania. Dodatkowym utrudnieniem jest silnik Gnome, który, w odróżnieniu od mojego antoinette, nie ma normalnej przepustnicy.

Zewnętrzne podobieństwo obu aeroplanów było uderzające, lecz zastosowane na nich francuskie silniki znacznie się od siebie różniły. Celere, którym latała Josephine, był wyposażony w konwencjonalny ośmiocylindrowy widlasty silnik Antoinette z chłodzeniem wodnym, podczas gdy Di Vecchio zastosował w swojej maszynie nowatorski, chłodzony powietrzem silnik rotacyjny Gnome Omega. Blok cylindrów, obracający się wraz ze śmigłem wokół nieruchomego wału korbowego, zapewniał płynną pracę i doskonałe chłodzenie, ale gnome był bardziej paliwożerny, wymagał precyzyjnej obsługi i miał bardzo prymitywny gaźnik, wskutek czego niemal przez cały czas pracował praktycznie na maksymalnych obrotach.

– Widziałem, jak efektownie wytraca pani prędkość przy podejściu do lądowania. Czy mogłaby pani udzielić mi wskazówek, jak to zrobić?

Josephine zrobiła surową minę i wskazała na sterownicę.

– Przed rozpoczęciem nauki takich sztuczek powinien pan poćwiczyć włączanie i wyłączanie kontaktu tym przyciskiem.

Bell wiedział, że poprzez operowanie wyłącznikiem zapłonu można przerywać dopływ prądu do świec i tym samym w pewnym stopniu sterować pracą silnika.

– Andy Moser powiedział mi – odrzekł – żeby nie przesadzać z wyłącznikiem zapłonu, bo grozi to uszkodzeniem zaworów.

– Lepiej uszkodzić zawory niż siebie samego – zauważyła z uśmiechem. – Jeśli ma pan mnie chronić, potrzebuję pana żywego. Niech się pan nie obawia wyłączać zapłonu. Silnik ma sporą bezwładność i nie przestanie się kręcić.

Nagle spoważniała.

– Przepraszam, nie powinnam była mówić, że potrzebuję pana żywego. To było bardzo niezręczne. Jak się miewa Archie?

– Coraz lepiej. Dziś rano pozwolili mi go odwiedzić. Jeszcze nie może mówić, ale chyba mnie rozpoznał. – Spojrzał jej w oczy i powiedział: – Josephine, chciałbym panią o coś spytać.

– O co?

– Proszę popatrzeć na cięgna. Zbiegają się na wierzchołkach trójkątnych wsporników, nad skrzydłem i pod kadłubem.

– Oczywiście.

– Stalowe pręty tworzące trójkąty działają jak rozpórki. Koniec wystający nad skrzydło jest wierzchołkiem ramy, której szeroka podstawa biegnie poniżej kadłuba.

– No tak, dzięki temu konstrukcja ma dużą wytrzymałość.

– Bardzo pomysłowa jest też budowa podwozia. Jego golenie to zarazem boczne elementy ramy.

Josephine przykucnęła obok niego i razem przyglądali się mocnym skrzyżowanym zastrzałom łączącym kadłub aeroplanu z płozami i kołami.

– Identyczny system zastosowano w pani maszynie, prawda? – spytał Bell.

– Rzeczywiście, wygląda podobnie – przyznała.

– Ale nie zastosowano go na żadnym z pozostałych jednopłatowców. Dlatego chciałbym się od pani dowiedzieć, czy to możliwe, żeby Marco Celere... powiedzmy... „zapożyczył" metodę zwiększania wytrzymałości skrzydeł od Di Vecchia?

– Absolutnie nie! – zaprzeczyła gwałtownie.

Ten niemal otwarty zarzut wywołał u zwykle pogodnie usposobionej awiatorki ogromne wzburzenie. Zerwała się na równe nogi, a na jej policzki wypełzł szkarłatny rumieniec. Czyżby sama podejrzewała, lub nawet obawiała się, że może być słuszny?

– A może Celere nieświadomie skopiował ten projekt? – spytał Isaac, próbując załagodzić sytuację.

– Nie.

– Czy Celere mówił pani, że był pomocnikiem Di Vecchia?

– Nie – odparła i, o dziwo, znów się uśmiechnęła.

Z wyraźną ulgą, zauważył Bell. Zeszło z niej całe napięcie i stała się tą samą co wcześniej pogodną dziewczyną gotową do natychmiastowego działania. Ciekawe dlaczego?

– Nigdy nawet nie wspominał, że pracował dla Di Vecchia? – drążył.

– To Di Vecchio pracował dla niego, ale Marco w końcu go wyrzucił – odparła.

Teraz zrozumiał, dlaczego się uspokoiła.

– Słyszałem, że było dokładnie na odwrót.

– To źle pan słyszał.

– Może coś źle zrozumiałem – odparł i zadał kolejne pytanie: – Czy pani wie, że w zeszłym roku córka Di Vecchia pchnęła Celere nożem?

– Oczywiście. Ta wariatka omal go nie zabiła. Została mu po tym ataku głęboka blizna na ramieniu.

– Celere powiedział pani, z jakiego powodu go zaatakowała?

– Oczywiście. Była zazdrosna. Chciała, żeby ją poślubił, ale on nie był nią zainteresowany. Marco opowiadał mi, że na tym małżeństwie bardzo zależało jej ojcu, który uznał je za dobry sposób na ponowne zatrudnienie.

– Z tego, co wiem, Danielle Di Vecchio uważała Marka Celere za złodzieja.

– Ta nieszczęsna kobieta jest obłąkana, dlatego zamknęli ją w domu wariatów. Czyżby miała na myśli to, że ukradł jej serce? Zresztą cokolwiek powiedziała, na pewno to sobie wymyśliła. Marco nic do niej nie czuł. Ręczę za to, panie Bell.

Isaac był pewien, że nie mówi mu prawdy, lecz skoro miał ją chronić, musiał przede wszystkim zdobyć jej zaufanie.

– Josephine – rzekł z ujmującym uśmiechem – zawsze staram się przestrzegać reguł dobrego zachowania, ale ponieważ będziemy bardzo blisko ze sobą współpracować, uważam, że byłoby lepiej, gdybyśmy mówili sobie po imieniu.

– Naturalnie, jeśli sobie tego życzysz. – Popatrzyła mu w oczy i spytała prosto z mostu: – Czy masz dziewczynę?

– Tak. Mam narzeczoną, wkrótce bierzemy ślub.

Uśmiechnęła się zalotnie.

– Kim jest ta szczęściara?

– To panna Marion Morgan z San Francisco.

– Ach tak! Preston Whiteway wspominał mi o niej. Czy to nie panna Morgan będzie kręcić film podczas wyścigu?

– Tak. Wkrótce tu przyjedzie.

Josephine zerknęła na zegarek przyszyty do rękawa.

– Przepraszam cię, ale muszę wracać do pociągu. Pan Whiteway przysłał stylistę i szwaczkę z nowym strojem do latania. Mam go nosić podczas spotkań z dziennikarzami.

Popatrzyła tęsknie w niebo, którego poranny jasny błękit nabrał cieplejszego odcienia. Było wczesne popołudnie. Niedługo nad Belmont Park nadciągnie silna morska bryza uniemożliwiająca loty.

– Widzę, że wolałabyś polatać – odezwał się Bell.

– Pewnie. Nie potrzebuję żadnych specjalnych strojów. Widziałeś mnie w tym białym kilka dni temu? Podczas zdejmowania głowicy z silnika bezpowrotnie stracił tę nieskazitelną biel. Moim zdaniem najlepsze jest to, co mam na sobie teraz. – Wskazała skórzane rękawice, wełnianą kurtkę ściągniętą paskiem w talii i bryczesy wpuszczone w wysokie sznurowane buty. – Ale pan Whiteway chce, żebym pozowała do zdjęć w stroju lotniczym z purpurowego jedwabiu. A wieczorami mam paradować w długich białych sukniach i czarnych jedwabnych rękawiczkach.

– W tej, którą miałaś na sobie wczoraj, było ci bardzo do twarzy – zauważył Isaac.

– Dziękuję – posłała mu kolejny zalotny uśmiech. – Chociaż, mówiąc między nami, cały czas myślałam tylko o tym, żeby wreszcie przebrać się w robocze ciuchy i pomóc chłopakom w przygotowaniu maszyny. Ale nie powinnam narzekać. Panu Whitewayowi bardzo zależy na tym, żebym przyciągnęła jak największe zainteresowanie publiczności, dla dobra wyścigu.

– A nie chciał, żebyś mówiła do niego Preston, zamiast tytułować panem Whitewayem?

– Ciągle mnie o to prosi, ale wolę się z nim nie spoufalać.

Bell odprowadził Josephine do żółtego pociągu specjalnego. Zostawiwszy ją pod opieką stylisty i vandornowców, pospieszył do swojego wagonu dowodzenia, gdzie miał dostęp do telegrafu podłączonego do prywatnej sieci agencji.

– Czy są jakieś wieści z San Francisco? – spytał dyżurnego detektywa.

– Na razie nic, sir.

– Podyktuję ci depeszę do Jamesa Dashwooda.

Detektyw położył dłoń na kluczu.

– Jestem gotowy.

Bell zaczął dyktować:

– PILNIE PRZESŁAĆ WSZYSTKO NA TEMAT CELERE I PRESTOGIACOMO.

– Czy to już wszystko? Mam wysyłać?

Isaac zastanowił się. Diametralnie różne opinie o ofierze morderstwa, zwłaszcza w przypadku, kiedy nie odnaleziono zwłok, budzą podejrzenia. Słowa Danielle Di Vecchio i Josephine Josephs Frost wymagały natychmiastowej weryfikacji.

– Dodaj jeszcze: NIEPEŁNE INFORMACJE LEPSZE NIŻ ŻADNE. A na koniec dopisz: PIORUNEM. Dwa razy.

– Zrobione, sir. Wysyłamy?

Bell nadal się wahał. Gdyby mógł uzyskać bezpośrednie połączenie telefoniczne z San Francisco, powiedziałby Dashwoodowi, że sytuacja wymaga naprawdę wyjątkowego pośpiechu.

– Tak – odparł – ale dodaj jeszcze raz: PIORUNEM.

# Rozdział 14

**P**odobno bracia Wright otworzyli szkołę latania – powiedział stojący przed nosem „Orła" Andy Moser, kiedy Bell poprosił go o zakręcenie śmigłem w celu uruchomienia maszyny.

– Niestety nie zdążę pojechać do Ohio, bo wyścig zaczyna się w już przyszłym tygodniu – odparł Isaac. – Tak na marginesie, ilu instruktorów lata dłużej niż rok? Prawie wszyscy lotnicy uczą się latać sami, tak jak Josephine.

Tego słonecznego wiosennego ranka nad Belmont Park wiał lekki zachodni wiatr. Panowały idealne warunki do latania. Moser z mechanikami, których Bell wynajął mu do pomocy, wytoczyli „Orła" na długi pas zieleni, z dala od stanowisk pozostałych awiatorów na płycie hipodromu, i podłożyli pod koła drewniane klocki. Kiedy Isaac polecił Andy'emu uruchomić motor, dwaj złapali za linki służące do wyciągania podstawek, a pozostali przygotowali się do stabilizowania skrzydeł podczas rozbiegu.

Bell siedział tuż za miejscem, w którym skrzydła łączyły się z kadłubem. Głowa, ramiona i tors wystawały mu nad krawędź kokpitu. Motor znajdował się przed nim, co zdaniem Eddisona-Syndeya-Martina było najbezpieczniejszym rozwiązaniem, gdyż w razie wypadku nie groziło lotnikowi przygnieceniem. Na przodzie silnika znajdowało się trzymetrowe dwułopatowe śmigło z wypolerowanego drewna orzecha. Joe Mudd uważał, że umieszczanie tak kosztownego elementu na samym przodzie to zły pomysł.

– Jak przywalisz nosem, będziesz musiał wybulić sto dolców za nowe – mawiał.

Bell przechylił na boki kolumnę koła sterowego i obserwował reakcję skrzydeł. Na ich końcach, sześć metrów w prawo i w lewo, *alettoni* wychyliły się w górę i w dół. Teraz Isaac popatrzył do tyłu, wzdłuż wąskiej kratownicy kadłuba, pokrytej gęsto tkanym płótnem, aby zmniejszyć opór powietrza, i pokręcił kołem. Ster kierunku poruszył się w lewo i w prawo. Pociągnął koło do siebie. Stery wysokości, przymocowane na zawiasach do statecznika poziomego, wychyliły się do góry. Gdyby znajdował się w powietrzu, maszyna powinna zacząć się wznosić.

– Zakręć wreszcie tym śmigłem! – ponaglił Mosera.

– W wypadkach zginęło ponad stu lotników – poinformował go Andy już trzeci raz tego ranka.

– Więcej ludzi ginie podczas wspinaczek górskich – odparował Isaac. – Kręcisz czy nie?!

Moser skrzyżował ręce na piersi. Był synem policjanta i wykazywał typowy dla gliniarzy upór, jeżeli kazano mu zrobić coś, co mu się nie podobało. Jego buntowniczą postawę potęgowała dodatkowo niezachwiana wiara w maszyny. Znał się na nich, kochał je i dałby się za nie pokroić.

– Mam pewność, że maszyna jest gotowa do lotu, bo złożyłem ją własnymi rękami, obszedłem dokoła i sprawdziłem każdą ruchomą część i każde złącze. Mam pewność, że motor jest gotowy do lotu, bo osobiście wyregulowałem zapłon i ciśnienie w cylindrach. Jedyny element, którego gotowości do lotu nie jestem pewien, to pan, panie Bell.

Isaac obdarzył swojego krnąbrnego mechanika szerokim uśmiechem.

– Jeśli chcesz mi pomagać w zapewnieniu bezpieczeństwa Josephine – rzekł – musisz przyjąć do wiadomości, że pracownicy Agencji Van Dorna potrafią szybko dostosować się do sytuacji. Od przyjazdu do Belmont Park uważnie obserwowałem, jak awiatorzy wzbijają się w powietrze. Po kupieniu „Amerykańskiego Orła" uzyskałem od Josephine i sir Eddisona-Sydneya-Martina dokładne instrukcje na temat techniki latania. Przemaglowałem też Joego Mudda, który z ogromną wprawą prowadzi swojego „Oswobodziciela". Wszyscy troje przyznali, że dzięki zastosowaniu systemu sterowania Bregueta nauka latania tą maszyną nie powinna nastręczać większych trudności. I jeszcze jedno: przeczytałem od deski do deski wszystkie numery czasopism „Aeronautyka" i „Latanie", jakie się dotąd ukazały. Zaufaj mi, Andy, naprawdę wiem, co robię.

Uśmiech Bella zgasł w jednej chwili jak zdmuchnięta świeca, a jego oczy stały się zimne niczym dwa lodowe sztylety.

– Zakręć! Tym! Śmigłem!

– Tak jest, sir!

Isaac otworzył zawór paliwa i ustawił manetkę dopływu powietrza na jałowe obroty. Wiedział już, że w aeroplanie z rotacyjnym gnomem lotnik przejmował funkcje gaźnika.

Andy raz po raz przerzucał śmigło przez kompresję, zasysając paliwo do cylindrów. Bell włączył zapłon.

– Kontakt!

Andy chwycił krawędź śmigła oburącz, szarpnął i natychmiast odskoczył do tyłu, żeby nie dać się pociąć na plasterki. Motor zakasłał i zaczął terkotać, buchając gęstym bladoniebieskim dymem. Isaac pozwolił silnikowi rozgrzać się na wolnych obrotach, a kiedy dźwięk wydał mu się odpowiedni, otworzył pełny dopływ powietrza. Dym zrobił się rzadszy. Wraz ze wzrostem obrotów błyszczące niklową stalą cylindry i lśniące śmigło zmieniły się w przezroczyste dyski. Warkot się wzmógł, ale Bell ze zdziwieniem stwierdził, że prawie nie czuje drgań. Przy tysiąc dwustu obrotach na minutę motor pracował gładko jak turbina.

Popatrzył znacząco na Andy'ego.

– Gotowy!

Moser skinął na mechaników, którzy wyciągnęli podstawki spod kół i pobiegli wraz z maszyną, podtrzymując skrzydła, aby zapewnić im stabilizację na wypadek bocznego podmuchu wiatru. „Orzeł" potoczył się po trawie, szybko nabierając prędkości. Mechanicy kolejno odpadali od skrzydeł i zostawali w tyle. Kiedy ogon oderwał się od ziemi, Bell poczuł mocny, skierowany w górę impuls.

Miał przed sobą niemal sto metrów pustego pola, które kończyło się barierą oddzielająca płytę hipodromu od bieżni. Mógł teraz albo wcisnąć przycisk odcinający zapłon, żeby zwolnić i poćwiczyć kołowanie, albo pociągnąć sterownicę na siebie i unieść się w powietrze.

Wybrał tę drugą możliwość.

Podskoki maszyny natychmiast ustały i trawa znalazła się półtora metra pod nim. W jednej chwili uświadomił sobie, że po oderwaniu się od ziemi aeroplan reaguje inaczej niż pociągi i auta, które wraz ze wzrostem prędkości trzęsą się coraz mocniej. Bell miał wrażenie, jakby unosił się na idealnie gładkiej tafli wody. A przecież wcale nie płynął, tylko pędził prosto na białą drewnianą barierę otaczającą płytę hipodromu.

Leciał tuż nad ziemią i wiedział, że jeśli nie nabierze wysokości, zawadzi o nią kołami. Aby unieść się wyżej, pociągnął mocniej koło sterowe. Za mocno. Maszyna zadarła nos, a Isaac nagle poczuł pod sobą ziejącą pustkę. Za chwilę „Orzeł" zwali się na ziemię.

Bell nieraz znajdował się w opałach, kierując autem lub motocyklem, prowadząc wyścigową łódź czy galopując na grzbiecie wierzchowca.

Rozwiązanie zawsze było takie samo.

Należało wyłączyć myślenie.

Odruchowo przesunął koło sterowe lekko w przód i natychmiast poczuł silne pchnięcie od dołu. Śmigło wwierciło się w powietrze. Po chwili bariera przemknęła pod kołami, a niebo zdawało się nie mieć granic.

Wtem zamajaczył przed nim wysoki kształt. Była to jedna z trzydziestometrowych wież wyznaczających dystans podczas bicia rekordu prędkości. Stało się to, przed czym przestrzegali go Andy i Josephine. Pod wpływem znacznej masy wirujących cylindrów rotacyjnego motoru maszynę ściągało w prawo. Bell obrócił koło sterowe w przeciwną stronę. „Orzeł" pochylił się na bok i skręcił w lewo. Wyrównał trochę zbyt gwałtownie i prawe skrzydło poszło w dół. Poprawił, znowu za mocno, teraz w drugą stronę. Potem jeszcze kilka razy, coraz delikatniejszymi ruchami steru, aż wreszcie ustawił skrzydła w poziomie.

To zupełnie jak żeglowanie, pomyślał w nagłym przebłysku zrozumienia, kiedy przez moment wszystko wydaje się jasne. Musiał wprawdzie nieustannie przeciwdziałać momentowi obrotowemu od silnika, ale mógł skierować „Orła" tam, gdzie chciał, jeśli tylko będzie wiedział, skąd wieje wiatr. Pamiętał, że ponieważ to śmigło ciągnie go przez powietrze, większość napotykanego wiatru wytwarza sam aeroplan.

Pociągnął koło sterowe, aby wspiąć się wyżej. Wznoszenie odbywało się według tej samej zasady, którą poznał chwilę wcześniej. Przypominało wchodzenie po schodach. Kiedy prędkość malała, odpychał ster od siebie i równał do poziomu, a potem, po nabraniu pędu, znów unosił nos maszyny. Prędkość sprawia, że powietrze daje mocniejsze oparcie, tłumaczyła mu Josephine.

Belmont Park robiło się coraz mniejsze, jakby patrzył na nie przez odwróconą lunetę. Widział pod sobą wsie i pojedyncze farmy. Po lewej dostrzegł ciemny błękit Atlantyku. Na wprost wisiała chmura dymu, w której zbiegały się niezliczone tory kolejowe. Tam był Nowy Jork.

Isaac zdjął jedną dłoń ze steru, wyciągnął z kieszeni złoty zegarek i otworzył kciukiem kopertę, zdał sobie bowiem sprawę, że powinien kontrolować czas tej rozkosznej zabawy. Andy Moser wlał do zbiorników paliwo i olej rycynowy na godzinę lotu. Upłynął dopiero kwadrans. Miał więc przed sobą jeszcze trzy.

Bujając samotnie w przestworzach, Bell śmiał się na całe gardło. Wzbierało w nim przekonanie, że całkowicie odmienił swoje życie i może już nigdy nie wróci na ziemię.

– Bandaż budzi w mojej żonie znacznie większy niepokój niż otwarta rana – oznajmił sir Eddison-Sydney-Martin, opatrując skaleczenie na czole Bella. – Przypuszczam, że podobnie może zareagować pańska narzeczona.

– To zwykłe zadrapanie – Isaac wzruszył ramionami. – Moja biedna maszyna ucierpiała o wiele bardziej.

– Tylko koła i płozy. Reszta podwozia wygląda na nietkniętą – orzekł baronet. – Choć muszę przyznać, że narobił pan kłopotu swoim mechanikom.

Bell zerknął na Andy'ego Mosera, który krążył wokół aeroplanu, pokrzykując na pomocników.

Eddison-Sydney-Martin zrobił krok w tył, by przyjrzeć się swemu dziełu.

– Gotowe, krwawienie już ustało – powiedział. – Obawiam się jednak, że spotkanie z narzeczoną będzie dla pana trudniejsze niż ponowne wzbicie się w przestworza. Odwagi, stary druhu. Słyszałem, że panna Morgan to wspaniała kobieta.

Bell podziękował baronetowi i pojechał na spotkanie z Marion. Miała dotrzeć do hotelu Garden City dopiero po południu, ale kiedy tylko wszedł do środka, zorientował się, że już tam jest. Dżentelmeni siedzący w holu zezowali znad czytanych gazet, chłopcy hotelowi stali w równym rzędzie, czekając na każde skinienie, a sam szef restauracji Palm Court nalewał Marion herbatę.

Isaac patrzył z zachwytem na kobietę, która zawładnęła jego sercem. Miała na sobie strój podróżny: fioletoworóżową plisowaną spódnicę, dopasowany kolorystycznie żakiet, białą bluzkę z wysokim kołnierzykiem i szykowny kapelusz z wysoką główką i opadającym rondem. Jej piękną twarz o regularnych rysach okalały bujne jasne włosy, a oczy barwy morskiej zieleni przyćmiewały swoim blaskiem szmaragdowy pierścionek zaręczynowy, który miała na palcu.

Wziął Marion w ramiona i pocałował.

– Chyba nigdy nie wyglądałaś piękniej – powiedział.

– Biłeś się? – zerknęła pytająco na bandaż.

– Odbyłem pierwszą lekcję latania. Przy okazji zapoznałem się ze zjawiskiem aerodynamicznym zwanym efektem przypowierzchniowym, które ogromnie mi utrudniło powrót na ziemię. Mosera i jego pomocników czeka pracowita noc, aby doprowadzić do porządku koła mojego „Orła".

– Czy instruktor bardzo się gniewał?

Bell spuścił głowę.

– Właściwie to sam się uczyłem – przyznał.

Marion uniosła pięknie zarysowane brwi, ale i spojrzała na niego opanowanym wzrokiem kobiety, która z wyróżnieniem ukończyła prawo na Uniwersytecie Stanforda, potem pracowała jako sekretarka w sektorze bankowym, by wreszcie odnieść sukces w rozwijającej się dynamicznie branży filmowej.

– Rozumiem, że Orville i Wilbur Wright też uczyli się sami, ale to w końcu oni wynaleźli aeroplan – powiedziała z lekkim wyrzutem.

– Mam nad nimi tę przewagę, że mogę korzystać z rad doświadczonych awiatorów. Dlaczego mi się tak przyglądasz?

– Dziwny blask bije ci z oczu i szczerzysz zęby od ucha do ucha. Wyglądasz, jakbyś nadal leciał.

Isaac roześmiał się w głos.

– Tak się czuję i wydaje mi się, że już nigdy nie przestanę. Chociaż nakłada się na to radość ze spotkania z tobą.

– Ja także bardzo się cieszę, ukochany, i z zadowoleniem stwierdzam występowanie „efektu okołomiłosnego". Bardzo się za tobą stęskniłam.

Podniosła się z krzesła.

– Co robisz? – spytał.

– Wstaję, żeby cię pocałować.

Kiedy skończyli pocałunek, powiedziała:

– Zaraz przyjdzie hotelowy detektyw i zwróci nam uwagę na nieobyczajne zachowanie w miejscu publicznym.

– O to się nie martw – odparł Bell. – Hotel Garden City właśnie podpisał kontrakt ze Służbą Ochrony Van Dorna. Od rana nasz człowiek jest na dyżurze.

– W takim razie opowiadaj o kraksie i o tym „efekcie przypowierzchniowym" – zażądała, ponownie siadając.

– Efekt przypowierzchniowy polega na tym, że między skrzydłami a ziemią tworzy się coś w rodzaju poduszki powietrznej, która utrudnia lądowanie. Jak się okazało, powietrze potrafi być mocniejsze, niż można by się spodziewać. W gruncie rzeczy maszyna nie chce przestać latać, więc trzeba ją do tego jakoś przekonać, tak jak konia, który zagryzł wędzidło.

– Raczej Pegaza – wtrąciła Marion.

– Efekt ten jest silniejszy w przypadku jednopłatowca, ponieważ...

– Musisz mi koniecznie opowiedzieć – przerwała mu bezceremonialnie – co widziałeś, kiedy byłeś tam w górze.

– W powietrzu jest zupełnie inne poczucie prędkości. Krajobraz nie rozmazuje się tak jak wtedy, gdy patrzy się z pędzącego pociągu czy mojego locomobile'a. Miałem wrażenie, że w dole wszystko płynie, tym wolniej, im wyżej leciałem.

– Wzbiłeś się bardzo wysoko?

– Wystarczająco, żeby zobaczyć rzekę Hudson. Kiedy ją dostrzegłem, poczułem, że muszę nad nią polecieć.

Piękne oczy Marion rozszerzyły się ze zdumienia.

– Poleciałeś aż nad Hudson?

Bell skinął głową i roześmiał się.

– To i tak bezpieczniejsze niż latanie nad oceanem, który zresztą także widziałem.

– Widziałeś jednocześnie Atlantyk i rzekę Hudson? – Marion była zachwycona. – Więc musiałeś też zobaczyć nowojorskie drapacze chmur.

– Wyglądały jak szpikulce otoczone dymem.

– Musisz mnie ze sobą zabrać, żebym mogła sfilmować te widoki.

– Na pewno będzie ci się podobało. Widziałem gigantycznego jesiotra płynącego przy samym dnie rzeki.

– To kiedy lecimy? – spytała z ożywieniem.

– No cóż, latanie jest najzupełniej bezpieczne. Ale nie ze mną. Przynajmniej na razie – odparł Isaac.

Jednak Marion potrafiła być równie zdeterminowana jak Josephine.

– Zastanawiam się, czy Preston Whiteway nie wynająłby dla mnie jakiegoś awiatora? – powiedziała z prowokującym uśmiechem.

– Pozwól mi jeszcze trochę poćwiczyć. Zanim wyścig się skończy, zdążę się w tym połapać.

– Wspaniale! Polatamy sobie nad San Francisco! Już nie mogę się doczekać. Tylko bądź ostrożny podczas treningu. Nie przejmuję się bójkami czy strzelaninami, ale przecież latanie nie jest twoim żywiołem.

– Już niedługo będzie. Kiedy następnym razem zauważę, że wiatr zmienił kierunek, odpowiednio podejdę do lądowania.

– A jak określasz kierunek wiatru podczas lotu? Przyglądasz się flagom?

– Nie, patrzę na krowy.

– Na krowy?

– Tu wszędzie dookoła są farmy, a wiem od Josephine, że krowy zawsze ustawiają się pyskiem pod wiatr. Są równie dokładne jak wiatrowskaz, a łatwiej je dostrzec z góry.

– Czego jeszcze nauczyła cię Latająca Sympatia Ameryki?

– Żeby zawsze rozglądać się za miejscami, na których można by awaryjnie wylądować, i wystrzegać się łąk pokrytych bujną jasnozieloną trawą. Są podmokłe i nie nadają się do lądowania.

Przemilczał ostrzeżenie Josephine, aby nie wykonywał gwałtownych manewrów, bo grozi to oberwaniem skrzydeł. Nie wspomniał też o lakonicznej uwadze Eddisona-Sydneya-Martina: „Na twoim miejscu, przyjacielu, unikałbym wchodzenia w płaski korkociąg" i pominął spontaniczną przestrogę Joego Mudda: „Nie odstawiaj chojraka, dopóki nie nabierzesz wprawy".

– Z tego, co słyszałam na temat Josephine, włączając w to przesadne zachwyty Prestona Whitewaya, ta dziewczyna musi mieć charakter.

– Tak, to rzeczywiście twarda sztuka. Może z twoją pomocą uda mi się ją rozgryźć. Tymczasem jednak naszła mnie ochota na kolejny pocałunek. Czy wezwać detektywa hotelowego i poinstruować go, żeby odgrodził nas barykadą z parawanów i palm doniczkowych?

– Mam znacznie lepszy pomysł. Pokojówki zapewne zdążyły już rozpakować moje bagaże. Chciałabym się pozbyć tych podróżnych ciuchów i wziąć kąpiel. Potem mógłbyś wpaść do mnie na górę i towarzyszyć mi, powiedzmy, przy kolacji.

– Zamówić szampana?

– Już to zrobiłam.


Jakiś czas później Marion, wykąpana i wyperfumowana, siedziała w szmaragdowozielonym peniuarze na szezlongu. Isaac przyniósł kieliszki i usiadł obok niej.

– A tak na poważnie, kochanie, powiedz mi, dlaczego nie zdecydowałeś się wziąć kilku lekcji latania? – spytała.

– Z braku czasu. Wyścig zaczyna się w przyszłym tygodniu, a ja mam pełne ręce roboty z Harrym Frostem, który próbuje zabić Josephine, i sabotażystą niszczącym aeroplany.

– Wydawało mi się, że Archie postrzelił Frosta.

– Owszem, i to trzykrotnie, z tego niemieckiego pistoleciku, który uparcie nosi przy sobie. – Bell pokręcił głową z niedowierzaniem. – Ja też go trafiłem. Musi być ranny, ale najwyraźniej niezbyt poważnie. Bankier z Cincinnati zeznał, że Frost miał spuchniętą twarz i mówił bełkotliwie, ale poza tym był zdrów jak ryba. Szczerze mówiąc, nie bardzo wiem, jak to możliwe, skoro nafaszerowaliśmy go ołowiem.

– Może nie trafiłeś?

– Nigdy nie pudłuję ze swojego browninga. Poza tym widziałem na własne oczy, jak Archie strzelał do niego z bliska. Na pewno trafił. Z drugiej strony, Frost to potężny mężczyzna. Może kule ominęły najważniejsze organy? Tak czy owak, sprawa wygląda bardzo tajemniczo.

Isaac zwykł omawiać prowadzone śledztwa ze swoją narzeczoną. Marion, która była wykształconą kobietą o bystrym, przenikliwym umyśle, zawsze potrafiła spojrzeć na problem z innej perspektywy.

– A skoro mówimy o tajemniczym braku skuteczności, to Frost przynajmniej raz spudłował, gdy mierzył do Marka Celere. To był łatwy strzał, więc doświadczony myśliwy raczej by go nie zepsuł. Odkryłem, że w karabinie, którego używał, ktoś przestawił lunetę celowniczą. To kolejny powód, dla którego tak mi zależy na odnalezieniu szczątków Celerego.

– Czy Frost podczas ataku mógł mieć na sobie jakiś rodzaj pancerza?

– Pancerz nie chroni przed kulami. Między innymi dlatego proch strzelniczy wyrugował rycerzy z pól bitewnych.

– A może kolczugę?

– To jest myśl. Dzisiejsza technologia pozwala na wyprodukowanie kolczugi zdolnej zatrzymać pocisk. Bóg jeden wie, ile by to ważyło. Parę lat temu wojsko testowało tak zwane kamizelki kuloodporne. Okazało się jednak, że są za ciężkie i jest w nich za gorąco, żeby mogły znaleźć zastosowanie praktyczne. Ale dziękuję ci, najdroższa, za podsunięcie ciekawego pomysłu. Poproszę Grady'ego Forrera, żeby jutro z samego rana puścił tym tropem swoich analityków.

Marion usadowiła się wygodniej.

– Masz jeszcze jakąś tajemnicę do rozwikłania?

– Niejedną.

– Od czego zaczniemy?

– Gdzie się podziały zwłoki Marka Celere?

– Przejdźmy do następnej.

– Dlaczego pewna Włoszka, od której kupiłem aeroplan, upiera się, że Celere wykradł sekrety jej ojca, podczas gdy Josephine twierdzi, że ojciec panny Di Vecchio pracował dla Marka, więc nie mógł mieć przed nim żadnych tajemnic?

– Jaka jest panna Di Vecchio?

– Niezwykle atrakcyjna.

– Doprawdy?

– Szczerze mówiąc, jest atrakcyjna do tego stopnia, że trudno sobie wyobrazić, aby Marco Celere, czy jakikolwiek inny mężczyzna, potrafił jej się oprzeć.

– Tobie się to jednak udało.

Bell trącił się z nią kieliszkiem.

– Jestem całkowicie uodporniony.

– Nieczuły na piękno?

– Nie, zakochany w Marion Morgan, która zaklęła moje serce – odparł z uśmiechem.

Marion odwzajemniła uśmiech.

– Może Marco wolał Josephine?

– Josephine to urocza osoba, ale daleko jej do klasy panny Di Vecchio. Całkiem ładna, zadziorna i uwodzicielska, ale to zwykła dziewczyna ze wsi, a nie żadna femme fatale. Trzeba przyznać, że jest ambitna, zwłaszcza jeśli chodzi o latanie. I naprawdę świetnie sobie radzi z prowadzeniem aeroplanów.

– Cóż, serce nie sługa.

– Nie wiemy nawet, czy Marco i Josephine byli kochankami. Archie uważa, że ona jest zakochana raczej w latających maszynach budowanych przez Celerego. A ma spore doświadczenie w tych sprawach, więc pewnie się nie myli.

– A co podpowiada ci twoje doświadczenie?

– Szczerze mówiąc, nie mam pojęcia, co o tym sądzić. Wiem tylko, że Josephine twardo trzyma stronę Marka w kwestii tego, kto komu ukradł pomysły.

– Może bardziej zależy jej na latającej maszynie niż na kochanku?

– Całkiem możliwe – zgodził się Bell. – Tak jak to, że Marco zakochał się w kobiecie, którą było stać na kupno jego latających maszyn.

– Więc wszyscy mają to, czego chcieli.

– Z wyjątkiem Harry'ego Frosta. – Oczy Bella zalśniły gniewem. – Biedny Archie. Frost zrobił okropną rzecz. Nie pojmuję, jak można używać broni załadowanej tą straszliwą amunicją.

Marion wzięła go za rękę.

– Rozmawiałam telefonicznie Lillian. Umówiłam się z nią na jutro w szpitalu.

– Jak ona to znosi?

– Jest bardzo zmęczona, ale nie traci nadziei. Biedaczka, przeżywa prawdziwy koszmar. Wiem, że stale martwiła się o Archiego, zresztą ja o ciebie też, ale ja jestem starsza, znam cię dłużej i podchodzę do tego trochę inaczej. Lillian przyznała mi się, że od powrotu z podróży poślubnej codziennie bała się, czy Archie wróci cały i zdrowy do domu. – Westchnęła i popatrzyła mu w oczy. – Czemu uparłeś się, żeby latać? To takie niebezpieczne. Czy dlatego, że martwisz się o Archiego? Może w ten sposób próbujesz odreagować?

– Zawsze ciągnęło mnie do latania – odparł.

– Przecież wiesz, że nigdy nie obarczałam cię moimi obawami o twoje bezpieczeństwo. Ale ta zabawa jest śmiertelnie niebezpieczna i w dodatku niczemu nie służy. Co zrobisz, będąc w powietrzu, jeżeli Frost zacznie do niej strzelać?

– Zastrzelę jego.

– A kto będzie prowadził aeroplan, kiedy ty zajmiesz się celowaniem?

– Potrafię sterować jedną ręką. To znaczy... wkrótce będę umiał – uśmiechnął się lekko zmieszany. – Dziś musiałem używać obu.

Marion wyciągnęła do niego ramiona.

– Czy możesz mi to zademonstrować?

# Rozdział 15

Czy mogłabyś mi wyjaśnić, na czym polega to twoje szybkie strome podejście do lądowania z wyrównaniem tuż nad ziemią? – poprosił Bell.

Wyścig zaczynał się za trzy dni, a on przygotowywał się do egzaminu, po którym miał otrzymać licencję pilota aeroklubowego.

– Nie rób tego! – odparła z uśmiechem Josephine. – To najlepsza rada, jakiej mogę ci udzielić. Naucz się schodzić stopniowo, włączając i wyłączając kontakt, i nie próbuj żadnych sztuczek, bo twoja maszyna się do tego nie nadaje.

– Przecież ma takie same *alettoni* jak twoja.

– Na pewno nie takie same – prychnęła, a uśmiech zniknął z jej twarzy.

– Usztywnienie skrzydeł jest identyczne.

– Tylko podobne.

– Tak samo wytrzymałe.

– Na twoim miejscu nie byłabym taka pewna – powiedziała poważnym tonem.

Każde nawiązanie do tego tematu wyprowadzało ją z równowagi, ale już nie twierdziła, jakoby ojciec Danielle pracował dla Marka Celere. Czyżby zaczęła dopuszczać możliwość, że prawda wyglądała zupełnie inaczej?

– A może sądzisz, że sobie z tym nie poradzę? – spytał Isaac.

Uśmiechnęła się z wyraźną ulgą, jakby zdjął z niej wielki ciężar.

– Poradzisz sobie, i to już wkrótce. Obserwowałam cię. Masz dryg do latania, a to bardzo ważne.

– Miło mi to słyszeć – odrzekł Bell. – Przecież nie mogę za bardzo od ciebie odstawać, skoro mam cię chronić.

Opracował już system ochrony Josephine, w którym on stanowił tylko jeden z elementów. Detektywi uzbrojeni w karabiny mieli wymieniać się na posterunku zlokalizowanym wagonie warsztatowym. Szybki dostęp do stanowiska ogniowego zapewniał im właz prowadzący na dach. Dwa przygotowane do drogi roadstery na platformie ciężarówki wyposażonej w rampę miały jechać za maszyną Josephine, gdyby tylko z jakiegoś powodu oddaliła się od torów kolejowych. Ponadto każdego dnia ekipa detektywów miała czekać na jej przylot w miejscu planowanego postoju.

Przed hangarem powstało jakieś zamieszanie.

Bell zasłonił Josephine własnym ciałem, w jego dłoni pojawił się browning.

– Josephine! Josephine! Gdzie się podziewa ta kobieta?

– O mój Boże – jęknęła awiatorka. – To Preston Whiteway.

– Josephine! – Whiteway wpadł jak bomba do środka. – Tu jesteś! Przywożę nowiny! Wspaniałe nowiny!

Bell schował broń do kabury. Pomyślał, że najlepszą nowiną byłaby wiadomość o aresztowaniu Frosta.

– Twoje małżeństwo z Harrym Frostem zostało anulowane! – darł się Whiteway. – Moim prawnikom udało się przekonać sąd, a głównym argumentem było to, że ten szaleniec próbował cię zabić.

– Anulowane?

– Jesteś wolna! Rozumiesz? Wolna!

Obserwując powitanie Whitewaya z Josephine, Isaac szybko pojął, o co w tym wszystkim chodzi, i stanął między wrotami hangaru.

– Cięcie! – krzyknęła Marion Morgan, a człowiek zgarbiony za wielkim, stojącym na ciężkim statywie aparatem, natychmiast przestał kręcić i puścił korbkę, jakby nagle sparzyła go w palce. Wszyscy operatorzy pracujący z Marion dobrze wiedzieli, że Bell nie życzy sobie, aby go filmować.

– Co za cudowna niespodzianka, kochanie!

Isaac uznał, że bardzo jej do twarzy w roboczym stroju. Miała na sobie szmizjerkę i długą spódnicę, a włosy upięła wysoko z tyłu, żeby nie przeszkadzały jej w patrzeniu przez obiektyw kamery.

Wyjaśniła mu, że wraz z ekipą cały ranek podąża krok w krok za Prestonem Whitewayem, kręcąc materiał do epizodu, który miał być opisany planszą

PRZYJAZD SPONSORA WYŚCIGU!!!

Wziął narzeczoną w ramiona.

– To wspaniale. Zjemy jakiś lunch?

– Nie teraz, muszę dokończyć zdjęcia – odparła i spytała ściszonym głosem: – Jak Josephine przyjęła tę nowinę?

– Odniosłem wrażenie, że stara się ostudzić ekscytację Whitewaya z powodu odzyskania przez nią wolności.

– Preston wyraźnie zmierza do tego, by poprosić ją o rękę.

– Wszystko na to wskazuje – zgodził się Bell. – Promienieje jak słońce. Włożył nowy garnitur, a twarz ma tak gładką, że chyba ryzykował życiem podczas golenia.

Ekipa filmowa ustawiła kamerę w wielkim żółtym namiocie Josephine, dokąd Preston Whiteway ściągnął przedstawicieli nowojorskiej prasy obietnicą ogłoszenia ważnej zmiany w programie zawodów. Bell miał na oku całe to zgromadzenie. Towarzyszył mu Harry Warren z nowojorskiego biura agencji, specjalizujący się w zwalczaniu gangów, który dołączył do ekipy vandornowców w Belmont Park w zastępstwie rannego Archiego.

Isaac wiedział, że spełniło się najgorętsze życzenie Whitewaya. Pozostałe gazety nie mogły dłużej ignorować zawodów o puchar jego imienia. Wyścig aeroplanów przykuwał uwagę publiczności w całym kraju. Rzecz jasna, konkurencja nie była mu życzliwa, toteż podczas konferencji prasowej, zorganizowanej dwa dni przed rozpoczęciem rywalizacji, padały otwarcie napastliwe pytania. W namiocie przekrzykiwało się nawzajem kilkudziesięciu dziennikarzy, podjudzanych przez detektywa Scuddera Smitha, który kiedyś sam był reporterem, a przynajmniej tak twierdził.

– Ten detektyw jest kompletnie pijany – mruknął Bell do Warrena. – Zawieś go na tydzień i potrąć mu to z miesięcznych poborów.

– Scudder jest w porządku – zapewnił Harry. – To część jego kamuflażu. Po prostu wczuł się w rolę.

– A kogo ma odgrywać?

– Pijanego reportera.

– Ach, tak. Dałem się nabrać.

– Czy może pan zaprzeczyć – ryczał pełen oburzenia reporter z „Telegram" – że ten krótki skok z Belmont Park na tor wyścigowy Empire City w Yonkers ma na celu wyłącznie ściągnięcie na płatną trybunę jak największej liczby widzów z Nowego Jorku?

– Czy to prawda, że z Belmont Park do Yonkers można dolecieć szybowcem? – huczał przedstawiciel „Tribune".

– Szesnaście kilometrów – prychnął człowiek z „Timesa". – Może awiatorzy przeszliby się na piechotę?

– Albo przejechali na rowerach? – dorzucił detektyw Smith.

Bell patrzył z podziwem, jak Whiteway sprytnie pozwolił wyzłośliwiać się reporterom konkurencji, aby na koniec wypalić z grubej rury. Prawdopodobnie od początku planował tę zmianę w programie wyścigu, aby wciągnąć pozostałe gazety w pułapkę.

– Z ogromną przyjemnością zaspokoję państwa ciekawość odnośnie do ostatnich zmian w programie zawodów. Trasa pierwszego etapu z metą na torze Empire City w Yonkers poprowadzi zawodników z Belmont Park w kierunku zachodnim, do oddalonej o dwadzieścia dziewięć kilometrów Statuy Wolności. Każdy awiator walczący o złoty Puchar Whitewaya zatoczy pełen krąg wokół symbolu wolności Ameryki, ku uciesze setek tysięcy obserwatorów zgromadzonych na nabrzeżach i specjalnych statkach, aby następnie skierować swoją maszynę na północ i po pokonaniu kolejnych trzydziestu pięciu kilometrów znaleźć się nad Yonkers. W ten sposób dystans przebyty pierwszego dnia zamknie się liczbą sześćdziesięciu czterech kilometrów. Dzielni lotnicy będą mieli na swej drodze okazję pokonania przeszkód wodnych w postaci zdradliwej East River oraz szerokiej Upper Bay, a na koniec odbędą lot nad środkiem rzeki Hudson, aby, z bożą pomocą, opuścić się bezpiecznie na płytę toru wyścigów konnych Empire City. Dziękuję państwu. Jestem pewien, że wydawcy z niecierpliwością oczekują waszych relacji, aby zdążyć przed konkurencją z wydrukowaniem dodatków specjalnych.

Mógł jeszcze dorzucić, że wydania specjalne jego pism właśnie trafiają do rąk nowojorskich gazeciarzy. Ale nie było takiej potrzeby. Reporterzy pognali do budek telefonicznych, klnąc na czym świat stoi, że dali się wykiwać i wydawcy obedrą ich ze skóry.

– Nienawidzę tej przeklętej statuy – powiedział Harry Frost do Gene'a Weeksa.

Siwy jak gołąb Weeks, stary morski wyga ze Staten Island, stał oparty o rumpel swojej płaskodennej łodzi do połowu ostryg, przycumowanej przy błotnistym brzegu cieśniny Kill Van Kull. Siedmiometrowa szeroka krypa wyglądała jak wiele podobnych łajb, ale pod łuszczącą się farbą i zapadniętym pokładem krył się ogromny benzynowy silnik, który zapewniał jej prędkość nieosiągalną dla innych jednostek, należących do uczciwych poławiaczy.

– A czemuż to, łaskawco?

– Ta cholerna statua przyciąga cudzoziemców. Za dużo u nas imigrantów, dość już tego skundlenia.

Weeks, którego rodzina wyemigrowała z Anglii, zanim przodkowie Frosta zeszli na ląd z pokładu „Mayflowera", nie zamierzał przerywać złorzeczeń szaleńca. Frost, chcąc wynająć łódź na przejażdżkę, pokazał, że ma pieniądze. Dużo pieniędzy. Dawniej odebrałbym mu je, a jego samego wyrzucił za burtę, pomyślał Weeks. A przynajmniej spróbowałbym to zrobić. Wariat czy nie, ale kawał chłopa, a to, co odznaczało się pod jego marynarką, raczej nie było piersiówką ani drugim śniadaniem. Jeśli więc chciał jego forsy, musiał na nią zapracować.

– To w końcu gdzie mam pana zawieźć, łaskawco?

Frost rozłożył wydanie specjalne jednej z gazet na pokrytej solną skorupą ławce obok rumpla. Przeklinając pod nosem powiewy, które usiłowały mu ją wyrwać, pokazał Weeksowi mapę z zaznaczoną trasą pierwszego etapu wyścigu o Puchar Whitewaya.

– Polecą tędy, żeby okrążyć tę cholerną statuę, a potem dalej wzdłuż rzeki.

– No i co?

Harry Frost nakreślił na mapie znak X.

– Chcę się znaleźć w tym miejscu i mieć słońce za plecami.

# Rozdział 16

Czy zmieniły się notowania Josephine? – spytał Bell bukmachera Johnny'ego Musto dwa dni przed rozpoczęciem wyścigu.

– Ani drgnęły. Nadal stoją dwadzieścia do jednego. Za tysiąc dolarów postawionych na Latającą Sympatię Ameryki dostanie pan dwadzieścia tysięcy.

– Przecież już postawiłem dwa tysiące.

– W rzeczy samej, sir. Podziwiam pański instynkt sportowca i tylko rozważam ewentualność powiększenia inwestycji. Jeśli ta mała wygra, będzie pan mógł sobie kupić roadstera i jeszcze jakąś wiejską posiadłość, żeby mieć nim dokąd jeździć.

Musto, ciągnąc za sobą wonny obłok fiołkowej wody kolońskiej, przechadzał się po płycie hipodromu pilnowany przez kilku zimnookich drabów, którzy trzymali w kieszeniach zapas gotówki i rozglądali się za glinami. Co chwilę zachęcał stłumionym głosem do wzięcia udziału w grze.

– Obstawiać, panowie. Obstawiać! Notowania? Stawiając stówkę, można zyskać pięć dyszek, jeśli sir Eddison-Sydney-I-Coś-Jeszcze w swoim nowiutkim curtissie zrobi najlepszy czas do San Francisco. To samo tyczy się Chevaliera, Francuzika powożącego bleriotem. Jeden do dwóch, panowie, jeden do dwóch. Ale jeśli Billy Thomas poleci jeszcze szybciej dla syndykatu Vanderbilta, za jedną stówkę można będzie dostać drugą.

– A co z Joem Muddem? Jak wypada? – spytał elegancki mężczyzna z grubym cygarem.

– Latająca maszyna ludu pracującego daje rzadką okazję dużej wygranej trzy do jednego. Trzysta dolarów za sto postawionych na Joego Mudda. Ale jeśli szanowny pan szuka pewniaka, to trzeba grać na sir Eddissona-Jak-Mu-Tam i zgarnąć pięćdziesiąt dolców, żeby zabrać swoją pannę do Atlantic City... Zaraz! Chwileczkę! Co jest?!

Człowiek w pasiastej kamizelce mechanika i płaskiej czapce na głowie szeptał mu coś do ucha.

– Szanowni panowie! Zmiana notowań sir Eddisona--Jak-Mu-Tama. Za stówkę już tylko czterdzieści.

– Jak to? – jęknął gracz, niezadowolony z obniżki potencjalnej wygranej.

– Wzrosły jego szanse prześcignięcia wszystkich konkurentów. Mechanicy usunęli przód jego maszyny. Stwierdzili, że nie potrzebuje przedniego steru wysokości, skoro ma drugi na ogonie. Teraz curtiss sir Eddisona-Jak-Mu-Tam poleci bez głowy. Nikt nie zdoła go pokonać.

Tej nocy sabotażysta, który sprawił, że silnik reakcyjny odbył swój ostatni, niszczycielski lot, zabijając Judda i dewastując kilka aeroplanów, czekał niecierpliwie, aż mechanicy sir Eddisona-Sydneya-Martina zakończą rutynową obsługę nowego bezgłowego curtissa. Po usunięciu przedniego steru wysokości maszyna wyglądała bardzo schludnie.

Sabotażysta przyjrzał się jej dokładnie podczas popołudniowych lotów i tak jak wszyscy znawcy obecni na płycie hipodromu stwierdził, że po modyfikacji curtiss spisuje się w powietrzu doskonale i lata nieco szybciej niż przedtem. Bukmacherzy, którzy już wcześniej zakochali się w nowym dziewięćdziesięciokonnym sześciocylindrowym silniku, wyprodukowanym przez Curtiss Motor Company, wywołali wśród graczy istny popłoch, deklarując, że bezgłowy curtiss pusher jest nie do pobicia, zwłaszcza w rękach angielskiego baroneta, niekwestionowanego mistrza rajdów lotniczych.

Wreszcie mechanicy przykryli maszynę plandeką, wyłączyli generator zasilający oświetlenie i udali się do wagonów mieszkalnych. Sabotażysta wyjął z torby na narzędzia ręczną wiertarkę stolarską i wiertło, po czym, wypatrując patrolujących vandornowców, zabrał się do dzieła.

– Pański egzamin miał się rozpocząć pięć minut temu, panie Bell.

Przedstawiciel aeroklubu czekał przy maszynie, potrząsając niecierpliwie podkładką do pisania.

Isaac wskoczył na siedzenie „Amerykańskiego Orła", rzucił kapelusz człowiekowi z obsługi, założył hełm i naciągnął gogle na oczy.

– Gotowy!

Przed chwilą skończył ustalać bieżącą taktykę z Harrym Warrenem. Andy wraz z pomocnikami trzymał maszynę w gotowości na trawiastym pasie, z podgrzanym silnikiem i podstawkami pod kołami.

– Aby otrzymać licencję pilota, musi pan wznieść się na trzydzieści metrów i wykonać lot po kręgu wyznaczonym przez wieże. Następnie wzniesie się pan na sto pięćdziesiąt metrów i pozostanie na tej wysokości dziesięć minut. Na koniec zademonstruje pan trzy metody wytracania wysokości: powolne zniżanie obszernymi kręgami w locie szybowym, stopniowe schodzenie przeplatane lotem poziomym i szybkie zejście spiralą. Czy to jasne?

Bell uśmiechnął się.

– Czy na wysokości stu pięćdziesięciu metrów mam pozostawać przez całe dziesięć minut w bezruchu, czy też wolno mi się będzie przemieszczać?

– To oczywiste, że musi się pan przemieszczać, w przeciwnym razie maszyna zwali się na ziemię. Proszę zaczynać. Nie zamierzam tracić całego dnia.

Zanim jednak motor aeroplanu na dobre obudził się do życia, spośród obłoków dymu z oleju rycynowego wyłonił się szef analityków agencji, Grady Forrer, krzycząc do Bella, aby zaczekał.

Isaac wyłączył zapłon. Gnome prychnął i zatrzymał się niechętnie. Grady wspiął się na podest podstawiony przez Andy'ego Mosera, żeby porozmawiać z Bellem.

– Wiemy już, jak Frostowi udało się ujść z życiem mimo tylu postrzałów.

– Dobra robota! Mów!

– Opowiadałem ci kiedyś, że pewien ksiądz z Chicago wyprodukował tak zwaną kamizelkę kuloodporną z wielu warstw bardzo cienkiego jedwabiu o specjalnym splocie, wyrabianego w Austrii.

– Tak, pamiętam, że wojsko jej nie chciało. Ważyła dwadzieścia kilogramów i było w niej gorąco jak w piekle.

– Dobrze pamiętasz. To teraz zgadnij, kto mimo wszystko zainwestował w jej produkcję?

– Chicago – mruknął Bell. – Jasne. Harry Frost od razu dostrzegł potencjał tkwiący w tym wynalazku. Kuloodporność to marzenie każdego przestępcy.

– A przy jego posturze duży ciężar nie stanowi problemu.

– Więc jedynym obrażeniem, jakie odniósł Frost w tym starciu, było złamanie szczęki po ciosie Archiego.

– Następnym razem walcie z armaty – doradził Forrer.

Bell polecił mu, aby poinformował o swoim odkryciu pozostałych detektywów. Noże, rewolwery i pistolety automatyczne będą nieprzydatne. Mieli uzbroić się w karabiny i dla pewności celować w głowę.

Gdy Grady Forrer odszedł, Isaac zwrócił się do egzaminatora:

– Mogę zaczynać.

Andy sięgnął do śmigła, a Bell dotknął włącznika zapłonu. Już miał krzyknąć „Kontakt!", ale zamiast tego zawołał:

– Czekaj!

Kątem oka zauważył, że przez pole biegnie wyraźnie podekscytowany praktykant z nowojorskiego biura agencji. Eddie Tobin wskoczył na podest, ponownie podstawiony przez Andy'ego, i pochylił się, żeby nikt poza Bellem nie słyszał jego słów.

– Widziano Harry'ego Frosta w Saint George – wydyszał.

Kurort St. George znajdował się na Staten Island u styku Kilt van Kull z Upper Bay. Stało tam wiele luksusowych hoteli z pięknym widokiem na nowojorski port. Przy nabrzeżu panował ożywiony ruch promów, holowników, barek z węglem, parowych jachtów, kutrów rybackich i łodzi do połowu ostryg.

– Jesteś pewien, że to był Frost?

– Wie pan, że paru moich kuzynów robi w ostrygach.

– Wiem – powiedział Bell, powstrzymując się od dalszych uwag.

Kilka rodzin ze Staten Island traktowało połów i handel ostrygami jako przykrywkę dla działalności, którą nowojorska policja portowa bez ogródek nazywała piractwem. Nikt nie miał żadnych zastrzeżeń co do uczciwości małego Eddiego, a Bell ufał mu bezgranicznie, lecz wiadomo było, że dzięki więzom krwi jest zawsze wyjątkowo dobrze poinformowany o wszelkich ciemnych sprawkach dziejących się na nowojorskich przystaniach.

– Facet, który wyglądał jak Frost, wielki, z siwą brodą i czerwoną twarzą, świecił ludziom w oczy pieniędzmi, usiłując wynająć łódź.

– O jaki rodzaj łodzi mu chodziło?

– Mówił, że ma być stabilna, jak szeroka krypa do połowu ostryg. I szybka, szybsza od kutrów policyjnych.

– Udało mu się coś znaleźć?

– Zniknęły dwie najszybsze łodzie. Obie należały do kolesi łasych na forsę. Frost, jeżeli to faktycznie był on, obiecywał sowitą zapłatę.

Bell poklepał Tobina po ramieniu.

– Dobra robota, Eddie.

Twarz praktykanta, naznaczoną bliznami po ciężkim pobiciu przez gang, rozjaśnił krzywy uśmiech. Mimo opadającej jednej powieki jego cudem ocalałe oczy zalśniły dumą z powodu pochwały z ust samego głównego śledczego.

– Co to wszystko może znaczyć, panie Bell?

– Zakładając, że to naprawdę był on, a nie jakiś oszust próbujący przeszmuglować coś ze statku albo wyekspediować za morze kompana, który uciekł z więzienia, oznacza to, że Harry Frost potrzebuje łodzi stabilnej, aby móc z niej celnie strzelać, a zarazem szybkiej, by potem uciec – odparł Isaac. Przerzucił długie nogi przez krawędź gondoli „Orła" i niczym akrobata zeskoczył na trawę. – Andy! Piorunem!

– Dokąd to, panie Bell? – zawołał egzaminator – Nawet nie zaczął pan swojej próby.

– Dokończymy kiedy indziej – odrzekł Isaac. – Teraz niestety nie mogę.

– Ale bez licencji nie będzie pan mógł wziąć udziału w wyścigu, to jest wyraźnie napisane w regulaminie.

– Wystartuję poza konkursem. Andy! Pomaluj maszynę na żółto.

– Na żółto?

– Tak, żółcią Whitewaya. Ma wyglądać tak samo jak aeroplan Josephine. Powiedz chłopakom, którzy go pilnują, że rozkazuję im udzielić ci wszelkiej możliwej pomocy, także przy malowaniu. Do rana „Orzeł" musi być żółty.

– Przecież te maszyny są prawie jednakowe – zauważył Moser. – Po przemalowaniu nie będzie można ich od siebie odróżnić.

– I o to chodzi – odparł Bell. – Zamierzam utrudnić Frostowi zadanie.

– A jeśli się pomyli i zacznie strzelać do pana?

– Strzelając, zdradzi swoją pozycję i wtedy będzie mój.

– O ile nie zabije pana pierwszym strzałem.

Isaac nie skomentował tej uwagi. Był zajęty wydawaniem poleceń swoim detektywom.

– Eddie dał nam cenną wskazówkę. Rozstawcie łodzie z ludźmi uzbrojonymi w karabiny na East River i Upper Bay, a także wzdłuż Hudson do samego Yonkers. Frost sam wejdzie w nasze sidła.

# Część 3

# „WYŻEJ I WYŻEJ MKNIE PO NIEBOSKŁONIE"

Kraksa koło Statuy Wolności

# Rozdział 17

Isaac Bell za sterami „Amerykańskiego Orla" krążył trzysta metrów nad Belmont Park, wypatrując jakichkolwiek niepokojących sytuacji, które mogłyby zakłócić rozpoczęcie wyścigu. Tego popołudnia wiał porywisty, zmienny wiatr. To właśnie z jego powodu już dwa razy przekładano oddanie wystrzału armatniego oznaczającego start zawodów. Bell, jako początkujący lotnik, wziął sobie do serca rady doświadczonych awiatorów, zalecających latanie na dużej wysokości. Josephine Josephs, Joe Mudd, porucznik Chet Bass, kierowca wyścigowy Billy Thomas, plantator bawełny Steve Stevens oraz „Francuzik" Renee Chevalier – wszyscy woleli latać wysoko z prostego powodu, który krótko i zwięźle wyłuszczył sir Eddison-Sydney-Martin:

– Kiedy lecisz wysoko i zaczniesz spadać, możesz jeszcze zdążyć wyrównać. Kiedy lecisz nisko i zaczniesz spadać, od razu walisz się na ziemię.

Z wysokości, na której się znajdował, miał wspaniały widok na cały tor wyścigów konnych Belmont Park. Trawiasta płyta hipodromu była upstrzona różnokolorowymi aeroplanami. Kłębiły się wokół nich stada mechaników, łatwych do rozpoznania po pasiastych kamizelkach i białych rękawach koszul, którzy dokonywali ostatnich regulacji płatowców i silników oraz uzupełniali paliwo w zbiornikach i wodę w chłodnicach. Pięćdziesiąt tysięcy widzów stłoczonych na trybunie powiewało białymi chusteczkami.

Zgodnie z przewidywaniami Bella, linia kolejowa została całkiem zakorkowana. Chmury węglowego dymu wisiały nad stacją, na której panował kompletny chaos. Wszystkie pociągi techniczne usiłowały wydostać się z Belmont Park i wyruszyć w podróż do Yonkers. Tor wylotowy był zapchany składami, których lokomotywy niemal stykały się z brankardami poprzedników. Długa procesja wagonów sunęła wolno i ociężale jak parada cyrkowych słoni. Załogi lokomotyw walczyły o pierwszeństwo na zwrotnicach, maszyniści gwizdali sygnałami, ile wlezie, pomocnicy klęli jak szewcy, dyspozytorzy wrzeszczeli, a konduktorzy rwali włosy z głów. Wszyscy stali się aktorami hałaśliwego, zasnutego kłębami dymu spektaklu, który miał się odtąd rozgrywać każdego ranka wraz ze startem lotników do kolejnego etapu wyścigu. Pociąg specjalny z wagonem warsztatowym „Amerykańskiego Orła" od dawna był już w Yonkers. Bell wyprawił go w drogę o północy, wraz z dwoma automobilami Thomas Flyer z odkrytym nadwoziem.

Na dachach krytych wagonów towarowych i pulmanów umieszczono barwy i nazwiska zawodników. Dzięki temu każdy z nich mógł z powietrza zorientować się, czy leci nad własnym pociągiem, czy nad pociągiem konkurenta, czy wreszcie nad zwykłym składem przemierzającym trasę w sobie wiadomym kierunku.

Jaskrawożółty pociąg Josephine był ciągnięty przez szybką lokomotywę Atlantic 4-4-2 z wielkimi kołami. Okazałą salonkę Whitewaya doczepiono na końcu składu. Od prywatnego wagonu sypialnego awiatorki dzieliły ją wagon warsztatowy i restauracyjny, pulmany mechaników, dziennikarzy i detektywów oraz lora z jego żółtym rolls-royce'em. Pociąg odsadził się daleko od reszty stawki za sprawą Bella, który polecił odprawić go w drogę jeszcze przed świtem. Na miejscu została tylko elektryczna ciężarówka GMC z drugim zestawem narzędzi. Jeśli wszystko pójdzie zgodnie z planem, pociąg specjalny dotrze do Yonkers, zanim Josephine opuści się na ziemię. Oby w czołówce, pomyślał Isaac, który postawił na nią dodatkowe tysiąc dolarów, wciskając banknoty w wypachnioną dłoń Johnny'ego Musto.

Pełznące po torze pociągi zmierzały na zachód. Piętnaście kilometrów dalej wisiał obłok nowojorskich dymów, brudząc nieskazitelny błękit nieba. Sterczące z niego drapacze chmur na Wall Street wskazywały miejsce, gdzie Dolny Manhattan wcinał się w wody, z których miał zaatakować Harry Frost.

Nowojorscy detektywi Van Dorna, pod wodzą Harry'ego Warrena i z pochodzącym ze Staten Island Eddiem Tobinem jako przewodnikiem, rozstawili się na trzech łodziach, po jednej na East River, Upper Bay i rzece Hudson. Szczodrymi łapówkami zapewnili sobie wsparcie policji portowej.

Bell doskonale zdawał sobie sprawę, że w tej sytuacji łączność między nim a resztą rozproszonego oddziału była praktycznie niemożliwa. Prowadząc operację ze stanowiska lądowego, mógł wydawać rozkazy i otrzymywać raporty za pośrednictwem telefonu, telegrafu i zmotoryzowanych gońców. Do koordynowania działań szeroko rozstawionych nielicznych patroli bardzo przydałyby się radiostacje Marconiego, które marynarka wykorzystywała do łączności z pancernikami. Niestety, telegraf bez drutu ważył znacznie więcej niż cały „Amerykański Orzeł", a w dodatku wymagał jeszcze cięższego źródła elektryczności. Isaac musiał więc zdać się na czujność i przedsiębiorczość swoich detektywów.

Rozległ się wystrzał armatni oznaczający rozpoczęcie zawodów.

Bell nie usłyszał go, ogłuszony rykiem motoru swojej maszyny, ale dostrzegł biały obłok prochowego dymu.

Aby ustalić kolejność startu, awiatorzy ciągnęli słomki. Pierwszy potoczył się po trawie ogromny biały dwupłatowiec plantatora bawełny Steve'a Stevensa, napędzany dwoma ośmiocylindrowymi widlastymi silnikami Antoinette, będącymi większą wersją motoru z aeroplanu Josephine. Zostały zamontowane przez Dmitrija Płatowa, który żartował sobie z innymi mechanikami, że duży stosunek mocy motorów do masy płatowca ledwo wystarczy do uniesienia opasłego cielska Stevensa w powietrze. Maszyna oderwała się od ziemi po niemal dwustumetrowym rozbiegu. Kołysząc się niepewnie w wirażu, zatoczyła krąg wokół wieży startowej, przy której księgowy Weiner odnotował dokładny czas odlotu. Kiedy wzięła kurs na zachód, Bell odniósł wrażenie, że porusza się zadziwiająco szybko.

Porucznik sił lądowych Chet Bass wzbił się w powietrze jako drugi swoim pomarańczowym aeroplanem, którego pełna nazwa brzmiała Signal Corps Wright 1909 Military Flyer. Za nim poderwał się czerwony dwupłatowiec Joego Mudda. Kiedy tylko Mudd okrążył wieżę startową, wyprzedził go niebieski „bezgłowy" curtiss sir Eddisona-Sydneya-Martina. Jedna za drugą maszyny odrywały się od ziemi, zataczały koło wokół wieży startowej i odlatywały w kierunku Statuy Wolności.

Josephine, która wyciągnęła najkrótszą słomkę, wystartowała ostatnia, podrywając swego celere po zaledwie osiemdziesięciometrowym rozbiegu. Potem zanurkowała niebezpiecznie blisko ziemi, aby nabrać prędkości przed okrążeniem wieży startowej, i pomknęła jak strzała prosto na zachód. Bell podążył za nią. Leciał wyżej i nieco z tyłu, błogosławiąc w duchu Andy'ego Mosera, który wyregulował jego gnome'a jak zegarek, dzięki czemu mógł dotrzymać kroku maszynie Josephine, napędzanej przez potężny motor Antoinette.

Wkrótce miejsce przesuwających się pod nim rozległych pól uprawnych Nassau zajęły dachy gęstej zabudowy Brooklynu. Sięgał wzrokiem na kilka kilometrów, ale zupełnie nie widział szczegółów. Gdyby Frost nagle zaczął strzelać, ukryty za jakimś kominem czy gołębnikiem lub między suszącym się na sznurach praniem, pierwszą oznaką jego obecności, jaką Isaac mógłby dostrzec z powietrza, byłyby dziury w aeroplanie Josephine. Albo w moim, pomyślał ponuro, wszak oba były żółte i bliźniaczo do siebie podobne.

Josephine co chwilę korygowała kurs z powodu zmiennych prądów powietrznych i powiewów wiatru. Ewentualne stanowisko Frosta mogło się więc znaleźć kilkaset metrów na lewo lub prawo od trasy przelotu. Wtedy te same obiekty, które zasłaniały go przez wzrokiem Bella, uniemożliwiłyby mu oddanie celnego strzału. Czyli wszystko wskazywało na to, że jako wytrawny myśliwy będzie wolał strzelać z powierzchni wody.

Bell dostrzegł jej połyskującą taflę po dziesięciu minutach od chwili, gdy Josephine wzbiła się w powietrze.

Rozległy akwen nowojorskiego portu był zbiorowiskiem rzek i zatok, zatłoczonym holownikami, flotyllami promów z obserwatorami wyścigu, barkami, pasażerskimi parowcami, buchającymi dymem frachtowcami, czteromasztowymi żaglowcami, kutrami rybackimi, krypami do połowu ostryg, łodziami wiosłowymi, motorówkami i lichtugami. Po prawej Bell widział rozpięty nad East River most Brooklyński, łączący Brooklyn z Manhattanem. Biały pancernik w towarzystwie maleńkich holowników płynął po rzece do stoczni marynarki wojennej. Inne, już pokryte nowym szarym kamuflażem, stały na cumach przy pirsie remontowym, gdzie wyposażano je w nowoczesne maszty kratownicowe.

Na wprost przed nim Brooklyn kończył się na kanale Buttermilk, wąskim przesmyku, za którym leżała Wyspa Gubernatora. Środkową część kanału patrolowała duża motorówka z białym płóciennym znakiem V jak Van Dorn rozpiętym na pokładzie. Między Wyspą Gubernatora a Statuą Wolności rozciągał się półtorakilometrowy pas otwartych wód.

Niemal stumetrowy posąg pokryty zieloną patyną stał na granitowym cokole, który wzniesiono pośrodku otoczonego murem w kształcie gwiazdy starego kamiennego fortu na Bedloe's Island. W pobliżu wysepki szybka parowa łódź wycieczkowa oznaczona literą V uwijała się między promami, barkami i prywatnymi jachtami pełnymi widzów, którzy machali kapeluszami i chusteczkami.

Bell zauważył, że biały dwupłatowiec Steve'a Stevensa zdążył już okrążyć punkt kontrolny i teraz leciał na północ w górę rzeki Hudson. Po piętach deptał mu rajdowiec Billy Thomas w zielonym curtissie. Za nimi podążało czterech kolejnych zawodników. Joe Mudd właśnie kończył okrążenie wokół statuy, mając tuż za sobą dwóch następnych uczestników wyścigu. Nigdzie natomiast nie było widać niebieskiego bezgłowego curtissa sir Eddisona-Sydneya-Martina. Isaac pomyślał, że Josephine ma powody do zmartwienia. Pewnie sądzi, że Anglik odsadził się daleko od Stevensa i już popija herbatę w Yonkers.

Zdjął lewą rękę ze steru, sięgnął po zawieszoną na szyi lornetkę i zaczął lustrować powierzchnię wody w poszukiwaniu łodzi podobnych do tych, które prawdopodobnie wynajął Frost. Na północy dostrzegł kilka holowników oraz dwa ogromne promy, które płynęły z dużą prędkością przesmykiem między Wyspą Gubernatora a najeżonym pirsami czubkiem Dolnego Manhattanu, zostawiając za sobą potężne ślady torowe. Popatrzył przed ich dzioby i zobaczył jasnoniebieską maszynę pogrążającą się w falach. Bezgłowy curtiss sir Eddisona-Sydneya-Martina wpadł do zatoki. Kadłub i dolne skrzydło były już pod wodą.

W tym momencie „Orzeł" zachwiał się, jak auto zsuwające się bokiem do rowu. Bell puścił lornetkę i chwycił ster obiema rękami. Wyrównał, po czym znów uniósł lornetkę do oczu. Ustawiwszy ostrość na wrak aeroplanu, zauważył Anglika, który siedział na górnym skrzydle w przekrzywionych goglach, bez hauby na głowie, i ze stoickim spokojem palił papierosa. Kiedy pierwszy holownik zbliżył się, aby wyłowić go z wody, swobodnym ruchem ręki pozdrowił załogę.

Isaac już miał wrócić do obserwacji łódek, ale jego maszyna znalazła się w strumieniu niespokojnego powietrza. Znów musiał chwycić sterownicę obiema rękami. Aeroplan dygotał coraz mocniej. Bellowi przemknęło przez głowę, że musiał trafić na miejsce, w którym wiatry wiejące wzdłuż rzek ścierały się nad Zatoką Nowojorską z morską bryzą. Coraz silniejsze powiewy brały maszynę w obroty, jakby testując wytrzymałość skrzydeł zaprojektowanych przez Di Vecchia.

Nagle aeroplan przechylił się na skrzydło, gwałtownie skręcił w prawo i runął w dół.

# Rozdział 18

Bell zareagował instynktownie, próbując wyprowadzić maszynę z zakrętu za pomocą steru kierunku. Obrócił koło sterowe i jednocześnie ściągnął jego kolumnę na siebie, aby unieść nos aeroplanu. Bez skutku. „Amerykański Orzeł" zacieśnił zakręt i jeszcze bardziej pochylił się na burtę. Tym razem instynkt zawiódł Isaaca. Śmigło celowało w bezkresne niebo, statki stojące w porcie nagle znalazły się pod jego prawym ramieniem, a potem, zanim zorientował się, gdzie popełnił błąd, cały świat stanął dęba.

Kątem oka dostrzegł rozmytą żółtą plamę, która w zastraszającym tempie urosła do wielkich rozmiarów. To była maszyna Josephine. Przemknął kilka metrów obok niej z prędkością ekspresowego pociągu. Wyobraził sobie reakcję Joego Van Dorna na wieść, że główny śledczy jego agencji, odpowiedzialny za bezpieczeństwo Latającej Sympatii Ameryki, zderzył się z nią na oczach miliona widzów.

Prędkość! To była pierwsza odpowiedź Josephine na każde pytanie z techniki latania. Prędkość jest twoim przyjacielem. Tylko dzięki niej maszyna utrzymuje się w powietrzu.

Bell przekręcił koło sterowe w neutralne położenie i zamiast ciągnąć, odepchnął kolumnę. Potem, delikatnie, jakby powodował spłoszonym koniem, przesunął ją w bok. *Alettone* na lewym skrzydle uniosło się, a na prawym wychyliło w dół. „Amerykański Orzeł" zaczął się prostować, opuścił łeb i przyspieszył.

Po kilku sekundach udało mu się wyrównać. „Orłem" wciąż rzucało na boki, ale teraz zachowywał się jak aeroplan, a nie jak spadający kamień. Prędkość jest najważniejsza, powtórzył Bell w duchu, odzyskawszy kontrolę nad maszyną. W teorii wydaje się to proste, zwłaszcza gdy lot jest spokojny, ale pod wpływem chwili łatwo o tym zapomnieć.

Wicher powstały na skutek ścierania się mas powietrza znad lądu i morza, który przed chwilą niemal doprowadził go do zguby, nie dawał za wygraną. Co gorsza, nie pokazał jeszcze wszystkiego, na co było go stać. Gwałtowny, niewidoczny wir, znacznie silniejszy od poprzedniego, tym razem pochwycił Josephine.

Szczęśliwie dla Bella, tylko otarł się o jego maszynę, za to z całą siłą zaatakował celere Latającej Sympatii Ameryki. Wytrącony z równowagi jednopłatowiec pochylił się na skrzydło i w mgnieniu oka runął w dół w niekontrolowanym, płaskim korkociągu.

Od lewego skrzydła spadającego celere odpadł jakiś element i trzepocąc, wlecze się za nim, utrzymywany linkami sterowymi. Isaac zorientował się, że to *alettone*, ruchoma

194

klapa mocowana do tylnej krawędzi płata. Nagle linki pękły i płaska część odleciała, jak liść niesiony podmuchem wiatru. Gdyby nie fakt, że sam miał pełne ręce roboty z utrzymaniem maszyny w równowadze, Bell pewnie pomyślałby, że to Frost celnym trafieniem z karabinu dużego kalibru odstrzelił fragment skrzydła aeroplanu byłej żony. Ale tym razem przyczyną kłopotów awiatorki nie była napaść szalonego zadrośnika. To sama Matka Natura pokazała swe gniewne oblicze. I chociaż w jej działaniu trudno było się doszukać złośliwej premedytacji, jego skutki mogły być równie opłakane.

Josephine zareagowała bez wahania. Prędkość!

Widział, jak pochyla się do przodu, całą masą swojego drobnego ciała napierając na kolumnę sterową. Próbowała opuścić nos maszyny, aby przejść do lotu nurkowego. Jednocześnie starała się przeciwdziałać obrotom, wychylając nieuszkodzone *alettone*.

Bell napiął wszystkie mięśnie, jakby chciał siłą woli pomóc jej w wyprowadzeniu maszyny. Wydawało się jednak niemal pewne, że ani zimna krew, ani błyskawiczny refleks, ani ogromne doświadczenie Josephine nie zdadzą się na nic w walce z porywami wiatru i jej uszkodzony aeroplan zakończy swój lot w morskich falach.

Pośród wód otaczających Statuę Wolności Bell dostrzegł niewyraźne jaśniejsze plamy. To widzowie zgromadzeni na niezliczonych łodziach i statkach wpatrywali się w spadającą maszynę. Tysiące twarzy zastygło w niemym przerażeniu.

Szybkim ruchem ręki Isaac wyłączył silnik i wprowadził „Orła" w nurkowanie, zniżając się pod dużym kątem krok w krok za maszyną Josephine. Tyleż desperacki, co chybiony impuls kazał mu trzymać się blisko niej, jakby w ten sposób mógł jej w czymkolwiek pomóc. Wraz z rosnącą prędkością jego aeroplanu stalowe cięgna usztywniające skrzydła zaczęły gwizdać i syczeć coraz głośniej.

Trzydzieści metrów nad wodą celere pogłębił przechył na skrzydło w ostrym zakręcie, wychodząc na kurs kolizyjny z kolumnadą cokołu Statuy Wolności. Jakimś cudem Josephine zdołała wyprowadzić maszynę do poziomu i teraz leciała dokładnie pod wiatr, który, jak wskazywały łopoczące flagi, wiał od południa. Obniżyła lot i lewym ślizgiem ominęła statuę. Widok ten obudził w Bellu nadzieję – najwyraźniej próbowała usiąść na wąskim skrawku trawnika między kamiennym murem gwiaździstego fortu a wodami zatoki.

Miejsca było tam niewiele więcej niż w przydomowym warzywnym ogródku. Spłachetek trawy miał najwyżej sześćdziesiąt metrów długości, a jego szerokość tylko nieznacznie przewyższała rozpiętość skrzydeł aeroplanu. To jednak w zupełności wystarczyło sprawnej awiatorce. Celere musnął ziemię kołami na samym początku trawnika, leciutko się odbił, zarzucił w bok i znieruchomiał. Po wyjściu z nurkowania i ponownym uruchomieniu silnika Bell stwierdził, że żółty aeroplan stoi na samym końcu wyspy, pół metra od krawędzi wysokiego brzegu.

Josephine wydostała się z gondoli i podeszła do skrzydła, wpatrując się w miejsce, z którego odpadło *alettone*. Potem, jakby naśladując kolosalną postać stojącą na cokole z uniesioną pochodnią, wyciągnęła w górę rękę i pomachała do tłumów obserwujących ją z pokładów statków i łodzi. Poblade z przerażenia twarze w mgnieniu oka znikły za zasłoną powiewających chusteczek, którymi ludzie wyrażali podziw dla opanowania i odwagi awiatorki.

Widząc, że parowa łódź z vandornowcami podpływa do Bedloe's Island, Bell zawrócił maszynę tuż przed klasycznym nosem Statuy Wolności i z prędkością stu kilometrów na godzinę pomknął w górę rzeki Hudson. Niszczycielskie siły natury zadziałały na jego korzyść, dając mu szansę, której nie zamierzał zmarnować. Josephine po szczęśliwym lądowaniu wkrótce znajdzie się pod opieką detektywów i jedyną żółtą maszyną nadal utrzymującą się w powietrzu pozostał jego „Orzeł". Jeżeli Harry Frost czai się gdzieś na dalszym odcinku trasy, będzie musiał ku niemu zwrócić swe mordercze zapędy.

Nie musiał długo czekać.

Cztery minuty później, kiedy po przebyciu sześciu kilometrów w górę zasnutej dymem rzeki mijał centralną część Manhattanu z prawej, a wcinające się w wodę pirsy portu Weehawken z lewej strony, tuż koło głowy świsnęła mu kula wystrzelona z karabinu.

# Rozdział 19

Następna kula z suchym trzaskiem przeszyła konstrukcję maszyny. Trzecia uderzyła w kadłub tuż za Bellem i wstrząsnęła oparciem jego siedzenia. Czwarta zrykoszetowała od wierzchołka trójkątnego wspornika nad skrzydłem. Isaac wyraźnie odczuwał uderzenia ciężkich grudek ołowiu. Domyślił się, że to pociski .45-70, wystrzeliwane z marlina, ulubionej broni Frosta. Piąty trafił w ogon aeroplanu z taką siłą, że aż zadrżała kolumna sterowa. Teraz pociski nadlatywały z tyłu. Musiał minąć stanowisko Frosta i wychodził z zasięgu strzału.

Zawrócił prawie w miejscu, zwijając „Orła" w ciasnym wirażu, i szukał wzrokiem łodzi, z której prowadzono ogień. Kiedy padły pierwsze strzały, leciał nad samym środkiem rzeki. Miała w tym miejscu szerokość półtora kilometra, snajper nie mógł się więc ukrywać na żadnym z pomostów widocznych przy obu brzegach. Byłby za daleko, by oddać tyle celnych strzałów. Musiał znajdować się gdzieś w dole, pod warstwą unoszącego się nad wodą oparu mgły i dymu, wśród podążających w różnych kierunkach holowników, barek, lichtug, promów kolejowych i pasażerskich, łodzi motorowych i żaglowców.

Bell dostrzegł krótki szary kadłub szerokiej jednostki, która płynęła z dużą prędkością między zastawionym wagonami towarowymi trzytorowym promem kolejowym a trójmasztowym szkunerem z żaglami wydętymi wiatrem. Zszedł niżej, aby przyjrzeć się jej z bliska. Stara krypa do połowu ostryg poruszała się bardzo szybko, zostawiając za sobą biały, spieniony kilwater i smugę niebieskawego dymu z benzynowego silnika. Sternik stał na rufie, całym ciałem oparty o rumpel. Wyjęty z jarzma maszt spoczywał płasko na pokładzie, a obok niego leżał na plecach pasażer łodzi. Był to potężny mężczyzna postury Harry'ego Frosta. Wyglądał jak nieżywy, ale gdy aeroplan zbliżył się do łodzi, Bell dostrzegł słoneczny refleks na długiej lufie karabinu.

Prawą ręką sięgnął po pistolet, a lewą lekko odepchnął sterownicę. Frost zapewne zdziwił się na widok zawracającego aeroplanu swojej małżonki, ale prawdziwą niespodziankę będzie miał dopiero teraz, kiedy się zorientuje, że popełnił błąd, a żółta maszyna jest tylko podobna do celere Josephine.

„Orzeł" nurkował prosto na szeroką krypę. Isaac oparł rękę z pistoletem na krawędzi gondoli, wycelował w leżącą na wznak postać i trzy razy pociągnął za spust. Dostrzegł drobne kawałki drewna, wyrwane z pokładu uderzeniem pierwszego pocisku. Drugi odłupał długą drzazgę z drzewca masztu. Przy trzecim strzale aeroplan drgnął w niespokojnym powietrzu i kula poszła panu Bogu w okno.

Maszyna przeleciała nad krypą tak nisko, że Bell zdołał usłyszeć huk wściekłej odpowiedzi z potężnej broni Frosta. Trzy strzały zostały oddane tak szybko, że pociski prawie jednocześnie wybiły trzy otwory w skrzydle, niecały metr od ramienia Isaaca, a „Orzeł" zadrżał, jakby trafiła go kula armatnia.

– A strzelaj sobie, ile wlezie – mruknął Bell, świadomy, że nie może już liczyć na efekt zaskoczenia wynikający z podobieństwa dwóch żółtych aeroplanów.

W mgnieniu oka łódź została za nim, więc znów położył maszynę na skrzydło w zakręcie. Po wejściu na przeciwny kurs zauważył, że krypa ucieka z dużą prędkością w stronę Weehawken. Z tej wysokości widać było bezładne skupisko torów kolejowych, biegnących od dwunastu pirsów przeładunkowych do stacji towarowej, oraz rozległą zagrodę zapchaną tysiącami sztuk bydła. Zwożono je z Zachodu pociągami i tu przeładowywano na statki i łodzie, którymi odbywały swoją ostatnią podróż przez rzekę do licznych rzeźni na Manhattanie.

Bell przypikował, nadleciał nad krypę od tyłu i raz po raz strzelał z pistoletu. Wiatr wiejący tuż nad powierzchnią wody nie pozwalał mu utrzymać stałej wysokości i kierunku lotu, utrudniając celowanie, za to Frost, który prowadził ogień z bardziej stabilnej platformy, zasypywał go gradem ołowiu, trafiając niemal za każdym razem. Isaac dostrzegł kolejną dziurę w skrzydle. Kula drasnęła go w policzek.

Jeden z pocisków zawadził o cięgno podtrzymujące skrzydło i metalowa linka, naprężona wielotonowym naciskiem, pękła z głośnym trzaskiem.

Bell wstrzymał oddech, spodziewając się, że pozbawione podparcia skrzydło odpadnie od kadłuba. Obciążenie rosło przy każdym manewrze, a on wciąż musiał wykonywać zwroty, i to szybkie, robiąc kolejne naloty na łódź, zanim ta dobije do nabrzeża. Wiedział, że kiedy Frost znajdzie się na lądzie, jego szanse na ucieczkę znacznie wzrosną. Przelatywał więc co chwilę nad krypą, strzelając z bezużytecznego pistoletu, i obiecywał sobie w duchu, że jeśli wyjdzie z tego żywy, każe mechanikom wyposażyć „Orła” w obrotową podstawę do zamontowania karabinu.

Przy nabrzeżu, do którego płynął sternik Frosta, z jednej strony stał szkuner z ożaglowaniem gaflowym, a z drugiej kliper ze stalowym kadłubem, rozładowujący transport guana. Maszty i gęste olinowanie obu żaglowców szczelnie osłaniały nabrzeże, uniemożliwiając Isaakowi dalsze ostrzeliwanie Frosta, który właśnie szykował się do zejścia na ląd.

Krypa podeszła burtą do zwieszającej się z pirsu drabiny, na którą Frost wdrapał się ze zręcznością niedźwiedzia grizzly. Znalazłszy się na nabrzeżu, przystanął i przez dłuższą chwilę przyglądał się krążącemu w górze Bellowi. Potem triumfalnie pomachał mu na pożegnanie i ruszył pędem w kierunku brzegu. Na drodze stanęli mu dwaj mężczyźni w kapeluszach z szerokim rondem, zapewne detektywi kolejowi. Powalił obu, nawet nie zwalniając kroku.

Bell powiódł wzrokiem po okolicy, ale nie znalazł ani kawałka równego trawiastego pola. Stacja kolejowa była zapchana pociągami towarowymi, a zagrodę szczelnie wypełniały potężne opasy. Została mu tylko jedna możliwość: walcząc z bocznym wiatrem, usiąść na nabrzeżu równoległym do tego, na które wyszedł Frost. Miał nadzieję, że znajdzie się tam osiemdziesiąt metrów wolnej przestrzeni. Widział, że lokomotywa manewrowa właśnie ściąga z nabrzeża sznur wagonów towarowych w kierunku stacji. Ale wciąż kręciło się po nim kilku sztauerów z taczkami, a jakiś konny zaprzęg wciągał pojedynczy wagon na drugi tor.

Silnik schodzącej w dół maszyny prychał włączanym i wyłączanym kontaktem. Hałas wystraszył konie, które zatrzymały się na torze. Kiedy zwierzęta zobaczyły wielki żółty kształt spadający z nieba prosto na nie, zaczęły cofać się w popłochu, wpadając na siebie nawzajem. Sztauerzy porzucili taczki i rozpierzchli się na boki.

Nabrzeże miało dwadzieścia pięć metrów szerokości, dwa razy więcej od rozpiętości skrzydeł „Amerykańskiego Orła".

Bell sprowadził maszynę na środek drewnianej powierzchni pirsu, między dwoma torami. Amortyzowane gumowymi taśmami koła, które przyjęły na siebie pierwsze uderzenie, uniosły się w górę, i wtedy płozy zetknęły się z podłożem. Podczas lądowania na trawie płozy działają jak hamulce, ale że deski są znacznie gładsze niż darń, „Orzeł" jechał jak narciarz po śniegu, prawie nie wytracając prędkości. W końcu zawadził o taczkę, która zaplątała się w podwozie i gwałtownie zahamowała aeroplan. Aeroplan zadarł ogon i stanął dęba, opierając się silnikiem o podłoże. Dwuipółmetrowe śmigło z drewna orzechowego pękło jak zapałka.

Bell wyskoczył z kokpitu i zmieniając w biegu magazynek, popędził wzdłuż nabrzeża, na które zszedł Frost. Przycumowane tam statki zasłaniały uciekiniera, więc Isaac dostrzegł go, gdy ten był już na lądzie i gnał w stronę zagrody.

Następny kolejowy glina nieopatrznie próbował zastąpić mu drogę. Frost położył go jednym ciosem, wyrwał mu rewolwer zza pasa i pobiegł dalej. Gdy chwilę później czwarty gliniarz wyciągnął broń i kazał mu się zatrzymać, przystanął posłusznie, odwrócił się, wycelował i strzelił, kładąc mężczyznę trupem. Potem powiódł wzrokiem dookoła, jakby szukał kolejnego śmiałka, który spróbuje go zatrzymać.

Bell znajdował się prawie sto metrów od niego, za daleko na celny strzał z pistoletu, nawet jeśli był nim najnowszy model browninga. Przyspieszył więc, a zbliżywszy się na odległość siedemdziesięciu metrów, oparł pistolet na przedramieniu, wycelował w głowę Frosta i miękko zgiął palec na spuście. Poczuł ogromną satysfakcję, gdy usłyszał bolesny skowyt.

Frost złapał się za ucho, a jego skowyt przeszedł we wściekły, zwierzęcy ryk. Uniósł rewolwer i opróżnił bębenek, strzelając do detektywa. Niecelnie. Kule ze świstem przeleciały tuż koło Bella. Odrzucił bezużyteczną broń i ruszył w kierunku zagrody. Przerażone woły odsunęły się od płotu, a kiedy Frost przeskoczył przez ogrodzenie, zaczęły się cofać w popłochu.

Jeden dał susa nad grzbietem sąsiedniego i spadł na barierę, przewracając część ogrodzenia. Zwierzęta ruszyły gromadnie w powstałą wyrwę. Pod ich naporem runął cały płot. Stado rozpierzchło się na wszystkie strony – ku stacji kolejowej, drodze prowadzącej do Weehawken i nabrzeżom, które Bell miał za plecami. Po chwili oddzieliły go od uciekiniera setki wołów.

Próbował odstraszać galopujące i zderzające się rogami zwierzęta, strzelając w powietrze, ale bez skutku. Gdy jedno cofało się, inne zaraz szarżowały prosto na niego. Poślizgnął się na pokrytym odchodami bruku i niemal stracił grunt pod nogami. Gdyby upadł, zostałby zdeptany na miazgę. Natarł na niego ogromny wół z białym pyskiem, krzyżówka teksańskiego longhorna z herefordem, którą dobrze pamiętał z lat spędzonych na Zachodzie. Byki tej rasy są na ogół łagodne, ale ten roztrącał jak kręgle mniejszych pobratymców stojących mu na drodze.

Isaac schował broń do kabury, by oswobodzić ręce. Wiedział, że jeśli nie wydostanie się z oszalałego stada, zginie. Nie mając nic do stracenia, rzucił się w przód, złapał wielkiego byka za rogi, przeleciał nad białym łbem i wylądował na grzbiecie zwierzęcia. Zwarł kolana, zacisnął dłoń na kępie kudłów między rogami, ściągnął skórzany hełm lotniczy i machnął nim jak jeździec kapeluszem, dosiadłszy dzikiego mustanga.

Przerażony byk puścił się dzikim galopem, wyrwał z kłębowiska zwierząt, przesadził zwalone ogrodzenie i wpadł z powrotem do pustej teraz zagrody. Bell zeskoczył z jego grzbietu i stanąwszy na chwiejnych nogach, rozejrzał się. Frosta nigdzie nie było widać.

Przeczesał każdy metr brukowanego korralu w poszukiwaniu zdeptanego trupa, zajrzał do szop i pod stojący na podwyższeniu kantor. Sam uratował się tylko dzięki ogromnemu szczęściu, więc nie sądził, aby fortuna okazała się równie łaskawa dla Frosta. Nie znalazł jednak ani jego ciała, ani też upuszczonej broni, podartego płaszcza czy zgniecionego kapelusza.

Frost zniknął jak kamfora.

Isaac nie przestawał szukać, a tymczasem z nabrzeży, stacji kolejowej i drogi do miasta schodzili się poganiacze, sprowadzając powłóczące nogami, zmęczone zwierzęta, które nie stanowiły już żadnego zagrożenia. Przedwieczorny cień rzucany przez urwiste klify Palisad robił się coraz dłuższy, kiedy między brukowcami natknął się na okrągły otwór obramowany cegłami i częściowo zasłonięty grubą żelazną tarczą. Przyklęknął, żeby przyjrzeć się z bliska, i zauważył wypukłe cyfry: 1877.

– Co to jest? – spytał przechodzącego poganiacza.

– Pokrywa włazu – usłyszał w odpowiedzi.

– Tyle to i ja wiem. Co jest pod spodem?

– Chyba stary kanał ściekowy. Jest ich tu kilka. Kiedyś odprowadzały gnojówkę. Cholera, co za czort to przesunął? Waży chyba z pół tony.

– Wystarczył jeden osiłek – mruknął Bell w zadumie. Zajrzał pod pokrywę i zobaczył ceglany szyb. – Czy kanał dochodzi do rzeki?

– Kiedyś dochodził. Teraz pewnie kończy się pod którymś z pirsów. Widać stąd miejsca, gdzie zasypano rzekę gruzem, tworząc główki pod budowę pomostów.

Bell ruszył na poszukiwanie latarki. Gdy udało mu się ją kupić od jednego z kolejowych gliniarzy, wrócił i zszedł do szybu. Ruszył niskim tunelem w stronę rzeki. Kanał biegł prosto i lekko w dół. Śmierdziało w nim wilgotną stęchlizną i krowim łajnem. Po pokonaniu około czterystu metrów Isaac natknął się na pionowy drewniany słup, którego podstawę otaczały pokruszone cegły. Robotnicy wbijający pale pod budowę nabrzeża musieli nieświadomie przedziurawić nieużywany kanał ściekowy.

Przecisnął się między ścianą a słupem i poszedł dalej, słysząc wyraźny szum płynącej wody. Cegły zrobiły się śliskie. W świetle latarki zobaczył na ścianach zielonkawy osad, sięgający na wysokość, do której kanał był zalewany wodą podczas przypływu. Minął kolejny słup i po chwili dotarł do wylotu kanału. Czterdzieści lat temu w tym miejscu znajdował się brzeg, przesunięty w głąb rzeki przez budowniczych portu.

U jego stóp podążał w stronę morza wartki strumień słonych wód pływowych zmieszanych ze słodką wodą niesioną przez rzekę. Nad głową miał drewnianą kratownicę z grubych pali i desek, stanowiącą konstrukcję nabrzeża. Stanął na ceglanym obramowaniu wylotu kanału i rozejrzał się dookoła.

Nagle rozległ się głos:

– Co tak długo?

Ledwie Bell dostrzegł w świetle latarki zakrwawioną brodatą twarz, pięść Harry'ego Frosta trafiła go z siłą kafara.

# Rozdział 20

Isaac Bell boksował przez cały czteroletni okres studiów, a pracując w Agencji Van Dorna, miał w ciągu minionych dziesięciu lat sporo okazji do doskonalenia swoich umiejętności w tej szlachetnej dyscyplinie sportu. Podczas śledztwa prowadzonego w Arizonie udawał wędrownego zawodowego boksera, w ramach innego dochodzenia spędził jakiś czas wśród drwali. I właśnie dzięki dużemu doświadczeniu w przyjmowaniu ciosów instynktownie poddał się potwornej sile uderzenia.

Myśli i obrazy zawirowały mu w głowie jak łopatki tur-biny. Kojarzył zdarzenia, które działy się zbyt szybko, aby można je było zarejestrować. Na jednym obrazie widział pięść Frosta zmierzającą ku jego twarzy. Na drugim – siebie, przyłapanego z bezradnie opuszczonymi rękami. Gdyby padł u stóp napastnika, byłoby po nim. Miał tylko jedną szansę przeżycia: nie dać się trafić kolejnym ciosem.

Harry Frost przysłużył się Bellowi, strącając go w wartki nurt rzeki Hudson.

Prąd był bystry, gdyż podczas odpływu rosła prędkość, z jaką rzeka toczyła swoje wody do oceanu.

Twarz Isaaca pulsowała bólem, w głowie dudniło mu jak w studni.

Widział, jak Frost zsuwa się po wąskim pasie błotni-stego gruntu odsłoniętego przez odpływ, a potem, walcząc z prądem, wygląda zza pali odchodzących od lądu w stronę środka rzeki. Przypominało to dreptanie psa, który chciałby wskoczyć do wody za piłką, ale boi się utonąć.

Bell chwycił się kurczowo pala, na który zepchnął go silny nurt. Od napastnika dzieliło go zaledwie około pięciu metrów.

– Frost! – krzyknął. – Daj sobie spokój!

Spodziewał się usłyszeć wiązankę siarczystych prze-kleństw, tymczasem bandyta zaniósł się śmiechem. I wcale nie był to śmiech szaleńca.

– Idź do diabła – powiedział niemal radosnym tonem.

– To koniec! – zawołał Bell. – Nie uciekniesz nam!

Frost znów zarechotał.

– Nie złapiecie mnie, zanim nie dopadnę Josephine.

– Niczego nie zyskasz, zabijając swoją biedną żonę. Odpuść, dopóki nie jest jeszcze za późno.

Frost przestał się śmiać, a jego zakrwawioną twarz wy-krzywił gniewny grymas.

– Biedną żonę? – powtórzył i wrzasnął ze złością: – Nie masz pojęcia, co oni zamierzali zrobić!

– Kto? O czym ty mówisz?

Frost spojrzał detektywowi w oczy.

– Nic nie wiesz – rzucił z goryczą i wzruszył ramionami. – A teraz uważaj.

Ukucnął, pogrzebał chwilę w błocie, po czym wyprostował się, dzierżąc w dłoniach browninga należącego do Bella.

– Upuściłeś go, kiedy wpadałeś do wody. Łap! – zawołał i rzucił mu pistolet.

Isaac złapał go w locie. Zacisnął dłoń na ubłoconej kolbie i odbezpieczył.

– Stój! Ręce do góry!

Frost odwrócił się plecami i trzymając się pali, ruszył pod prąd w górę rzeki.

– Ręce do góry! – powtórzył Bell.

– Nie boję się ciebie! – usłyszał w odpowiedzi. – Jesteś nikim. Padłeś po pierwszym ciosie. Po prostu uciekłeś.

– Nie ruszaj się!

– Nie starczyło ci ikry na przyjęcie drugiego ciosu, więc na pewno nie potrafisz strzelić mi w plecy.

Bell próbował wycelować w nogi Frosta, aby go obezwładnić i potem wyciągnąć na brzeg. Szło mu jednak kiepsko. Był zdrętwiały z zimna, a od nokautującego uderzenia kręciło mu się w głowie. Siłą woli zdołał unieruchomić lufę. Teraz musiał jeszcze zgiąć palec na spuście, powoli, żeby nie spudłować.

– Boisz się pociągnąć za spust – zakpił Frost.

Isaac miał wrażenie, że browning jest dziwnie ciężki. Czyżby zaczynał tracić przytomność? Nie, pistolet naprawdę zrobił się cięższy. Dlaczego Frost rzucił mu broń, zamiast zwyczajnie go zastrzelić? Zdjął palec ze spustu, przestawił bezpiecznik i zajrzał w lufę. Była zatkana błotnistą mazią.

Oto przykład perfidii Frosta: włożył pistolet w błoto, zapychając lufę, żeby broń wybuchła w momencie strzału. Właśnie czegoś takiego można było się spodziewać po człowieku, który wrzucał wygięte podkowy w okna terroryzowanych ofiar. Zmasakrowana dłoń głównego śledczego miała stanowić przestrogę dla innych detektywów Agencji Van Dorna. Nie zadzierajcie z Harrym Frostem – brzmiał komunikat.

Isaac zanurzył pistolet w wodzie i poruszał nim energicznie, usiłując przepłukać lufę. Jeżeli mu się uda, może zdąży oddać jeden czy dwa strzały. Ale po chwili bandyta zniknął mu z oczu.

– Frost! – zawołał Bell.

Odpowiedział mu tylko śmiech, dobiegający spod sąsiedniego nabrzeża.


– Gdzie jest Josephine?! – wydarł się Isaac do telefonu w kantorze przy zagrodzie.

– Jesteś cały? – spytał Joe Van Dorn.

– Co z Josephine?!

– Zrobiła sobie postój na Bedloe's Island i naprawia maszynę. Gdzie się podziewasz?

– Kto jej pilnuje?

– Sześciu najlepszych detektywów i dwudziestu siedmiu dziennikarzy. No i sam Preston Whiteway, który pływa dookoła wyspy swoim parowym jachtem w świetle reflektorów, żeby twoja narzeczona mogła to uwiecznić na ruchomych obrazach. Wszystko w porządku?

– Będzie w porządku, jak dostarczą mi nowe śmigło, nowe cięgno i samopowtarzalnego remingtona.

– Przekażę Marion, że nic ci się nie stało. Gdzie jesteś?

– Na ranczo w Weehawken. Frost znowu dał nogę.

– Widzę, że weszło mu to w nałóg – zauważył chłodno szef agencji. – Udało ci się chociaż trochę go uszkodzić?

– Tak, odstrzeliłem mu ucho.

– Dobre i to.

– Ale to za mało, żeby go zatrzymać.

– Dokąd uciekł?

– Nie mam pojęcia – przyznał niechętnie Bell. Wciąż ćmiła go głowa, a szczęka bolała tak, jakby żuł cierniste pędy głogu.

– Myślisz, że znowu spróbuje?

– Na pewno. Powiedział, że nie odpuści, dopóki jej nie zabije.

– Więc ucięliście sobie pogawędkę?

– Owszem.

– Co sądzisz o jego stanie psychicznym?

– Raczej nie jest wariatem. Prawdę mówiąc, sprawia wrażenie, jakby się tym wszystkim dobrze bawił. Ostrzegałem Whitewaya jeszcze w San Francisco, że dla Frosta to ostatnie rozdanie. Nie zamierza odkryć kart, zanim nie rozbije banku.

– A nie sądzisz, że chorobliwy upór, z jakim nastaje na życie swojej żony z powodu rzekomej zdrady, wyczerpuje ogólnie rozumiane znamiona szaleństwa? – spytał Van Dorn.

– Nie, nie sądzę – odparł Bell. – Dlaczego nie zamordował Josephine, kiedy jeszcze byli razem?

– Do czego zmierzasz?

– Zastanawia mnie, czemu zamiast do Josephine, strzelał do Celerego.

– Bo chciał zakończyć ich romans, licząc, że odzyska żonę.

– Zgoda, ale skoro zabił Celerego – zakładając, że on naprawdę nie żyje...

– Daj spokój – przerwał mu Van Dorn. – Już to przerabialiśmy.

– Skoro zabił albo usiłował zabić Celerego – powtórzył niewzruszony Bell – to dlaczego teraz chce zabić Josephine?

– Albo jest obłąkany, albo zżera go obsesyjna zazdrość. Zawsze był znany z tego, że łatwo tracił nad sobą kontrolę.

– Więc dlaczego nie zabił jej wcześniej?

– Chcesz, żebym ci wytłumaczył, według jakiego porządku wariat popełnia swoje zbrodnie?

– Wiesz, co mi powiedział?

– Skąd mam wiedzieć? Przecież nie było mnie tam, kiedy ci uciekał.

Bell puścił mimo uszu przytyk przełożonego.

– Powiedział dosłownie: „Nie masz pojęcia, co oni zamierzali zrobić" – oznajmił. – Co mógł mieć na myśli?

– Jak to co? Że zamierzali razem uciec. A przynajmniej on ich o to podejrzewał.

– Nie, na pewno nie chodziło o zwykły romans. Frost wyraźnie dał mi do zrozumienia, że oni coś knuli. Coś o wiele poważniejszego od zdrady małżeńskiej.

– Co by to mogło być?

– Niestety nie wiem, ale zaczynam podejrzewać, że ta historia jest znacznie bardziej skomplikowana, niż nam się wydawało.

– Ochrona Josephine przez zakusami mordercy – odparł Van Dorn stanowczo – okazała się wystarczająco skomplikowana, aby dwie agencje detektywistyczne miały pełne ręce roboty. Jeżeli więc twoje podejrzenia są słuszne, chyba trzeba będzie zatrudnić trzecią.

– Niech ktoś przywiezie mi tego remingtona.

Praktykant, którego Van Dorn wysłał promem do Weehawken, dostarczył Bellowi karabin i suche ubranie. Andy Moser przyjechał tam roadsterem godzinę później. Miał ze sobą narzędzia, zapasowe cięgna i nowe śmigło.

– Dobrze, że jest pan bogaty – powiedział. – To śmigło kosztowało sto dolców.

– Bierz się do roboty – odparł Isaac. – Przed świtem maszyna musi być sprawna. Już wymontowałem zerwane cięgno.

Andy pokręcił głową.

– Coś takiego! Nigdy nie słyszałem, żeby pękła linka Roeblinga.

– Pomógł jej Harry Frost – wyjaśnił Bell.

– Dziwne, że skrzydło nie odpadło.

– Maszyna jest bardzo wytrzymała. Pozostałe druty przejęły rolę zerwanego i nie dopuściły do powstania luzu.

– Zawsze mówiłem, że pan Di Vecchio budował maszyny nie do zdarcia.

Zamontowali nowe śmigło i cięgno oraz zakleili przestrzeliny w krytych płótnem skrzydłach. Potem Isaac uciął drewnianą kolbę remingtona, a Andy zamontował go na zaimprowizowanej obrotowej podstawie, obiecując skonstruowanie czegoś bardziej trwałego.

– Z przerywaczem, żeby nie odstrzelił pan własnego śmigła – powiedział i dodał, że w tym celu potrzebuje dostępu do pełnego instrumentarium w wagonie warsztatowym.

Jeśli Harry Frost spróbuje strzelać do tak wyposażonego „Orła", przekona się, że wyrosły mu zęby.


# Rozdział 21

Sześć kilometrów dalej w dół rzeki, u stóp Statuy Wolności, Josephine usiłowała naprawić swoją latającą maszynę. Majstrowała przy uszkodzonym skrzydle w oślepiającym świetle reflektorów luksusowego jachtu Prestona Whitewaya, dławiąc się dymem buchającym z jego komina, dręczona padającymi co chwila idiotycznymi pytaniami dziennikarzy. Pomagało jej kilku mechaników-detektywów od Van

Dorna, którzy wreszcie dotarli na wyspę. Usunięcie awarii przekraczało wiedzę i możliwości techniczne jej zespołu, dysponującego na miejscu tylko podstawowymi narzędziami. Latająca Sympatia Ameryki już traciła nadzieję, kiedy nieoczekiwanie otrzymała pomoc ze strony ostatniej osoby, po której mogłaby się tego spodziewać.

Dmitrij Płatow zeskoczył na nabrzeże ze stateczku patrolowego policji portowej, którym przypłynął z Manhattanu, uścisnął dłonie funkcjonariuszy w podzięce za podwózkę i pozdrowił Josephine, machając do niej energicznie swoim suwakiem logarytmicznym. Rosjanin, bez wątpienia najzdolniejszy mechanik spośród wszystkich, którzy obsługiwali aeroplany biorące udział w wyścigu, dotychczas ani razu nie zbliżył się do jej maszyny, aby zaoferować swoje usługi. Była pewna, że nie chciał pomagać konkurencji.

– Co pan tutaj robi? – spytała.

– Płatow przybyć na pomoc – odparł, uchylając kapelusza.

– A Steve Stevens nie obawia się, że z pańską pomocą mogę go pokonać?

– Steve Stevens jeść teraz zwycięska kolacja w Yonkers – wyjaśnił, błyskając bielą zębów z głębi obfitego czarnego zarostu. – Płatow niezależny.

– Spadł mi pan jak z nieba, panie Płatow. Uszkodzenie okazało się poważniejsze, niż przypuszczałam.

– Płatow naprawić, nie boi się.

– No nie wiem. Widzi pan, to okucie... Panowie, poświećcie tutaj.

Jeden z vandornowców uniósł lampę elektryczną, podłączoną do prądnicy Statuy Wolności.

– Proszę spojrzeć. Okucie mocujące trzpień zawiasu *alettone* jest za słabe, a w dodatku źle przytwierdzone do krawędzi. Na drugim skrzydle wygląda to jeszcze gorzej. Cud, że też nie odpadło.

Rosjanin pomacał okucie palcami, jak weterynarz badający jagnię.

– Poproszę, pan przynieść druga torba narzędzi ze statku – zwrócił się do stojącego najbliżej mechanika.

Vandornowiec pobiegł pędem na nabrzeże. Płatow odezwał się do drugiego detektywa:

– Poproszę, pan przynieść więcej światło.

– Niewiarygodne – westchnęła Josephine. – To wygląda na czystą amatorkę. Zupełnie jakby konstruktor nie przewidział, jak duże siły będą działały na ten element.

Dmitrij Płatow popatrzył jej w oczy i przysunął się bliżej.

Była całkiem zbita z tropu. Dotychczas nigdy nie miała okazji przyjrzeć mu się z bliska, zawsze trzymał się co najmniej kilkanaście metrów od niej. Może dlatego nie zauważyła, że czarne kręcone włosy i bokobrody dokładnie zakrywają jego czoło, policzki, podbródek i usta, nigdy też nie patrzyła mu w oczy, jaśniejące przenikliwym blaskiem spośród ciemnych kędziorów. Te oczy przyciągały ją jak magnes. Było w nich coś znajomego.

– Więc twierdzi pani, że to błąd konstrukcyjny? – spytał czystą angielszczyzną. – Chyba potraktuję to jako osobistą zniewagę.

Josephine wpatrywała się w niego z najwyższym zdumieniem.

Zasłoniła usta uwalaną smarem rękawiczką, zostawiając brudną plamę na policzku. To był głos Marka Celere, który wypowiadał pełne angielskie zdania z leciutkim włoskim akcentem. Nauczył się angielskiego, kiedy miał kilkanaście lat i pracował jako pomocnik tokarza w Birmingham.

– Marco – wyszeptała. – Mój Marco. Ty żyjesz.

Celere dyskretnie puścił do niej oczko.

– Mam się pozbyć naszego towarzystwa? – spytał cicho.

Kiwnęła głową, wciąż przyciskając rękawiczkę do ust.

Marco zwrócił się do mechaników Van Dorna głosem Płatowa:

– Szanowne pany, chodzi o to, że gdzie kucharek sześć, tam nie ma obiad. Sam genialny Płatow naprawić Josephine maszyna.

Zauważyła, jak detektywi-mechanicy wymienili spojrzenia.

– Josephine być pomocnik – dodał Płatow.

Detektywom nie bardzo się to podoba, pomyślała. Czyżby coś podejrzewali? Dzięki Bogu, że nie ma tu Isaaca. On natychmiast zorientowałby się, że coś tu nie gra. Nawet ci młodsi, mniej doświadczeni, to wyczuwali, ale mieli dość rozsądku, aby nie konkurować z wybitnym mechanikiem, którego uczestnicy wyścigu znali jako „szalonego Rosjanina".

– W porządku – powiedziała. – Będę jego pomocnikiem.

Dowodzący vandornowiec kiwnął głową. Josephine znała się na tym lepiej od każdego z ich.

– Gdyby nas pani potrzebowała, będziemy w pobliżu.

– Josephine poda Płatowu klucz francuski – poprosił Celere.

Zaczęła grzebać w torbie, szukając narzędzia. Czuła się, jakby właśnie obudziła się z koszmaru, który rozpoczął się tydzień po ślubie, kiedy mąż na jej oczach niemal zatłukł na śmierć człowieka tylko za to, że się do niej uśmiechnął. Harry nigdy nie skrzywdził jej samej, ale od tamtej chwili wiedziała, że pewnego dnia to zrobi, i to nagle, beż żadnego ostrzeżenia. Płaciła wysoką cenę za swoją lotniczą pasję, żyjąc w ciągłym strachu, mimo iż Harry potrafił cieszyć się z jej sukcesów i kupował nowe aeroplany. Wszystko zmieniło się jesienią, gdy nabrał podejrzeń w stosunku do Marka Celere.

Na początek Frost zmienił testament na jej niekorzyść. Potem wykrzyczał jej w twarz, że ją zabije, jeśli odważy się wystąpić o rozwód. Kiedy już znalazła się w pułapce, odmówił spłacenia długów Marka, zaciągniętych na budowę nowej maszyny, na której miała wystartować w wyścigu o Puchar Whitewaya. Ale najbardziej wystraszyła się, gdy zaprosił Marka na polowanie. Była pewna, że to tylko pretekst, aby wyciągnąć go do lasu i zabić, pozorując wypadek.

Tymczasem Marco wpadł na pomysł, jak uratować ich oboje i wziąć udział w wyścigu. Postanowił zniknąć, tak żeby wszyscy byli przekonani, iż został zamordowany przez Frosta.

To on przestawił lunetę karabinu Harry'ego, aby broń biła za wysoko. Podczas polowania stanął w wybranym wcześniej miejscu, zamierzając po strzale Frosta zeskoczyć na skalną półkę tuż pod krawędzią przepaści. Josephine celowo przeleciała nad miejscem rzekomej zbrodni. Obecność świadka miała zmusić jej męża do ucieczki. Marka uznano by za zmarłego, tłumacząc brak ciała porwaniem przez rzekę. A Harry trafiłby do zakładu dla obłąkanych, tym razem już na zawsze. Uwolniwszy się od szalonego męża, Josephine miała oczarować magnata prasowego z San Francisco Prestona Whitewaya i nakłonić go do sfinansowania jej udziału w wyścigu lotniczym Atlantyk–Pacyfik na najnowszym celere monoplano. Po pewnym czasie, gdy Harry siedziałby już pod kluczem, Marco wyszedłby z lasów Adirondack, udając amnezję. Pamiętałby tylko, że został ranny, kiedy Frost próbował go zabić.

Misterna intryga wzięła w łeb, bo Harry naprawdę postrzelił Marka. Josephine widziała na własne oczy, jak kula zmiotła go z krawędzi urwiska. W dodatku Frost nie dał się złapać i nadal przebywał na wolności.

Załamana Josephine potraktowała śmierć Marka jako karę za uczestnictwo w czymś, co z czasem uznała za nikczemny spisek. Czyniła sobie wyrzuty, że dała się namówić do wzięcia udziału w podstępnej grze. I że zrealizowała dalszą część planu, polegającą na przekonaniu Whitewaya do uczynienia z niej gwiazdy wyścigu. Nie przyszło jej do głowy, że przystojny i bogaty wydawca może się zakochać w prostej wiejskiej dziewczynie.

Większość kobiet uznałaby, że małżeństwo z magnatem prasowym to prawdziwy uśmiech losu, ale Josephine była inna. Wciąż kochała Marka i rozpaczliwie za nim tęskniła. I oto nagle on wraca cały i zdrowy, jak nieoczekiwany prezent gwiazdkowy, dostarczony dawno po terminie.

– Marco, co się stało? – zapytała szeptem.

– Co się stało? – odszepnął, udając, że nadal przygląda się uszkodzeniu. – Twój mąż chybił, ale dosłownie o włos. Kula omal nie urwała mi głowy.

– Mówiłam, żeby podłożyć mu ślepaki. Przestawienie celownika było zbyt ryzykowne.

– Frost nie dałby się nabrać na ślepaki. Wyczułby słabszy odrzut, zmieniony odgłos wystrzału. To musiały być ostre naboje. Niestety, nie doceniłem go. Po pierwszym strzale połapał się, że coś jest nie tak z celownikiem. Wziął poprawkę i strzelił ponownie. Wtedy spadłem ze skały.

– Widziałam.

– Czy byłem przekonujący? – spytał Marco i znów niemal niezauważalnie zmrużył powiekę.

– Myślałam, że nie żyjesz… Och, mój najdroższy…

Nie pozwoliła sobie na nic więcej, a tak bardzo chciała rzucić mu się na szyję i całować bez końca.

Po drgnięciu wąsów poznała, że się uśmiechnął.

– Niewiele brakowało. Upadłem na półkę, tak jak zamierzałem, ale straciłem przytomność. Kiedy się ocknąłem, było już ciemno. Trząsłem się z zimna, pękała mi głowa, nie mogłem ruszyć ręką. Wiedziałem tylko, że żyję, bo jakimś cudem Frost nie znalazł mnie i nie dobił.

– Byłam świadkiem całego zajścia, dlatego wolał wziąć nogi za pas.

– Dokładnie tak, jak planowaliśmy.

– Ale nie przewidzieliśmy, że możesz przy tym zginąć albo zostać ranny.

– Drobiazg – wzruszył ramionami. – Najważniejsze, że plan zadziałał. Frost wszedł w swoją rolę i uciekł. Wprawdzie trochę przeszarżował, bo już dawno powinni go zamknąć albo zastrzelić, ale ty masz piękny aeroplan i bierzesz udział w wyścigu. Właśnie tak miało być.

– A co z tobą, Marco?

Udał, że nie słyszy.

– Wygrasz największy wyścig lotniczy świata – rzekł.

– Akurat. Na samym starcie mam cały dzień straty.

– Wygrasz – zapewnił. – Moja w tym głowa. Nikt cię nie wyprzedzi.

Ciekawe, skąd ta pewność?, pomyślała.

– Pytałam, co z tobą.

Znów puścił jej słowa mimo uszu.

– Masz też wielbiciela – zauważył.

– O co ci chodzi?

– Wszyscy w Belmont Park mówią, że Whiteway się w tobie kocha.

– Idiotyzm. Zadurzył się i tyle.

– Doprowadził do unieważnienia twojego małżeństwa.

– Nie prosiłam go o to. Sam się z tym wyrwał.

– Miałaś go zauroczyć, żeby kupił ci aeroplan. Ale kiedy zapytałaś „co z tobą, Marco?", odniosłem wrażenie, że sama najlepiej znasz odpowiedź.

– Co ty wygadujesz?

– Nie wygląda na to, żeby w twoich planach na przyszłość było jakiekolwiek miejsce dla Marka.

– Ja niczego nie planuję. Chciałam tylko mieć aeroplan. Przecież razem to ustaliliśmy.

– Ale udało ci się zyskać dużo więcej.

Josephine poczuła, jak łzy napływają jej do oczu.

– Chyba nie przypuszczasz, że wolałabym Whitewaya od ciebie?

– Wcale nie mam ci tego za złe. Byłaś przekonana, że nie żyję. Preston to milioner, a ja jestem tylko biednym konstruktorem aeroplanów.

– Nigdy nie zdołałby zastąpić ciebie – zaprotestowała. – A teraz, kiedy wróciłeś, moglibyśmy…

– Niby co? – spytał posępnie. – Być razem? Czy wiedząc, że jesteś ze mną, Whiteway pozwoliłby latać ci moim *monoplano*?

– To z tego powodu tak długo udawałeś martwego?

– Udawałem, że nie żyję, z kilku ważnych powodów. Po pierwsze, byłem ciężko ranny. Gdybym pokazał się w North River, Harry wykończyłby mnie w szpitalnym łóżku.

– Jak w takim razie…

– Pociągiem towarowym dostałem się do Kanady. Tam zaopiekowała się mną pewna miła rodzina. Spędziłem u nich całą zimę. Kiedy się dowiedziałem, że jesteś z Whitewayem i startujesz w wyścigu, a Frost wciąż pozostaje na wolności, postanowiłem się pojawić incognito, żeby mieć na ciebie oko. Swoje cudowne wyjście z lasu przełożyłem na później.

– Kiedy zamierzasz to zrobić?

– Po twoim zwycięstwie.

– Dlaczego chcesz tak długo czekać?

– Już ci mówiłem, Whiteway byłby o mnie zazdrosny. Może nie zareagowałby tak gwałtownie jak Frost, ale mógłby z tobą zerwać i zabrać ci aeroplan. Bo to on jest właścicielem, prawda?

– Tak.

– Szkoda, że nie poprosiłaś, aby oficjalnie przekazał ci prawo własności.

Spuściła głowę.

– Nie wypadało mi. On wszystko mi kupuje. Nawet ubrania.

– Bogacze bywają hojni, ale nie bezinteresowni.

– Nie wiem, jak zniosę to udawanie, że jesteś zupełnie obcym człowiekiem.

– Skup się na mojej włochatej charakteryzacji.

– Ale twoje oczy, usta...

Przypomniała sobie jego wcześniejszy wygląd: gładkie czarne włosy, wysokie czoło, eleganckie wąsy i głęboko osadzone ciemne oczy.

– Nie waż się nawet myśleć o moich ustach, dopóki nie wygrasz wyścigu – powiedział. – Prowadź mój samolot. Wygraj zawody. Nie zapominaj nawet na chwilę, że kiedy zwyciężysz, Latająca Sympatia Ameryki stanie się sławna i będzie miała górę pieniędzy. Marco Celere, konstruktor zwycięskiej maszyny, stanie się człowiekiem sukcesu, bo zawrze kontrakt z włoską armią na dostawę setek aeroplanów.

– Co czułeś, patrząc na mnie przez cały ten czas?

– Co czuję? To samo co wtedy, gdy cię zobaczyłem po raz pierwszy. Ocean radości wypełnia moje serce. A teraz bierzmy się za naprawę maszyny.

Isaac Bell leżał zawinięty w koc pod skrzydłem swego aeroplanu i usiłował zasnąć, ale nie dawały mu spokoju słowa wypowiedziane przez Harry'ego Frosta. Nagle poderwał się z ziemi, zelektryzowany zupełnie inną myślą. Przypomniał sobie, że jego samolot wydał mu się bardzo wytrzymały, jeszcze zanim Andy Moser stwierdził z uznaniem, iż Di Vecchio „budował maszyny nie do zdarcia".

Wciągnął buty i pobiegł na stację do wyposażonego w telegraf biura dyspozytora. Wyjątkowa odporność „Amerykańskiego Orła" wynikała z zastosowania rozmaitych dodatkowych wzmocnień i zdwojonych linek sterowych. Nie dość, że konstruktor wykorzystał najlepsze materiały, to jeszcze dopuszczał możliwość wystąpienia usterki technicznej i zaprojektował maszynę w taki sposób, aby uszkodzenie jednego z elementów nie doprowadziło do katastrofy.

Człowiek przywiązujący tak dużą wagę do trwałości swoich konstrukcji nie popełniłby samobójstwa z powodu bankructwa. Ktoś taki przezwyciężyłby niepowodzenie, traktując je jako chwilowe trudności.

– Agencja Van Dorn – powiedział do dyspozytora kolei New York Central Railroad. Bell miał przy sobie list polecający od samego prezesa linii, ale okazał się on niepotrzebny, bo dyspozytor był gotów udzielić wszelkiej pomocy każdemu uczestnikowi wyścigu.

– Oczywiście, proszę pana. W czym mogę pomóc?

– Chciałbym wysłać telegram.

Mężczyzna położył dłoń na kluczu.

– Do kogo?

– James Dashwood. Agencja Van Dorn, San Francisco.

– Proszę podać treść.

Po chwili Isaac słuchał, jak dyspozytor wystukuje alfabetem Morse'a kolejne litery jego wiadomości:

ZBADAĆ SAMOBÓJSTWO DI VECCHIA.
PRZYSPIESZYĆ DOCHODZENIE W SRAWIE CELEREGO.
PIORUNEM!

# Rozdział 22

Patrzcie! Ma szwung, dziewczyna!

Bladym świtem żółty aeroplan Josephine przemknął nad Weehawken z rozdzierającym rykiem pracującego na pełnych obrotach antoinette.

– Uruchomić motor!

Mimo wczesnej pory Bell siedział już za sterami „Orła". Otrzymał telefoniczną informację, że Dmitrij Płatow i mechanicy Van Dorna pracowali całą noc nad naprawą powyginanych zawiasów i montażem nowego *alettone* w maszynie Josephine. Przed chwilą awiatorka wystartowała z Bedloe's Island. „Amerykański Orzeł" stał zwrócony przodem ku rzece na samym początku nabrzeża, na którym Isaac wylądował dzień wcześniej. Jego rotacyjny gnome był już podgrzany i gotowy do lotu. Wystarczyło jedno szarpnięcie śmigła, aby obudził się do życia.

– Podstawki!

Po wyciągnięciu klocków blokujących koła jednopłatowiec rozpoczął rozbieg. Andy Moser i jego pomocnik biegli przy skrzydłach, asekurując maszynę, która szybko nabrała prędkości, by wreszcie wzbić się w powietrze i pognać za Josephine.

Kiedy lecieli nad środkiem rzeki Hudson, Bell starał się trzymać blisko niej. Obserwował uważnie każdy statek i łódź, wypatrując Frosta. Prowadził aeroplan jedną ręką, druga spoczywała na zamocowanym obrotowo karabinie. Po pokonaniu dwudziestu pięciu kilometrów oba żółte jednopłatowce skręciły lekko na wschód, w stronę zasnutego dymem Yonkers.

Chociaż Isaac, podążając za aeroplanem Josephine, nie musiał się martwić o utrzymanie kierunku, dla treningu porównywał charakterystyczne punkty terenu z mapą, przymocowaną na tekturce do uda. Szybko namierzył owal toru wyścigów konnych Empire City i widoczny obok niego ogromny dół w ziemi, kopany przez parowe koparki pod nowy rezerwuar wody dla Nowego Jorku.

Dostrzegł na bieżni kilka koni czystej krwi, wyprowadzonych na poranny trening, ale na płycie hipodromu nie było żadnego samolotu, a jedynym składem, który stał na stacji, był żółty pociąg techniczny Josephine. Schodząc tuż za nią do lądowania, miał więc świadomość, że pozostałe aeroplany uczestniczące w wyścigu zdążyły już odlecieć do Albany.

Mechanicy pojący maszynę Josephine paliwem, olejem i wodą, a jego „Amerykańskiego Orła" tylko paliwem i olejem rycynowym, opowiadali, jak Steve Stevens, chociaż swoim dwusilnikowym dwupłatowcem najszybciej pokonał dystans z Belmont Park do Yonkers, wściekał się na Płatowa za to, że pomógł w naprawie aeroplanu Latającej Sympatii Ameryki.

Jeden z nich z upodobaniem naśladował Rosjanina:

– Chodzi o to, żeby wszystkie ludzie ścigać się razem.

– A pan Stevens krzyczał na biednego Dmitrija: „Banda cholernych socjalistów!"– dodał, imitując południowy akcent plantatora.

Roześmieli się wszyscy poza Josephine. Bell pomyślał, że na pewno martwi się dużą stratą poniesioną już na samym początku wyścigu. Zawsze miła i uprzejma, teraz ostro popędzała mechaników, którzy dokonywali dalszych napraw uszkodzonego skrzydła.

– Prędzej, nie grzebać się!

– Nie martw się – pocieszył ją Isaac. – Nadrobisz.

Odciągnął na bok jednego z jej mechaników i spytał:

– Dlaczego ta klapa odpadła od skrzydła?

– Josephine wleciała w wir powietrzny – odparł mężczyzna.

– Wiem, ale czy to możliwe, że ktoś wcześniej uszkodził mocowanie?

– Ma pan na myśli sabotaż, panie Bell? To była pierwsza rzecz, jaką wziąłem pod uwagę. Tyle że na ziemi pilnowaliśmy tej maszyny jak oka w głowie. Na wyraźne polecenie pana Abbotta, który ostrzegł nas, że może dojść do próby sabotażu. W Belmont spaliśmy na zmianę po skrzydłami, tak żeby zawsze przynajmniej jeden z nas stał na warcie.

Zanim mechanicy Josephine skończyli robotę, do Yonkers dotarł Andy z pomocnikiem, którzy przeprawili się z New Jersey promem koło Palisades. Wprowadzili thomasa flyera po rampie na wagon i Bell wyprawił pociąg techniczny „Amerykańskiego Orła" do Albany.

Josephine wystartowała dopiero w południe.

Okrążyła trybunę, żeby zastępca Weinera mógł zanotować czas odlotu, weszła na wysokość trzystu metrów i wzięła kurs na północ. Bell leciał nieco wyżej, w odległości kilkuset metrów za nią. Według jego mapy, od terenów targowych Altamount w Albany dzieliło ich dwieście dwadzieścia pięć kilometrów.

Nawigacja nie była skomplikowana. Lecieli nad lewym brzegiem rzeki wzdłuż toru New York Central Railroad. Dopiero za miastem Hudson tor rozgałęził się na kilka linii. W celu uniknięcia pomyłek organizatorzy oznaczyli odpowiedni szlak kolejowy wielkimi płóciennymi płachtami w kształcie strzałek.

Oba jednopłatowce, zmierzające bez żadnych incydentów na północ, wkrótce dogoniły pociąg techniczny „Amerykańskiego Orła". Skład, łatwo rozpoznawalny dzięki pomalowanym na biało dachom wagonów, do tej pory toczył się niespiesznie, czekając na aeroplany. Teraz palacz zaczął żwawiej sypać węgiel do paleniska, aby dotrzymać kroku latającym maszynom.

Jakieś piętnaście kilometrów od Albany aeroplan Josephine zaczął szybko schodzić w dół.

Isaac zniżał się za nią obszernymi kręgami. Był jeszcze dość wysoko, kiedy żółty celere usiadł na świeżo skoszonej łące koło miasteczka Castleton. Bell sięgnął po lornetkę i zobaczył, że z silnika maszyny Josephine buchają kłęby pary. Coś musiało się popsuć w układzie chłodzenia antoinette.

Zawrócił nad tor linii New York Central i przeleciał tuż nad swoim pociągiem technicznym, wskazując kierunek, z którego przybył. Chwilę później zauważył żółty pociąg Josephine, gnający pełną parą w pogoni za awiatorką. Znurkował przed lokomotywę i skręcił w stronę miejsca, gdzie wylądowała Josephine. Pociąg zatrzymał się przed najbliższą mijanką, gdzie już czekał samochód vandornowców. Hamulcowi zeskoczyli na ziemię. Jeden stanął z tyłu, machając czerwoną chorągiewką, a drugi pobiegł do przodu przerzucić zwrotnicę, aby skład mógł zjechać z toru głównego na dodatkowy.

Bell posadził maszynę tuż obok aeroplanu Josephine i poinformował ją, że pomoc jest w drodze. Jako żywo, wkrótce nadciągnęła w postaci dwóch roadsterów: rolls-royce'a Prestona Whitewaya z dwoma detektywami-mechanikami, którzy natychmiast zabrali się do naprawy żółtego celere, oraz thomasa flyera model 35 Bella z Andym Moserem, beczką benzyny i bańką oleju rycynowego. Andy szybko uzupełnił paliwo i olej oraz podregulował gnome'a. Awaria Josephine okazała się dużo poważniejsza od zwykłego pęknięcia rurki chłodnicy. Nawaliła pompa wodna, dlatego thomas flyer popędził z powrotem do pociągu po zapasową.

– Zejdzie im się przy tym co najmniej dwie godziny – zagadnął Moser.

– Na to wygląda – przyznał Isaac.

– Mam do pana prośbę… – Andy zawiesił głos.

– Mów śmiało – zachęcił go Bell i sięgnął do kieszeni, sądząc, że chodzi o pożyczkę.

– Proszę mnie zabrać ze sobą w powietrze.

– Masz ochotę się przelecieć? – Isaac się zdziwił, bo wiedział, że Andy ma lęk wysokości i nigdy nie chciał latać. – Jesteś tego pewien?

– Czy pan wie, gdzie jesteśmy?

– Piętnaście kilometrów przed Albany.

– Dwadzieścia pięć kilometrów na zachód od Danielle. Pomyślałem, że moglibyśmy przelecieć nad zakładem Rydera i pomachać skrzydłami. Może by nas zobaczyła?

– Przynajmniej tyle możemy zrobić. Uruchom motor i wskakuj.

Bell nie był zaskoczony, kiedy Moser wyciągnął mapę. Usychający z miłości mechanik zaznaczył na niej zakład czerwonym serduszkiem. Znaleźli tor kolejowy prowadzący do najbliższego miasta i polecieli. Andy tkwił ściśnięty za siedzeniem Isaaca i czytał mapę. Przy prędkości prawie stu kilometrów na godzinę, wspomagani przez zachodni wiatr, po niecałych dwudziestu minutach ujrzeli brunatnoczerwony ceglany budynek i okrążyli go kilka razy.

We wszystkich zakratowanych oknach pojawiły się twarze. Latająca maszyna musiała być czymś niezwykłym dla ludzi przebywających z dala od dużego miasta, którzy nigdy nie widzieli czegoś podobnego. Korytarze na pewno zapełniły się pacjentami, pielęgniarkami i strażnikami, gapiącymi się w górę i głośno wyrażającymi zdumienie. Danielle bez wątpienia rozpoznała charakterystyczny odgłos rotacyjnego gnome'a i zorientowała się, że to maszyna jej ojca, nawet jeśli nie mogła jej zobaczyć.

Twarz Andy'ego wyrażała mieszaninę radości i smutku, entuzjazmu i bezsilności.

– Na pewno nas słyszała! – krzyknął Isaac.

Moser kiwnął głową, świadomy, że detektyw próbuje go pocieszyć. Bell zszedł niżej w dolinę i zatoczył koło tuż przy wieży, gdzie mieścił się apartament Rydera, w którym rozmawiał z Danielle. Zerknął na zegarek kolejarski zawieszony nad skrzydłem na wsporniku. Czasu i paliwa mieli aż nadto. A może by tak upiec dwie pieczenie przy jednym ogniu? Uszczęśliwić Andy'ego i wypytać Danielle o śmierć jej ojca?

Z łatwością posadził maszynę na szerokim trawniku za murami. Nadbiegli strażnicy, popędzani przez doktora Rydera, który uśmiechem przyklejonym do twarzy maskował niezadowolenie z niespodziewanej wizyty.

– Cóż za okazałe *entrée*, panie Bell – rzekł.

– Przybyliśmy odwiedzić pannę Di Vecchio – oznajmił Isaac.

– Oczywiście, panie Bell. Panna Di Vecchio za chwilę panów przyjmie.

– Proszę ją przyprowadzić tutaj. Na pewno chętnie odetchnie świeżym powietrzem.

– Jak pan sobie życzy. Zaraz ją przyprowadzę.

Andy oderwał wzrok od ponurej budowli z małymi zakratowanymi oknami i spojrzał na detektywa.

– On chyba pana nie lubi – zauważył.

– Słuszne spostrzeżenie.

– Ale słucha się pana.

– Bo nie ma innego wyjścia. Znam dyrektora jego banku. Jeżeli Danielle choćby włos spadnie z głowy, puszczę go z torbami. Ryder dobrze o tym wie.

Wkrótce pojawiła się panna Di Vecchio. Pierwszą rzeczą, jaką zauważył Bell, była jej nowa szpitalna sukienka. Drugą to, że traktowała Andy'ego raczej jak młodszego brata niż adoratora. Usunął się na bok, aby dać im chwilę dla siebie. Widział, że Moser z emocji zapomniał języka w gębie.

– Andy, pokaż Danielle, jak troskliwie zająłeś się dziełem jej ojca – zasugerował.

Mechanik skwapliwie skorzystał z podpowiedzi. Danielle okrążała maszynę, wydając z siebie liczne „ochy" i „achy" i dotykając koniuszkami palców płóciennego pokrycia.

– Wprowadziliście sporo udoskonaleń – orzekła, zakończywszy oględziny. – Czy nadal jest nieokiełznana, panie Bell?

– Za sprawą Andy'ego stała się potulna jak owieczka – odparł Isaac. – Nieraz wyprowadziła mnie z tarapatów.

– Nie zdawałam sobie sprawy, jaki z pana wytrawny awiator.

– Wciąż się uczy – wtrącił Moser.

– Pani ojciec zbudował istne cudo – zachwycał się Bell. – Ten aeroplan jest wyjątkowo solidny. Wczoraj pękło jedno cięgno, ale pozostałe wytrzymały i nie rozleciał się na kawałki.

– *Elastico*! – wykrzyknęła Danielle z entuzjazmem.

– Pani ojciec też był *elastico*? – spytał cicho Isaac.

Jej wielkie oczy pojaśniały na wspomnienie radosnych chwil z przeszłości.

– Jak *biglia*. Kauczukowa piłeczka. *Rimbalzare*! Odbijał od siebie wszystkie zmartwienia.

– Na pewno wstrząsnęła panią wiadomość o jego samobójstwie?

– Nie. Jeśli za mocno i za często rozciągać *banda*, to w końcu pęknie. Człowiek może się załamać pod ciężarem ogromu nieszczęść. Ale wcześniej był *rimbalzare*. Czy Josephine bierze udział w wyścigu na *monoplano* zbudowanym przez Celerego?

– Tak.

– I jak jej idzie?

– Ma już cały dzień straty.

– *Brava*!

– Zaskoczyło mnie, że Marco jest twórcą aż dwóch maszyn uczestniczących w zawodach. Ta druga to wielki dwupłatowiec z dwoma silnikami.

Danielle uśmiechnęła się szyderczo.

– Niech pan zgadnie, komu go ukradł.

– Pani ojcu?

– Nie. Skopiował konstrukcję swojego przyjaciela, wybitnie zdolnego studenta paryskiej École Supérieure des Techniques Aéronautiques et de Construction Automobile.

– Pamięta pani, jak się nazywał ten student?

– Sikorsky.

– Rosjanin?

– Z polskimi korzeniami.

– Znała go pani?

– Ojciec wykładał na tej uczelni. Znaliśmy wszystkich.

– A znała pani Dmitrija Płatowa?

– Nie.

– To może znał go pani ojciec?

– Nigdy o kimś takim nie słyszałam.

Bell zawahał się przed zadaniem następnego pytania. Czy to, czego jeszcze mógłby się dowiedzieć o samobójstwie Di Vecchia, warte jest bólu, jaki może sprawić Danielle dalszym drążeniem tematu? Czy nie lepiej zdać się na Jamesa Dashwooda, węszącego wokół tej sprawy w San Francisco? Niespodziewanie Andy podszedł do niego i syknął przez zaciśnięte usta:

– Dość. Proszę dać jej spokój.

Isaac podjął decyzję.

– Danielle? – zwrócił się do panny Di Vecchio.

– Tak, panie Bell?

– Marco Celere powiedział Josephine, że to on jest konstruktorem jej aeroplanu.

W oczach Danielle pojawił się gniewny błysk.

– Złodziej!

– Czy mogłaby mi pani podsunąć kilka argumentów, które pozwolą przekonać Josephine, że to nieprawda? – poprosił Isaac.

– A co ją to może obchodzić? – prychnęła Danielle.

– Wyczuwam w niej pewien niepokój. Cień wątpliwości.

– Czy to ma dla niej jakiekolwiek znaczenie?

– Sądzę, że w głębi serca jest uczciwa.

– Ale, jak pan zapewne wie, ma bardzo wygórowane ambicje.

– Proszę nie wierzyć we wszystko, co Whiteway wypisuje w swoich gazetach. Jego konkurenci dopiero niedawno zwrócili uwagę na ten wyścig.

227

Danielle spojrzała spod zmarszczonych brwi na czerwo-nobrunatny budynek.

– Nie mamy tu dostępu do gazet – oznajmiła. – Twier-dzą, że mogłoby nam to zaszkodzić.

– Więc skąd pani wie, że Josephine ma wygórowane ambicje?

– Marco mi powiedział.

– Kiedy?

– Po tym, jak dźgnęłam go nożem. Mówił, że Josephine jest żądna sławy, ale jemu pod tym względem nie dorasta do pięt.

– Więc Celere także miał wygórowane ambicje? Czego tak bardzo pożądał? Pieniędzy?

– Nie, Marco nie dbał o pieniądze. Marzyła mu się wła-dza, władza i znaczenie. – Danielle odrzuciła głowę do tyłu i zaśmiała się złowieszczo. – Za wszelką cenę chciał być kimś wielkim.

– Czy w maszynie Josephine są jakieś elementy, które zaprojektował pani ojciec?

– Czemu pan o to pyta?

– Latam skonstruowanym przez niego aeroplanem i wy-raźnie czuję, że zawarł w nim cząstkę swego geniuszu, swo-ich umiejętności, może nawet marzeń. Nie powinny być przedmiotem kradzieży, zwłaszcza że pani ojca nie ma już między nami i nie może walczyć o swoje prawa. Chciałbym, aby podpowiedziała mi pani coś, co mógłbym wykorzystać do obrony jego dobrego imienia.

Danielle przymknęła powieki i zastanawiała się dłuż-szą chwilę.

– *Monoplano*, którym pan lata – odrzekła wreszcie – zo-stał dokończony już po tym, jak Marco zbudował jego kopię. Marco był jak gąbka. Pamiętał wszystko, co widział, ale sam nie potrafił niczego stworzyć. *Monoplano* skonstruowany przez niego nie może więc mieć udoskonaleń wprowadzonych przez mojego ojca.

– Jakie to udoskonalenia? Co poprawiał bądź zmieniał pani ojciec?

– *Alettoni*.

– Wyglądają identycznie. Sprawdzałem.

– Proszę sprawdzić dokładniej.

– Ale co konkretnie?

– *Cardine*. Jak wy to nazywacie?... Zawiasy. Proszę sprawdzić zawiasy w swojej maszynie, a potem porównać z maszyną Josephine.

Na twarzy Mosera pojawił się wyraz zaskoczenia.

– O co chodzi, Andy? – spytał Bell.

– Chłopcy mówią, że jej klapy są słabo osadzone – wyjaśnił mechanik. – Trzpienie zawiasów są za cienkie. To dlatego jedna z klap odpadła.

Isaac pokiwał głową i zamyślił się.

– Dziękuję pani, Danielle – rzekł po chwili. Wizyta okazała się nadzwyczaj owocna. – Musimy już wracać. Czy dobrze panią traktują?

– Na pewno lepiej niż poprzednio. *Grazie*. I wreszcie mam adwokata.

Posłała Moserowi promienny uśmiech.

– Dziękuję ci za odwiedziny – powiedziała, podając mu rękę.

Chwycił jej dłoń i potrząsnął nią energicznie. Danielle zerknęła na Bella z figlarnym błyskiem w oku, po czym zwróciła się do Andy'ego.

– Gdy kobieta podaje ci rękę, lepiej ją ucałować, niż nią potrząsać – pouczyła go.

Moser spłonął rumieńcem.

– Przygotuj maszynę, Andy – polecił mu Isaac. – Zaraz do ciebie dołączę.

Kiedy mechanik oddalił się i nie mógł go słyszeć, spojrzał na Danielle.

– Mam jeszcze jedno pytanie. Czy pani kochała się w Marku Celere?

Roześmiała się.

– W Marku? Pan raczy żartować, panie Bell.

– Nie znam go. Nigdy go nie spotkałem.

– Równie dobrze mogłabym pokochać jadowitego jeżowca. To podstępny oszust. Kłamie jak z nut. Knuje, udaje, kradnie. Zwykły *truffatore*.

– Co to znaczy?

– *Imbroglione!*

– Nadal nie rozumiem.

– *Impostore! Defraudatore!*

– Kanciarz.

– Nie znam tego słowa.

– Kanciarz to oszust wykorzystujący czyjeś zaufanie. Udaje przyjaciela, żeby zbliżyć się do kogoś, a potem go okraść.

– Właśnie taki jest Marco. Złodziej udający przyjaciela.

Isaac myślał intensywnie. Nieodnalezienie ciała konstruktora Marka Celere można było jakoś wytłumaczyć. Co innego, kiedy znika ciało kanciarza. Sprawa wydała mu się bardzo podejrzana. Wciąż pamiętał pełen goryczy okrzyk Frosta: „Nie masz pojęcia, co oni zamierzali zrobić!"

Ty też nie miałeś o niczym pojęcia, Harry, pomyślał Bell. Dowiedziałeś się dopiero po zamachu na Celerego. Dlatego nie zabiłeś wcześniej Josephine. Początkowo wcale nie chciałeś jej zabijać. To pragnienie pojawiło się dopiero później, kiedy wyszło na jaw coś znacznie gorszego niż zwykła małżeńska zdrada.

Isaac nadal nie wiedział, co knuli Marco i Josephine, miał jednak pewność, że słowa Frosta nie były bredzeniem szaleńca.

– Josephine powiedziała mi – zwrócił się do Danielle – że Marco złamał pani serce.

Nie był zaskoczony odpowiedzią panny Di Vecchio.

– To nieprawda. Marco nagadał jej bzdur, a ona mu uwierzyła. Nie wiem dlaczego, nie znam jej. Nigdy jej nie widziałam.

Pomogła im przepchnąć „Orła" na koniec trawnika i ustawić pod wiatr. Kiedy Andy zakręcił śmigłem, chwyciła bambusową płozę ogonową i przytrzymała wyrywający się do przodu aeroplan, aby umożliwić mechanikowi zajęcie miejsca w gondoli. Isaac pomyślał, że jest bardzo silna i doskonale się zna na latających maszynach.

Oderwawszy aeroplan od ziemi, Bell śmignął tuż nad murem okalającym zakład i poleciał wzdłuż toru kolejowego, który prowadził do skrzyżowania z linią New York Central. Mijając stację kolejową w Castleton, na głównej ulicy miasteczka zauważył zaprzężone w białe konie wozy strażackie, a tuż za nimi lśniące w słońcu mosiężne tuby i waltornie.

Orkiestra strażacka maszerowała na czele kilkusetosobowej grupy ludzi zmierzającej w stronę łąki, na której mechanicy naprawiali aeroplan Josephine. Kiedy pochód mijał budynek szkoły, wysypały się z niego dzieci i dołączyły do parady. Najwyraźniej mieszkańcy Castleton chcieli uroczyście powitać dzielną awiatorkę. Stawili się tłumnie. Było ich znacznie więcej, niż mogło się pomieścić na niedużej łące.

Wieści szybko się rozchodzą, pomyślał Bell. Przebył pełnym gazem niewielki dystans dzielący go od łąki, posadził maszynę na trawie i podbiegł do swoich detektywów.

– Za chwilę zwali się tu całe miasto – powiedział. – Zwolnili nawet dzieci ze szkoły. Jeśli zaraz nie odlecimy, utkniemy tu na całą noc.

# Rozdział 23

Josephine niemal odchodziła od zmysłów.

– Prędzej! Prędzej! – pokrzykiwała na mechaników.

– Podwiozę cię do drogi – zaproponował Bell. – Przemów do nich. Spróbuj ich zatrzymać, żeby nie weszli na tę łąkę.

– Nie – zaoponowała. – Im wcale nie chodzi o mnie, oni chcą dotknąć maszyny. Widziałam, co się działo w zeszłym roku w Kalifornii. Dzieciaki wypisywały swoje imiona na skrzydłach, dziurawiąc ołówkami poszycie.

– W tym tłumie są też ich rodzice.

– Są jeszcze gorsi. Rozbiorą maszynę na części, byle tylko mieć pamiątkę.

– W takim razie zablokuję drogę – orzekł Bell.

Chciał ustawić rolls-royce'a i thomasa flyera w poprzek drogi, ale zrezygnował z tego, uznawszy, że rozentuzjazmowani mieszkańcy miasteczka bez trudu będą mogli obejść auta. Ostatecznie więc ustawił na początku pola „Orła", żeby odciągnąć ich uwagę od żółtego celere Josephine.

Kilku chłopców biegnących na czele parady przeskoczyło rów oddzielający drogę od łąki. Isaac wiedział, że nie zdąży zatrzymać dzieci, nieświadomych niebezpieczeństwa grożącego im ze strony wirującego śmigła. Za chwilę chłopcy znajdą się na środku pola i zablokują możliwości rozbiegu maszyny.

Nagle wszyscy unieśli głowy.

Bell usłyszał charakterystyczny odgłos sześciocylindrowego motoru. Jasnoniebieski bezgłowy curtiss baroneta, którego ostatni raz widział w wodach nowojorskiego portu, przeleciał nad nimi, biorąc kurs prosto na Albany.

– Ten człowiek jest jak kot – skomentował Andy. – Ma dziewięć żyć.

Josephine rzuciła na ziemię klucz francuski i wskoczyła do swojego celere.

Chłopcy zamarli w bezruchu, gapiąc się w niebo. Dwa żółte jednopłatowce stojące na ziemi przyciągały ich jak magnesy, ale widok latającej maszyny w powietrzu był czymś naprawdę niezwykłym, jak Dzień Niepodległości w Boże Narodzenie.

– Uruchomić silnik! – krzyknęła Josephine.

Antoinette ruszył z kopyta. Mechanicy u skrzydeł ustawili aeroplan pod wiatr. Po krótkim rozbiegu maszyna oderwała się od ścierniska i zaczęła nabierać wysokości. Bell wzniósł się tuż za nią, przed samym nosem komitetu powitalnego.

Plac targowy Altamont w Albany aż huczał od plotek o sabotażu. Mechanicy rozprawiali o możliwości celowego uszkodzenia skrzydeł bezgłowego curtissa sir Eddisona--Sydneya-Martina. Bell rozglądał się za Anglikiem. Znalazł go wśród gości przyjęcia, które odbywało się pod żółtym namiotem rozstawionym obok prywatnego wagonu Prestona Whitewaya, a w którym baronet uczestniczył wraz ze swoją żoną Abby.

Wydawca odciągnął detektywa na stronę i szepnął mu gorączkowo do ucha:

– Nie podobają mi się te plotki. O dziwo, mówi się, że to sprawka jakiegoś innego szaleńca, wcale nie Frosta. Musi pan koniecznie ustalić, czy morderca znajduje się wśród nas, czy też to jednak Frost atakuje innych uczestników wyścigu.

– Już rozpocząłem dochodzenie – odrzekł Isaac.

– Chcę być informowany o jego postępach. Na bieżąco.

Bell rozejrzał się ukradkiem, szukając czegoś, czym mógłby odwrócić uwagę Whitewaya.

– Kim jest ten przystojny Francuz, który rozmawia z Josephine? – spytał.

– Francuz? Jaki Francuz? – Preston podążył wzrokiem za jego spojrzeniem.

– Ten elegancko ubrany.

Whiteway przedarł się przez ciżbę gości i stanąwszy u boku Josephine, rzucił gniewne spojrzenie powożącemu bleriotem Renee Chevalierowi, któremu właśnie udało się wywołać uśmiech na twarzy zasmuconej słabymi wynikami awiatorki.

Bell, zadowolony, że pozbył się Whitewaya, podszedł do sir Eddisona-Sydneya-Martina. Pogratulował mu wyjścia cało z opresji i zapytał o przyczynę wypadku.

– Jeden z moich ludzi twierdzi, że znalazł otwór w rozpórce – odparł baronet. – Tej która się złamała, powodując odpadnięcie skrzydła.

– Sabotaż?

– Ależ skąd. Raczej dziura po sęku. Musieli ją przeoczyć w fabryce podczas selekcji drewna na rozpórki, chociaż teraz na pewno się do tego nie przyznają.

– Czy mógłbym rzucić na to okiem?

– Niestety to niemożliwe. Resztki rozpórki oderwały się i odpłynęły w siną dal podczas wyciągania maszyny z wody. Na barce okazało się, że brakuje kilku części.

Bell odszukał jednego z mechaników baroneta, młodego Amerykanina z Curtiss Company i zapytał go, czy sęk mógł być przyczyną awarii. W odpowiedzi mężczyzna tylko popukał się w głowę.

– A czy ktoś mógł przypadkiem przewiercić rozpórkę, a potem zamaskować to miejsce, żeby ukryć swój błąd? – drążył Isaac.

– Nie.

– Jest pan pewien?

– Oczywiście. Żaden wytwórca aeroplanów nie zrobiłby czegoś takiego. Fabryka ponosi odpowiedzialność za swoje błędy i naprawia wadliwe części na własny koszt. Gdyby stolarz przez nieuwagę przewiercił deskę podłogową, wystarczy, że wepchnie w dziurę kołek, zaklajstruje i pomaluje, i nikt się o tym nie dowie. Ale rozpórka skrzydeł w aeroplanie to coś zupełnie innego. Każdy wie, że jeśli się złamie, może dojść do wypadku.

– No i doszło – zauważył Bell.

– Otóż to. Anglik ma cholerne szczęście, że wyłowili go w jednym kawałku.

– Więc dlaczego upiera się, że to była dziura po sęku?

– Baronet jest naiwny jak dziecko. Przez myśl by mu nie przeszło, że ktoś chciał zrobić mu krzywdę, aby wygrać wyścig. Tak samo nie potrafi sobie nawet wyobrazić, że ktoś chciałby wygrać tylko dla pięćdziesięciu tysięcy dolarów nagrody. Zawsze powtarza, że wystarczającą nagrodą jest zwycięstwo, albo jeszcze lepiej, że nagrodą jest sam udział w wyścigu. Doprowadza tym chłopaków do szału. – Mechanik westchnął i pokręcił głową. – Może sobie pozwolić na taką gadkę, bo ma tytuł szlachecki i bogatą żonę. Ale to nie fair w stosunku do pana Curtissa. Curtiss nigdy by nie pozwolił, żeby taka fuszerka opuściła mury fabryki.

– Czy w nocy przed startem zostawiliście aeroplan bez nadzoru?

– Stał razem z innymi na płycie hipodromu w Belmont Park. Tylko maszyna pani Josephine była pod strażą, ale to z powodu jej stukniętego męża.

– Jeżeli to nie sęk ani jakaś usterka techniczna przeoczona w fabryce Curtissa, skąd się wzięła dziura w rozpórce? – zapytał Bell.

– Ktoś zrobił ją celowo – odpowiedział mechanik. – Wszyscy tak mówią. Wystarczyło wywiercić otwór w miejscu, które jest ukryte pod płótnem albo zasłonięte okuciem. Tak właśnie było z jego farmanem. Pamięta pan, co się stało z silnikiem Płatowa? W obu przypadkach doszło do sabotażu.

– Zapewne – przyznał Isaac.

– Jedno mnie tylko zastanawia – podjął mechanik. – Co te wypadki miały wspólnego ze stukniętym mężem Josephine? Jak pan myśli, panie Bell?

– Jeszcze nie wiem, co o tym myśleć, ale bardzo mi pan pomógł – odparł Isaac i dał mu dwa dolary. – Napijcie się, chłopcy.

Mechanik ponownie westchnął i pokręcił głową.

– Nic z tego – rzekł. – Aż do samego San Francisco musimy być trzeźwi jak niemowlaki. Teraz też sypiamy pod skrzydłami i trzymamy wartę przez całą noc.

Bell nie mógł się uwolnić od niepokojącej myśli, że tylko jeden z trzech przypadków sabotażu można było zapisać na konto Harry'ego Frosta. Ofiarą dwóch zamachów padł sir Eddison-Sydney-Martin. Trzeci, wymierzony w Płatowa, pociągnął za sobą śmierć nieszczęsnego Judda.

Pierwsza awaria maszyny baroneta została bez wątpienia zaaranżowana przez Frosta i miała na celu odwrócenie uwagi od próby zamordowania Josephine.

Ale jak wytłumaczyć dwa kolejne zamachy? Co mógłby zyskać Harry Frost, eliminując z wyścigu Anglika albo niszcząc silnik Płatowa? Czyżby postanowił eliminować innych uczestników zawodów, zamiast koncentrować się tylko na zamiarze zabicia żony? Nie, to nie miało sensu. Frost był za bardzo zdeterminowany, aby rozmieniać się na drobne. Zresztą zdawał sobie sprawę, że zabijając Josephine, rzuci cień na wyścig Prestona Whitewaya.

Istnienie drugiego sabotażysty wydawało się całkiem prawdopodobne. To z kolei rodziło kolejne pytania. W jakim celu został zniszczony silnik Płatowa? I czemu miał służyć wypadek bezgłowego curtissa?

Najprostszym wyjaśnieniem była chęć pozbycia się potencjalnie najsilniejszych konkurentów.

Kto by na tym zyskał? Bellowi nasunęły się trzy możliwości – dwie dość prawdopodobne, a trzecia raczej nie, lecz nie można jej było z góry wykluczyć. Sabotażystą mógł być albo uczestnik wyścigu eliminujący najgroźniejszych rywali albo też gracz próbujący pozbyć się pewniaków. I wreszcie, jakkolwiek dziwnie by to brzmiało, mógł nim być sam główny sponsor, który chciał w ten sposób zwiększyć zainteresowanie publiczności.

Najbardziej prawdopodobnym kandydatem wydawał się zawodnik pragnący zapewnić sobie przewagę poprzez usunięcie rywali, którzy stali mu na drodze do zwycięstwa. Pięćdziesiąt tysięcy dolarów to dużo pieniędzy, więcej niż niejeden człowiek mógł zarobić przez całe życie.

Z drugiej strony, coraz wyższe stawki nielegalnych zakładów zawieranych podczas trwania wyścigu dawały możliwość znacznie większego zarobku niż w przypadku ustawienia gonitwy konnej. Niejeden hazardzista, jak choćby Johnny Musto, chętnie zgarnąłby choćby część tej puli.

Trzeci podejrzany na liście Bella, Preston Whiteway, powiedział, że zainteresowanie wyścigiem sięgnęłyby zenitu, gdyby połowa męskich konkurentów Josephine roztrzaskała się o ziemię jeszcze przed dotarciem do Chicago. Wydawało mu się najzupełniej oczywiste, że wyścig przerodzi się w rywalizację najlepszych awiatorów z dzielną chłopczycą.

Nie można więc było wykluczyć, że Whiteway byłby zdolny do spowodowania kilku katastrof lotniczych, aby podnieść nakłady swoich gazet. Wszak skrupuły natury moralnej nie powstrzymały go ani przed próbą sprowokowania wojny z Japonią podczas rejsu Wielkiej Białej Floty, ani przed wykorzystaniem zatonięcia pancernika „Maine" do opowiadania się za wojną z Hiszpanią.

Strata Josephine do czołówki jeszcze wzrosła na dwustutrzydziestokilometrowym etapie z Albany do Syracuse wskutek urwania się naprędce naprawionego alettone, które trzeba było wymienić na nowe razem z całym mocowaniem. Kolejne pół dnia opóźnienia zanotowała podczas lotu z Syracuse do Bufallo z powodu uszkodzonego cylindra silnika.

Bell pocieszał ją, mówiąc, że innych też nie omijają kłopoty. Z wyścigu wypadły już trzy aeroplany. Wielki voisin roztrzaskał się na ogrodzeniu pastwiska, dwupłatowiec Ambroise Goupy zwalił się w kępę drzew podczas podejścia do lądowania, a Renee Chevalier dał nura do kanału Erie, rozbijając w drzazgi swojego bleriota i łamiąc obie nogi, przez co omal nie utonął na przybrzeżnej płyciźnie.

Josephine, która od wyruszenia z Belmont z każdym dniem była coraz bardziej ponura, niespodziewanie obdarzyła Isaaca promiennym uśmiechem, dzięki czemu zrobiła się bardziej podobna do siebie.

– Dziękuję za słowa otuchy – powiedziała. – Właściwie powinnam się cieszyć, że jak dotąd wszystkie kości mam jeszcze całe.

Aby utrzymać „Orła" w jak najlepszej kondycji, Bell zatrudnił trzeciego mechanika. Był nim bystry młodzieniec z Chicago nazwiskiem Eustace Weed, który stracił zajęcie na skutek wycofania się voisina. Dzięki jego pomocy Andy miał więcej czasu na badanie przyczyn dotychczasowych awarii, ze szczególnym uwzględnieniem możliwości sabotażu. Dokładnie przeanalizował każdy przypadek i stwierdził, że wszystkie kraksy, do których doszło po wodowaniu sir Eddisona-Sydneya-Martina w porcie nowojorskim, nastąpiły z przyczyn technicznych. Nie miał jednak całkowitej pewności co do bleriota Chevaliera, bo większość istotnych części maszyny spoczęła na dnie kanału Erie.

Bell odbył więc kolejne rozmowy z mechanikami. Pytał, kto kręcił się w pobliżu aeroplanu, kto odwiedzał ich w wagonie warsztatowym i czy widzieli kogoś obcego. Niestety żaden niczego nie pamiętał. Kilku zwróciło uwagę na jakieś drobne usterki – pęknięty zastrzał, urwany przewód paliwowy, wygiętą linkę cięgna – nie zauważyli jednak bardziej niepokojących incydentów.

Whiteway nie dawał Isaakowi spokoju, powtarzając jak mantrę, że „wśród nas znajduje się morderca". Bell powstrzymywał się od komentarzy, bo nadal nie wykluczył wydawcy z kręgu podejrzanych. Zresztą nie chodziło o mordercę w ścisłym znaczeniu tego słowa, ale o bezwzględnego sabotażystę, który powodował katastrofy, nie licząc się z życiem lotników.

Z każdym kolejnym dniem rosła liczba wypadków. Zawodziły zużyte silniki, odpadały skrzydła, ludzie coraz częściej popełniali błędy. Niektórych awiatorów prześladowały awarie, przez co tracili cenny czas na naprawy. Czerwony „Oswobodziciel" Joego Mudda gubił olej w takim tempie, że cały przód maszyny zrobił się czarny, a nad Buffalo zapalił się, niemal zabijając lotnika. Mudd i tak miał więcej szczęścia od Cheta Bassa, który na skutek gwałtownego zarzucenia maszyny podczas przyziemienia wyleciał z miejsca jak z katapulty, lądując prawie dziesięć metrów dalej w trawie. Bass przeżył, ale doznał wstrząsu mózgu i musiał spędzić dwa dni w szpitalu.

Pozostali uczestnicy wyścigu i ich mechanicy zaczęli się zastanawiać nad zainstalowaniem pasa, który chroniłby przed wypadnięciem z maszyny. Gdy austriacki arystokrata latający jednopłatowcem Pishof skrytykował ten, jego zdaniem „tchórzliwy" pomysł, większość zgodnie przyznała, że byłoby to niemęskie. Tylko Billy Thomas, który zanim nauczył się latać dwusilnikowym curtissem syndykatu Vanderbilta, wielokrotnie wykazał się ogromną odwagą na trasach wyścigów automobilowych, oświadczył, że ma w nosie opinię Austriaka i zamierza zastosować pas.

Jeszcze tego samego dnia poleciał przypięty, lecz skończyło się to dla niego fatalnie. Silny powiew znad Wielkich Jezior rzucił jego curtissa na wieżę sygnałową stojącą na dachu budynku stacyjnego. Aeroplan zawadził o wiązkę kabli telegraficznych i wbił się w okno wieży na wysokości drugiego piętra.

Wprawdzie pas uchronił Thomasa przed wypadnięciem z wraku, ale siła uderzenia była tak potężna, że twarda skórzana taśma wpiła mu się głęboko w ciało, powodując uszkodzenia organów wewnętrznych i eliminując go z dalszego uczestnictwa w zawodach.

Tematyka rozmów prowadzonych tego wieczora na placu targowym w Cleveland skupiała się na koncepcji pasów bezpieczeństwa z bardziej elastycznego materiału. Mechanicy postanowili sklecić coś z szerokich gumowych taśm służących do amortyzowania kół.

Austriacki arystokrata, który nadal uważał korzystanie z pasów za oznakę tchórzostwa, zginął następnego dnia. Kiedy leciał nad Toledo, silny podmuch przechylił jego pishofa na skrzydło. Austriak wypadł z maszyny i z wysokości trzystu metrów runął na ziemię.

Tuż po pogrzebie sir Eddison-Sydney-Martin oświadczył, że pod przemożnym naciskiem żony zdecydował się przypiąć do maszyny szerokim skórzanym pasem, wykonanym ze specjalnej uprzęży do podnoszenia koni.

Niemal identyczne aeroplany Josephine i Bella były bezpieczniejsze, bo lotnik siedział głębiej w kadłubie. Zmniejszało to zagrożenie wypadnięcia z kabiny, ale, rzecz jasna, tylko do pewnego stopnia. Mimo to Josephine zignorowała błagania Whitewaya, który nalegał, żeby latała przypięta. Mając za sobą pożar maszyny w powietrzu, bała się, że pas, zamiast ją chronić, okaże się śmiertelną pułapką.

Isaac, który na prośbę narzeczonej polecił Andy'emu zainstalować w „Orle" szeroki pas motocyklowy, obok jednej z gumowych taśm łączących go z kadłubem przymocował pochwę z ostrym nożem myśliwskim.

Harry Frost przepadł bez wieści, odkąd zdołał się wymknąć w porcie Weehawken. Bell podejrzewał, że przyczaił się i czeka, aż wyścig dotrze do Chicago. Właśnie w Chicago rozpoczął przed laty swój przestępczy proceder, dzięki któremu doszedł do legalnej fortuny, i miał tam bliskie kontakty zarówno z przestępczym podziemiem, jak i ze skorumpowanymi politykami. Nigdzie indziej jego macki nie sięgały tak głęboko w szeregi policji.

Ale Agencja Van Dorn też zaczynała w Chicago i detektywi doskonale znali wszystkie zakazane rejony miasta. Kiedy wyścig zatrzymał się w Gary z powodu ostrzeżenia przed gwałtownymi burzami, które miały potrwać kilka dni, Isaac wsiadł do pociągu i ruszył przodem, żeby trochę powęszyć na starych śmieciach.

– Jeśli zaatakuje w Chicago, dopadniemy go – obiecał Van Dornowi w rozmowie telefonicznej prowadzonej z chicagowskiego biura agencji w Palmer House.

Kiedy szef agencji, który był w Waszyngtonie, przypomniał mu, że obiecał trzymać nerwy na wodzy, Isaac powiedział o podejrzeniach dotyczących sabotażu. Van Dorn wysłuchał go uważnie, a potem rzekł:

– Słabość twojego rozumowania polega na tym, że latające maszyny mają tendencję do rozbijania się bez pomocy jakichkolwiek sabotażystów.

– To prawda, tyle że Eddison-Sydney-Martin, Renee Chevalier i Chet Bass byli w momencie katastrofy liderami wyścigu. Gdy tylko ktoś wyrwie się na czoło, zaraz spotyka go jakieś nieszczęście.

– Steve Stevens jak dotąd się nie rozbił – zauważył Van Dorn. – Czytałem w „Washington Post", że wciąż jeszcze prowadzi.

– Josephine szybko go dogania – odparł Isaac.

– Ile na nią postawiłeś?

– Dość, aby w razie zwycięstwa kupić sobie agencję detektywistyczną.

Van Dorn zachichotał.

– Według „Posta" – powiedział – czarnym koniem tego wyścigu jest koń najcięższy.

Rzeczywiście, dziennikarze dostrzegli zabawny paradoks w fakcie, że lotnik cięższy niż prezydent Taft leci szybciej od pięciu mężczyzn ważących o połowę mniej oraz od jeszcze szczuplejszej kobiety.

Bell widział podobne nagłówki w Cleveland.

W SIEDEM DNI Z NOWEGO JORKU DO CHICAGO? – pytał reporter „Plain Dealera" i dalej donosił: LOT PEŁEN CUDÓW. PLANTATOR BAWEŁNY WAGI CIĘŻKIEJ WCIĄŻ NA PROWADZENIU.

– To wszystko sprawka Whitewaya – orzekł Van Dorn. – Urządził widowisko, jakiego nie powstydziłby się sam P. T. Barnum. Cały kraj żyje wyścigiem. Teraz, kiedy inne gazety nie mają wyboru i muszą go relacjonować, zaczęło się wspieranie faworytów i obsmarowywanie ich rywali. Każdemu przypinają odpowiednią łatkę. Sprawozdawcy sportowi twierdzą, że Josephine ma niewielkie szanse na wygraną, bo kobiety są z natury mało wytrzymałe.

– To samo mówią bukmacherzy.

– Według gazet republikańskich, robotnicy nie powinni się odrywać od stanowisk pracy, a tym bardziej od ziemi. Prasa zbliżona do socjalistów twierdzi, że arystokraci powinni trzymać się gruntu, bo powietrze, w przeciwieństwie do niego, należy do wszystkich. Twojego przyjaciela Eddisona-Sydneya-Martina, który wychodzi cało z każdej kraksy, nazywają „brytyjskim kocurem o dziewięciu życiach".

– No cóż, jak powiedział Whiteway, publiczność uwielbia przegranych – skomentował Isaac.

– Złapię najbliższy pociąg i przyjadę do Chicago – oznajmił Van Dorn. – Na razie pamiętaj o jednym: sabotaż czy nie, twoim najważniejszym zadaniem jest ochrona Josephine.

– Ale ja wracam do Gary. Pogoda ma się wkrótce poprawić – odparł Bell i zakończył rozmowę.

Zgodnie z obietnicą, starał się trzymać nerwy na wodzy, ale nie potrafił zignorować sygnałów świadczących o tym, że spodziewana napaść Frosta na Josephine nie jest ani jedynym, ani nawet najgorszym z jego problemów. Czuł, że dzieje się coś poważniejszego od zbrodniczych dążeń szaleńca do zamordowania żony. Szykowało się kolejne przestępstwo, któremu należało zapobiec, zanim wielki wyścig zamieni się w wielką katastrofę. Bell musiał zmierzyć się z nowym zagrożeniem, które na razie pozostawało dla niego wielką niewiadomą.

# Rozdział 24

Isaac Bell zadepeszował do Dashwooda, który miał mu przesłać informacje o okolicznościach samobójstwa Di Vecchia oraz ustalić, co robił Marco Celere bezpośrednio po przybyciu z Włoch do Ameryki.

Jego telegram dotarł do San Francisco w jednym z tych rzadkich momentów, kiedy ambitny młody detektyw siedział za biurkiem, a nie pracował w terenie. Dashwood odpowiedział natychmiast:

PRZEPRASZAM ZA ZWŁOKĘ. SAMOBÓJSTWO DI VECCHIO NIEJASNE.

CELERE PRZYBYŁ DO SAN FRANCISCO JAKO TŁUMACZ PODRÓŻUJĄCEGO PO KALIFORNII KORESPONDENTA WŁOSKIEJ GAZETY.

– Tłumacz? – mruknął Bell, przeczytawszy depeszę.

Przecież Josephine wspominała o trudnościach z dogadaniem się z Markiem. Nie mogła zrozumieć jego angielszczyzny. No proszę, uśmiechnął się w duchu. W co ty grasz, Josephine? Czyżbyś obawiała się podejrzeń o zdradę małżeńską? Przecież zapewniałaś swojego nowego dobroczyńcę Prestona Whitewaya i jego surową matkę o czystych intencjach. A może po prostu kryjesz Marka Celere?

Usłyszawszy pierwsze słowa arii Radamesa z Aidy, które przebiły się przez zasłonę mgły spowijającej zatokę San Francisco, detektyw James Dashwood zwrócił się do towarzyszących mu zakonnic:

– Już wracają.

– Dlaczego rybacy śpiewają Verdiego? – spytała matka przełożona, ściskając dłoń ślicznej nowicjuszki, która znała włoski.

Byli na nowo wybudowanym nabrzeżu w portowej dzielnicy Fisherman's Wharf. Woda otaczała ich niemal ze wszystkich stron, chociaż nie mogli jej dostrzec. Świat schował się w zimnym, wilgotnym mroku, który chłodził im płuca i skraplał się na policzkach.

– Śpiewają, żeby nie pogubić się we mgle – wyjaśnił Dashwood. – Tak mi powiedziano, ale mam na ten temat własną teorię. Przypuszczam, że echo ich głosów odbite od brzegu pomaga im w nawigacji.

Znalezienie włoskiego tłumacza w San Francisco nie nastręczało żadnych trudności. Miasto było pełne włoskich imigrantów, którzy opuścili swój biedny i przeludniony kraj w poszukiwaniu lepszego życia. Ale Dashwood potrzebował kogoś, z kim nie baliby się rozmawiać zamknięci w sobie, wiecznie wystraszeni rybacy ze starego świata. Próbował już z nauczycielem, z importerem oliwy, a nawet z pracownikiem stojącej tuż przy nabrzeżu fabryki czekolady i wszędzie trafiał na mur milczenia. Miał nadzieję, że tym razem będzie inaczej. Dzięki poparciu opata nadbrzeżnego klasztoru, którego poznał podczas dochodzenia w sprawie Zamachowca, oraz wrzuceniu hojnej ofiary do puszki na datki dla ubogich wspieranych przez zakonnice zdołał nakłonić matkę przełożoną, aby przyprowadziła nowicjuszkę do Fisherman's Wharf.

Śpiewy przybierały na sile. Wtórowały im basem syreny okrętowe, popiskiwały gwizdki holowników. Niewidoczne jednostki poruszały się po omacku na zatłoczonych przybrzeżnych wodach. Opary mgły na przemian rzedły i gęstniały. Przez kilka sekund widzieli potężny czarny kadłub czteromasztowego żaglowca, który zniknął równie nagle, jak się pojawił. Potem zamajaczył na moment parowiec z wysokim kominem, by w następnej chwili zdematerializować się niczym duch. Wreszcie dostrzegli kontur zielonej łodzi ze skośnym żaglem.

– To oni – powiedział Dashwood. – Pietro i Giuseppe.

– Który z nich nie ma ręki? – spytała matka przełożona.

– Giuseppe. Odgryzł mu ją rekin albo diabeł morski.

Piękna nowicjuszka uczyniła znak krzyża.

– Tak nazywają ośmiornicę – uspokoił ją Dashwood.

Giuseppe skrzywił się na widok detektywa, który ostatnio pojawiał się w Fisherman's Wharf tak często, że część rybaków uznała go za pośrednika w handlu rybami. Kiedy jednak dostrzegł czarne habity zakonnic, przeżegnał się i trącił ostrzegawczo Pietra, który właśnie przymierzał się do zarzucenia liny na pachołek. Jego towarzysz również się przeżegnał.

Jest nieźle, pomyślał Dashwood. Przynajmniej nie zaczęli w niego rzucać rybimi łbami, jak podczas poprzednich wizyt.

– Czego Maria ma się od nich dowiedzieć? – spytała matka przełożona.

– Przede wszystkim tego, czy słyszeli, jak dwaj konstruktorzy latających maszyn kłócili się na ulicy przed ich domem.

– A jeśli słyszeli?

– Na pewno słyszeli. Ale najważniejsze jest, aby dać im do zrozumienia, że nie zamierzam ich skrzywdzić, tylko staram się naprawić zło. Muszą uwierzyć, że nie mają związku z tą sprawą, więc nie będą mieli żadnych kłopotów.

Matka przełożona, prostolinijna Irlandka, która zdołała przetrwać ze swoją trzódką niedawne trzęsienie ziemi, zajęła się udzielaniem pomocy dzieciom ofiar kataklizmu, takim jak Maria.

– Nie mam pojęcia, panie Dashwood – powiedziała bez ogródek – czy Maria da radę ich o tym przekonać.

Przeczekawszy trzy wietrzne i deszczowe dni w tonącym w błocie miasteczku Gary, uczestnicy Wyścigu Lotniczego Atlantyk–Pacyfik o Puchar Whitewaya wzbili się w powietrze z nadzieją, że przed kolejnym załamaniem pogody zdążą dotrzeć do Arsenału Gwardii Narodowej w Chicago. Niestety nie zdążyli. Zniecierpliwionych widzów, którzy szczelnie wypełniali odkryte trybuny wzniesione wzdłuż długiej alei służącej gwardzistom za plac apelowy, poinformowano, że z powodu burzy awiatorzy musieli zrobić nieoczekiwany postój w Hammond.

Pięćdziesięcioosobowa orkiestra dęta Gwardii Narodowej dawała z siebie wszystko, aby uspokoić wzburzoną publiczność. Potem w powietrze wzbiło się kilka wright flyerów starszego typu, pilotowanych przez miejscowych awiatorów. Maszyny przeprowadziły pokaz zrzutu gipsowych „bomb" na „pancernik", którego kontur wyrysowano kredą pośrodku alei. W rezultacie brukowana nawierzchnia została pokryta grubą warstwą gipsowego pyłu. Wtedy nadeszła kolejna wiadomość.

Niebo nad Hammond rozpogodziło się i zawodnicy znów znaleźli się w powietrzu.

Godzinę później wybucha wrzawa.

– Lecą!

Oczy wszystkich skierowały się w niebo.

Jedna po drugiej pojawiały się kolejne maszyny. Na prowadzeniu był biały dwupłatowiec Steve'a Stevensa. Zatoczył krąg nad murami przypominającej twierdzę zbrojowni, opuścił się na szeroką aleję i już po chwili podskakiwał na kocich łbach, a śmigła jego dwóch motorów wzbijały tumany gipsowego pyłu. Kompania żołnierzy w galowych mundurach zasalutowała, a warta honorowa zaprezentowała broń.

Dwaj pracownicy Służby Ochrony Van Dorna pełniący wartę na dachu zbrojowni stali oparci o wycięcia w blankach i wpatrywali się w niebo. Za ich plecami pojawił się barczysty mężczyzna, który bezszelestnie wyszedł z przybudówki nad klatką schodową, minął świetlik i obszedłszy drugą przybudówkę, mieszczącą maszynownię windy, znalazł się tuż przy nich.

– Gdybym był Harrym Frostem, obaj już byście nie żyli – powiedział.

Ochroniarze odwrócili się jak na komendę, by zobaczyć Josepha Van Dorna we własnej osobie.

– A ten drań bez przeszkód zamordowałby awiatorkę, za której ochronę agencja pobiera sowitą opłatę – dokończył.

– Przepraszamy, panie Van Dorn – wyjąkał skruszony Milago.

– Myśleliśmy, że Gwardia Narodowa sama pilnuje swoich schodów – próbował ich usprawiedliwić Lewis.

– Niedzielni żołnierze Gwardii Narodowej puścili spódnice swoich matek tylko po to, żeby bronić miasta przed strajkującymi robotnikami i intruzami z Kanady – burknął sarkastycznie Van Dorn. – Nie zdołaliby rozpoznać Frosta, nawet gdyby wyszedł im naprzeciw. I właśnie dlatego wy tu jesteście.

– Tak jest, panie Van Dorn – odpowiedzieli jednym głosem.

– Macie przy sobie jego podobiznę?

Wyciągnęli z kieszeni oba listy gończe, z brodą i bez brody.

– Broń w pogotowiu?

Odchylili poły płaszczy, pokazując rewolwery w kaburach.

– Miejcie oczy otwarte i pilnujcie schodów.

Poniżej, na placu apelowym, Marco Celere przebrany za Dmitrija Płatowa stał wśród mechaników, którzy przyjechali pociągami, a teraz patrzyli z niepokojem w niebo, szukając oznak pogarszającej się pogody.

Celere klaskał z entuzjazmem, kiedy Steve Stevens lądował na alei. Nie miał wyjścia, bo właśnie tak postąpiłby Płatow. Ale uśmiechając się i bijąc brawo, oczami wyobraźni widział setki aeroplanów siekających żołnierzy na miazgę ogniem karabinów maszynowych i spuszczających na zbrojownię z czerwonej cegły deszcz dynamitu.

# Rozdział 25

Do dokonania niszczycielskiego uderzenia z powietrza, o jakim marzył Marco Celere, potrzebne były specjalne aeroplany, które jeszcze nie istniały. Prawdziwe latające fortece z dwoma, trzema, a nawet czterema motorami, o ogromnych skrzydłach, zdolne przenieść potężny ładunek bomb na odległość setek kilometrów. A do ich ochrony przed kontratakiem wroga należało zbudować mniejsze, zwinne maszyny eskortowe.

Celere miał świadomość, że ta idea nie jest nowa. Wizje szybkich statków powietrznych, zdolnych do przewożenia wielu pasażerów albo wielu bomb, od dawna pojawiały się w wyobraźni zarówno artystów, jak i beznamiętnych wojskowych strategów. Nie przeszkadzało mu to jednak, bo cudze pomysły były motorem jego życia. Chłonął wszystko jak gąbka, co kiedyś wypomniała mu Danielle Di Vecchio, przy okazji nazywając go złodziejem.

Jego jedynym naprawdę własnym pomysłem było przeistoczenie się w Dmitrija Płatowa, fikcyjnego rosyjskiego mechanika lotniczego, ślusarza i wynalazcę silnika reakcyjnego. Jak mówi przysłowie, potrzeba jest matką wynalazków. Aby zapewnić zwycięstwo w wyścigu Josephine i skonstruowanemu przez siebie aeroplanowi, Marco musiał zniszczyć maszyny jej konkurentów. A kto miałby lepszą okazję do dokonania sabotażu niż uczynny i chętny do pomocy Płatow?

Celere był naprawdę znakomitym ślusarzem, obdarzonym zdolnością wizualizacji gotowego wyrobu już w chwili rozpoczęcia procesu produkcji. Dzięki temu miał ogromną przewagę nad zwykłymi operatorami obrabiarek i mechanikami już na samym początku kariery, kiedy jako dwunastolatek zaczął pracę w warsztacie mechanicznym w Birmingham. Zatrudnienie zawdzięczał ojcu, imigrantowi, który pracował jako kelner w restauracji i załatwił mu miejsce, uwodząc żonę właściciela.

Po założeniu materiału na tokarkę koledzy Marka dostrzegali tylko monolityczny blok. On miał przed oczami kształt gotowego przedmiotu, zanim jeszcze uruchomiono maszynę. Zupełnie jakby widział coś, co było zamknięte wewnątrz kawałka stali. Uwolnienie elementu tkwiącego w środku było dla niego jedynie kwestią usunięcia nadmiaru metalu.

Korzystał z tego daru w dalszej karierze. W pierwszym jednopłatowcu skonstruowanym przez Di Vecchia zobaczył samego siebie zawierającego kontrakty na budowę wojskowych aeroplanów w celu pokonania Turcji, odwiecznego wroga Włoch, i przejęcia jej afrykańskich kolonii.

Wkrótce po wypadku zakończonym rozbiciem się skopiowanej maszyny dostrzegł szansę oczyszczenia z zarzutów. Znajdowała się w luksusowym pociągu specjalnym, który przybył do San Francisco na pierwszy kalifornijski piknik lotniczy. Z tego pociągu wysiadł Harry Frost ze swoją świeżo poślubioną małżonką. Bajecznie bogata para – ciężki bombowiec w eskorcie śmigłego myśliwca – dysponująca zasobami przewyższającymi możliwości finansowe króla Italii, była jego drugą szansą na ziszczenie wizji latających machin wojennych. Bez najmniejszego trudu uwiódł pochłoniętą żądzą latania i spragnioną miłości kobietę. Josephine, która w powietrzu wykazywała się doskonałą orientacją, zdecydowaniem i odwagą, na ziemi dawała się prowadzić za rękę jak dziecko, a jej determinacja przekształcała się w skłonność do ulegania porywom serca bez oglądania się na konsekwencje.

Wyścig o Puchar Whitewaya spadł mu jak z nieba – idealna okazja do udowodnienia całemu światu, że jego aeroplany są najlepsze. Musiały być najlepsze, przecież kopiował najdoskonalsze wzorce. Nie miał wątpliwości, że Josephine wygra, dzięki swym umiejętnościom lotniczym i jego akcji sabotażowej. A to zwycięstwo otworzy mu drogę do sławy. Nikt w dowództwie włoskiej armii nie będzie pamiętał o początkowych niepowodzeniach, kiedy jego aeroplany zawojują Turcję, umożliwiając Włochom przejęcie tureckich kolonii w Afryce.

Daleko na niebie pojawiły się dwie żółte plamki. Niżej leciała Josephine, a nieco wyżej i tuż za nią, jak pasterz za owieczką, podążał Isaac Bell. Tłum zareagował żywiołowym aplauzem.

– Josephine! Josephine!

Whiteway to prawdziwy geniusz, pomyślał Celere. Ci ludzie naprawdę kochają Latającą Sympatię Ameryki. Zdobycie pucharu zapewni jej miano najsłynniejszej awiatorki świata i każdy generał będzie wiedział, na czyjej maszynie odniosła wielkie zwycięstwo.

Chociaż ewentualna wygrana Stevensa nie zmartwiłaby Marka. Wszak zamierzał sprzedawać włoskiej armii nie tylko zwinne eskortowce, lecz także ciężkie bombowce. Ale maszynę plantatora trapiły liczne usterki. Nie udało się zsynchronizować potężnych motorów i pod wpływem silnych wibracji aeroplan zaczynał rozpadać się na kawałki. Gdyby Stevens rozbił się przed końcem wyścigu, Celere mógłby to zrzucić na karb nadmiernej wagi i braku doświadczenia plantatora. Rozwiązanie problemu wibracji pozostawało poza zasięgiem jego możliwości. Wprawdzie młody Igor Sikorsky zdołał już sobie z nim poradzić, lecz Marco miał za mało czasu, by ukraść jego pomysł. Żałował, że kupiony w Paryżu silnik reakcyjny się nie sprawdził. Niestety nie potrafił wyregulować jego pracy tak, aby można go było wykorzystać do napędzana aeroplanu.

Pracownicy Służby Ochrony Van Dorna pilnujący dachu zbrojowni pilnie strzegli drzwi prowadzących na klatkę schodową, ale okrzyki radości i wiwaty co chwilę ściągały ich uwagę na plac, trybuny i kolejne maszyny podchodzące do lądowania.

Dlatego leżeli teraz nieprzytomni u stóp Harry'ego Frosta, który zamiast z przybudówki nad schodami, wyszedł z tej nad szybem windy, gdzie ukrywał się od świtu, i powalił obu ciosami zadanymi z siłą kowalskiego młota.

Oparł lufę marlina na występie muru i cierpliwie czekał, aż głowa Josephine wypełni pole widzenia w lunecie celownika. Leciała prosto na niego, szykując się do wymaganego regulaminem wyścigu okrążenia nad zbrojownią. Widział ją wyraźnie za przezroczystym kręgiem wirującego śmigła. Zastrzelenie wiarołomnej żony nie będzie tak satysfakcjonujące jak uduszenie jej własnymi rękami, ale przecież lepszy rydz niż nic.

Gdy Isaac Bell zobaczył blanki na dachu zbrojowni, pomyślał, że to idealne miejsce do urządzenia zasadzki. Odepchnął od siebie koło sterowe i rzucił „Orła" w nurkowanie. Sterował prawą ręką, a lewą sięgnął do automatycznego remingtona.

Przelatując obok Josephine, dostrzegł przerażenie na jej twarzy. Naprzeciwko, między występami muru, dostrzegł błysk słońca odbijającego się od stali. Tuż obok świecącego punktu, ukryty częściowo w cieniu, stał Harry Frost i mierzył z karabinu prosto w żółtą maszynę żony.

Zanim strzelił, zauważył „Amerykańskiego Orła" pikującego prosto na niego. Skierował lufę na Bella i otworzył ogień. Dwa pociski przeszyły kadłub tuż za oparciem siedzenia.

Isaac wiedział, że uratowała go duża prędkość nurkowania. Frost nie spodziewał się, że będzie leciał tak szybko. Teraz przyszła jego kolej. Poczekał, aż cel wysunie się spoza kręgu obracającego się śmigła, i nacisnął spust remingtona. Odpryski cegieł poleciały prosto w twarz Frosta, który puścił karabin i padł na wznak.

Bell rzucił aeroplan w ostry wiraż, za ostry, bo poczuł, że „Orzeł" znalazł się na granicy korkociągu. Skorygował położenie sterów, aby nie stracić kontroli nad maszyną, i zawrócił nad zbrojownię. Frost właśnie przeskakiwał w biegu nad ciałami nieprzytomnych ochroniarzy. Był bez karabinu, który został tam, gdzie go upuścił, i trzymał się ręką za oko. Bell wypalił dwa razy. Pierwszym strzałem stłukł okno maszynowni windy, a drugim drasnął obcas buta uciekiniera. Siła uderzenia pocisku zwaliła Frosta z nóg.

Isaac ponownie zwinął „Orła" w ciasnym zakręcie, ignorując ostrzegawcze wycie wiatru na stalowych cięgnach i złowieszczy odgłos wibracji, którymi zadrgały stery, i pomknął z powrotem nad zbrojownię. Z otwartych drzwi klatki schodowej wypadli żołnierze z długimi nieporęcznymi karabinami i rozbiegli się po dachu. Bell powstrzymał się od strzelania, żeby przypadkiem nie trafić któregoś z nich. Frost przycupnął za maszynownią windy. Przelatując obok, Isaac widział, jak otwiera drzwi i wchodzi do środka.

Rzut oka na aleję przed budynkiem wystarczył mu, by stwierdzić, że Josephine już wylądowała i jest tam dość miejsca dla niego. Poszedł w dół, raz po raz wyłączając kontakt. Przyziemił twardo, silnie uderzając kołami o bruk. Zarzuciło go bokiem, więc skontrował sterem, a kiedy płoza ogonowa przyhamowała maszynę, zeskoczył na ziemię i popędził schodami do wejścia do zbrojowni, wyciągając w biegu pistolet.

Na jego drodze stała warta honorowa złożona z żołnierzy w galowych mundurach z karabinami w pozycji „prezentuj broń".

– Agencja Van Dorn! – krzyknął do dowodzącego nimi sierżanta, doświadczonego frontowca z piersią pełną baretek, spośród których wyróżniała się błękitno-żółta wstążka medalu korpusu piechoty morskiej za udział w wojnie amerykańsko-hiszpańskiej. – W maszynowni windy ukrył się morderca. Za mną!

Stary wiarus natychmiast włączył się do akcji, ruszając za Bellem i wołając swoich ludzi.

Wnętrze zbrojowni przypominało główną nawę katedry. Ogromna hala rozciągała się na całą szerokość budynku i połowę jego długości. Wysoko, pod samym dachem, wznosił się kasetonowy sufit. Bell stanął przed windą obok wejścia na schody. Drzwi szybu były zamknięte, a strzałka nad nimi wskazywała, że kabina stoi na najwyższym piętrze.

– Dwaj ludzie zostają przy windzie! – rozkazał. – Nie wolno wam go wypuścić, gdyby zjechał na dół. Reszta za mną.

Pobiegł schodami, a żołnierze popędzili za nim. Kiedy dotarł na dach, czerwony „Oswobodziciel" Joego Mudda właśnie okrążał budynek, a kilka metrów za jego ogonem mknął błękitny curtiss Eddisona-Sydneya-Matrina.

Bell stanął przed drzwiami maszynowni windy. Były zamknięte od wewnątrz.

– Przestrzelcie je!

Żołnierze popatrzyli pytająco na sierżanta.

– Na co czekacie?! – krzyknął weteran.

Sześciu żołnierzy wpakowało po trzy karabinowe pociski w drzwi, rozwalając je w drzazgi. Bell wpadł do środka z pistoletem w dłoni. Pomieszczenie było puste. Spojrzał w dół przez metalową kratę podłogi i zobaczył otwartą, pozbawioną dachu kabinę windy. Stała na najwyższym piętrze, tuż pod jego nogami, i była pusta. Harry Frost znowu się wymknął.

– Gdzie on się podział? – spytał sierżant. – Jest pan pewien, że tu był?

Bell wskazał otwartą klapę w podłodze kabiny.

– Zjechał na dół po linie nośnej – odparł.

– Niemożliwe – stwierdził sierżant. – Żaden człowiek nie zdołałby się utrzymać na naoliwionej stalowej linie.

Isaac zszedł do kabiny i zajrzał w otwór w podłodze. Na pokrytej grubą warstwą smaru linie splecionej ze stalowego drutu zauważył dwa równoległe rowki. Pokazał je sierżantowi, który ze zdumieniem pokręcił głową.

– Skąd on wytrzasnął hamulec linowy?

– Przygotował się zawczasu – odpowiedział Bell.

Mówiąc to, wyszedł z windy i popędził w stronę schodów.

– Wie pan, kto to był? – spytał biegnący za nim sierżant.

– Harry Frost.

Twarz starego wiarusa stężała w wyrazie przerażenia.

– Ścigamy Harry'ego Frosta?!

– Nie ma powodu do obaw, daleko nie uciekł.

– Panie, przecież Chicago to jego miasto.

– Nasze też, sierżancie, a vandornowcy nigdy się nie poddają.

# Rozdział 26

Tego wieczora Bell zaparkował ogromnego packarda model 30 w odległości strzału pistoletowego od trzypiętrowej rezydencji przy Dearborn Street, w której mieścił się Everleigh Club, najelegantszy burdel w całym Chicago. Spod zsuniętego na oczy daszka szoferskiej czapki obserwował dwóch potężnie zbudowanych vandornowców na schodach prowadzących do wejścia. Obaj nietutejsi, nie do rozpoznania przez portiera i obsługę, byli ubrani w wieczorowe stroje, aby wyglądać na wystarczająco zamożnych, żeby pozwolić sobie na protekcjonalne traktowanie personelu. Jeden z nich zadzwonił do drzwi. Masywne dębowe wrota otworzyły się szeroko i po chwili zamknęły za wprowadzonymi do środka detektywami.

Isaac obserwował chodniki, wyglądając gangsterów i gliniarzy. Jego uwagę zwrócił jakiś ciemny kształt tuż poza plamą światła ulicznej lampy. Niewysoki młody mężczyzna w wymiętym garniturze i meloniku wychynął z mroku i skręcił na chodnik, przechodząc tuż obok packarda, aby detektyw mógł go rozpoznać.

– Dash!

– Witam, panie Bell.

– Jakie licho cię tu przyniosło?

– Pan Bronson zgodził się, żebym osobiście złożył panu raport. Załatwił mi też darmowy przejazd ekspresem Overland Limited, w roli ochroniarza.

– Zjawiłeś się w samą porę. Masz rewolwer?

James Dashwood wyciągnął z kabury pod pachą colta z długą, perfekcyjnie odkutą lufą.

– Oto on, panie Bell.

– Widzisz drzwi balkonowe na trzecim piętrze?

– Tak.

– Schody z tego balkonu prowadzą na dach. Nie chciałbym urządzać ulicznej strzelaniny z kimś, kto będzie chciał uciec z pokoju przez te drzwi. Widzisz klamkę?

Dashwood skupił wzrok na ledwie widocznym kawałku brązu.

– Widzę.

– Jeśli się poruszy, odstrzel ją. – Isaac wyjął z kieszonki złoty zegarek i popatrzył na wskazówkę sekundnika. – Za dwadzieścia sekund nasi chłopcy zapukają do drzwi tego pokoju od strony korytarza.

Klamka poruszyła się po dwudziestu trzech sekundach. Dashwood szkolił się pod okiem matki, która popisywała się przed laty umiejętnościami strzeleckimi w widowisku Buffalo Billa. Huknął strzał i klamka odpadła od drzwi.

– Wskakuj – powiedział Bell. – Posłuchajmy, co ten delikwent będzie nam miał do powiedzenia.

Po chwili z burdelu wyszli frontowymi drzwiami dwaj potężni vandornowcy, dźwigając między sobą jakiegoś mężczyznę, niczym dwaj przyjaciele pomagający pijanemu koledze. Gdy Bell podjechał packardem pod sam krawężnik, wepchnęli go na tylne siedzenie.

– Nie wiecie, kim ja jestem! – wściekał się zatrzymany.

– Radny William T. Foley, niegdyś znany jako „Burdelowy Bill", niekoniecznie z powodu przystojnej facjaty, raczej dla swych wyjątkowych umiejętności zarządzania tym procederem.

– Zamknę was w kryminale.

– Oto, co pan radny miał przy sobie – powiedział jeden z detektywów, pokazując Bellowi dwa małe pistolety, sztylet i pałkę.

– Gdzie jest Harry Frost? – spytał Isaac.

– Harry Frost? – powtórzył Foley z miną niewiniątka. Jako jeden z wielu chicagowskich kryminalistów, którym udało się dostać do władz samorządowych, natychmiast rozpoznał detektywów Van Dorna w mężczyznach siedzących po obu jego stronach na tylnym siedzeniu packarda. Od razu poczuł się pewniej, bo było mało prawdopodobne, aby zastrzelili go na ulicy albo utopili go w jeziorze Michigan, co mogło mu grozić ze strony kilku miejscowych organizacji przestępczych. – Nie znam człowieka.

– Właśnie wydawał pan otrzymane od niego pieniądze w najdroższym domu schadzek w Chicago. Dziś po południu zapłacił panu za zrealizowanie czeku na pięć tysięcy dolarów w First Trust and Savings Bank. Gdzie on jest?

– Nie zostawił mi adresu.

– No to ma pan kłopoty.

– A co mi zrobicie? Oddacie mnie w ręce szeryfa? Tak się składa, że to wuj mojej żony.

– Startuje pan w wyborach. Nasz klient jest wydawcą popularnej chicagowskiej gazety i będzie dla pana lepiej, aby nie uznał pana za swego wroga.

– Nie boję się gazet Whitewaya – Foley uśmiechnął się szyderczo. – Nikt w Chicago nie traktuje poważnie tego chłystka z Kalifornii, który...

– Może mieszkańcy Chicago – przerwał mu Bell – byliby skłonni jeszcze przez jakiś czas przymykać oczy na pańskie oszukańcze interesy, ale na pewno położą temu kres, jeśli okaże się, że radny William T. Foley naraził na niebezpieczeństwo utraty życia pannę Josephine Josephs, Latającą Sympatię Ameryki.

Foley oblizał usta.

– Gdzie jest Harry Frost? – spytał ponownie Isaac.

– Wyjechał z miasta.

– Zaczynam tracić cierpliwość, panie radny.

– Ja nie kłamię. Frost naprawdę wyjechał. Sam widziałem.

– Którym pociągiem?

– Pojechał autem.

– Jakim?

– Thomasem flyerem.

Bell i Dashwood wymienili spojrzenia. Thomas flyer był solidnym automobilem, idealnym na długie trasy. Doskonale spisywał się na wyboistych drogach, radził sobie na prerii, mógł też od biedy poruszać się po torach kolejowych, gdyby z powodu podtopień lub osunięć gruntu nie było innej możliwości przejazdu. Dysponując takim pojazdem, Frost mógł szybko przerzucać się z miejsca na miejsce, co czyniło go jeszcze bardziej niebezpiecznym.

– Dokąd pojechał?

– Na zachód.

– Do Saint Louis?

Radny Foley wzruszył ramionami.

– Odniosłem wrażenie, że raczej do Kansas City, dokąd zmierza wasz wyścig, jeśli wierzyć prasie.

– Był sam?

– Miał mechanika i kierowcę.

Bell ponownie spojrzał na Dashwooda. Na przestrzeni ośmiuset kilometrów dzielących Chicago i Kansas City rozciągało się kompletne pustkowie, dlatego Harry Frost przygotował się na długą podróż.

– Obaj są uzbrojeni i niebezpieczni – dodał Foley.

– Nazwiska?

– Mike Stotts i Cave Mayhew. Stotts to kierowca, a Mayhew mechanik. Kiedyś pracował jako telegrafista, ale przyłapali go na przesyłaniu wyników gonitw konnych bukmacherom. Telegrafiści są zobowiązani do zachowania tajemnicy, jak pan zapewne wie.

– Wiem tylko tyle, panie radny – odparł Bell – że nagle zrobił się pan niezwykle rozmowny. Zmyśla pan na poczekaniu?

– Nie. Po prostu wiem, że Harry już nie wróci. To była ostatnia przysługa, którą dla niego zrobiłem.

– A skąd pan wie, że nie wróci?

– Nie sądziłem, że doczekam dnia, kiedy przeklęci vandornowcy zmuszą go do opuszczenia miasta.


Bell postawił Dashwoodowi kolację, podczas której wypytywał młodego detektywa o wyniki dochodzenia prowadzonego w San Francisco.

– W ostatniej depeszy napisałeś, że Celere i Di Vecchio byli zeszłego lata w San Francisco. Celere przybył pierwszy i pracował jako tłumacz, a potem zbudował dwupłatowiec, który następnie sprzedał Frostowi. Ten przetransportował maszynę do Adirondack i zatrudnił Celerego na swojej działce, żeby tam budował aeroplany dla Josephine. Celere i Di Vecchio uciekli z Włoch przed wierzycielami. Di Vecchio popełnił samobójstwo. Czy udało ci się dowiedzieć czegoś więcej?

– Pokłócili się.

– O co? – zapytał Bell.

Dashwood wyjaśnił, że dwaj włoscy rybacy słyszeli ostrą pyskówkę na ulicy przed pensjonatem, w którym mieszkali Di Vecchio i Celere. Di Vecchio zarzucał Celere, że ukradł jego pomysł na zwiększenie wytrzymałości skrzydeł.

– Wiem o tym. – rzekł Isaac. – Celere twierdził, że było na odwrót. Coś jeszcze?

– Zaczął Di Vecchio. Wydarł się na Celere, że ten skopiował od niego całą maszynę. Celere upierał się, że to nieprawda, bo gdyby tak było, włoska armia kupiłaby aeroplan od Di Vecchia, a nie od niego.

– Co na to Di Vecchio?

– Stwierdził, że to pewnie przez niego, bo zniechęcił wojskowych.

Bell pokiwał głową. O tym także już wiedział od Danielle.

– Co dalej?

– Wrzeszczał na Celere, żeby trzymał łapy z dala od jego córki. Ma na imię...

– Danielle – wszedł mu w słowo Isaac. – Ale jaki był związek między uwodzeniem panny Di Vecchio a kupnem jego konstrukcji przez włoską armię?

– Według rybaków, z którymi rozmawiałem, Di Vecchio krzyczał: „Znajdź sobie inny obiekt dla swoich niecnych zabiegów!"

– Jakich niecnych zabiegów?

– Użył słowa, którego moja tłumaczka nie mogła powtórzyć.

– Nie mogła? Dlaczego? Czy to był jakiś termin techniczny? Może *alettone*?

– Nie, nie chodziło o sprawy techniczne. Ona wiedziała, co to znaczy, ale bała się wymówić to słowo w obecności matki przełożonej.

– Matki przełożonej? – powtórzył Bell z niedowierzaniem. – Co ty wygadujesz, Dash?

– To były zakonnice – wyjaśnił młody detektyw.

– Zakonnice?

– Zawsze pan twierdził, że ludzie chcą mówić, tylko trzeba im zapewnić odpowiednie warunki. Próbowałem z różnymi tłumaczami, ale tylko tej zakonnicy udało się skłonić rybaków do mówienia. Jak już zaczęli opowiadać, to nie mogli przestać. Pewnie dlatego, że ta nowicjuszka jest bardzo urodziwa.

Isaac poklepał Dashwooda po ramieniu.

– Dobra robota! – pochwalił go.

– No tak, ale wszystko stało w miejscu, dopóki jej nie znalazłem. Tłumaczyła świetnie aż do momentu, kiedy padło to słowo. Wtedy zamurowało ją na amen. Błagałem je obie. Obiecałem nawet, że pomodlę się razem z nimi. W końcu wyszeptała: żigolo.

– Di Vecchio nazwał Celerego żigolakiem? – Bell przypomniał sobie, że po przybyciu Josephine i Harry'ego do San Francisco właśnie nowo poślubiona żona namówiła Frosta na kupno dwupłatowca od Włocha. – Czy powiedział na ten temat coś konkretnego?

– Tak, twierdził, że Celere przekonał córkę włoskiego generała, aby namówiła ojca do kupienia maszyny jego konstrukcji. Ze słów, które padły podczas kłótni, rybacy wywnioskowali, że Celere nie pierwszy raz wykorzystał kobiety do osiągnięcia swoich celów.

– Di Vecchio oskarżył Celerego o branie pieniędzy od kobiet?

– Mówił o jakimś nietypowym silniku, który Celere odkupił od kogoś podczas paryskiego mityngu lotniczego. Transakcję sfinansowała kobieta. Ale po przyjeździe do San Francisco znów był bez grosza przy duszy. Zdaje się, że interes z wojskiem nie wypalił.

– Aeroplanem, który się rozbił, leciał generał – powiedział Bell.

– Więc to dlatego Di Vecchio wypominał Celeremu, że sprzedał wojsku kiepską maszynę i popsuł interes innym konstruktorom.

– Czy oskarżył go, że próbował posłużyć się Danielle?

– Chyba właśnie dlatego krzyczał: „Nie waż się tknąć mojej córki!"

– Widzę, że ci rybacy przypadkiem natknęli się na niezłą pyskówkę.

– Nie całkiem przypadkiem. Oni też tam mieszkali.

Isaac popatrzył młodemu detektywowi w oczy.

– Dokopałeś się do wielu ciekawych informacji, Dash – rzekł. – Miałeś jakieś olśnienie czy wiedziałeś, gdzie szukać?

– Można powiedzieć, że wiedziałem, panie Bell. Ta kłótnia miała miejsce przed hotelem, w którym tej samej nocy zmarł Di Vecchio.


# Rozdział 27

Isaac Bell dłuższą chwilę wpatrywał się w swojego protegowanego. W głowie zaświtała mu myśl, że ostra sprzeczka mogła zakończyć się morderstwem.

– Tej samej nocy? – powtórzył.

– Tak – potwierdził James Dashwood. – Tej samej nocy w pokoju hotelowym Di Vecchio odebrał sobie życie. Zdmuchnął płomień lampy i nie zakręcił gazu.

– Jesteś pewien, że to było samobójstwo?

– Nie można go wykluczyć, ale przyjrzałem się bliżej tej sprawie. Doszedłem do pewnych wniosków i chciałbym wyjaśnić swój tok myślenia, dlatego zależało mi na tym, aby osobiście złożyć panu raport.

– Mów – zachęcił go Isaac.

– Zgodnie z pańskim poleceniem zająłem się sprawą samobójstwa i wtedy dowiedziałem się o tej kłótni. Wiedziałem od pana, że prawdziwe nazwisko Marka Celere brzmi Prestogiacomo. Odkryłem, że pod tym właśnie nazwiskiem był zameldowany w hotelu. Tak samo jak pan nie lubię zbiegów okoliczności, dlatego uznałem, że to nie przypadek. Skontaktowałem się z koronerem, który przyznał, że nie dociekał zbytnio, dlaczego jakiemuś włoskiemu imigrantowi zdarzyło się umrzeć w San Francisco. W mieście jest ich bardzo wielu i trzymają się razem. Zacząłem więc sobie wyobrażać, jak bym postąpił, gdyby nie chodziło o Włocha, tylko o Amerykanina, w dodatku nie jakiegoś biedaka, ale zamożnego gościa, który zarabia trzy tysiące dolarów rocznie, ma dom, stać go na służbę i kucharkę. Jakie pytania bym zadawał, gdyby kogoś takiego znaleziono otrutego gazem w pokoju hotelowym?

Bell powstrzymał uśmiech, który cisnął mu się na usta, i spytał surowo:

– Do czego doszedłeś?

– Gaz to doskonały sposób na pozbycie się niewygodnego człowieka.

– Czy masz choćby jakieś poszlaki na poparcie tych domysłów?

– Dowiedziałem się od nocnego portiera, że Di Vecchio miał na głowie guza, tak jakby tracąc przytomność, spadł z łóżka. Mógł się obudzić oszołomiony i upaść, ale równie dobrze ktoś mógł go ogłuszyć i odkręcić gaz. Problem w tym, że chyba nigdy się nie dowiemy, jak było naprawdę.

– Pewnie nie – przyznał Isaac.

– Czy mogę pana o coś spytać, panie Bell?

– Jasne.

– Dlaczego mnie pan poprosił, żebym zbadał to samobójstwo?

– Latam aeroplanem, który jest ostatnią konstrukcją Di Vecchia. Ta maszyna sprawuje się tak, że trudno mi sobie wyobrazić, aby jej twórca mógł mieć skłonności samobójcze. Jest niezwykle wytrzymała i zachowuje się w powietrzu, jakby została zbudowana przez człowieka, który kocha swoją pracę i chce nadal produkować coraz lepsze aeroplany.

263

Takie odniosłem wrażenie, ale to oczywiście o niczym nie świadczy.

– Niby nie, ale kiedy połączymy pańskie wrażenie z guzem na głowie Di Vecchia, wyjdzie nam coś na kształt zbiegu okoliczności, nieprawdaż?

– W pewnym sensie – zgodził się Bell.

– Niestety nigdy nie poznamy prawdy. Di Vecchio nie żyje, tak jak ten, który być może go wykończył.

– A może... – Isaac zawiesił głos, myśląc o czymś intensywnie. – Dash, o co chodziło z tym silnikiem, który Celere kupił w Paryżu za pieniądze otrzymane od kobiety? Co miałeś na myśli, mówiąc, że był nietypowy?

Dashwood roześmiał się.

– W tym miejscu nasza zakonnica miała spory problem z tłumaczeniem. Zupełnie wytrąciło ją to z równowagi.

– Dlaczego?

– Mówiąc o tym silniku, rybak użył słowa *polpo*. To znaczy ośmiornica.

– Jaki silnik przypomina ośmiornicę? – zastanawiał się głośno Bell. – Może ośmiocylindrowy antoinette?

– Rybacy nazywają ośmiornicę diabłem morskim. Tylko że to ma się nijak do silnika.

– I co było dalej?

– Rybak podsunął inne słowo: *calamaro*.

– Kałamarnica?

– Dokładnie to powiedziała Maria. Ta urodziwa nowicjuszka.

– Silnik jak ośmiornica albo kałamarnica? Przecież te stworzenia bardzo różnią się od siebie. Kałamarnica pływa, jest podłużna i ma macki z tyłu, a ośmiornica jest okrągła i przemieszcza się po dnie na ośmiu ramionach. Dash, idź do biblioteki i dowiedz się, co ośmiornice i kałamarnice mają ze sobą wspólnego.

Eustace Weed, pochodzący z Chicago pomocnik mechanika, którego Bell zatrudnił, aby Andy Moser miał więcej czasu na zbadanie przyczyn awarii dręczących uczestników wyścigu, poprosił o wolny wieczór, bo chciał pożegnać się z dziewczyną mieszkającą w dzielnicy South Side.

– Masz być z powrotem przed wschodem słońca – upomniał go Andy. – Jeśli pogoda się utrzyma, jutro z samego rana wszyscy wyruszą do Peorii.

Eustace dał słowo, że wróci na czas. Przypuszczał, że nie będzie miał problemu z dotrzymaniem obietnicy, gdyż matka Daisy zwykła siedzieć tuż za drzwiami salonu, w którym jej córka przyjmowała ukochanego. Jego przewidywania potwierdziły się. O dziewiątej wieczorem z sąsiedniego pokoju dobiegł głos pani Ramsey:

– Daisy, pożegnaj się z panem Weedem. Czas do łóżka.

Eustace i rudowłosa Daisy popatrzyli sobie w oczy. Oboje uważali, że pomysł z łóżkiem byłby znacznie ciekawszy, gdyby matki nie było w domu. Ale była, więc Eustace powiedział uprzejmie:

– Dobranoc, pani Ramsey.

– Dobranoc – usłyszał zza zamkniętych drzwi.

W nagłym przebłysku zrozumienia Eustace uświadomił sobie, że pani Ramsey wcale nie jest tak nieczuła i pozbawion romantyzmu, jak sądził do tej pory. Wziął Daisy w ramiona, aby złożyć na jej ustach pożegnalny pocałunek.

– Jak długo cię nie będzie? – spytała szeptem, kiedy zdołała wreszcie zaczerpnąć tchu.

– Jeśli wszystko dobrze pójdzie, wyścig potrwa jeszcze trzy tygodnie, może nawet cztery. Mam nadzieję, że najdalej za miesiąc wrócę do domu.

– To bardzo długo – westchnęła Daisy. Nagle spytała od niechcenia: – Czy Josephine jest ładna?

Eustace doznał kolejnego przebłysku i odpowiedział:

– Nie zauważyłem.

Daisy pocałowała go w usta i przylgnęła do niego całym ciałem, ale wtedy zza drzwi znów dobiegł głos matki:

– Dobranoc!

Weedowi wciąż kręciło się w głowie, kiedy z ciężkim sercem schodził po schodach.

Na dole drogę zastąpiło mu dwóch opryszków z West Side, blokując całą szerokość chodnika.

Eustace zrozumiał, że za chwilę będzie musiał się bić, w dodatku bez większych szans na zwycięstwo. Znacznie lepszym pomysłem wydawała się ucieczka. Był wysoki i szczupły i prawdopodobnie zdołałby ujść pogoni. Ale zanim się ruszył, mężczyźni rozłożyli ręce i wtedy z przerażeniem dostrzegł w ich dłoniach noże sprężynowe.

– Szef chce cię widzieć. Pójdziesz grzecznie czy mamy ci pomóc?

Eustace kiwnął głową, nie odrywając wzroku od noży.

– O co chodzi? – spytał.

– Dowiesz się na miejscu.

Kilka minut później dotarli do ulicy pełnej saloonów. Weszli do jednego z nich, przemierzyli salę barową, w której było aż ciemno od papierosowego dymu, i zaprowadzili Weeda do pomieszczenia na zapleczu. Siedział tam za biurkiem brzuchaty mężczyzna w meloniku, kamizelce i krawacie, prawdopodobnie właściciel tego przybytku. Na blacie stał ruszt, a na nim ogrzewany płomieniem świecy żeliwny garnuszek pełen bulgoczącej parafiny. Pokój wypełniała woń podobna do zapachu spalonego oleju rycynowego z rur wydechowych silnika Gnome. Obok garnka stał wypełniony wodą dzbanek z wąskim dzióbkiem, a przy nim leżały skórzany woreczek, kilkucentymetrowa miedziana rurka oraz budząca lęk metalowa pałka z elastyczną rękojeścią i grubą główką.

– Zamknijcie drzwi – warknął brzuchaty.

Bandyci spełnili polecenie i stanęli przy wejściu. Właściciel baru kazał Weedowi podejść bliżej.

– Nazywasz się Eustace Weed – powiedział. – Twoją dziewczyną jest Daisy Ramsey. To prawdziwa ślicznotka. Czy chcesz, żeby po twoim powrocie z wyścigu nadal tak dobrze wyglądała?

– Co pan...

Grubas chwycił pałkę i machnął nią energicznie, tak że pokiwała się jak wahadło.

– A może wolisz, żeby zamienić jej piękną buźkę w krwawą miazgę?

Musieli mnie wziąć za kogoś innego, pomyślał Eustace w pierwszym odruchu paniki, ale po chwili zrozumiał, że to nie pomyłka. Wiedzieli o Daisy i o wyścigu, w którym uczestniczył jako członek ekipy technicznej maszyny należącej do głównego śledczego Agencji Detektywistycznej Van Dorna. Zorientował się, że może to mieć coś wspólnego z Harrym Frostem, szaleńcem zamierzającym zabić Josephine.

– Dlaczego... – zaczął, ale właściciel salonu wszedł mu w słowo.

– Dlaczego cię tu sprowadziliśmy? – zapytał przesłodzonym głosem, który zupełnie nie pasował do jego lodowatego spojrzenia. – Bo chcemy, żebyś dla nas coś zrobił. Jeżeli będziesz grzeczny, po powrocie do Chicago znajdziesz swoją dziewczynę w takim samym kwitnącym stanie, w jakim ją zostawiłeś. Obiecuję ci, że jeśli ktokolwiek choćby gwizdnie na jej widok, będzie miał ze mną do czynienia. Jeżeli jednak nie zrobisz tego, czego chcemy... No cóż, sam się domyśl. Zresztą nie musisz, bo już ci powiedziałem, co się stanie. Rozumiesz?

– Czego ode mnie chcecie?

– Najpierw odpowiedz mi, czy rozumiesz.

Weed skinął głową.

– Rozumiem.

– Rozumiesz, że jeśli pójdziesz z tym na policję, to nie będziesz miał pewności, czy nie trafisz na naszych gliniarzy?

Eustace dorastał w Chicago, więc wiedział o powiązaniach tutejszej policji z gangsterami, a także słyszał niejedno na temat Harry'ego Frosta. Ponownie kiwnął głową, ale grubasowi to nie wystarczyło. Patrzył na niego wyczekująco, aż usłyszał wypowiedziane głośno:

– Rozumiem.

– Dobrze. W takim razie ty i Daisy będziecie sobie żyli długo i szczęśliwie.

– Kiedy się dowiem, co mam zrobić?

– Za chwilę. Widzisz ten garnek?

– Tak.

– Wiesz, co się w nim gotuje?

– Pachnie jak parafina.

– To wosk parafinowy. A widzisz to? – Grubas podniósł kilkucentymetrową miedzianą rurkę o średnicy trzech czwartych cala.

– Tak.

– Wiesz, co to jest?

– Kawałek miedzianej rurki.

– Zdmuchnij świecę – rozkazał grubas.

Eustace spojrzał na niego zdziwiony.

– No, dalej, schyl się i zgaś świecę, żeby parafina przestała się gotować.

Eustace obawiał się, że to podstęp, że grubas uderzy go albo ochlapie mu twarz wrzącym woskiem. Czuł mrowienie na karku, kiedy zdmuchiwał świecę, ale nic się nie stało.

– Dobrze. Teraz poczekamy chwilę, żeby trochę ostygła.

Grubas zamilkł. Jego pomagierzy przy drzwiach niecierpliwie przestępowali z nogi na nogę. Eustace słyszał gwar rozmów i śmiechy dochodzące z sali barowej.

– Weź do ręki tę miedzianą rurkę – odezwał się wreszcie właściciel saloonu.

Eustace podniósł rurkę, bardziej zaciekawiony niż przestraszony.

– Zanurz jeden koniec w parafinie. Ostrożnie, nie poparz palców o garnek, wciąż jest bardzo gorący.

Eustace zanurzył rurkę w wosku, który stygnąc, robił się coraz gęstszy.

– Potrzymaj tak przez chwilę...

Po mniej więcej minucie grubas powiedział:

– Wyciągnij. Dobrze. Zanurz rurkę w dzbanku z wodą, żeby ją ostudzić... Wystarczy. Teraz odwróć ją szybko woskiem do dołu. Gotowe. Właśnie zrobiłeś z wosku korek, który zatyka rurkę. Widzisz?

– Tak, jest zatkana od dołu.

– Weź dzbanek i nalej wody do rurki. Ostrożnie, bo nie ma w niej dużo miejsca. Najwyżej na dwie łyżki stołowe.

– Mniej więcej tyle wlałem.

– Dobrze. Teraz, trzymając rurkę pionowo, żeby nie wylać wody, wsadź palec do garnka z woskiem. Bez obaw, nie poparzysz się. Wprawdzie wosk jest jeszcze ciepły i może trochę piec, ale tylko przez chwilę.

Eustace zanurzył palec w miękkim wosku.

– Już prawie gotowe – mruknął grubas. – Nabierz trochę wosku na palec i zatkaj nim drugi koniec rurki.

Eustace wykonał polecenie.

– Nałóż trochę więcej, żeby dobrze uszczelnić. Nie może wyciec nawet kropelka, rozumiesz?

– Tak.

– W porządku. Obróć rurkę i sprawdź, czy nie przecieka.

Eustace delikatnie obrócił rurkę.

Grubas wyjął mu ją z ręki i mocno nią potrząsnął. Oba korki trzymały, woda nie wyciekała. Wrzucił rurkę do skórzanego woreczka, ściągnął otwór sznurkiem i zwrócił

Weedowi.

– Trzymaj to z dala od ciepła, żeby wosk się nie rozpuścił.

– Co mam zrobić z tą rurką?

– Dobrze schować i czekać, aż zgłosi się do ciebie ktoś, kto ci powie, gdzie masz ją włożyć. A potem włożyć tam, gdzie trzeba.

Eustace Weed zważył woreczek w dłoni.

– I to wszystko?

– Wszystko? Twoja dziewczyna nazywa się Daisy Ramsey. – Właściciel saloonu uniósł pałkę i opuścił ją na blat z taką mocą, że garnek podskoczył na ruszcie. – To jest wszystko.

– Rozumiem – wyrwało się Eustace'emu, choć nadal nie miał pojęcia, o co chodzi i dlaczego grubas kazał mu odstawić cały ten cyrk z zatykaniem rurki woskiem. Czemu po prostu nie dał mu zatkanej rurki w woreczku?

Właściciel baru popatrzył na niego, uśmiechnął się i spytał:

– Pewnie zastanawiasz się, po co to wszystko?

– Tak, proszę pana.

– To na wypadek, gdybyś zgubił rurkę. Nie będziesz się mógł wykręcić, bo wiesz, jak przygotować drugą. Jesteś mechanikiem lotniczym, więc należysz do elity tego zawodu. Potrafisz zrobić wszystko. Kiedy zgłosi się do ciebie człowiek, który powie ci, co zrobić, będziesz gotowy. Włożysz rurkę tam, gdzie trzeba i wtedy, kiedy trzeba. Rozumiesz?

– Rozumiem.

– W porządku. A teraz zmiataj.

Skinął na opryszków.

– Odprowadzą cię kawałek, żeby nie przytrafiło ci się coś złego. Jesteś teraz dla nas bardzo ważny, nie chcemy, żeby ktoś się dopytywał, dlaczego masz poobijaną twarz. I pamiętaj: nikt nie może się dowiedzieć o tej rurce. Wystarczy, że ktoś zacznie zadawać pytania, a Chicago stanie się uboższe o jedną piękną dziewczynę.

Eustace był już przy drzwiach, gdy grubas dodał na odchodne:

– Jeszcze jedno. Jeżeli zamierzasz się zastanawiać, do czego to ma służyć, lepiej od razu daj sobie spokój. A jeśli jednak się domyślisz i nie spodoba ci się to, co masz zrobić, przypomnij sobie zgrabny nosek swojej Daisy. I jej piękne oczy.

Isaac Bell podrzucił Dashwooda za róg Palmer House, do małego hotelu, w którym zamiejscowi vandornowcy zawsze dostawali zniżkę. Potem pojechał do dzielnicy Levee i zaparkował na jednej z ulic, które prawie się nie zmieniły przez ostatnie dziesięć lat. Wprawdzie pod salonem prasowym stały teraz ciężarówki zamiast konnych wozów, ale jezdnia była wyłożona tymi samymi śliskimi brukowcami, a w rozpadających się budynkach nadal funkcjonowały saloony, burdele, pensjonaty z pokojami na godziny i lombardy.

W przyćmionym świetle rzadko rozstawionych latarni widać było nowsze cegły, którymi zamurowano dziurę w ścianie salonu prasowego, powstałą na skutek zamachu bombowego dokonanego przez Harry'ego Frosta. W wejściu, do którego wbiegli kiedyś przerażeni gazeciarze, teraz spał jakiś mężczyzna. Z wąskiej alejki wyszła uliczica. Zauważyła packarda i podeszła bliżej z przymilnym uśmiechem.

Bell odwzajemnił uśmiech, popatrzył dziewczynie w oczy i wcisnął jej w dłoń złotą dziesięciodolarówkę.

– Idź do domu. Tej nocy zrób sobie wolne.

Był pewien, że to nie Agencja Detektywistyczna Van Dorna zmusiła Harry'ego Frosta do opuszczenia Chicago. Geniusz zbrodni wyjechał z własnej woli i w sobie wiadomym celu. Bell doskonale zdawał sobie sprawę, że Frost – aczkolwiek nieobliczalny – zawsze potrafił dostosować się do sytuacji. Dysponując thomasem flyerem, zyskiwał panowanie nad całą prerią i rozległymi równinami na zachód od Missisipi, a politycy, bankierzy i oszuści należący do jego organizacji zabezpieczali mu tyły, przesyłali pieniądze i wykonywali wszystkie rozkazy.

Zabranie ze sobą telegrafisty było kolejnym przebłyskiem spaczonego geniuszu. Dave Mayhew mógł wejść na dowolny słup telegraficzny obok toru kolejowego, podłączyć się do przewodów i podsłuchać każdą depeszę przesyłaną alfabetem Morse'a. Dzięki temu Frost zyskiwał najświeższe informacje o przebiegu wyścigu. Zaprzągł do pracy setki pomocników tylko w jednym celu – aby wytropili dla niego Josephine.

Pijak, który wyszedł zza rogu, roztrzaskał butelkę w rynsztoku i gromko zaśpiewał:

*Leć, Józefino, latającą maszyną...*
*Wyżej i wyżej mknie po nieboskłonie...*
*O, rety! Spójrz, księżyc płonie...*

# Rozdział 28

James Dashwood dogonił Bella dwieście siedemdziesiąt kilometrów na zachód od Chicago, na stacji kolejowej w pobliżu targowiska w Peorii nad rzeką Illinois. Był gorący, parny wieczór, typowy dla środkowozachodnich stanów, jak poinformował Isaac młodego Kalifornijczyka. W wilgotnym powietrzu unosiły się zapachy dymu węglowego, nasączonych kreozotem podkładów i potraw smażonych przez mechaników na kolację.

Pociągi techniczne odpoczywały na bocznicach wynajętych przez organizatorów wyścigu. Skład Bella oddzielał od toru głównego czterowagonowy zielono-złoty pociąg specjalny należący do pewnego potentata przemysłu drzewnego, który miał udziały w syndykacie Vanderbilta i oświadczył, iż nie zamierza rezygnować z tej wspaniałej wycieczki kolejowej tylko dlatego, że jego zawodnik roztrzaskał swoją maszynę o wieżę sygnałową. Zresztą Billy Thomas szybko wracał do zdrowia i jako sportowiec z prawdziwego zdarzenia wręcz nalegał, aby kontynuować widowisko bez niego.

Sześciowagonowy pociąg Josephine stał równolegle do pociągu Bella. Na polecenie Isaaca maszynista zatrzymał go w takim miejscu, żeby znajdujące się w obu składach wagony z samochodami znalazły się obok siebie. Z obu spuszczono na ziemię rampy dla roadsterów, które niezwłocznie wyruszyły do miasta w poszukiwaniu potrzebnych narzędzi w tamtejszych sklepach, a potem pojechały przodem w celu zbadania trasy kolejnego etapu. Preston Whiteway właśnie wydawał uroczystą kolację, więc z pociągu Josephine dobiegały głośne śmiechy i brzęk kryształów.

Dashwood zastał Bella studiującego zwieszającą się z sufitu wagonu warsztatowego ogromną mapę topograficzną, która obejmowała terytorium Illinois i Missouri aż po Kansas City.

– No i czego się dowiedziałeś, Dash? – spytał Isaac, nie patrząc na młodego detektywa.

– Znalazłem książkę o morskich zwierzętach zatytułowaną *Rozprawa o głowonogach*. Kałamarnice i ośmiornice to głowonogi.

– Pamiętam ze szkoły – odrzekł Bell. – Już wiesz, co je ze sobą łączy?

– Napęd.

Isaac odwrócił się od mapy.

– No tak – powiedział – jedne i drugie pływają, wyrzucając wodę w kierunku przeciwnym do kierunku ruchu.

– To dotyczy przede wszystkim kałamarnic – uściślił Dashwood. – Ośmiornice wolą trzymać się dna, po którym pełzają.

– Ale w taki sam sposób wykorzystują odrzut.

– Zgadza się. Tylko że wciąż nie wiemy, z jakim rodzajem motoru porównywał je mój znajomy rybak.

– Z silnikiem reakcyjnym Płatowa, który sam użył słowa „odrzut", opisując zasadę jego działania. – Isaac zamyślił się, po czym dodał: – Myślę, że właśnie na zakup takiego odrzutowego silnika Celere wyciągnął pieniądze od jakiejś kobiety podczas paryskiego mityngu lotniczego.

Ktoś zapukał w burtę wagonu warsztatowego, a po chwili na rampę wspiął się zdyszany mężczyzna.

– Główny śledczy Bell? Nazywam się Asbury. Jestem pracownikiem kontraktowym agencji na obszarze środkowego Illinois.

– Witam, panie Asbury, proszę do środka.

Asbury, emerytowany gliniarz, pracował dla agencji w niepełnym wymiarze godzin, zajmując się przede wszystkim sprawami napadów na banki w rejonie Peorii. Bell podał mu rękę i przedstawił swojego współpracownika.

– Detektyw Dashwood z San Francisco. Co pan dla nas ma, panie Asbury?

– No cóż… – Asbury przetarł twarz czerwoną chustką do nosa. – Wraz z wyścigiem do miasta napłynęło sporo szumowin, ale nie natknąłem się na nikogo, kto przypominałby Harry'ego Frosta.

– A czy któryś z pozostałych wzbudził pańskie szczególne zainteresowanie? – pytał cierpliwie Bell. Wiedział, że w porównaniu z niektórymi prywatnymi detektywami i pracownikami organów ścigania posterunkowy Hodge z North River wyszedłby na okropnego gadułę.

– Ano jest taki jeden wielki macher z Nowego Jorku. Zawsze łazi w towarzystwie kilku zbirów. Od razu wyczuł we mnie policjanta.

– Przysadzisty gość w kraciastej marynarce – podsunął Isaac. – Pachnie, jakby właśnie wyszedł od fryzjera.

– A jakże. Wszystkie muchy z okolicy zlatują się do niego jak pszczoły do miodu.

– To Johnny Musto z Brooklynu.

– Z Brooklynu? – powtórzył zdziwiony Asbury. – Po co wlókł się taki kawał drogi do Peorii?

– Raczej nie przyjechał do wód – odparł Bell. – Dziękuję panu, Asbury. Zechce pan łaskawie podejść do wagonu restauracyjnego w pociągu pana Whitewaya i przekazać moją prośbę, aby skombinowali dla pana coś na kolację.

Gdy Asbury odszedł, Isaac zwrócił się do Dashwooda.

– Przyjrzyj się temu Musto – polecił. – Może nie rozpozna w tobie vandornowca. W końcu nie jesteś z Nowego Jorku.

Choć tak naprawdę najlepszym kamuflażem Dashwooda było to, że wyglądał niewinnie jak świętoszkowaty ministrant.

– Jeszcze jedno, oddaj mi rewolwer. Natychmiast zauważy go pod marynarką.

Bell schował wielkiego colta do szuflady biurka i sięgnął do swojego kapelusza po dwulufowego derringera.

– Schowaj go do kieszeni – rzekł, podając broń młodemu detektywowi.

– Dziękuję, panie Bell, ale nie ma potrzeby – Dashwood wyszczerzył zęby w uśmiechu. Zrobił energiczny ruch nadgarstkiem i z rękawa wypadł nowiutki, błyszczący derringer, lądując prosto w jego dłoni.

– Sprytnie pomyślane, Dash. Bardzo ładny pistolecik – skometował Isaac, na którym sztuczka wywarła spore wrażenie.

– To prezent urodzinowy.

– Pewnie od mamy, co?

– Nie, panie Bell. Poznałem pewną dziewczynę, która gra w karty. Ma do tego dryg po ojcu, on też grywa.

Isaac pokiwał głową z zadowoleniem. Nareszcie ministrant zaczyna wychodzić na ludzi.

– Wpadnij tu do mnie, jak już skończysz z tym Musto – powiedział i poszedł poszukać Dmitrija Płatowa.

Znalazł go obok rampy opuszczonej z wagonu warsztatowego Joego Mudda. Rosjanin właśnie wycierał ubrudzone smarem dłonie w nasączoną benzyną szmatę.

– Dobry wieczór, panie Płatow.

– Dobry wieczór, panie Bell. Gorąco w Peorii.

– Chciałbym spytać, czy przypadkiem nie sprzedawał pan silnika reakcyjnego w Paryżu?

Płatow uśmiechnął się.

– Chciałbym spytać, dlaczego pan pytać?

– O ile mi wiadomo, pewien włoski konstruktor aeroplanów nazwiskiem Prestogiacomo kupił jakiś silnik odrzutowy podczas paryskiego mityngu lotniczego.

– Nie ode mnie.

– Mógł się posługiwać innym nazwiskiem, na przykład Celere.

– On też nie kupować nic ode mnie.

– A czy pan zna Prestogiagomo?

– Nie. Ja nigdy nie słyszeć o Prestogiacomo.

– Musiało być o nim głośno. Sprzedał włoskiej armii swój jednopłatowiec.

– Ja nie poznać tam żaden Włoch, oprócz jeden człowiek.

– Marco Celere?

– Ja nie znać Celere.

– Ale wie pan, o kim mówię?

– No pewno. To ten Włoch, który zrobić aeroplan dla Josephine, i ten wielki, który ja obsługiwać dla Steve'a Stevensa.

Bell skorzystał z okazji, by zmienić temat.

– Co pan sądzi o maszynie Stevensa?

– To nie być w porządku, żeby ja o tym mówić.

– A to czemu?

– Pan pracować dla Josephine.

– Nie pracuję dla Josephine, tylko dbam o jej bezpieczeństwo. Pytam, bo każda informacja może mi pomóc w jej ochronie.

– Ja nie widzieć, jaki to mieć związek z maszyną Stevensa.

Isaac zastosował odmienną taktykę.

– Czy spotkał pan w Paryżu Rosjanina o nazwisku Sikorsky?

Szeroki uśmiech rozjaśnił brodatą twarz Płatowa.

– Wiejski geniusz.

– Wiem, że w przypadku zastosowania dwóch lub więcej silników pojawia się poważny problem z wibracjami. Sikorsky pewnie chciałby wykorzystać pański silnik reakcyjny w swojej maszynie.

– Może kiedyś. Ale teraz pan wybaczyć, robota czekać.

– Oczywiście, przepraszam, że zabrałem panu tyle czasu… Mam jeszcze ostatnie pytanie, panie Płatow. Czy mogę?

– Tak.

– Kim był ten Włoch, którego poznał pan w Paryżu?

– On być profesor. Di Vecchio. Wielki człowiek. Teoretyk, nie praktyk. Wspaniałe pomysły, ale nierealne.

– Jednopłatowiec Di Vecchio, na którym latam, to wspaniała maszyna – odparł Bell, zastanawiając się, dlaczego Danielle twierdziła, że nie zna Płatowa. – Powiedziałbym, że teoria sprawdza się w praktyce.

Nie wiedzieć czemu, Płatow wzruszył ramionami.

– Czy pan dobrze znał Di Vecchia? – drążył Isaac.

– Wcale nie. Ja tylko słuchać jego wykład. – Płatow rozejrzał się na boki, jakby chciał sprawdzić, czy są sami, po czym ściszył głos do konspiracyjnego szeptu: – Pan pytać o dwumotorowiec Stevensa? Pan mieć racja. Dwa motory bardzo trząść. On rozpadać się na kawałki. A teraz pan wybaczyć.

Bell patrzył za Rosjaninem, który paradował w poprzek placu targowego, kłaniając się damom i całując ich dłonie. Coś mi się zdaje, panie Płatow, pomyślał, że jest pan jeszcze bardziej niezwykły niż pański silnik reakcyjny. Wątpił, aby taki bawidamek jak on nie próbował nawiązać znajomości z piękną córką profesora Di Vecchio.

Isaac wrócił do studiowania swoich map, próbując przewidzieć, w którym miejscu Frost przypuści kolejny atak na Josephine. Dash zameldował po powrocie, że widział, jak Musto stawia drinki kilku reporterom.

– Prawo tego nie zabrania – stwierdził Bell. – Bukmacherzy żyją ze zdobywania informacji. Podobnie jak detektywi.

– Owszem, panie Bell. Tylko że kiedy poszedłem za nim na stację, widziałem, jak wciskał tym samym dziennikarzom do kieszeni całe rolki banknotów.

– I co według ciebie z tego wynika?

– Jeśli to były łapówki, to nie mam pojęcia, czego mógł od nich żądać w zamian.

– Rzeczywiście ciekawe. Bo raczej mu nie zależy, żeby jego nazwisko pojawiło się na łamach gazet.

– Czego więc może od nich chcieć?

– Gdzie teraz jest?

Dashwood wskazał ręką kierunek.

– Nad samą rzeką stoi kryty wagon towarowy, w którym paru kolesi gra w kości. Musto trzyma zakłady.

– Chodź ze mną i stań w pobliżu, żeby słyszeć co się dzieje, ale tak, aby nie zorientował się, że się znamy.

Bell wyczuł obecność brooklyńskiego bukmachera, jeszcze zanim usłyszał jego głos. Mocny aromat gardenii przebijał się przez ciężką mieszaninę zapachu torów kolejowych i dymu z parowozów.

– Proszę obstawiać, panowie – rozległ się teatralny szept Musto.

Isaac podszedł do samotnego wagonu, stojącego w najodleglejszym zakątku stacji.

Dryblas z oczami jak szklane kulki trącił bukmachera łokciem.

– Witam jednego z moich najlepszych klientów – rzekł Johnny Musto z szerokim uśmiechem. – Nigdy nie jest za późno na zwiększenie zaangażowania inwestycyjnego. Ile dokładamy do pańskich trzech tysięcy postawionych na pannę Josephine? Muszę pana ostrzec, że notowania uległy zmianie. Przyjmujemy teraz piętnaście do jednego, bo gracze zauważyli, że Latająca Sympatia Ameryki odrabia stratę do Stevensa.

– Zastanawiam się, czy jakiś bukmacher nie zamierza ustawić wyścigu. – Uśmiech Bella był bardziej przyjazny od tonu jego głosu.

– Niby ja?

– Znajdujemy się bardzo daleko od Brooklynu. Co tutaj robisz, Johnny?

– Po co miałbym ustawiać wyścig? – odparł Musto. – Wygrana, przegrana, remis, mnie tam wszystko jedno. To pan jest graczem, panie Bell. O ile się nie mylę, także wielkim światowcem. Przecież pan dobrze wie, że bukmacherzy nigdy nie tracą.

– Niezupełnie – powiedział Isaac. – Czasem bukmacherzy też tracą.

Musto uniósł brwi w udawanym zdumieniu.

– Doprawdy? A w jakiej sytuacji?

– Kiedy robią się zachłanni.

– Co pan chce przez to powiedzieć? Kto tu jest zachłanny?

– Przekupujesz dziennikarzy.

– Żartuje pan? A za co niby miałbym płacić tym nędznym pismakom?

– Za faworyzowanie jednej maszyny kosztem innych w oczach milionów czytelników, wśród których jest wielu graczy – odparł gładko Bell. – Innymi słowy, za wypaczanie warunków zakładów.

– No proszę. A którą maszynę miałbym rzekomo faworyzować?

– Tę samą od początku wyścigu, bezgłowego curtissa Eddisona-Sydneya-Martina.

– Curtiss to świetna maszyna i nie potrzebuje żadnej pomocy z mojej strony – zaprotestował Johnny Musto.

– Mimo to wciąż ją otrzymuje.

– Ale ja nie ustawiam wyników. Po prostu przekazuję informacje. Można by rzec, działam w interesie społeczeństwa.

– Wygląda mi to na przyznanie się do winy.

– Niczego mi pan nie udowodni.

Bell zmierzył bukmachera lodowatym spojrzeniem.

– Zapewne znasz Harry'ego Warrena?

– Harry Warren? Niech pomyślę… – Johnny potarł palcami podwójny podbródek. – A rzeczywiście, jest nowojorskim vandornowcem, specjalizuje się bodaj w zwalczaniu gangów.

– Za dwa dni mam otrzymać od Harry'ego depeszę, że zameldowałeś się u niego w nowojorskim biurze agencji w hotelu Knickerbocker, przy skrzyżowaniu Czterdziestej Drugiej i Broadwayu. Jeśli jej nie dostanę, osobiście dobiorę ci się do skóry.

Goryle Musto rzucili detektywowi groźnie spojrzenia, ale ich zignorował.

– Johnny, chcę, żebyś puścił w obieg wiadomość, że nie przeszkadzają mi uczciwe zakłady, ale będę zwalczał każdy szwindel.

– Nie mogę odpowiadać za innych bukmacherów.

– Po prostu puść to w obieg.

– Co to panu da?

– Nie będą mogli mówić, że nie zostali ostrzeżeni. Miłej podróży powrotnej.

– Jak zdołam wrócić do Nowego Jorku w dwa dni? – spytał Musto.

Isaac wyjął z kieszonki w kamizelce zawieszony na łańcuszku złoty zegarek, otworzył kopertę i pokazał Johnny'emu, która godzina.

– Jeśli się pospieszysz, złapiesz lokalny pociąg do Chicago – odparł.

– Johnny Musto nie poróżuje lokalnymi pociągami – skrzywił się bukmacher.

– Z Chicago możesz sobie zafundować ekspres Twentieth Century Limited.

– A co z wyścigiem?

– Nowy Jork. Za dwa dni.

Bukmacher burknął coś pod nosem i oddalił się pospiesznie razem ze swoją obstawą.

James Dashwood zszedł z dachu wagonu, gdzie urządził sobie stanowisko podsłuchowe.

Bell puścił do niego oko.

– Jednego mamy z głowy. Ale na pewno zostało jeszcze kilku podobnych do niego drobnych cwaniaczków z przerośniętym ego, którym się wydaje, że wyścig to wspaniała okazja do zrobienia wielkiego interesu. Musisz mieć na nich oko, Dash. Możesz obstawiać, ile chcesz, masz moje pozwolenie, byle zaczęli cię traktować jak dobrego klienta.

– Sądzi pan, że Musto jeszcze się pojawi?

– Nie jest aż tak głupi. Niestety, zło już się dokonało.

– Co pan ma na myśli?

– Reporterzy, którym zapłacił, na pewno już przesłali redaktorom swoje relacje. Jeżeli więc sabotażysta rzeczywiście uderza w zawodników mających największe szanse na zwycięstwo, to za sprawą Johnny'ego Musto powinien wziąć na celownik Eddisona-Sydneya-Martina.

# Rozdział 29

Nad Illinois znów nadciągnęły burze, dzieląc na pół stawkę zawodników pozostałych w wyścigu. Ci, którzy zwlekali ze startem z Peorii z powodu znużenia lub przeciągających się napraw, musieli lądować w Springfield. Liderzy, czyli Steve Stevens i sir Eddison-Sydney-Martin, zdołali ominąć czarne chmury piętrzące się na zachodzie i pomknęli naprzód w nadziei, że zdążą usiąść na torze wyścigów konnych w Columbii, zanim nawałnica zmiecie ich z nieba.

Josephine, która znalazła się pośrodku, między prowadzącymi i zamykającymi wyścig, parła uparcie przed siebie. Isaac Bell leciał obok niej, przeczesując wzrokiem ziemię w poszukiwaniu Harry'ego Frosta.

Pociągi techniczne dwóch pierwszych lotników przez pewien czas jechały wraz z nimi, a potem palacze podrzucili więcej węgla pod kotły, aby wysforować się do przodu. Dzięki temu mechanicy mogli zawczasu przygotować na lądowisku płachty do okrycia maszyn przed deszczem oraz kołki i liny do ich zakotwiczenia, ze względu na nadciągającą wichurę.

Marco Celere z zaangażowaniem odgrywał rolę przyjaznego i uczynnego Dmitrija Płatowa, dyrygując liczną grupą mechaników, pomocników i służących Steve'a Stevensa podczas zabezpieczania wielkiego białego dwupłatowca. Potem chwycił trzy peleryny przeciwdeszczowe i pobiegł pomóc w kotwiczeniu maszyn Josephine i Bella, którzy właśnie schodzili na ziemię przy pierwszych błyskach rozdzierających niebo błyskawic.

Ledwie oba żółte jednopłatowce zakołowały na stanowiska, zaczęło się prawdziwe oberwanie chmury.

Celere rzucił peleryny Josephine i Bellowi.

– Dziękuję, panie Płatow – powiedział Isaac i zwrócił się do awiatorki: – Chodź, chłopcy poradzą sobie z ich uwiązaniem.

Otoczył ją ramieniem i pociągnąwszy za sobą, wyjaśnił Rosjaninowi:

– Wolę się nie zastanawiać, co powiedziałby pan Van Dorn, gdybym mu zameldował, że Latająca Sympatia Ameryki została trafiona piorunem.

– Ja pomagać, nic się nie martwić – odrzekł Płatow, naciągając pelerynę.

Wielkie krople deszczu zaczęły uderzać o ziemię, wzbijając obłoczki pyłu i skwiercząc przez chwilę na rozpalonym słońcem podłożu. Niebo zrobiło się czarne jak w nocy, a lodowaty wiatr smagnął deszczem płytę hipodromu. Ostatni widzowie schronili się w hotelu przylegającym do trybuny.

Andy Moser z pomocnikami naciągali płachtę na „Orła".

Eustace Weed, mechanik, którego Bell zatrudnił w Buffalo, powiedział:

– W porządku, panie Płatow. Damy sobie radę sami.

Celere skinął głową i pobiegł na pomoc niezdarnym detektywom-mechanikom, oporządzającym aeroplan Josephine. Bardzo by chciał stale zajmować się tą maszyną – swoją maszyną – aby zadbać o jej kondycję i doprowadzić do zwycięstwa. Josephine była wprawdzie wyjątkowo zdolną awiatorką, ale potrzebowała równie dobrego szefa obsługi technicznej, a on, choć *truffatore*, oszust i naciągacz, był przecież znakomitym mechanikiem.

Kiedy obie maszyny zostały już okryte i zakotwiczone, Celere zaczekał parę minut, by się upewnić, że Bell nie wróci po odprowadzeniu Josephine do jej salonki, po czym podbiegł do miejsca, w którym stał bezgłowy curtiss Eddisona--Sydneya-Martina. Załamanie pogody dało mu doskonałą sposobność do uszkodzenia maszyny Anglika. Musiał tylko działać szybko i wymyślić coś oryginalnego, czego nikt by się nie spodziewał.

Przez chwilę udawał, że sprawdza liny zabezpieczające aeroplan, choć było mało prawdopodobne, aby ktokolwiek zobaczył go w ciemnościach i strugach deszczu, gdyż baronet i jego mechanicy zawczasu schronili się w pociągu.

Rozległ się ogłuszający trzask pioruna uderzającego w dach trybuny. Zielonkawe ognie świętego Elma zatańczyły na rynnach okalających dach i schodzących po słupach do ziemi. Kolejna błyskawica trafiła w sam środek płyty hipodromu. Celere docenił mądrą decyzję Bella, który wolał nie igrać z siłami natury. Pobiegł w kierunku najbliższej osłony, naprędce skleconej szopy, w której przechowywano benzynę, olej i wodę dla aeroplanów.

W ostatniej chwili zauważył, że ktoś ukrył się tam wcześniej. Było już za późno, aby zawrócić. Po chwili stanął obok Lionela Ruggsa, szefa mechaników baroneta. To za jego sprawą musiał się trzymać z dala od bezgłowego curtissa, jeśli nie liczyć wywierconego ukradkiem otworu w rozpórce przed startem z Belmont Park.

– Po co się kręciłeś przy maszynie szefa? – zapytał Anglik.

– Ja tylko sprawdzać liny.

– Zajęło ci to sporo czasu.

Celere spuścił głowę, udając zawstydzenie.

– No dobra. Ty mnie przyłapać. Ja chcieć podejrzeć konkurencję.

– Chciałeś podejrzeć? A może raczej coś przeskrobać?

– Przeskrobać? Nie. Ja nic nie zrobić.

Ruggs, wyższy i potężniejszy od Celerego, podszedł bliżej, popatrzył mu prosto w oczy i nagle rozciągnął usta w niewesołym grymasie.

– No tak, Jimmy Quick. Podejrzewałem, że to ty ukrywasz się pod tymi czarnymi kudłami.

Marco wiedział, że nie ma sensu zaprzeczać. Ruggs miał go na widelcu. Minęło co prawda piętnaście lat, ale przecież pracowali razem w warsztacie mechanicznym. Poznali się, gdy mieli po czternaście lat, a cztery kolejne mieszkali w jednym pokoju, na poddaszu domu właściciela warsztatu. Celere obawiał się, że wpadnie na Ruggsa prędzej czy później. W końcu niewielu mechaników obracało się w elitarnej branży lotniczej.

Anglicy nazywali go Jimmy Quick, bo nazwisko Prestogiacomo było dla nich za trudne do wymówienia. Rozpoznał Ruggsa już wcześniej, ale do tej pory szczęśliwie unikał wchodzenia mu w drogę. A teraz, w środku szalejącej nawałnicy, stanął z nim twarzą w twarz.

– Po co ci ta przebieranka? – spytał Ruggs, obrzucając Marka podejrzliwym spojrzeniem. – Pewnie chciałeś coś zwędzić, tak jak wtedy w Birmingham. Zabawiać się z córką starego – to rozumiem – ale ty musiałeś mu ukraść projekt obrabiarki, nad którym pracował całe życie! To było świństwo, a przecież on był dla nas dobry.

Celere rozejrzał się. Nie zauważył nikogo w pobliżu szopy. Byli sami.

– Jego obrabiarka w ogóle nie chciała działać. To był kompletny szmelc – powiedział.

Ruggs poczerwieniał.

– Jasne, że szmelc, bo ukradłeś projekt, zanim zdążył go dopracować… Już wiem, to na pewno ty wywierciłeś dziurę w rozpórce naszej maszyny!

– Nie zrobiłem tego.

– Nie wierzę ci, Jimmy.

– Nie obchodzi mnie, czy mi wierzysz czy nie.

Lionel Ruggs uderzył się w pierś.

– Ale mnie obchodzi, i to bardzo. Szef jest w porządku. Co prawda arystokrata, ale to dobry człowiek i zasługuje na to, aby zwyciężyć w uczciwej walce. Nie chcę, żeby zginął w kraksie za sprawą takiej nędznej kreatury jak ty.

Marco znów się rozejrzał i stwierdził, że nadal są sami. Lało jak z cebra, nie można było przebić się wzrokiem dalej niż na dwa metry od szopy.

– Chyba zapomniałeś, że potrafię robić doskonałe narzędzia.

– Jak mógłbym zapomnieć, przecież stary wszystkiego nas nauczył. Zapewnił nam dach nad głową, karmił, płacił uczciwą pensję. A ty mu się odwdzięczyłeś, kradnąc jego marzenia. W dodatku nie potrafiłeś wykorzystać jego projektu, bo byłeś zbyt leniwy i niecierpliwy, żeby go odpowiednio zrealizować.

Celere sięgnął pod pelerynę i wyciągnął z kieszeni suwak logarytmiczny.

– Wiesz, co to jest?

– Suwak logarytmiczny, którym wciąż wywijasz dla niepoznaki.

– Sądzisz, że to jego jedyne zastosowanie?

– Nie widziałem, żebyś na nim coś liczył. Tylko nim machasz, żeby zrobić dobre wrażenie.

– No to popatrz.

Celere podniósł suwak wyżej, aby był lepiej widoczny w nikłym świetle wpadającym przez otwarte drzwi. Ruggs, który śledził go wzrokiem, uniósł głowę, a wtedy Celere przeciągnął suwakiem po jego szyi, jak smyczkiem po strunach skrzypiec. Anglik zakrztusił się i złapał za gardło, próbując zatamować strumień krwi.

– To nie jest suwak, którym wymachiwał Płatow – oznajmił Marco. – Ten jest ostry jak brzytwa, tak na wszelki wypadek, gdyby trzeba było szybko poradzić sobie z jakimś
problemem. Takim jak ty.

Ruggs wytrzeszczył oczy. Puścił szyję i próbował chwycić
Celere'a za ubranie na piersi, ale nie miał już siły. Osunął się
na ziemię, ochlapując krwią swojego mordercę.

Marco patrzył na jego agonię. Ruggs był drugim człowiekiem, którego pozbawił życia, ale zabicie go wcale nie
przyszło mu łatwiej niż za pierwszym razem. Trzęsły mu się
ręce, czuł dreszcz paniki ogarniający całe jego ciało i umysł.
Musiał natychmiast uciekać, bo nie miał żadnej możliwości
pozbycia się ciała. Deszcz spłucze krew z jego peleryny, ale
pościg będzie deptał mu po piętach. Spojrzał na trzymane
w rękach ostrze i nagle uświadomił sobie, że jeszcze do czegoś może mu się przydać.

Ukląkł obok Ruggsa i poprzecinał jego kieszenie. Znalazł w nich garść monet, zwitek banknotów oraz skórzany
portfel, w którym było jeszcze więcej pieniędzy. Poupy-
chał to wszystko we własnych kieszeniach, po czym przeciął kamizelkę Ruggsa i zabrał mu tani niklowany zegarek.
Obejrzał dokładnie ciało. Zauważył błysk złota i ściągnął
obrączkę z palca zamordowanego mechanika. A potem wybiegł w deszcz.

Nie było czasu na dokonanie sabotażu. Jeżeli jakimś cudem zdoła uniknąć oskarżenia o morderstwo, wróci i spróbuje ponownie.

Prawie dwieście kilometrów od Columbii, ale wciąż niedaleko rzeki Missisipi, zdążający na zachód pociąg osobo-
wy zwolnił i zjechał na boczny tor. Marco Celere modlił się
w duchu, aby chodziło tylko o uzupełnienie zapasu wody.
Podczas panicznej ucieczki wciąż trzymał się nikłej nadziei,

że go nie złapią, jeżeli zdoła się przeprawić na drugi brzeg Missisipi. Przycisnął twarz do szyby i wykręcał szyję, próbując wypatrzeć zbiornik na wodę. Dlaczego się zatrzymali, skoro do miasta było już tak blisko?

Kupując bilet, uznał, że bezpieczniej będzie dopłacić za miejsce w wygodnym wagonie bezprzedziałowym wyższej klasy, w którym nie powinien zwracać niczyjej uwagi, ale teraz wydawało mu się, że gapią się na niego dwaj biznesmeni siedzący po przeciwnej stronie przejścia. W przedsionku wagonu powstało jakieś zamieszanie. Celere był prawie pewien, że za chwilę ujrzy potężnego szeryfa z gwiazdą na piersi i z pistoletem w dłoni.

Ale to był tylko gazeciarz, który przebiegł przez wagon, krzycząc:

– Wielki wyścig lotniczy zbliża się do naszego miasta!

Marco kupił „Hannibal Courier-Post" i zaczął go przeglądać w poszukiwaniu wiadomości o morderstwie zawierającej jego dokładny rysopis.

Relacje z wyścigu zajmowały całą pierwszą stronę. Słowa Prestona Whitewaya, którego opisano jako „roztropnego, dalekowzrocznego biznesmana", zostały wybite grubą czcionką: „Smutna wiadomość o śmierci Marka Twaina, piewcy Hannibal, staje się jeszcze bardziej przykra, kiedy uświadomimy sobie, że nie doczekał on chwili, kiedy latające maszyny uczestniczące w Wielkim Wyścigu Atlantyk–Pacyfik o Puchar Whitewaya będą lądować w jego rodzinnym mieście".

Celere poszukał lokalnych wiadomości z okolicy, które docierały do redakcji gazet drogą telegraficzną. W pierwszej zamieszczono krótki wywiad z „wybitnym znawcą awiacji", który twierdził, że bezgłowy curtiss sir Eddisona-Sydneya-Martina jest nie do pobicia. „Zdecydowanie najbardziej wytrzymała i najszybsza maszyna, z silnikiem usprawnianym z dnia na dzień".

Kiedy zabraknie Ruggsa, skończą się te usprawnienia, pomyślał Celere. Z drugiej strony, baronet nie powinien mieć problemów z zatrudnieniem jego następcy. Każdy dobry mechanik chętnie dołączy do zwycięskiej ekipy. Tak, bezgłowy curtiss Anglika nadal stanowił najpoważniejsze zagrożenie dla Josephine.

Celere kontynuował lekturę gazety, wciąż szukając swojego rysopisu. Gdy przeczytał, że właśnie powołano pod broń milicję stanową, omal nie dostał zawału. Odetchnął z ulgą, gdy z dalszej części artykułu dowiedział się, że jej zadaniem ma być stłumienie strajku w cementowni w Hannibal. Odpowiedzialnością za robotniczy protest gazeta obciążała „obcokrajowców, podburzonych przez Włochów", którzy zwrócili się z prośbą o ochronę do włoskiego konsulatu w St. Louis. Dzięki Bogu, że przebrałem się za Rosjanina, pomyślał Celere, ponownie dostrzegłszy nieprzyjazne spojrzenia, jakimi mierzyli go biznesmeni z przeciwnej strony przejścia. W przebraniu rzeczywiście nie przypominał Włocha, ale niewątpliwie wyglądał na obcokrajowca. A może ci mężczyźni właśnie przeczytali informację o morderstwie z dokładnym opisem jego kręconych włosów i bokobrodów, wszechobecnego suwaka logarytmicznego oraz szykownego słomkowego kapelusza z czerwoną wstążką?

Sąsiad przechylił się przez przejście i zawołał:

– Hej, ty!

– Czy pan mówi do mnie?

– Jesteś agitatorem strajkowym?

Celere szybko skalkulował ryzyko – czy lepiej być uznanym za zagranicznego agitatora, czy za zbiegłego mordercę – i postanowił przeciwdziałać bardziej bezpośredniemu zagrożeniu.

– Ja być mechanik od latająca maszyna z wielki wyścig o Puchar Whitewaya.

Twarze obu dżentelmenów rozjaśniły się jak za dotknięciem czarodziejskiej różdżki.

– Pan z wyścigu? Pozwoli pan uścisnąć sobie prawicę!

Dwie miękkie, różowe dłonie wyciągnęły się do niego przez przejście, a on potrząsnął nimi energicznie.

– Kiedy dotrzecie do Hannibal?

– Kiedy burze się skończyć.

– Miejmy nadzieję, że po nich nie przyjdą tornada.

– Gdyby był pan graczem, na kogo postawiłby pan swoje pieniądze?

– Tu pisać, że curtiss Anglika najlepszy.

– Tak, czytałem o tym w Chicago. Ale przecież pan tkwi w samym środku tych zawodów. Co z Josephine? Czy Latająca Sympatia Ameryki wciąż zostaje w tyle?

Celere zastygł w bezruchu, dostrzegłszy na dole strony tytuł:

MORDERSTWO I KRADZIEŻ POD OSŁONĄ BURZY

– Czy Josephine wciąż przegrywa? – dopytywał się biznesmen.

– Odrabia straty – burknął Celere, przelatując wzrokiem artykuł.

Mechanik jednego z aeroplanów biorących udział w wyścigu został zamordowany na hipodromie w Columbii. Ofiara miała poderżnięto gardło i została obrabowana. Zdaniem szeryfa Lydema, sprawcą może być związkowy agitator, który zbiegł ze strajku w cementowni w stanie Missouri i nie cofnął się przed zbrodnią, byle tylko zdobyć środki na dalszą ucieczkę. Zwłoki zostały odkryte po wielu godzinach z powodu gwałtownych burz, które nocą nawiedziły okolicę.

Marco popatrzył na biznesmenów z szerokim uśmiechem.

– Josephine odrabia straty – powtórzył.

Pociąg z łomotem wjechał na kratownicowy most, a niebo nagle otwarło się szeroko nad lustrem wody.

– Oto i Missisipi. Czytałem, że lotnicy zakładają pasy korkowe przed lotem nad rozleglejszymi wodami. Czy to prawda?

Jest spławna, pomyślał Celere, patrząc przez kratownicę na słynny szlak żeglugowy. Wezbrana po deszczu rzeka toczyła swe ponure brązowe wody, upstrzone brudnymi grzywami fal, omijając łukiem miasto Hannibal. Na drugim brzegu widać było kontury domów.

– Ja myślał, że ona szersza – powiedział głośno.

– Za wąska to ona nie jest – roześmiał się biznesmen. – Spróbowałby pan przeprawić się przez nią bez tego mostu. Ale jeśli chce pan zobaczyć naprawdę szeroką rzekę, to musi pan pojechać do St. Louis, gdzie dołącza do niej Missouri.

– A jeszcze dalej wpada do niej Ohio i tam jest już naprawdę bardzo, bardzo szeroka, wygląda jak ocean – dodał jego towarzysz. – Proszę nam powiedzieć, co pan robi w tym pociągu, skoro zawodnicy wciąż są w Illinois?

Znów patrzyli na niego podejrzliwie, niepewni, czy aby ich nie oszukuje.

– Ja badać trasę – odrzekł swobodnie Celere. – Wysiadać w Hannibal i znów dołączyć do wyścigu.

– No cóż, zazdroszczę panu. Sądząc po uśmiechu na pańskiej twarzy, musi pan być bardzo zadowolony, że może uczestniczyć w tych zawodach.

– Ja być szczęśliwy – potwierdził Celere. – Bardzo szczęśliwy.

Zawsze odczuwał zadowolenie, kiedy miał dobry plan, a właśnie wymyślił prawdziwą rewelację. Jako miły, wielkoduszny, zwariowany Rosjanin Płatow zaoferuje swoje usługi baronetowi w zastępstwie nieszczęsnego Ruggsa.

Steve Stevens będzie marudził, ale do diabła z tym głupim grubasem. Dmitrij Płatow będzie pomagał i pomagał,

aż wreszcie raz na zawsze pozbędzie się piekielnego bezgłowego curtissa Eddisona-Sydneya-Martina.

# Rozdział 30

Obserwowałem cię, Eustace, i nie wyglądasz na zadowolonego. Czyżbyś tęsknił za domem? – spytał Isaac Bell.

Przygotowywali maszynę do startu z Topeki. Chłopak
z Chicago, którego najął do pomocy Andy'emu Moserowi,
przelewał benzynę przez złożoną płócienną szmatkę, żeby
usunąć z niej wodę, którą mogła zostać zanieczyszczona.
Był to codzienny rytuał, dokonywany za każdym razem
przed zmieszaniem paliwa z olejem rycynowym, służącym
do smarowania silnika Gnome.

– Ależ skądże, panie Bell – odpowiedział Weed, lecz
jego ściągnięte brwi i zaciśnięte usta wskazywały, że coś
jest nie tak.

– Tęsknisz za dziewczyną?

– Tak, proszę pana – wyznał. – Bardzo. Ale... sam pan wie.

– O tak, wiem – przyznał otwarcie Isaac. – Ja też dużo czasu spędzam z dala od mojej narzeczonej. Tym razem
mam szczęście, bo Marion filmuje wyścig dla pana Whitewaya i od czasu do czasu mam okazję się z nią spotkać. Jak
ma na imię twoja dziewczyna?

– Daisy.

– Ładnie. A na nazwisko?

– Ramsey.

– Daisy Ramsey. Niezła zbitka... Ale chwileczkę. Jeśli
się pobierzecie, będzie się nazywała Daisy Weed – wyma-
wiając to, Bell wyszczerzył zęby i rozciągnął szeroko wargi,
co wywołało cień uśmiechu na ustach chłopca.

– No właśnie. Często sobie z tego żartujemy – uśmiech zniknął z jego twarzy.

– Jeśli coś jest nie tak, może będę mógł jakoś pomóc? – zaproponował Isaac.

– Nie, dziękuję, proszę pana. Wszystko gra.

W tym momencie do detektywa podszedł Eddie Edwards, siwowłosy szef biura agencji w Kansas City.

– Mamy problem – mruknął, a Bell popędził za nim do wagonu warsztatowego.

Andy Moser, który pracował nieopodal, regulując naprężenie cięgien usztywniających skrzydła, zwrócił się do Weeda.

– Na pewno wszystko w porządku, Eustace? Pan Bell chyba się o ciebie martwi.

– Potrafi przeszyć człowieka wzrokiem na wylot, jak lodowatą błyskawicą.

– Po prostu czuje się za ciebie odpowiedzialny.

Weed modlił się w duchu, żeby Andy miał rację, bo to, co Isaac Bell dostrzegł na jego twarzy, było w istocie grymasem przerażenia, kiedy nagle zorientował się, do czego miała służyć wypełnioną wodą i zapieczętowana parafiną miedziana rurka.

Miał nadzieję, że szantażyści się rozmyślili. Ani w Peorii, ani w Columbii, ani w Hannibal nie pojawił się nikt z dalszymi instrukcjami. Po opuszczeniu Hannibal, gdy wyścig znalazł się po drugiej stronie Missisipi, uznał, że skontaktują się z nim w Kansas City. Było to jedyne większe miasto po Chicago, a wyobrażał sobie, że właściciele wielkomiejskich spelunek należą do wspólnego kręgu wtajemniczonych, do którego nie dopuszczają kolegów po fachu z mniejszych miejscowości. Lękał się postoju w Kansas City bardziej niż ognia.

Ale i tutaj nikt się nie pojawił, ani też później, gdy wyścig przeniósł się na drugi brzeg Missouri. Dostał za to list od Daisy, w którym pisała, że miewa się dobrze. Tego ranka nad brzegiem rzeki Kansas na przedmieściach Topeki, kiedy przygotowywał maszynę Bella do lotu na południowy zachód nad pustymi polami Wichita, marzył w skrytości ducha, aby cały ten koszmar po prostu się skończył. Problem w tym, że nie mógł przestać o tym myśleć. I właśnie teraz, gdy detektyw przyglądał się, jak oczyszcza benzynę przed wymieszaniem jej z olejem, uświadomił sobie, że wysłannik Harry'ego Frosta każe mu wrzucić rurkę do zbiornika maszyny.

Wiedział dokładnie, w jaki sposób ta mała miedziana rurka sprowadzi aeroplan Bella na ziemię. Pomysł był iście szatański, a zarazem genialne prosty. Silnik „Orła", napędzany mieszanką oleju z benzyną, nie miał oddzielnego układu smarowania – zbiornika oleju, pompy, skrzyni korbowej. Gładką pracę tłoków w cylindrach zapewniał olej rycynowy zawarty w paliwie. Przygotowanie mieszanki nie stanowiło problemu, bo olej rycynowy łatwo rozpuszczał się w benzynie.

Podobnie jak parafina. Parafinowe czopy zamykające miedzianą rurkę również rozpuszczą się w benzynie. Mniej więcej godzinę po umieszczeniu jej w zbiorniku zawarta w niej woda zanieczyści paliwo. Dwie łyżki stołowe wody w zupełności wystarczą, by unieruchomić silnik aeroplanu. Jeśli Bell będzie wtedy wysoko w powietrzu, może zdoła bezpiecznie dotrzeć do ziemi lotem szybowym. Jeżeli jednak do awarii dojdzie podczas startu, lądowania albo ciasnego zakrętu nisko nad ziemią, z pewnością się rozbije.

Isaac słuchał z dużym przejęciem, lecz zarazem bez większego zaskoczenia ponurych wieści Eddiego Edwardsa, przekazanych mu przez znajomego z wojska. Ktoś dokonał zuchwałego napadu na arsenał w Fort Riley w Kansas.

– Armia usiłuje wyciszyć sprawę – wyjaśniał Eddie. – Nie lubią czytać w gazetach, jak to jacyś rabusie okradli ich własny arsenał.

– Co zabrali?

– Dwa karabiny maszynowe Colt-Browning M1895.

– To na pewno Frost – stwierdził Bell, widząc oczami wyobraźni potężne karabiny maszynowe zasypujące aeroplan Josephine gradem ołowiu, wystrzeliwanego z prędkością czterystu pięćdziesięciu pocisków na minutę.

– Musisz przyznać, że facet ma tupet – zauważył Eddie. – Taki numer pod samym nosem armii.

– Jak się włamali? – spytał Isaac.

– Normalnie. Przekupili kwatermistrza.

– Jakoś trudno mi sobie wyobrazić, aby nawet najbardziej pazerny amerykański kwatermistrz liczył na to, że nikt nie zauważy braku karabinów maszynowych.

– Frost go okłamał. Powiedział, że interesują go tylko mundury. Twierdził, że sprzedaje je w Meksyku czy gdzieś tam, a ten idiota mu uwierzył. Albo chciał uwierzyć, bo to straszny moczymorda. W każdym razie musiał się bardzo zdziwić, kiedy rankiem obudził się na odwachu. Do tego czasu, oczywiście, karabinów już dawno nie było.

– Kiedy to się stało?

– Trzy dni temu.

Bell rozwinął mapę Kansas wiszącą spod sufitem wagonu.

– Więc miał aż nadto czasu, żeby ustawić się gdzieś między nami a Wichita.

– Właśnie dlatego powiedziałem, że mamy problem. Choć zastanawiam się, jak zdoła wepchnąć dwa karabiny maszynowe do thomasa flyera. Nie mówiąc już o tym, żeby je ukryć. Do obsługi jednego potrzeba trzech ludzi. Razem z podstawkami ważą prawie dwieście kilo.

– Frost jest wystarczająco silny, żeby samemu unieść jeden. A ma ze sobą jeszcze dwóch pomocników.

Bell znalazł na mapie linię kolejową do Wichita. Potem skupił się na tych, które krzyżowały się z nią koło Junction City, najbliższego miasta od Fort Riley.

– Przewiezie karabiny pociągiem, a potem przeniesie je na wóz albo ciężarówkę.

– Więc może zaatakować gdziekolwiek, od Kansas po Kalifornię – oznajmił Edwards.

Isaac sam doszedł już do tego wniosku.

– Frost nie stosuje półśrodków – powiedział. – Wynajmie więcej ludzi do obsługi drugiego karabinu i ustawi je po obu stronach torów, nad którymi mamy lecieć. Wezmą Josephine w krzyżowy ogień. – Wykonał w pamięci kilka szybkich obliczeń i dodał ponuro: – Otworzą ogień z odległości półtora kilometra. Jeśli jakimś cudem zdoła go uniknąć, będą strzelać dalej, obracając karabiny. Lecąc z prędkością około stu kilometrów na godzinę, pozostanie w zasięgu skutecznego ognia przez całe dwie minuty. Muszą ją trafić.

Steve Stevens potrząsnął groźnie egzemplarzem „Wichita Eagle" przed nosem Prestona Whitewaya i krzyknął z oburzeniem:

– Przedrukowują tu fragment z pańskiego „San Francisco Inquirer", w którym pada jakoby moja wypowiedź, jak to się cieszę, że ten szurnięty Rosjanin pomaga temu angielskiemu typowi, bo wszyscy uczestnicy wyścigu powinni trzymać się razem, jak jedna wielka rodzina!

– Tak, widziałem to – odparł spokojnie Whiteway. – Nie wygląda to na pańskie słowa.

– Jasne, że nie wygląda! Więc dlaczego pan to wydrukował?

– Gdyby czytał pan uważnie, zauważyłby pan, że moi redaktorzy cytowali słowa pana Płatowa, który z kolei przytoczył pańską wypowiedź, że Wielki Wyścig Atlantyk – Pacyfik o Puchar Whitewaya i nagrodę w wysokości pięćdziesięciu tysięcy dolarów jest dla każdego i wszyscy tutaj jesteśmy jedną wielką rodziną.

– Nigdy tego nie mówiłem.

– Ale mógł pan powiedzieć. Teraz i tak wszyscy tak sądzą.

Stevens w zdenerwowaniu przestępował z nogi na nogę. Wielki brzuch mu podskakiwał, policzki falowały, a twarz przybrała karmazynową barwę.

– Ten stuknięty Rosjanin włożył mi te słowa do ust. Nie powiedziałem...

– Ale w czym problem? – przerwał mu Whiteway. – W oczach wszystkich jest pan porządnym gościem.

– Mam gdzieś, czy jestem porządny czy nie. Chcę wygrać wyścig. A Płatow nonszalancko maszeruje na pomoc Eddisonowi-Highfalutinowi-Sydneyowi-Jakiemuśtam, podczas gdy moja maszyna rozpada się na kawałki.

– Najszczersze wyrazy współczucia – powiedział Preston Whiteway z uśmiechem, zadowolony, że Stevens potwierdził doniesienia jego szpiegów: latający farmer może w ogóle nie dociągnąć do mety. – A teraz, jeśli pan pozwoli, chciałbym sprawdzić moją maszynę, która jak dotąd nie rozpada się na kawałki i niebawem pofrunie, prowadzona pewną ręką Latającej Sympatii Ameryki, po zwycięstwo w wyścigu.

– Ach tak? – żachnął się plantator. – To niech mnie pan posłucha, panie gazeciarzu od siedmiu boleści. Słyszałem, że ludzie tracą zainteresowanie tym całym pańskim wyścigiem, odkąd wyruszyliśmy dalej na zachód. Nikt go tu już nie będzie oglądał oprócz zajęcy, Indian i kojotów.

Whiteway posłał grubasowi lekceważące spojrzenie. Facet może i jest bogaty, ale na pewno nie tak jak on.

– Proszę z uwagą śledzić następne wydania, panie Stevens. Niedługo opiszą tam sprawy, które zadziwią nawet pana, nie mówiąc o zwykłej publiczności, która wręcz nie będzie mogła usiedzieć z emocji.

Bell wyłączył kontakt przyciskiem na kolumnie sterowej. Andy Moser tak perfekcyjnie wyregulował gnome'a, że teraz jego aeroplan był szybszy od celere, którym nieco niżej leciała Josephine, musiał więc co chwilę zwalniać, aby utrzymać się za nią. Co ciekawe, o ile celere zaczynał wykazywać wyraźne oznaki „zmęczenia materiału" po trwającym już dość długo wyścigu, o tyle „Amerykański Orzeł" sprawiał wrażenie, jakby był jeszcze sprawniejszy niż na początku. Andy wciąż powtarzał, że maszyny budowane przez ojca Danielle są „nie do zdarcia".

Lecieli wzdłuż linii kolejowej.

Sześćset metrów niżej po obu stronach torów aż po horyzont rozciągały się ciemnożółte pola pszenicy. Pustkę równiny zaburzał od czasu do czasu pojedynczy wiejski dom w otoczeniu budynków gospodarczych lub wąski rządek drzew rosnących nad potokiem czy rzeczką. Bell spodziewał się, że właśnie spomiędzy drzew albo krzewów pomkną ku Josephine pociski z karabinów maszynowych Frosta. Przekonał ją, aby leciała pół kilometra na prawo od torów, oddalając się od zagrożenia, i unikała gęstych kęp zarośli. W razie ataku kazał jej zawrócić, podczas gdy sam zamierzał zejść niżej stromą spiralą, żeby skrócić dystans do napastników i otworzyć ogień z własnego karabinu, zamontowanego na aeroplanie.

Mijali właśnie oznaczone płóciennymi strzałkami skrzyżowanie torów, gdy Isaac wyczuł jakiś ruch za plecami. Nie zdziwił się, widząc, że dogania ich niebieski bezgłowy curtiss sir Eddisona-Sydneya-Martina. Wyglądało na to, że nowy aeroplan baroneta był coraz szybszy. Andy przypisywał zdumiewające osiągi maszyny zabiegom „szalonego

Rosjanina". Bell nie podzielał jego zdania. Z rozmów z mechanikami Anglika wynikało, że główną przyczyną był sześciocylindrowy motor curtissa, o wiele potężniejszy i pracujący bardziej równomiernie niż czterocylindrowe modele wykorzystywane w pozostałych maszynach. Mechanicy nie wspominali o Rosjaninie nic ponad to, że rzeczywiście zgłosił się ochotniczo do pomocy.

– Nasza „szóstka" nie chodzi tak gładko jak pański gnome, panie Bell – mówili – ale za to jest znacznie mniej kłopotliwa w eksploatacji. Ma pan szczęście, że o pański motor dba Andy Moser.

Niebieski curtiss wyprzedził Bella i Josephine, a baronet posłał obojgu zawadiacki salut. Isaac dostrzegł, jak awiatorka majstruje przy swoim opadowym zbiorniku benzyny. Jej maszyna przyspieszyła, ale z silnika zaczął buchać szary dym. Eddison-Sydney-Martin w dalszym ciągu oddalał się od nich. Był już kilkaset metrów przed Josephine, gdy Bell zauważył jakiś ciemny kształt za jego aeroplanem.

Wyglądało to na zderzenie z ptakiem.

Kiedy jednak curtiss zachybotał się w powietrzu, Isaac pojął, że obiekt, który od niego odpadł, to nie martwy ptak, lecz śmigło.

Eddison-Sydney-Martin usiłował wprowadzić pozbawioną napędu maszynę w nurkowanie, ale zanim zareagowała na wychylenie steru wysokości, jakiś element oderwał się od ogona. Po chwili odleciał następny i jeszcze jeden, aż Bell uświadomił sobie, że urwane śmigło, kręcąc się jak piła tarczowa, poszatkowało tył aeroplanu Anglika.

Ster wysokości dwupłatowca oderwał się i rozpadł na kawałki. Po chwili to samo stało się ze statecznikiem pionowym i sterem kierunku. Z wysokości trzystu metrów bezgłowy curtiss baroneta runął jak kamień na ziemię.

# Rozdział 31

**K**otu skończyły się życia.

– Nie mów tak! – krzyknęła Josephine na mechanika, który ośmielił się powiedzieć głośno to, czego wszyscy się obawiali.

Podbiegła do szlochającej Abby, ale gdy spróbowała otoczyć ją ramieniem, żona baroneta odsunęła się i stanęła sztywno niczym marmurowy pomnik.

Josephine wciąż myślała o tym, co obiecał jej Marco. „Wygrasz. Moja w tym głowa. Nic się nie martw. Nikt cię nie wyprzedzi".

Stali nad brzegiem szerokiego potoku, jakieś trzydzieści kilometrów na południowy zachód od Topeki. Josephine i Bell natychmiast posadzili swoje maszyny na żwirowej drodze obok torów. Wkrótce dołączyła do nich Abby z mechanikami, którzy widzieli wypadek z pociągu. Niebieski curtiss, a raczej jego wrak, leżał pośrodku potoku.

Josephine zastanawiała się, czy Marco celowo uszkodził maszynę Anglika, aby w ten sposób ułatwić jej wygranie wyścigu. Tylko ona wiedziała, kto ukrywa się pod przebraniem kędzierzawego Rosjanina, i tylko ona podejrzewała, że Celere mógł zrobić coś strasznego. Bała się zapytać wprost.

Muszę go zapytać, przekonywała się w duchu. A jeśli to zrobił, przyznam się do wszystkiego, do wszystkich kłamstw i oszustw.

Podeszła do Marka. Trzymał w ręku suwak logarytmiczny i wyglądał na równie wstrząśniętego jak pozostali. Nagle przyszło jej do głowy, że może tylko udawać, i wtedy uświadomiła sobie, że już mu nie ufa.

– Musimy porozmawiać – powiedziała cicho.

– Och, biedna Josephine! – zawołał, trzymając się łamanej angielszczyzny Płatowa. – Wszystko to zdarzyć się na wprost twoich oczu.

– Chcę cię o coś spytać.

– O co?

Nie zdążyła się odezwać, gdy rozległ się głośny krzyk. To była Abby. A potem, o dziwo, z gardeł zebranych wyrwało się wyraźne westchnienie ulgi. Josephine odwróciła się twarzą do potoku. Oczy wszystkich były skierowane na brzeg, którym szedł, lekko utykając, baronet Eddison-Sydney-Martin. Chociaż cały mokry i ubłocony, uparcie próbował zapalić papierosa.

Bell powiedział Andy'emu, że widział, jak curtissowi odpadło śmigło.

– Jak to możliwe? – zastanawiał się.

– Czasem się zdarza – odparł mechanik.

– Co mogło być przyczyną?

– Trudno powiedzieć. Może pęknięta piasta.

– Ale baronet dokładnie sprawdzał maszynę przed każdym startem. Obchodził ją dookoła, macał cięgna, okucia, tak jak my wszyscy. Jego mechanicy też sprawdzali, tak jak ty „Orła".

– Mógł uderzyć o kamień podczas rozbiegu albo dobiegu.

– Zauważyłby, poczuł, usłyszał.

– Zauważyłby, gdyby kamień wyraźnie uszkodził śmigło – uściślił Andy. – Ale jeśli tylko lekko zawadził w momencie, kiedy odrywał się od ziemi, a silnik pracował na najwyższych obrotach, mógł nie zwrócić na to uwagi. Parę miesięcy temu ktoś mi opowiadał o śmigle, które straciło wyważenie, bo zostawiono je na dłuższy czas w pozycji pionowej i łopata, która była na dole, wchłonęła więcej wilgoci.

– Jego śmigło było nowe i używał go prawie codziennie.

– Tak czy inaczej, pęknięcia się zdarzają.

– I dlatego śmigło zostało pomalowane srebrną farbą, żeby widać było najdrobniejszą rysę – zauważył Isaac.

Była to standardowa metoda stosowana w aeroplanach ze śmigłem pchającym. Śmigło jego maszyny nie było pomalowane na srebrno, bo błyszczące łopaty wirujące tuż przed oczami oślepiałyby lotnika.

– Wiem o tym, panie Bell. Wiem też, że śmigło było nowe, więc raczej nie zbutwiało. – Moser spojrzał Bellowi w oczy. – Jeśli pyta pan, czy dokonano sabotażu, to moja odpowiedź brzmi: bardzo możliwe.

– Ale jak? Co ty byś zrobił, gdybyś chciał, żeby twojemu koledze po fachu odpadło śmigło?

– Postarałbym się je zdestabilizować. Źle wyważone śmigło powoduje wibracje, które mogą doprowadzić do oderwania łopat, pęknięcia piasty, a nawet do wyrwania silnika z łoża.

– Ale przecież nie chciałbyś, żeby za bardzo trzęsło, bo wtedy lotnik zorientowałby się, że coś jest nie tak, wyłączył silnik i wylądował lotem szybowym.

– Ma pan rację – przyznał Andy. – Sabotażysta musiał naprawdę znać się na rzeczy.

To stawiało w kręgu podejrzeń wszystkich członków ekip technicznych pracujących przy wyścigu, może poza udającymi mechaników detektywami, którzy chronili Josephine. W związku z wypadkiem spełniło się także marzeenie Prestona Whitewaya, które otwarcie wyjawił w San Francisco. Musiał długo czekać, bo dopiero spory kawał drogi za Chicago „naturalna selekcja" sprawiła, że wyścig przerodził się w rywalizację najlepszych awiatorów z zadziorną Josephine. Eddison-Sydney-Martin był zapewne najlepszy, a wyeliminowanie go za pomocą sabotażu nie miało nic wspólnego z „naturalną selekcją". Ale trzymający równe tempo Joe Mudd dowiódł, że z nim też trzeba się liczyć, a niezwykle odważny, choć antypatyczny Steve Stevens latał bardzo szybko i, nie zważając na niepokojące wibracje, wyciskał ze swojej maszyny maksimum możliwości.

Bell nie potrafił więc przewidzieć, kogo zamachowiec wybierze na swoją następną ofiarę. Jedyne, czego w tej chwili był pewien, to fakt, że jego głównym zadaniem pozostawało powstrzymanie Harry'ego Frosta przed zabiciem Josephine.

Isaac zastanawiał się, czy kradzież karabinów maszynowych w Fort Riley nie była jedynie fortelem Frosta mającym na celu odwrócenie uwagi i rozluźnienie kordonu ludzi ochraniających Josephine na placach targowych i stacjach kolejowych. Rozważając tę możliwość, Bell przygotował zasadzkę. Poczekał do zmroku – po pożegnaniu z państwem Eddison-Sydney-Martin, którzy wyruszyli z maleńkiej stacyjki Morris County Fairground w podróż powrotną do Chicago – i wspiął się na dach wagonu Josephine. Leżał tam kilka godzin, przyglądając się uważnie pociągom stojącym po drugiej stronie i nasłuchując chrzęstu kroków na żwirowej podsypce.

Noc była upalna. We wszystkich wagonach pootwierano okna, świetliki i wyjścia na dach. Przyciszone rozmowy i sporadyczne wybuchy śmiechu zlewały się z postękiwaniem lokomotyw, które trzymano pod parą, aby zapewnić oświetlenie i ciepłą wodę.

Około północy usłyszał pukanie do tylnego przedsionka wagonu. Ktokolwiek to był, musiał przejść przez pociąg, bo Bell nie słyszał żadnych kroków. Mimo to wyciągnął browninga i wycelował go przez otwarty właz dachowy w stronę drzwi.

Z sypialni dobiegł nieco senny głos Josephine:

– Kto tam?

– Preston.

– Jest już bardzo późno, panie Whiteway.

– Musimy porozmawiać.

Josephine weszła do salonu w prostej podomce zarzuconej na wełnianą pidżamę i otworzyła drzwi. Whiteway miał na sobie garnitur i jedwabny krawat, a jego jasne włosy były ufryzowane w wytworne fale.

– Chciałbym na wstępie zaznaczyć, że dobrze przemyślałem to, co zamierzam ci powiedzieć – zaczął, krążąc nerwowo po wąskim saloniku. – To dziwne, ale czuję się trochę skrępowany.

Josephine usadowiła się w wyściełanym fotelu, wsunęła nagie stopy pod siebie i z uwagą przyglądała się gościowi.

– Mam nadzieję, że pan się nie rozmyślił – powiedziała. – Idzie mi coraz lepiej. Odrabiam straty. A teraz, gdy biedny baronet odpadł z wyścigu, mam naprawdę dużą szansę.

– Oczywiście, że masz!

– Joe Mudd jest za wolny. A Steve Stevens nie dotrwa do końca, jeśli nadal będzie tak szarżował.

– Wygrasz, jestem tego pewien.

– Co za ulga!' – Josephine uśmiechnęła się promiennie. – Jest pan taki spięty, więc pomyślałam, że chce się pan wycofać. Co w takim razie chce mi pan powiedzieć?

Whiteway przystanął, wypiął pierś i wciągnął brzuch, po czym wypalił:

– Wyjdź za mnie.

– Co?!

– Będę dobrym mężem, a ty będziesz bogata i będziesz mogła latać, ile dusza zapragnie, przynajmniej dopóki nie pojawią się dzieci... Jak brzmi twoja odpowiedź?

Josephine milczała dłuższą chwilę.

– Nie wiem, co powiedzieć – rzekła wreszcie. – To znaczy, czuję się zaszczycona pańską propozycją, ale...

– Ale co? Co lepszego mogłoby cię spotkać?

Josephine wzięła głęboki oddech i wstała. Whiteway rozpostarł ramiona, by wziąć ją w objęcia.

– I co było dalej? – zapytała Marion, gdy Bell relacjonował jej wydarzenia minionej nocy przy śniadaniu w luksusowym wagonie restauracyjnym.

Widok jej rozszerzających się z podniecenia ogromnych oczu koloru morskiej zieleni był tak piękny, że na dobrych kilka sekund stracił wątek.

– Czy powiedziała „tak"? – dopytywała się.

– Nie.

– To dobrze. Jest zbyt wielkim egocentrykiem, aby być dobrym mężem. Jeśli Josephine rzeczywiście jest tak urocza, jak piszą w gazetach, to zasługuje na kogoś znacznie lepszego.

– Znasz ją bliżej niż większość czytelników gazet – zauważył Isaac.

– Parę razy powiedziałyśmy sobie „dzień dobry", to wszystko. Mimo to byłam skłonna przypuszczać, że odpowie mu „być może".

– Dlaczego? – zainteresował się Bell.

– Bo sprawia wrażenie osoby, która prawie zawsze dostaje to, czego pragnie – wyjaśniła Marion po krótkiej chwili namysłu.

– Powiedziała właśnie coś w tym stylu, że musi się zastanowić.

– Pewnie nie ma nawet z kim o tym porozmawiać. Postaram się naciągnąć ją na zwierzenia.

– Miałem nadzieję, że to powiesz – przyznał Bell. – A właściwie miałem nadzieję, że spróbujesz się dowiedzieć, co Harry Frost miał na myśli, mówiąc, że Josephine i Celere coś razem knuli.

Marion wyjrzała przez okno. Silny wiatr tworzył wokół pociągów miniaturowe tornada, porywające węglowy dym, drobiny popiołu i pszeniczne plewy.

– Dziś nie będzie lotów – orzekła. – Zaraz się tym zajmę.

– Chciałabym być taka jak ty, gdy dorosnę – powiedziała Josephine, uśmiechając się do Marion.

Siedziały naprzeciwko siebie w salonie wagonu Josephine. Na stoliku między nimi stały dwie nietknięte filiżanki kawy.

– Mam nadzieję, że nie wyglądam aż tak staro – roześmiała się Marion. – A poza tym jesteś już dorosła. Przecież powozisz latającą maszyną w wielkim wyścigu.

– To nie to samo. Chciałbym być tak bezpośrednia jak ty.

– Co masz na myśli?

– Powiedziałaś prosto z mostu, że Isaac podsłuchał, jak Preston mi się oświadczał.

– Powiedziałam też, że jestem bardzo ciekawa, co sądzisz o tej propozycji – uzupełniła Marion.

– Sama nie wiem. No bo niby czemu on chce się ze mną żenić? Jestem tylko głupiutką wiejską dziewczyną.

– Mężczyźni to dziwne stworzenia. Przynajmniej większość z nich. Może cię kocha.

– Nie powiedział, że mnie kocha.

– Cóż, Preston w pewnych sprawach nie jest zbyt bystry. Za to niewątpliwie jest przystojny.

– No tak.

– I bardzo, bardzo bogaty.

– Harry też był bogaty.

– Ale Preston, cokolwiek by o nim mówić, w odróżnieniu od Harry'ego nie jest brutalem.

– Za to jest równie wielki.

– I wciąż robi się większy – przyznała Marion ze śmiechem. – Jeśli nie weźmie się w garść, wkrótce będzie wyglądał jak prezydent Taft.

– Albo jak Steve Stevens.

Obie wybuchły śmiechem. Po chwili Marion spojrzała uważnie na Josephine i spytała:

– Czy ty w ogóle bierzesz pod uwagę przyjęcie jego oświadczyn?

– Nie. Nie kocham go. To znaczy wiem, że kupowałby mi aeroplany. Sam powiedział, że będzie mi je kupował, dopóki nie urodzę dziecka. Potem mam skończyć z lataniem.

– O Boże! – westchnęła Marion. – Jest jeszcze większym głupcem, niż sądziłam.

– A może uważasz, że powinnam za niego wyjść?

– Nie mogę ci radzić w tak poważnej kwestii – odparła Marion. – Sama musisz wiedzieć, czego chcesz.

– Tak sobie myślę, że mam szansę wygrać wyścig i zdobyć te pięćdziesiąt tysięcy. Jeśli mi się uda, będę mogła sama kupować latające maszyny.

– Moja droga, jeśli wygrasz ten wyścig, wszyscy będą ustawiać się w kolejce, żebyś chciała przyjąć w prezencie ich aeroplany – powiedziała Marion.

– Naprawdę?

– Jestem pewna. Będą przekonani, że klienci rzucą się do kupowania maszyn, którymi latasz. Nie musisz więc wychodzić za Prestona, żeby latać.

– Jeśli wygram.

– Zdaniem Isaaca dobrze wiesz, że wygrasz – odparła Marion. – Zresztą on też nie ma co do tego wątpliwości. Postawił na ciebie trzy tysiące.

Josephine kiwnęła głową w zamyśleniu i wyjrzała przez okno. Wiatr wciąż tłukł o szybę. Zamknęła oczy i otworzyła usta, jakby chciała coś powiedzieć, ale nie odezwała się. Marion odniosła wrażenie, że dziewczynę coś trapi.

– Co się dzieje? – spytała. – Masz jakieś zmartwienie?

Josephine wzięła głęboki oddech, po czym gwałtownie wypuściła powietrze.

– Potrafisz dochować tajemnicy? – zapytał niemal błagalnym tonem.

– Nie – odpowiedziała Marion szczerze. – Zawsze mówię wszystko Isaakowi.

Josephine westchnęła ciężko.

– Och, czy zawsze musisz być taka bezpośrednia?

– Uważam, że tak jest lepiej – odparła Marion. – Co chcesz mi powiedzieć?

– Nic ważnego. Chodzi o to, że gdy widziałam, jak Harry strzela do Marka, byłam bardzo zaskoczona.

– Nie dziwię się.

– To była ostatnia rzecz, jakiej bym się spodziewała.

– I wtedy popełniłam błąd – wyznała Marion, relacjonując Bellowi przebieg rozmowy. – Zamiast trzymać buzię na kłódkę i pozwolić jej dokończyć myśl, powiedziałam coś kretyńskiego w stylu „Oczywiście, jak mogłaś się spodziewać, że mąż zastrzeli twojego przyjaciela?", na co Josephine natychmiast zamilkła.

– Ostatnia rzecz, jakiej by się spodziewała – powtórzył Isaac w zamyśleniu. – Czyli oczekiwała czegoś innego. To by się zgadzało ze słowami Frosta, że coś knuła... Czy ona w końcu zamierza wyjść za Prestona?

– Ostatecznie zdecydowała, że nie.

– Może zmienić zdanie?

– Tylko gdyby uznała, że nie wygra wyścigu.

– Bo wtedy nie dostanie pięćdziesięciu tysięcy, a Preston jest bogaty.

– Gdybyś widział, jak jej się zaświeciły oczy, kiedy powiedziałam, że producenci będą jej oddawać swoje samoloty za darmo, jeżeli wygra. Jestem pewna, że wcześniej nawet o tym nie pomyślała. Josephine raczej nie wybiega myślami zbyt daleko naprzód. Jest gotowa zrobić wszystko, byle tylko latać. Nawet wyjść za Prestona. Nie należy do dziewcząt, które marzą o pięknym domu, gromadce dzieci, klejnotach czy drogich strojach.

– A skoro mowa o małżeństwie – wtrącił Bell, obejmując narzeczoną – to kiedy zamierzasz wyjść za mnie?

Marion spojrzała na szmaragd na palcu. Potem popatrzyła z uśmiechem na ukochanego, pogładziła opuszkami palców jego złociste wąsy i pocałowała go w usta.

– Gdy będziesz bardzo mocno nalegał – odparła. – Wiesz, że zrobiłabym dla ciebie wszystko. Ale na razie całkowicie mnie satysfakcjonuje bycie twoją narzeczoną.

Wiało przez cały dzień i noc, aż do następnego ranka.

W taką pogodę nikt nie rwał się do latania, za to mechanicy nie marnowali czasu.

Andy Moser rozebrał gnome'a na czynniki pierwsze, wyczyścił, nasmarował i dopieścił każdą część z osobna, po czym złożył silnik z powrotem.

Murarze, tynkarze i palacze pracujący dla Joego Mudda rozmontowali motor „Oswobodziciela" i w końcu znaleźli pękniętą miedzianą rurkę będącą źródłem wycieku oleju, za którego sprawą czerwony aeroplan po każdym locie robił się czarny.

Mechanicy Steve'a Stevensa, pod nadzorem Dmitrija Płatowa, kolejny raz usiłowali zsynchronizować silniki jego dwupłatowca. Ponieważ Stevens nie przestawał ich besztać i groził, że obetnie im pensje, Rosjanin oddalił się dyskretnie, aby pomóc Josephine przy wymianie uszczelki pod głowicą w jej motorze.

Obserwujący ich Bell widział, że o czymś rozmawiają z wyraźnym ożywieniem. Kilkakrotnie przeszedł w pobliżu, próbując coś podsłuchać, ale za każdym razem przerywali w pół słowa.

– Dlaczego ten detektyw ciągle się tu kręci? – mruknął Celere, machając przyjaźnie do Bella suwakiem logarytmicznym.

– Ochrania mnie – wyjaśniła Josephine.

– Chyba nie powinien się bać, że może cię spotkać coś złego w obecności Płatowa.

– On się niczego nie boi.

– Jesteś dziwnie rozdrażniona, moja droga – zauważył Celere, wydłubując zużytą uszczelkę z bloku silnika.

– Wybacz. Mam sporo na głowie.

– Poczynając od oświadczyn pana Whitewaya?

– No właśnie – przyznała ponuro. – Co o tym sądzisz?

– Sadzę, że powinnaś za niego wyjść.

– Marco!

– Mówię poważnie.

– Jak możesz nalegać, żebym wyszła za innego mężczyznę?

– On nie jest tylko „innym mężczyzną". Jest najbogatszym wydawcą w Ameryce. Jego pieniądze mogłyby ci pomóc. I mnie też.

– Co nam przyjdzie z tego małżeństwa?

– W odpowiedniej chwili odejdziesz od niego i wrócisz do mnie,.

– Niedobrze mi się robi na samą myśl, że mógłbyś chcieć, abym z nim była.

– Cóż, prawdę mówiąc, wolałbym, żebyś odłożyła miesiąc miodowy na po wyścigu. Z pewnością mogłabyś go przekonać, mówiąc, że musisz skupić się na wygranej.

– A co z nocą poślubną?

– Nie martw się. Coś wymyślę.


Wiatr przycichł. Z prognozy pogody wynikało, że najbliższych kilka godzin będzie bardzo spokojnych, więc późnym popołudniem lotnicy wzbili się w powietrze, aby jeszcze przed nastaniem zmierzchu wylądować bezpiecznie w Wichita.

Preston Whiteway wkroczył w światło reflektorów. Po raz pierwszy operatorzy filmowali go dwiema kamerami. Jedna była skierowana na Whitewaya, druga rejestrowała reakcje reporterów. Początkowo wydawca nie chciał się zgodzić na dodatkowe koszty, ale Marion Morgan zapewniała, że użycie dwóch kamer pozwala na dynamiczną zmianę planów podczas montażu, co zwiększy atrakcyjność filmu i tym samym liczbę widzów.

Whiteway oznajmił, że nazajutrz nastąpi oficjalna jednodniowa przerwa w wyścigu, która nie będzie wliczana do pięćdziesięciodniowego limitu, po czym dodał:

– Wydaję przyjęcie, jakiego stan Kansas jeszcze nie widział, z okazji moich zaręczyn z panną Josephine Josephs – Latającą Sympatią Ameryki.

Marion Morgan uniosła głowę znad swojego stanowiska między kamerami i rzuciła zdumione spojrzenie Bellowi. Ten pokręcił głową z niedowierzaniem.

Korespondent „San Francisco Inquirer" został poinstruowany, by spytać:

– Kiedy ślub, panie Whiteway?

Pozostali dziennikarze, również zgodnie z instrukcją, zapytali chórem:

– Czy będziemy musieli czekać do zakończenia wyścigu?

– Josephine nigdy by mi na to nie pozwoliła – odpowiedział Whiteway. – Na wyraźną prośbę mojej uroczej narzeczonej zorganizujemy ślub i przyjęcie weselne godne stanu Teksas w pięknym mieście Fort Worth, a konkretnie w North Side Coliseum, znanej powszechnie jako najwspanialsza i największa hala na całej półkuli zachodniej. Ślub odbędzie się, kiedy tylko Wielki Wyścig Lotniczy Atlantyk–Pacyfik o Puchar Whitewaya i pięćdziesiąt tysięcy dolarów nagrody dotrze do Fort Worth w Teksasie.

Marion uśmiechnęła się do Bella i bezgłośnie poruszając ustami, powiedziała:

– Bezwstydnik.

– Niepoprawny – Isaac odwzajemnił uśmiech.

Jednakowoż trudno było zaprzeczyć, że jeśli chodzi o promowanie wyścigu, Preston Whiteway potrafił lepiej porwać publiczność niż P. T. Barnum, Florenz Ziegfeld i Mark Twain razem wzięci.

Pozostawało tylko pytanie: dlaczego Josephine zmieniła zdanie? Czasy przelotów miała coraz lepsze, zwykle najlepsze spośród wszystkich zawodników, a jej aeroplan sprawował się jak szwajcarski zegarek. Nie miała żadnego powodu, by obawiać się przegranej. Mimo to przyjęła oświadczyny.

# Rozdział 32

SPRAWDŹCIE DMITRIJA PŁATOWA.

Depeszę tej treści Bell wysłał do biur agencji w Chicago i Nowym Jorku. Był pewien, że to rosyjski wynalazca przekonał Josephine do przyjęcia oświadczyn Whitewaya. Musiał więc ustalić, dlaczego Płatowowi zależało na tym ślubie i jak zdołał nakłonić Josephine do zmiany tak ważnej i głęboko osobistej decyzji.

Chodziło o człowieka, który poruszał się swobodnie po każdym lądowisku i był mile widziany w wagonach warsztatowych wszystkich ekip biorących udział w zawodach. Co więcej, z własnej woli zgodził się zastąpić zamordowanego mechanika Eddisona-Sydneya-Martina, a zaledwie kilka dni później maszyna Anglika rozbiła się doszczętnie na skutek odpadnięcia śmigła. Poza tym Płatow był niewątpliwie najzdolniejszym mechanikiem pracującym przy wyścigu.

Wstępne ustalenia śledczych, przysłane jeszcze tego samego dnia, były zaskakujące.

Jedyne informacje na temat Dmitrija Płatowa pochodziły z wycinków prasowych dotyczących przygotowań do Pucharu Whitewaya w Belmont Park oraz z raportów Isaaca Bella. Dziennikarze wspominali również, mniej lub bardziej szczegółowo, o reakcyjnym silniku Płatowa, ale tylko w relacjach z wypadku, w którym zginął szef mechaników Stevensa.

Isaac przypomniał sobie słowa Danielle Di Vecchio, która stwierdziła, że nie zna Płatowa, nie spotkała go w Paryżu i nigdy nawet o nim nie słyszała. Czy to możliwe, że Płatow nie był w Paryżu?, zastanawiał się. A jeśli nie, to od kogo Celere kupił silnik odrzutowy?

Wysłał kolejną depeszę do działu śledczego:

SKUPCIE SIĘ NA SILNIKU REAKCYJNYM.
PIORUNEM!

Potem wezwał do swojego gabinetu Dashwooda.

– Daj sobie spokój z hazardzistami – polecił. – Odtąd masz obserwować Dmitrija Płatowa. Nie rzucaj się w oczy, ale chodź za nim jak cień.

– O co go podejrzewamy?

– Jest w nim coś, co nie daje mi spokoju – odpowiedział Bell. – Może być czysty jak łza, ale z drugiej strony, miał wiele okazji, żeby uszkodzić maszynę Anglika.

– Może być człowiekiem Harry'ego Frosta?

– Może być kimkolwiek.


Issac ściągnął wszystkich vandornowców, jakich miał do dyspozycji na Południu, aby zapewnić ochronę przyjęcia weselnego Josephine. Gdy detektywi dotarli do Fort Worth i zameldowali się w pociągu technicznym „Orła", zapoznał ich z sytuacją.

– Nie wolno dopuścić Harry'ego Frosta na odległość, z której mógłby wyrządzić komukolwiek krzywdę. Zmobilizujcie swoje kontakty. Jeśli uruchomimy wszystkich naszych ludzi w policji i pracujących dla nas kapusiów, hazardzistów i przestępców, utworzymy pas ochronny szerszy niż zasięg jego karabinów maszynowych i zdołamy utrzymać go poza nim.

Zasięg skradzionych karabinów był naprawdę duży, wynosił aż półtora kilometra. Co gorsza, Frost mógł go niemal potroić. Gdyby uniósł lufy i strzelał torem stromym, jak artyleria, grad kul dotarłby na miejsce przyjęcia weselnego nawet z odległości czterech kilometrów.

– Nie będzie to aż tak karkołomne zadanie, jak może wam się w tej chwili wydawać – Bell próbował dodać otuchy swoim podkomendnym. – Biuro szeryfa w Fort Worth zaoferowało nam pomoc sporej gromadki tymczasowych zastępców, w tym wielu miejscowych, którzy natychmiast zauważą każdą obcą twarz. Będą też z nami współpracować detektywi kolejowi linii Texas & Pacific oraz Fort Worth & Denver.

– A jeśli Frost myśli podobnie i także wynajmie grupę miejscowych? – spytał detektyw z Los Angeles w kremowym meloniku i różowym krawacie.

– Co ty na to, Walt? – Isaac zwrócił się do swojego starego przyjaciela Walta „Texasa" Hatfielda, który konno przyjechał na wezwanie.

Chudy jak szczapa, ale twardy jak stal emerytowany strażnik Teksasu spojrzał na kalifornijskiego dandysa spod szerokiego ronda kapelusza i odpowiedział, charakterystycznie przeciągając samogłoski.

– Nikt nie powstrzyma Frosta przed skaptowaniem jakiejś bandy. Ale nie wejdzie z nimi do miasta, bo musiałyby to być typki dobrze znane tutejszym stróżom prawa. Rozpo-

znanie Frosta nie jest jednak równoznaczne z jego powstrzy-
maniem – zastrzegł i zwrócił się do Bella. – Po przeczytaniu
twoich raportów mam wrażenie, że ten gość nie boi się niczego. Rzuciłby się na całe piekło z wiadrem wody, gdyby
miał w tym swój cel.

Isaac pokręcił głową.

– Nie licz na to, że Frost przypuści straceńczą szarżę na
armaty – odparł. – Powiedział mi, że nie boi się śmierci, ale
umrze dopiero wtedy, gdy zabije Josephine.

Po ustawieniu kamer i oświetlenia w North Side Coliseum Marion Morgan poszła do wagonu warsztatowego,
w którym Bell urządził swoje stanowisko dowodzenia. Isaac pochwalił jej nową spódnicę do jazdy konnej, kupioną
w Fort Worth w sklepie zaopatrującym żony bogatych ran-
czerów, a potem spytał:

– Jak wygląda miejsce ceremonii?

Zajęty przygotowaniem kordonu ochronnego, nie miał
czasu przyjrzeć się wnętrzu Coliseum.

– Pamiętasz, jak nazwał je Preston?

– Najwspanialszą i największą halą na całej półkuli zachodniej.

– Dokładnie tak to ujął. Zapomniał tylko dodać, że dla
krów. W tej ogromnej hali krajowa organizacja hodowców
organizuje wystawy bydła. Josephine aż popłakała się ze
śmiechu.

– W końcu jej ojciec też miał spore stado.

– „Biorę ślub w oborze", powiedziała. Ale to rzeczywiście ogromny budynek. Zapewnia idealne warunki oświe-
tleniowe dla kamer dzięki świetlikom w dachu i gniazdom
eklektrycznym, do których mogę podłączyć lampy. Z mojej
perspektywy wszystko zapowiada się doskonale. A jak wygląda z twojej?

– Zawsze łatwiej osłaniać przyjęcie w budynku niż na otwartej przestrzeni – odparł Bell.

Gdy w końcu poszedł obejrzeć halę, stwierdził, że Whiteway dokonał rozsądnego wyboru. Tuż obok znajdowała się duża stacja kolejowa, gdzie było dość miejsca zarówno dla pociągów ekip biorących udział w wyścigu, jak i tych dowożących gości weselnych. W samej hali, po zdemontowaniu łatwo rozbieralnych zagród dla bydła, powstała przestrzeń o wymiarach sporego lotniska.

Po przejechaniu tysiąca sześciuset kilometrów pokryty warstwą błota i pyłu thomas flyer Harry'ego Frosta wręcz się uginał pod ciężarem kanistrów z benzyną i olejem oraz wielokrotnie łatanych zapasowych opon, przytroczonych gdzie się dało plątaniną linek i łańcuchów. Mimo to wciąż pędził naprzód, jakby dopiero co wyjechał z fabryki.

Siedzący za kierownicą Frost miał poczucie wolności, jakiego nigdy nie doświadczył na torach, nawet gdy jeździł własnym pociągiem specjalnym. Doskonale rozumiał Josephine, która wiele razy mówiła mu o cudownych przeżyciach podczas niczym nieskrępowanego lotu w powietrzu – a raczej na powietrzu, bo twierdziła, że daje ono mocne podparcie, jakby aeroplan poruszał się po twardym podłożu. Nie obchodziło go, czy „w powietrzu", czy „na powietrzu", bo wiedział swoje. Prowadząc dobre auto, nie musiał odrywać się od ziemi, aby czuć taką samą swobodę. Wszak jechał tak szybko, jak chciał, i tam, dokąd chciał.

Niecałe pięćdziesiąt kilometrów przed Fort Worth, którego liczne rzeźnie zasnuwały dymem całą okolicę, zaordynował postój na niewielkim wzniesieniu. Rozejrzał się po porośniętej krzakami prerii przez doskonałą niemiecką lornetkę, którą kupił parę lat temu z myślą o safari. Półtora kilometra dalej biegł szlak kolejowy. Wśród kompletnego pustkowia, w miejscu, gdzie kiedyś było miasteczko zdmuchnięte z mapy przez tornado, od toru odchodziła bocznica, na której stał samotny wagon towarowy.

– W drogę! – zarządził Frost.

Mike Stotts, mechanik, uruchomił korbą motor auta. Trzy godziny później i czterdzieści kilometrów dalej zatrzymali się ponownie. Frost posłał Stottsa przodem na rowerze ukradzionym w Wichita Falls, by zbadał teren i skontaktował się z ludźmi czekającymi w Fort Worth.

– Mam pojechać za nim? – spytał telegrafista Dave Mayhew.

– Nie, zostań tutaj – odparł Harry.

Gdyby coś poszło nie tak, znalezienie nowego mechanika nie nastręczałoby żadnych problemów, ale telegrafista będący jednocześnie doskonałym strzelcem, był na wagę złota.

Stotts wrócił szybciej, niż się spodziewali.

– Rozstawili kordon – powiedział. – Cały teren patrolują ludzie na koniach.

– Jesteś pewien, że to nie ranczerzy?

– Nie zauważyłem żadnych krów.

– A co w mieście?

– Pełno policji. Połowa mężczyzn na ulicach nosi odznaki zastępców. A przynajmniej połowa z pozostałych wygląda na detektywów.

– Widziałeś gliniarzy kolejowych?

– Przynajmniej stu.

Frost dobrze wiedział, co to oznacza. Isaac Bell domyślił się, że karabiny maszynowe ukradzione Fort Riley są teraz w jego posiadaniu. No cóż, nie kijem go, to pałką.

Wysłał Mayhewa do najbliższego słupa telegraficznego i kazał mu nadać depeszę do pracującego dla niego dyspozytora linii Texas & Pacific, a potem ruszyli na zachód, okrążając Fort Worth. Po zmroku wjechali thomasem flyerem po nasypie na tor i pognali dalej w tym samym kierunku.

Frost kazał mechanikowi wypatrywać reflektorów lokomotyw nadjeżdżających z tyłu, a sam skupił się na drodze przed nimi. Pięć razy musieli zjeżdżać z toru, żeby przepuścić pociągi.

Późnym popołudniem następnego dnia zatrzymali się w połowie drogi do Abilene. Frost zobaczył przez lornetkę, jak wielki wóz ciągnięty przez sześć potężnych mułów zatrzymuje się przy wagonie towarowym, stojącym na pobliskiej bocznicy Texas & Pacific Railway. Bocznica ta służyła do zaopatrywania pobliskiego rancza należącego do syndykatu inwestycyjnego z Wall Street, w którym Frost był głównym udziałowcem. Wóz eskortowało sześciu rewolwerowców w kowbojskich strojach. Mężczyźni zsiedli z koni, otworzyli kłódkę na drzwiach wagonu i zaczęli wyciągać z niego i pakować do wozu ciężkie skrzynie opatrzone napisem: HOLIAN PLOW WORKS SANDY HOOK CONN.

Frost lustrował przez lornetkę ciągnące się po horyzont trawy i kępy krzewów, aby się upewnić, że w pobliżu nie ma nikogo, kto mógłby im przeszkodzić. Jakieś piętnaście kilometrów na północ dostrzegł samotną patykowatą konstrukcję, która mogła być albo wiatraczną pompą wodną, albo wieżą wiertniczą do poszukiwania ropy. Tor biegł prosto ze wschodu na zachód, a wzdłuż niego, po jednej stronie, ciągnęły się wstęgi drutów zwisających ze słupów telegraficznych.

Wóz był już załadowany. Potoczył się na zachód żwirową drogą biegnącą równolegle do toru. Thomas zrównał się z nimi trzy kilometry za bocznicą. Na widok eskortujących wóz mężczyzn każdy stróż prawa natychmiast sięgnąłby po broń, bo bardziej niż kowbojów przypominali pospolitych bandytów. Ich dłonie pozbawione były zgrubień i blizn, zwy-

318

kle wyraźnie widocznych u ludzi pracujących na farmach, za to każdy miał po dwa rewolwery w kaburach noszonych nisko na biodrach i winchestera przy siodle. Przyjrzawszy się pasażerom auta, jeźdźcy popatrzyli na jadącego wśród nich wysokiego mężczyznę. Frost wiedział, że to przywódca szajki, z którym kontaktował się za pośrednictwem zaufanego wspólnika sprzed lat.

– Który z was walczył w wojnie hiszpańskiej? – spytał.

Czterej mężczyźni w wojskowych kapeluszach skinęli głowami.

– Strzelaliście z karabinów maszynowych?

Znów pokiwali głowami, wciąż zerkając na swojego przywódcę.

– Jedźcie za mną. Niedaleko jest zakole strumienia, gdzie ustawimy karabiny.

Żaden ani drgnął.

– Herbert – zagadnął Frost przyjaźnie – moi kumple z Chicago twierdzą, że jesteś zatwardziałym bandytą. Sądząc z tego, jak wszyscy na ciebie patrzą, pewnie zaraz podzielisz się z nami jakąś głęboką myślą. Co ci chodzi po głowie?

– Właśnie się zastanawialiśmy – odpowiedział Herbert z akcentem charakterystycznym dla mieszkańców Południa – czy zamiast strzelać do machin latających, nie lepiej zabrać wam pieniądze, auto i karabiny maszynowe, po czym, o ile nie będziecie się za bardzo stawiać, pozwolić wam wrócić pociągiem do Chicago. W końcu jest was tylko trzech, a nas sześciu.

W potężnej dłoni Frosta pojawiła się dziesiątka ze spiłowanymi lufami, uniesiona jednym ruchem spomiędzy nóg.

Herszt zabijaków bez strachu patrzył prosto w wyloty obu luf.

– Nie lubię ludzi, którzy do mnie celują, zwłaszcza z dwururki.

– Wcale do ciebie nie celuję, tylko odstrzeliwuję ci głowę – odparł Frost, pociągając za oba spusty.

Rozległ się ogłuszający huk, jak przy uderzeniu gromu. Skoncentrowana wiązka grubego śrutu zrzuciła Herberta z siodła.

Na pustkowiu nie było słychać nawet echa, tylko rżenie przerażonych koni. Kiedy pozbawiony herszta gang opanował swoje wierzchowce, bandyci zobaczyli wymierzone w siebie lufy rewolwerów Stottsa i Mayhewa. Frost zdążył przeładować obrzyna. Wściekłość zmieniła jego twarz w purpurową maskę.

– Macie jeszcze coś do powiedzenia?

W wątłym cieniu niskich drzew i rzadkich krzewów rosnących nad brzegiem strumienia wypakowali ze skrzyń karabiny, podstawy, skrzynki amunicyjne i dwukołowe wózki. Rozłożyli i oczyścili karabiny, a potem zamontowali je na wózkach. Kompletny karabin maszynowy wraz z amunicją waży niemal sto kilogramów. Przeklinając ciężar, przeciągnęli broń w górę i w dół wyschniętego strumienia, wąskiego i głębokiego jak wojskowy okop. Rozstawili karabiny na wózkach jakieś dwieście metrów od siebie, tak aby pokryć ogniem długi odcinek toru, wzdłuż którego aeroplany miały już niedługo lecieć do Abilene.

Aby się upewnić, że są w pełni sprawne, załadowali taśmy amunicyjne i oddali z każdego po pięćdziesiąt strzałów, zabijając kilka krów pasących się niecały kilometr dalej.

– Idź i wykrój nam coś na kolację – powiedział Frost do Stottsa, wręczając mu nóż myśliwski. – I żeby starczyło na śniadanie. Zabawimy tu trochę.

Potem kazał Mayhewowi wejść na słup i podpiąć się do linii.

Telegrafista spuścił podłączone przewody na ziemię, przypiął do nich klucz i oparłszy się plecami o słup, na bieżąco odczytywał wiadomości wysyłane między stacjami. Kilka razy informował, że zbliża się pociąg. Chowali się wtedy pod biegnącą nad strumieniem kładką, czekając, aż skład przetoczy się z hurgotem nad ich głowami. Większość przechwyconych wiadomości dotyczyła dodatkowych pociągów z bogaczami i dziennikarzami zmierzającymi do Fort Worth na wielkie wesele.

# Rozdział 33

Isaac Bell był zaskoczony, kiedy Preston Whiteway poprosił go, by został jego drużbą. Dopiero potem uświadomił sobie, że magnat prasowy nie ma żadnych znajomych poza podwładnymi, a ponieważ traktował ich surowo, nie było szans, aby którykolwiek z nich chciał się z nim przyjaźnić.

– To dla mnie wielki zaszczyt – powiedział, zadowolony, że stojąc cały czas tuż obok Josephine, będzie mógł osobiście ją chronić, na wypadek gdyby Harry Frost zdołał wszystkich przechytrzyć i przedostał się przez zewnętrzną linię obrony.

Znacznie mniej ucieszyła go wiadomość, że awiatorka na swoją druhnę poprosiła Marion. Nie chciał, aby jego narzeczona znalazła się na linii ognia, ona jednak kategorycznie zapowiedziała, że nie może odmówić jedynej kobiecie biorącej udział w wyścigu, która w dodatku znajdowała się tysiące kilometrów od rodzinnego domu.

Joseph Van Dorn słał z Waszyngtonu telegram za telegramem, usiłując się dowiedzieć, co to za zamieszanie z tym ślubem. W odpowiedzi Isaac Bell zadepeszował krótko:

MISTRZOWSKA AUTOREKLAMA PRESTONA.

Setki zaproszonych gości i całe gromady gapiów zjeżdżały do Fort Worth autami, powozami, furami i wierzchem. Z Chicago, Nowego Jorku, Los Angeles i San Francisco przyjeżdżały pociągi pękające w szwach od pasażerów. Northern Texas Traction Company uruchomiła dodatkowe połączenia z Dallas. Kompania milicji stanowej została zmobilizowana do nadzoru tłumów i ochrony latających maszyn. Dwie odwodowe kompanie pozostawały w stanie pełnej gotowości w Tyler i Texarkana. Operatorzy Marion zostali niemal zdeptani przez rysowników prasowych i fotoreporterów, którzy uspokoili się, dopiero kiedy Preston Whiteway oznajmił im, że jako właściciel Picture World nie będzie tolerował utrudniania pracy swoim filmowcom.

Co chwilę wynikał jakiś problem powodujący opóźnienie rozpoczęcia ceremonii.

Na polecenie Whitewaya w North Side Coliseum zamontowano ławki kościelne i ołtarz sprowadzony z St. Louis, ale hala zbudowana została z myślą o bydle, nie o ludziach, więc rozsadzenie wszystkich gości zajęło bardzo dużo czasu. Ledwie udało się z tym uporać, letnie niebo pokryło się czarnymi chmurami, w związku z czym wszyscy mechanicy i piloci, wliczając to samą pannę młodą, wybiegli na pole, by zabezpieczyć maszyny przed deszczem i wiatrem.

Wkrótce rozległy się pierwsze grzmoty, a nad prerią rozszalała się wichura. Dwupłatowiec Steve'a Stevensa zerwał się z mocowań. Panna młoda, mimo że zdecydowanie nie przepadała za otyłym plantatorem bawełny, poprowadziła kolejną ekipę na zewnątrz, aby ratować jego maszynę. W końcu udało się ją zakotwiczyć, ale wtedy z nieba lunął rzęsisty deszcz.

Josephine została szybko wysuszona przez groźnie wyglądającą ekipę matron z Fort Worth, które zaofiarowały się zastąpić nieobecnych członków rodziny sławnej awiatorki.

Kapłan przybyły w zastępstwie biskupa San Francisco – który nie przyjechał osobiście, tłumacząc się koniecznością organizacji zbiórki funduszy na wzniesienie katedry w zniszczonym przez trzęsienie ziemi Nob Hill – zdołał właśnie ustawić wszystkich przed naprędce poświęconym ołtarzem, gdy podłoga hali zadrżała gwałtownie od pędu wjeżdżającego na stację wielkiego, czarnego jak smoła parowozu 2-8-2 Mikado. Lokomotywy te, wyposażone w rozbudowane komory paleniskowe, kotły na parę przegrzaną i osiem kół napędowych, prowadziły zwykle wielowagonowe składy z prędkością blisko stu kilometrów na godzinę. Ta jednak ciągnęła zaledwie jeden długi wagon, który zatrzymał się naprzeciw wejścia do hali.

– O Boże... – szepnął Preston. – To matka!

Z wagonu wysiadła pani Whiteway, ubrana w czarne jedwabie zwieńczone kruczymi piórami.

Wydawca ze zbolałym wyrazem twarzy zwrócił się szeptem do głównego śledczego Agencji Van Dorna:

– Myślałem, że jest we Francji. Bell, jesteś moim drużbą. Zrób coś, błagam.

Isaac wyprostował się, wysunął pierś do przodu i ruszył w stronę wejścia. Wysoki, jasnowłosy detektyw, potomek bostońskich bankierów, wyedukowany w prywatnej szkole i na Uniwersytecie Yale, doskonale znał uświęcone tradycją obowiązki drużby, do którego należało rozwiązywanie wszelkich ewentualnych problemów podczas ceremonii ślubnej, poczynając od szukania zgubionych obrączek, aż po uspokajanie rozhisteryzowanych byłych narzeczonych. Jednak ten szczególny przypadek sprawił, że poczuł się jak teksański kowboj, któremu kazano spętać nosorożca.

Skłonił się przed nadchodzącą damą jak przed udzielną księżną i zaoferował jej ramię. Powitawszy matkę pana młodego, rzekł:

– Nareszcie możemy rozpocząć ceremonię.

– Kim pan jest?

– Nazywam się Isaac Bell i jestem drużbą Prestona oraz wiernym czytelnikiem pani artykułów w niedzielnych wydaniach.

– Jeśli istotnie je pan czytał, to musi pan wiedzieć, że nie uznaję instytucji rozwodu.

– Podobnie jak Josephine. Gdyby nie to, że jej małżeństwo zostało oficjalnie unieważnione, nigdy nie pomyślałaby o ponownym zamążpójściu. A oto i ona – powiedział, wskazując gestem pannę młodą, która spieszyła w ich stronę spod ołtarza.

– Ma więcej ikry niż mój syn – stwierdziła pani Whiteway. – Patrzcie tylko, boi się własnej matki.

– Jest zaskoczony. Sądził, że bawi pani we Francji.

– Miał nadzieję, że bawię we Francji – uściśliła starsza dama z wyraźnym sarkazmem. – Co pan myśli o tej dziewczynie, panie Bell?

– Przede wszystkim podziwiam jej hart ducha.

Josephine podeszła do przyszłej teściowej z miłym uśmiechem na twarzy i otwartymi ramionami.

– Jakże się cieszę, pani Whiteway, że dotarła pani na czas. Moja matka niestety nie mogła mi towarzyszyć i aż do tej chwili czułam się całkiem samotna.

Pani Whiteway obrzuciła przyszłą synową taksującym spojrzeniem.

– To pani jest tą chodzącą przeciętnością? – spytała wyniośle. – Całkiem ładna, dzięki Bogu nie żadna piękność. Piękno psuje kobietę, przewraca jej w głowie... A kim jest kobieta w stroju druhny, nakazująca tym ludziom, aby skierowali na mnie kamery filmowe?

– To moja narzeczona – powiedział Bell, wyszedłszy uprzednio z zasięgu obiektywów. – Panna Marion Morgan.

Pani Whiteway chrząknęła wymownie.

– Proszę się nie przejmować tym, co przed chwilą powiedziałam o pięknych kobietach, być może istnieją wyjątki od tej reguły.

– Czy kocha pani mojego syna, młoda damo? – zwróciła się do Josephine.

Młoda awiatorka spojrzała jej prosto w oczy.

– Podoba mi się – odparła wymijająco.

– Czemuż to?

– Ponieważ osiąga to, co sobie zaplanuje.

– To jedyna dobra cecha, jaką odziedziczył po moim mężu. No cóż, miejmy to już za sobą – powiedziawszy to, chwyciła dłoń Josephine i zaprowadziła ją do ołtarza.

Pani Whiteway usadowiła się w pierwszym rzędzie, a kapłan już po raz trzeci tego wieczoru powtórzył:

– Zebraliśmy się tu dzisiaj…

Nagle przez świetlik umieszczony nad Josephine i Prestonem wpadła do wnętrza szarozielona poświata.

– Tornado! – zawołali miejscowi, dobrze wiedząc, co zwiastuje ten dziwny kolor nieba.

Mieszkańcy Fort Worth rozbiegli się do schronów burzowych, zapraszając do środka przyjezdnych. Goście przybyli koleją musieli zadowolić się wątpliwym schronieniem w wagonach. Pozostali, dla których zabrakło innego miejsca, rozeszli się po pobliskich saloonach.

Trąby powietrzne hulały po okolicznych polach jeszcze bardzo długo po zachodzie słońca, hałasując niczym pędzące pociągi towarowe i porywając w powietrze wszystko, co spotkały na swej drodze. Miasto szczęśliwie nie doznało żadnych szkód, ale dopiero dobrze po północy zebrani wreszcie poczuli zapach szykowanych potraw i usłyszeli sakramentalne:

– Ogłaszam was mężem i żoną.

Preston Whiteway, z twarzą zarumienioną od licznych kawalerskich toastów, złożył pocałunek na ustach Josephine. Siedząca najbliżej Marion Morgan zapewniała wszystkich dociekliwych, że panna młoda odwzajemniła mu się ochoczo.

Na okrzyk „Jedzmy!" tłum gości gremialnie ruszył do stołów.

Whiteway uniósł swoją szklaneczkę.

– Za pomyślność mojej pięknej żony, Latającej Sympatii Ameryki. Oby w mych ramionach wzlatywała jeszcze wyżej i szybciej...

Nie wiadomo, w jaki sposób zamierzał zakończyć toast, gdyż jego słowa zagłuszył charakterystyczny warkot dwóch ośmiocylindrowych motorów Antoinette, porywających w powietrze mocno już rozklekotany dwupłatowiec Steve'a Stevensa.

Josephine zerwała się od stołu weselnego i wybiegła przez zasłonięte kotarą wejście hali na lądowisko. Plując ogniem z rur wydechowych obu motorów, maszyna Stevensa przemknęła nad ogrodzeniem i lokomotywą pani Whiteway, lecąc prosto na słupy telegraficzne. Przeszła nad nimi o włos, podobnie jak nad stojącą nieopodal stodołą, po czym wzbiła się wyżej w nocne niebo.

Marco Celere stał obok podstawek, które przed chwilą wyciągnął spod kół znikającego w mroku aeroplanu, i machał Stevensowi na pożegnanie suwakiem logarytmicznym i słomkowym kapeluszem z czerwoną tasiemką.

– Mówiłem ci, że wymyślę coś na noc poślubną – powiedział.

– Dokąd on leci? – spytała Josephine.

– Do Abilene.

– A to podstępny tłuścioch...

– To ja nakłoniłem go do wcześniejszego odlotu. Powiedziałem, że dzięki temu zyskamy więcej czasu na zsynchronizowanie silników.

– Jak po ciemku zorientuje się, dokąd leci?

– Szyny kolejowe lśnią w świetle gwiazd i księżyca.

Josephine zawołała mechaników, by uzupełnili paliwo i olej oraz uruchomili silnik. Marco pędził za nią, gdy pobiegła do maszyny, ciągnąc za sobą powłóczystą suknię ślubną niczym smugę białego dymu. Zdjął płachty ze skrzydeł, podczas gdy ona odwiązywała linki kotwiczące aeroplan.

– Muszę cię o czymś uprzedzić... – wyszeptał.

– O czym? – spytała, odwiązując i zwijając jedną linkę, a potem biorąc się za następną.

– Nie przejmuj się, jeśli coś złego przytrafi się Dmitrijowi Płatowowi.

– Nie rozumiem... Hej, żywiej tam! – krzyknęła pod adresem detektywów-mechaników dolewających oleju i paliwa. – O czym ty mówisz? Przecież to ty jesteś Płatowem.

– Dmitrij Płatow znalazł się pod ścisłą obserwacją ludzi Bella. Może będzie musiał nagle zniknąć.

Josephine zwolniła ostatnią linkę, wskoczyła na podest i zaczęła wspinać się do kabiny, chcąc jak najszybciej znaleźć się w powietrzu. Tren jej sukni zaczepił o jedno ze stalowych cięgien.

– Nóż! – krzyknęła do najbliżej stojącego detektywa-mechanika, który bez słowa otworzył składane ostrze i odciął kawałek materiału.

– Zabierz to, gotowe wkręcić się w śmigło! – poleciła i mechanik posłusznie usunął kłąb białego jedwabiu.

Marco wciąż stał na podeście.

– I co dalej? – spytała.

– Wrócę. Nie martw się o nic.

Pchnęła sterownicę do przodu, pociągnęła do siebie i przechyliła na boki, sprawdzając działanie steru wysokości, kierunku i *alettoni*.

– Dobrze, nie będę się martwić. A teraz odsuń się... Kontakt!

Oderwała się od ziemi dziesięć minut po Stevensie.

W tym czasie Isaac Bell zataczał już kręgi nad polem startowym, poinstruowawszy uprzednio Andy'ego Mosera, aby silnik maszyny był podgrzany, a zbiornik mieszanki napełniony pod korek. Z góry North Side Coliseum i całe Fort Worth wyglądały jak nieregularne plamy mętnego światła na spowitej mrokiem teksańskiej ziemi.

Josephine ruszyła na zachód, wzdłuż widocznego w świetle księżyca toru kolejowego.

Detektyw leciał tuż za nią, orientując się na małe płomyki wydostające się z rur wydechowych jej motoru. Przez pierwsze piętnaście kilometrów musiał cały czas zwalniać obroty silnika, żeby jej nie wyprzedzić. Ale gdy poświata Fort Worth całkiem znikła, a ziemia przed nim i za nim stała się tak samo czarna, zdjął dłoń z wyłącznika zapłonu i pozwolił „Orłu" rozwinąć skrzydła.

# Część 4

# „ONA W PRZESTWORZA ŚMIGA!"

Pojedynek strzelecki

# Rozdział 34

Harry'emu Frostowi zdawało się, że usłyszał jakiś odgłos dobiegający ze wschodu. Nie dostrzegł poświaty reflektorów lokomotywy, lecz mimo to ukląkł i przyłożył zdrowe ucho do szyny, aby się upewnić, że to nie pociąg. Nie usłyszał charakterystycznych wibracji.

Dave Mayhew pochylił się nad kluczem telegraficznym. To on, przechwytując depesze dyspozytorów kolejowych, obwieścił im zdumiewającą nowinę, że kilka latających maszyn wystartowało z Fort Worth w środku nocy. Jedną z nich prowadziła Josephine, która kilka godzin wcześniej ponownie wyszła za mąż.

– Tym razem urządzę jej niezapomnianą noc poślubną – zapowiedział Frost głosem, który zmroził nawet takiego twardziela jak Mayhew.

Przyglądał się wschodniemu niebu przez blisko godzinę z nadzieją, że sylwetka jej aeroplanu pojawi się nagle na tle jaśniejącego przedświtem nieba. Na razie wciąż było pusto i ciemno jak w kopalni. Ale po chwili był już pewien, że słyszy dźwięk silnika.

Odwrócił się w lewo i zawołał:

– Słyszycie mnie?

– Tak, panie Frost.

Odwrócił się w prawo i zadał to samo pytanie.

– Tak, panie Frost – usłyszał w odpowiedzi.

– Przygotować się! – rozkazał.

Poczekał na odpowiedź „gotowi!", odwrócił się znowu w prawo, powtórzył komendę i ponownie zaczekał na potwierdzenie.

Dźwięk niósł się bardzo dobrze w chłodnym nocnym powietrzu, więc wyraźnie słyszał charakterystyczny szczęk metalu, gdy mężczyźni po obu jego stronach otwierali pokrywy zamków, by założyć taśmy amunicyjne.

Każdy karabin obsługiwało trzech ludzi, siedzących po kolona w wodzie po ostatniej ulewie: strzelec, ładowniczy podający parcianą taśmę z nabojami i obserwator z lornetką w dłoni. Frost zostawił przy sobie Mike'a Stottsa, na wypadek gdyby musiał posłać go z rozkazami w zgiełku strzelaniny.

Odgłos silnika narastał. Chwilami dźwięk przechodził w zawodzenie, jakby wydający go motor był przeciążony. Nagle Frost zorientował się, że nie jest to odgłos jednego, ale dwóch silników, jakby aeroplany leciały bardzo blisko siebie. Nienaturalnie blisko. Coś tu się nie zgadzało. Wreszcie zrozumiał, że słyszy źle zsynchronizowane silniki dwupłatowca Steve'a Stevensa. A więc to on był na prowadzeniu.

– Nie strzelać! – wykrzyknął. – To nie ona! Nie strzelać!

Dwupłatowiec przedefilował przed nimi. Jego motory jęczały z wysiłku. Leciał tuż nad ziemią, zapewne pilot trzymał się toru kolejowego. Josephine też musi lecieć nisko, dzięki czemu stanie się łatwym celem.

Po dziesięciu minutach Frost znów usłyszał odgłos pracującej maszyny. Nie dostrzegł światła na torach. To musiał być aeroplan. Pytanie, czy to ona, czy może znowu Bell? Aeroplan leciał bardzo szybko. Harry miał tylko sekundy na podjęcie decyzji. Bell zwykle trzymał się z tyłu.

– Przygotować się!

– Gotowi, panie Frost.

– Gotowi, panie Frost.

Chwilę później strzelec po jego lewej krzyknął:

– Leci!

– Czekać!... Czekać!

– Tak, to ona, chłopaki! – zawołał któryś z mężczyzn po prawej.

– Czekać!

Frost rozpoznał natarczywy łoskot wydechu silnika rotacyjnego.

– To gnome! To nie jej silnik! Bell leci przed nią. Nie strzelać! Nie strzelać!

Ale było już za późno. Strzelcy nie wytrzymali napięcia. Długie serie z obu karabinów zagłuszyły okrzyki Frosta. Taśmy amunicyjne przesuwały się tak szybko, że ładowniczy ledwie nadążali je podawać. Lufy pluły ogniem z prędkością czterystu strzałów na minutę prosto w zbliżającą się maszynę.

Bell natychmiast zlokalizował oba karabiny. Były rozstawione w odległości około dwustu metrów od siebie, po obu stronach torów. Oślepieni błyskami strzelcy nie mogli go widzieć, mimo to prowadzili zadziwiająco celny ogień, kierując się odgłosem jego silnika. Po oddaniu długiej serii robili krótką przerwę, nasłuchiwali i kontynuowali ostrzał.

Ołowiane kule przelatywały z wizgiem o centymetry od aeroplanu.

Isaac wyłączył silnik, przez chwilę szybował w ciszy, a potem zapuścił go z powrotem. Karabiny wznowiły ogień. Usłyszał świst za plecami. Kilka pocisków przeszyło ogon, poczuł wyraźny dreszcz przebiegający przez sterownicę.

Zawrócił maszynę i ruszył wzdłuż torów w kierunku, z którego nadleciał. Od strony Fort Worth niebo pojaśniało. Na jego tle dostrzegł niewielką kropkę wiszącą w powietrzu kilka kilometrów dalej. Josephine zbliżała się z prędkością stu kilometrów na godzinę. Miał dwie minuty na unieszkodliwienie karabinów, zanim nawała ognia skieruje się na nią. Ale samopowtarzalny remington to za mało przeciwko dwom karabinom maszynowym. Jedynym wyjściem było wywołanie zamętu wśród strzelców.

Ponownie wyłączył silnik, pochylił maszynę na skrzydło i poszybował bezgłośnie w prawo. Kiedy uruchomił zapłon, karabin po południowej stronie toru natychmiast otworzył ogień, zdradzając swoją pozycję. Bell skierował się w stronę błysków, zszedł tuż nad ziemię, wystrzelił i z wyłączonym silnikiem przemknął nad zamachowcami. Po chwili włączył zapłon, zawrócił z rykiem motoru i przypadł do ziemi, lecąc dokładnie w linii ustawienia karabinów maszynowych, prostopadle do toru.

Oba karabiny plunęły ogniem. Bell zanurkował nad tym bliższym, po południowej stronie toru. Przelatując nad nim, zauważył, że trzej obsługujący go mężczyźni obracają broń, aby zaatakować go od tyłu, gdy ich minie.

Pod naporem kul zszedł tuż nad ziemię i wtedy zobaczył błyski odbite w szynach kolejowych. To Harry Frost stał na torze i strzelał, celując w dobrze widoczne w mroku rury wydechowe silnika. Bell niemal szorował podwoziem po gruncie, przez co omal nie poprawił Frostowi przedziałka jedną z płóz, po czym wystrzelił z remingtona w północne gniazdo karabinu maszynowego, mobilizując jego strzelca do wypuszczenia długiej serii pocisków. Widział z daleka, że lufa chłodzonego powietrzem colta jarzy się jasną czerwienią. Karabin maszynowy nagle zamilkł, ale nie z powodu przegrzania. Obsługujący go ludzie rzucili się do ucieczki, bo ich stanowisko zasypał grad ołowiu z południowego karabinu, którego strzelec wciąż pruł w ogon maszyny, nie zważając, że za sprawą manewru Bella kieruje ogień na swych kompanów.

Chwilę później południowe stanowisko strzeleckie eksplodowało, bo jedna z ostatnich kul z północnego karabinu trafiła w skrzynki z amunicją.

Bell zwinął „Orła" w kolejnym ciasnym wirażu i opróżnił magazynek remingtona w kierunku błysków strzelby Frosta. Przy tak marnym oświetleniu szanse trafienia z pędzącej maszyny były minimalne, ale miał nadzieję, że przynajmniej zmusi złoczyńcę do ucieczki w poszukiwaniu jakiejś osłony.

Ale Frost nawet nie drgnął.

Stał wyprostowany i strzelał w równych odstępach czasu aż do chwili, gdy skończyły mu się naboje.

Wtedy zeskoczył z torów na brzeg strumienia i popędził do karabinu porzuconego przez obsługę. Gdy aeroplan Josephine przelatywał nad torem, obrócił wózek i wypruł długą serię w jego kierunku. Bell skierował maszynę prosto na niego. Remington był już pusty, wyciągnął więc z kabury pistolet i wystrzelał wszystkie naboje, raz za razem pociągając za spust. Kule obramowały Frosta, który natychmiast zwrócił lufę w jego stronę, ale karabin maszynowy się zaciął, bo niepodawana przez nikogo taśma zakleszczyła się w komorze nabojowej.

Na oczach Bella maszyna Josephine przechyliła się na skrzydło, którego końcówka niemal musnęła tor. Przestraszył się, że dziewczyna jest ranna albo ma uszkodzone stery. Jeśli zawadzi o ziemię, kadłub zatoczy gwałtowny łuk i aeroplan rozbije się w drzazgi. Patrzył ze ściśniętym sercem, spodziewając się, że to ostatnie sekundy jej lotu, po chwili jednak odetchnął z ulgą. Celere uniósł skrzydło, wyrównał i kołysząc się lekko, zaczął się wznosić.

Przez resztę lotu Isaac trzymał się blisko Josephine. Awiatorka zeszła do lądowania koło dużej stacji towarowej w Abilene, gdzie krzyżowały się tory kilku linii kolejowych. Usiadła dość ciężko, pod koniec dobiegu maszynę zarzuciło w bok, aż wreszcie znieruchomiała pod kątem prostym do kierunku podejścia. Bell wylądował w pobliżu.

Gdy do niej podbiegł, siedziała w kabinie pochylona nad sterownicą, ściskając się za ramię. Drasnął ją pocisk z karabinu maszynowego, głęboko przecinając skórę. Na białej ślubnej sukni widniały czerwone plamy krwi i czarne oleju silnikowego.

– O mało się nie rozbiłam – wykrztusiła drżącym głosem.

– Przepraszam. Miałem cię przed nim ochronić.

– Mówiłam ci, to szczwany lis. Nikt nie zdoła go powstrzymać.

Bell owinął jej wciąż krwawiącą ranę chustką. Z pobliża nadbiegła grupka chłopców, a za nimi kroczyło dostojnie kilku starszych mężczyzn o długich brodach rodem z czasów wojny secesyjnej. Mężczyźni i chłopcy wpatrywali się w stojące obok siebie pokryte pyłem żółte aeroplany.

– Szybko, chłopcy! – krzyknął Bell. – Sprowadźcie lekarza!

Josephine wyprostowała się, ale nie próbowała samodzielnie wysiąść z maszyny. Całe ciało miała sztywne, jakby ściskała je od wewnątrz paląca determinacja do pozostawania w powietrzu. Była blada i wyglądała na wyczerpaną. Isaac otoczył ją ramieniem.

– Możesz popłakać, jeśli chcesz – rzekł łagodnie. – Nikomu nie powiem.

– Moja maszyna jest cała – odparła, a jej głos brzmiał głucho, jakby nadbiegał gdzieś z oddali. – Zniszczył tylko moją suknię ślubną. Więc dlaczego miałabym płakać? Przecież mam w nosie tę durną sukienkę. Chwila! – rozejrzała się gorączkowo. – A gdzie jest Stevens?

Tymczasem nadbiegał już doktor z torbą lekarską w dłoni.

– Widział pan może biały dwupłatowiec prowadzony przez wielkiego, grubego lotnika? – spytała Josephine zbliżającego się mężczyznę.

– Przed chwilą odleciał do Odessy. Grubas mówił, że za kilka dni ma nadzieję być już w El Paso – odpowiedział lekarz. – A może teraz wyciągniemy panią z tej maszyny?

– Potrzebny mi olej i benzyna.

– Potrzebny pani bandaż, karbol i przynajmniej tydzień leżenia w łóżku.

– Co pan opowiada – żachnęła się Josephine. Uniosła zakrwawioną rękę i wyprostowała palce. – Proszę spojrzeć, przecież mogę ruszać palcami.

– Widzę, że kości są całe – rzekł doktor. – Ale to zbyt duży wstrząs dla pani organizmu.

Isaac widział, jak jej szczęki zaciskają się stanowczo, a oczy zachodzą płomiennym blaskiem. Przywołał chłopców i rzucił każdemu po złotej pięciodolarówce.

– Skombinujcie olej i benzynę dla pani – polecił. – A dla mnie benzynę i olej rycynowy. Piorunem!

Następnie zwrócił się do lekarza.

– Proszę ją opatrzyć.

– Sądzi pan, że w tym stanie zdoła dociągnąć do El Paso?

– Nie – odparł Bell. – Ona doleci do San Francisco.

# Rozdział 35

Dwa dni później Josephine zataczała kręgi nad handlową dzielnicą El Paso, a Isaac Bell sprawdzał przez lornetkę dachy budynków, wypatrując Harry'ego Frosta czającego się z karabinem. Jej celere dotarł do mety tego etapu na pierwszej pozycji, podobnie jak wczoraj na odcinku Midland-Pecos.

Dzielną awiatorkę witały tłumy mieszkańców El Paso, a nagłówki lokalnych gazet obwieszczały:

## LECI DO NAS PANNA MŁODA!

Ludzie zgromadzili się w centralnej części miasta, podziwiając jej lot z ulic, placów, okien i dachów sześciopiętrowych budynków. Pamiętając, co się działo w Fort Worth, Bell zażądał, aby Whiteway wyznaczył na miejsce lądowania łatwiejszą do ochrony stację kolejową nad brzegiem Rio Grande. Teraz gratulował sobie w duchu tej decyzji.

Josephine robiła kolejne okrążenie, gdy na wschodzie ukazała się wreszcie sylwetka wielkiego białego dwupłatowca Steve'a Stevensa, a zaraz za nim czerwony „Oswobodziciel" Joego Mudda. Latająca Sympatia Ameryki zatoczyła jeszcze jedną rundę ku uciesze widowni, pomachała skrzydłami, wywołując wybuchy entuzjazmu wśród widzów, po czym wylądowała przy stacji.

Bell usiadł tuż obok niej.

Uczestnicy wyścigu cały dzień borykali się z silnym przeciwnym wiatrem, więc ich pociągi były już na miejscu. Ekipy obsługujące samoloty wiwatowały. Opuściwszy Teksas, znajdowali się niemal o rzut beretem od linii mety. Na południu, za rzeką, błyszczały w oddali egzotyczne rejony Meksyku. Ale ich interesował w tej chwili wyłącznie zachód – terytoria Nowego Meksyku, Arizony i wreszcie Kalifornii, u wybrzeży Oceanu Spokojnego.

To jeszcze nie koniec, myślał Bell, przyglądając się widniejącym w oddali błękitnym łańcuchom górskim. Aby przelecieć nad najniższymi szczytami Gór Skalistych, maszyny musiałyby się wznieść powyżej tysiąca dwustu metrów.

Na ziemi czekały na niego telegramy. Jeden bardzo poprawił mu nastrój. Stan zdrowia Archiego poprawił się na tyle, że mógł razem z Lillian wyruszyć na zachód pociągiem

Osgooda Hennessy'ego i zobaczyć zakończenie wyścigu. Isaac napisał w odpowiedzi, że powinni zmobilizować adwokatów starających się o wypuszczenie Danielle Di Vecchio z zakładu dla obłąkanych i zabrać ją ze sobą, aby mogła przekonać się na własne oczy, jak aeroplan skonstruowany przez jej ojca przemierza cały kontynent, ochraniając zawodników. O ile, rzecz jasna, nie rozbije się na ostatnich odcinkach albo nie zestrzeli go Harry Frost, pomyślał Bell i odpukał w niemalowane drewno.

Znacznie mniej optymistyczne wieści przysłali analitycy.

PŁATOWA NIKT NIE WIDZIAŁ, NIE SŁYSZAŁ, NIE ZNA.

Tak zaczynała się depesza od Grady'ego Forrera, który nie znalazł żadnych informacji na temat rosyjskiego konstruktora, nie licząc doniesień z Belmont Park. Szef analityków dodał jeszcze sprostowanie, które tylko pogłębiło zamęt:

SILNIK REAKCYJNY BYŁ DEMONSTROWANY NA MIĘDZYNARODOWYM SALONIE AERONAUTYCZNYM W PARYŻU PRZEZ AUSTRALIJSKIEGO KONSTRUKTORA I HODOWCĘ OWIEC ROBA CONNOLLY'EGO.
NIE PRZEZ PŁATOWA.
AUSTRALIJCZYK SPRZEDAŁ SILNIK I WRÓCIŁ DO DOMU.
OBECNIE W BUSZU, BRAK Z NIM KONTAKTU.
NABYWCA SILNIKA NIEZNANY.
??? BYĆ MOŻE PŁATOW ???

Issac poszedł rozejrzeć się za Płatowem.

James Dashwood, któremu wcześniej polecił pilnować Rosjanina, wpatrywał się w pociąg Steve'a Stevensa. Gdy zauważył zbliżającego się przełożonego, z zakłopotaniem spuścił głowę.

– Domyślam się, że go zgubiłeś – powiedział Bell.

– Jakby się pod ziemię zapadł – odparł Dashwood. – Zniknął też jego wagon warsztatowy.

Wagon Płatowa jeździł na końcu składu pociągu Stevensa, ale w tej chwili go tam nie było.

– Przecież nie mógł sam odjechać.

– Nie mógł. Chłopaki powiedzieli mi, że dziś rano już go nie widzieli.

Bell przyjrzał się bocznicy, na której stał pociąg Stevensa. Tor był lekko nachylony. Odczepiony wagon Płatowa mógł stoczyć się w dół. A jeśli się stoczył, nie mógł być daleko.

Okazało się jednak, że zwrotnica była otwarta, łącząc bocznicę z torem biegnącym między zabudowania fabryczne i magazyny stojące na brzegu rzeki.

– Dash, przyprowadź drezynę – polecił Isaac młodemu detektywowi.

Kilka minut później Dashwood podjechał lekką drezyną toromistrza. Bell wskoczył na siedzenie obok niego i ruszyli w kierunku fabryki. Isaac wsparł wysiłki swojego wątłego podwładnego, dzięki czemu już po chwili drezyna rozwinęła prędkość ponad trzydziestu kilometrów na godzinę. Za zakrętem dostrzegli smugę dymu, której źródło zakrywał drewniany barak. Kiedy minęli kolejny zakręt, dym zgęstniał i zrobił się czarny.

– Szybciej!

Przemknąwszy między garbarnią i cuchnącą rzeźnią, wreszcie zobaczyli miejsce pożaru. Palił się wagon Płatowa, oparty o kozioł oporowy na końcu toru. Ogień buchał z okien, drzwi i włazów dachowych. Gdy po kilku sekundach zatrzymali drezynę, płomienie ogarnęły go już ze wszystkich stron.

– Biedny Płatow – powiedział Dashwood. – Jego narzędzia… Boże, mam nadzieję, że nie było go w środku.

– Biedny Płatow – powtórzył Bell ponuro. Wagon pełen kanistrów z olejem i benzyną płonął jak pochodnia.

– Stevens ma szczęście, że wagon nie był przypięty do jego pociągu – stwierdził Dash.

– O tak, wielkie szczęście – zgodził się Isaac.

– Co to za dziwny zapach?

– Obawiam się, że w środku smaży się jakiś nieszczęśnik.

– Czyżby Płatow?

– A któżby inny?

Wkrótce, podskakując na podkładach, nadjechały konne wozy straży ogniowej. Strażacy pociągnęli węże do rzeki, uruchomili pompę parową i skierowali na wagon silne strumienie wody, ale było już za późno. Ogień pochłonął drewniane ściany, podłogę i dach, pozostawiając na torach tylko żelazną ramę i koła. Gdy w końcu ugaszono pożar, strażacy znaleźli zwęglone ludzkie ciało. Buty i ubranie spaliły się do cna.

Bell dokładnie obejrzał mokre resztki wagonu. Coś przykuło jego uwagę. Podniósł z ziemi niewielką szklaną płytkę w mosiężnej ramce. Była jeszcze ciepła. Obrócił ją w palcach. Na krawędziach wyczuł wyraźne wyżłobienia. Pokazał znalezisko Dashwoodowi.

– Suwak logarytmiczny Faber-Castell… a raczej to, co z niego zostało.

– Idzie Steve Stevens.

Istotnie, na miejsce pożaru przydreptał gruby plantator bawełny. Ujął się pod boki i wbił wzrok w zgliszcza.

– Tylko tego brakowało! – lamentował. – Nie dość, że jakiś czerwony związkowiec depcze mi po piętach, a tłumy sentymentalnych głupców w całym kraju kibicują Josephine tylko dlatego, że jest dziewuchą, to jeszcze szef moich mechaników robi z siebie przypalony befsztyk! Kto teraz utrzyma na chodzie moją rozpadającą się maszynę?

– Może poprosi pan mechaników, którym Dmitrij pomagał? – zasugerował Bell.

– To najgłupszy pomysł pod słońcem. Co prawda ten Rosjanin nie potrafił zsynchronizować silników, ale bez niego mój aeroplan rozleci się na kawałki. Równie dobrze mogę go od razu podpalić. Płatow znał każdą śrubkę w jego bebechach. Teraz będę miał nie lada szczęście, jeśli uda mi się przelecieć nad Terytorium Nowego Meksyku.

– To wcale nie był głupi pomysł – wtrąciła się Josephine, która przyjechała przed chwilą na pożyczonym od kogoś rowerze.

Stevens, stojący tyłem do niej, zaskoczony odwrócił się na pięcie.

– A pani skąd się tu wzięła? Od dawna pani podsłuchuje?

– Mniej więcej od chwili, gdy powiedział pan, że ludzie mi kibicują, bo jestem dziewuchą.

– Psiakrew, przecież to prawda i sama pani dobrze o tym wie.

Wzrok Josephine spoczął na osmalonych resztkach wagonu Płatowa.

– Isaac ma rację. Skoro zabrakło Dmitrija, będzie pan potrzebował pomocy.

– Poradzę sobie. Nie stawiajcie na mnie krzyżyka tylko dlatego, że straciłem jednego mechanika.

Josephine pokręciła głową.

– Panie Stevens, mam dobre ucho. Te silniki z dnia na dzień doprowadzają pańską maszynę do ruiny. Może pozwoli mi pan do nich zajrzeć?

– No, sam nie wiem…

W tym momencie wtrącił się Bell.

– Zapytam Andy'ego, czy nie pomógłby Josephine.

– To tak na wypadek, gdybym chciała coś uszkodzić, kiedy nie będziesz patrzył – skomentowała Josephine z uśmiechem.

– Niczego takiego nie powiedziałem! – oburzył się Isaac.

– Ale miałeś to na myśli. Pomożemy panu razem z Andym – uśmiechnęła się jeszcze szerzej i dodała z przekorą: –

Detektyw Bell na pewno każe mu patrzyć mi na ręce, żebym przypadkiem czegoś nie zepsuła.

– No dobrze, dobrze, nic się nie stanie, jak rzucicie na nie okiem – zgodził się Stevens.

Josephine popedałowała z powrotem na stację.

– Wskakuj pan – Isaac zaprosił Stevensa na drezynę.

Plantator milczał, dopóki nie minęli rzeźni i reszty zabudowań.

– Dziękuję za pomoc, panie Bell – powiedział wreszcie.

– Proszę dziękować Josephine.

– Całkiem mnie zaskoczyła.

– Chyba wreszcie do was dotarło, że musicie trzymać się razem.

– Teraz pan gada jak ten czerwony chłystek.

– Mudd też jest jednym z was – odparował Bell.

– Cholerny związkowiec.

Niestety, mimo najlepszych chęci, wysiłki Josephine i Andy'ego spełzły na niczym. Po pokonaniu ponad czterech i pół tysiąca kilometrów spracowane motory nie dały się wyregulować. Próbowali wszystkich sposobów, ale pod wieczór musieli przyznać się do porażki.

Josephine odciągnęła Isaaca na stronę i powiedziała:

– Stevens na pewno mnie nie posłucha, ale może Andy zdoła go przekonać.

– Przekonać do czego?

– Jego maszyna nie ma szans dolecieć do San Francisco. Jeśli spróbuje, zginie razem z nią.

Bell przywołał Mosera.

– Udało mi się je zsynchronizować, ale tylko na kilka minut, potem znowu się rozklekotały – oznajmił Andy. – Zresztą nawet gdybym zsynchronizował je na stałe, oba są już całkiem zajeżdżone. Stevens nie da rady ominąć gór.

– Powiedz mu to.

– Może pan pójść ze mną? Na wypadek, gdyby się zdenerwował.

Bell stał obok, gdy Andy tłumaczył Stevensowi, jak się sprawy mają.

Plantator znów złapał się pod boki, a twarz poczerwieniała mu ze złości.

– Bardzo mi przykro, panie Stevens, ale mówię najszczerszą prawdę – zapewniał Andy. – Te motory pana zabiją.

– Nie ma takiej siły, która zmusiłaby mnie do rezygnacji – odparł Stevens. – Wrócę do domu z Pucharem Whitewaya albo wcale.

Przeniósł wzrok na Bella.

– No, dalej, niech się pan nie krępuje. Myśli pan, że jestem szalony.

– Myślę, że istnieje znacząca różnica między odwagą a głupotą – odpowiedział Isaac.

– Zamierza mi pan wyjaśnić tę różnicę?

– Każdy musi odkryć ją sam.

Stevens popatrzył na swój wielki biały dwupłatowiec.

– Czy w dzieciństwie był pan gruby, panie Bell?

– Nie przypominam sobie.

– Pamiętałby pan, gdyby tak było. Tego nie da się zapomnieć… – Stevens zaśmiał się z goryczą. – Ja byłem gruby przez całe życie. Także jako dziecko.

Podszedł do swojego aeroplanu, pulchną dłonią podwinął płachtę i pogłaskał śmigło.

– Tata powtarzał mi, że nikt nigdy nie pokocha grubasa. Okazało się, że miał rację. – Stevens z wysiłkiem przełknął ślinę. – Wiem, że jak wrócę, dalej nie będą mnie kochać. Ale przynajmniej będą musieli mnie szanować.

# Rozdział 36

Górskie powietrze napędziło Josephine stracha. Było rzadkie, zwłaszcza w najcieplejszej porze dnia, i wcale nie dawało solidnego podparcia maszynie, nawet przy zwiększonej prędkości. Krążąc pod niesamowicie błękitnym niebem i starając się nabrać wysokości nad miasteczkiem Deming na Terytorium Nowym Meksyku, co chwilę z niedowierzaniem spoglądała na barometr. Wyglądało na to, że prowizoryczny wysokościomierz nie działa. Popukała palcem w szybkę, ale strzałka ani drgnęła. Kiedy jednak spojrzała w dół, okazało się, że budynki stacji i pobliskiej restauracji, stojące pomiędzy biegnącymi równolegle torami linii Atchison, Topeka & Santa Fe oraz Southern Pacific, nie zmniejszyły się ani trochę. Wysokościomierz nie zawiódł, po prostu maszyna wznosiła się bardzo powoli.

Steve Stevens i Joe Mudd byli dużo niżej i mogła się tylko domyślać, jak sobie radzą. Ona przynajmniej miała jakie takie doświadczenie, swego czasu latała w górach Adirondack. Prawdę mówiąc, na niewiele się ono zdało na niegościnnym Dzikim Zachodzie. Przeciwny wiatr kołysał maszyną, prądy wstępujące uderzały od dołu z siłą kopiącego muła, a powietrze co chwilę umykało spod skrzydeł, przez co traciła wysokość, a potem długo nie mogła wrócić na wyższy pułap. Obejrzała się przez ramię. „Orzeł" Isaaca, jak zwykle za jej ogonem i nieco powyżej, to wznosił się, to opadał, jakby był zawieszony na sprężynie.

Wreszcie wdrapała się na dziewięćset metrów i zrezygnowała z prób nabierania większej wysokości. Wzięła kurs na Lordsburg z nadzieją, że po drodze zdoła wznieść się wyżej, by ominąć górskie szczyty. Leciała wzdłuż toru Southern Pacific Railroad i wyprzedziła pociąg, który wyruszył z Deming pół godziny temu. Parowóz wyrzucał w powietrze kłęby dymu, wspinając się powoli na strome wzniesienie, co ponownie uświadomiło jej, że wkrótce będzie musiała zwiększyć wysokość lotu.

W tym momencie zdekoncentrowała ją nagła, nieprzyjemna myśl o Marku.

Wiedziała, że nie zginął jako Płatow. W Fort Worth uprzedził ją, że Rosjanin musi zniknąć. Kiedy tylko znajdzie sobie jakąś nową tożsamość i wróci, pierwsze pytanie, które mu zada będzie brzmiało: Kto spłonął zamiast niego? Zastanawiała się, jaką odpowiedź usłyszy, i nie przychodziło jej do głowy żadne satysfakcjonujące wyjaśnienie. Po chwili zdołała odegnać ponure myśli, bo pokonanie kontynentalnego działu wodnego wymagało skupienia się na kwestiach czysto lotniczych.

Na wprost widziała przełęcz między dwoma szczytami, przez którą przechodził tor kolejowy. Niebo w zasięgu wzroku było czyste, tylko w samej przełęczy kłębiły się chmury. Musiała wspiąć się jeszcze wyżej, aby przelecieć nad tą białą masą. Wchodząc w chmury, straciłaby orientację, co mogło się skończyć fatalnym w skutkach zderzeniem ze skałami.

Nie zdołała jednak nabrać bezpiecznej wysokości. Choć robiła, co mogła, delikatnie operując sterami i zaklinając do jeszcze większego wysiłku motor pracujący na maksymalnych obrotach, po chwili wleciała między strzępy białego puchu. Górna warstwa chmur tworzyła nieregularne pasma, sięgające raz wyżej, raz niżej. Nagle mgła tak zgęstniała, że Josephine straciła z oczu śmigło. Po chwili biała zasłona rozstąpiła się, co awiatorka natychmiast wykorzystała do sprawdzenia pozycji względem szczytów i poprawienia kursu. Widzialność znów się pogorszyła. Próbując utrzymać kierunek, Josephine wciąż próbowała wznieść się wyżej, ale wilgotny opar wczepiał się w skrzydła i ściągał ją w dół.

Przez moment po prawej zamajaczyła przed nią ogromna ciemna ściana górskiego zbocza. Błyskawicznie odbiła w lewo i znów pogrążyła się we mgle. Tym razem jednak poczuła, że maszyna szybciej zareagowała na ster, jakby pewniej tkwiła w powietrzu.

Aeroplan wzniósł się wyżej i nad Josephine rozpostarł się błękit nieba, jeszcze bardziej intensywny niż do tej pory. Przełęcz, chmury, nawet szczyty gór, wszystko uciekło w dół.

– Bardzo dobrze, Elsie. Grzeczna dziewczynka.

Przez chwilę wydawało się jej, że widzi na horyzoncie Ocean Spokojny. Ale od wybrzeża dzieliło ją jeszcze dobrze ponad tysiąc kilometrów. Odwróciła się. Bell wciąż był nad nią. Widząc to, obiecała sobie, że gdy tylko wygra wyścig, pierwszą rzeczą, jaką kupi, będzie rotacyjny silnik Gnome.

Daleko w tyle czerwony dwupłatowiec Joego Mudda zataczał kręgi, cierpliwie nabierając wysokości do przelotu nad górami. Steve Stevens minął go i pomknął ku przełęczy, w nadziei, że dzięki mocy dwóch silników zdoła wywindować się wyżej. Ustawił maszynę zgodnie z kierunkiem toru kolejowego i po chwili zniknął w chmurach. Josephine raz po raz zerkała przez ramię, aby nie przegapić momentu, w którym przebije się przez skłębione obłoki.

Ale zamiast białego dwupłatowca, nad chmurami pojawiła się oślepiająca kula ognia. Warkot jej silnika zagłuszył dźwięk eksplozji i dopiero po kilku sekundach zorientowała się, co zaszło. Przerażenie ścisnęło ją za gardło. Biały dwupłatowiec Stevensa roztrzaskał się o zbocze góry. Jego szczątki płonęły, grzebiąc pod sobą lotnika.

Przez głowę Josephine przemknęły dwie straszne myśli.

Dwusilnikowy demon prędkości – wielki i szybki aeroplan skonstruowany przez Marka – wypadł z wyścigu i jej jedynym konkurentem został Joe Mudd w swoim powolnym „Oswobodzicielu". Ta myśl sprawiła, że Josephine poczuła obrzydzenie względem siebie samej. Co z tego, że nie lubiła Stevensa? Chociaż antypatyczny, był wszak jednym z nich, należał do wąskiego grona międzynarodowej lotniczej braci. Ale druga myśl była jeszcze gorsza. Josephine uświadomiła sobie, że zwycięzcą wyścigu zostałby sir Eddison- -Sydney-Martin, gdyby Marco nie uszkodził jego curtissa.

Po krótkim przystanku w Lordsburgu w celu uzupełnienia paliwa i oleju Josephine dotarła do mety etapu w Willcox na Terytorium Arizony. Wieczorem przypadkowo usłyszała rozmowę Marion Morgan z Isaakiem Bellem.

– Whiteway się cieszy, jakby go kto wsadził na sto koni – powiedziała Marion.

– Ma to, czego chciał – odpowiedział Isaac. – Trzymający w napięciu finał, w którym Latająca Sympatia Ameryki idzie łeb w łeb z reprezentantem związków zawodowych.

Obawy Weeda ziściły się w Tucson. Wyścig został wstrzymany z powodu potężnej burzy piaskowej, która niemal całkiem zasypała zakotwiczone maszyny. Po odkopaniu i oczyszczeniu aeroplanów Andy Moser dał Eustace'owi wolne na resztę dnia, aby mógł trochę się rozerwać w pobliskim klubie bilardowym. Weed trafił na bardzo wymagającego przeciwnika, Indianina z plemienia Yaqui, który postawił sobie za punkt honoru pozbawienie go ostatnich pieniędzy. Okazał się wyśmienitym graczem, więc Eustace musiał poświęcić prawie całe popołudnie, żeby wreszcie puścić w samych skarpetach i jego, i przy okazji kilku jego kompanów, którzy założyli się, że ich mistrz utrze nosa dzieciakowi z Chicago. Kiedy Weed wychodził z klubu, Yaqui pożegnał go okrzykiem „Chicago Kid" i Eustace poczuł się, jakby cały świat legł mu u stóp.

Na ulicy podszedł do niego jakiś mężczyzna.

– Nadszedł twój czas, chłopcze – rzekł.

– Co proszę?

– Masz to, co dostałeś w Chicago?

Dobry nastrój Weeda prysł jak bańka mydlana.

– Tak – potwierdził.

– Pokaż.

Eustace podał mężczyźnie skórzany woreczek. Ten wytrząsnął z niego miedzianą rurkę, upewnił się, że czopy są nienaruszone, i oddał ją chłopakowi.

– Odezwiemy się niebawem – powiedział.

– Zdajecie sobie sprawę, co może się stać z aeroplanem? – spytał Eustace.

– Oświeć mnie.

– To nie to samo, co popsuć motor w aucie. Przecież on będzie w powietrzu!

– Jasne, przecież to latająca maszyna.

– Woda w benzynie zatrzyma silnik. Jeżeli dojdzie do tego na dużej wysokości, może uda się wylądować. Ale jeśli silnik przestanie działać nisko nad ziemią, maszyna się rozbije i prowadzący ją człowiek zginie.

– Widzę, że jesteś bardzo wrażliwy – skomentował mężczyzna z nieskrywanym sarkazmem. – A czy zdajesz sobie sprawę, co przytrafi się Daisy Ramsey, jeśli nie zrobisz tego, co ci kazano?

Eustace nie potrafił spojrzeć mu w oczy. Spuścił głowę i powiedział cicho:

– Tak.

– I o to chodzi.

Weed milczał.

– Zrozumiałeś? – burknął mężczyzna.

– Zrozumiałem.

# Rozdział 37

Pewnego burzowego poranka Walt „Teksas" Hatfield przybył do Yumy na Terytorium Arizony. Miasto leżało nad brzegiem rzeki Kolorado, którą niedawno przegrodzono tamą. Po drugiej stronie rozciągała się słoneczna Kalifornia. Ostatni uczestnicy wyścigu zamierzali przed zmierzchem dotrzeć do Palm Springs. Jednak miejscowi doradzali przeczekanie kilku godzin, bo spodziewano się burz z piorunami i ulewnych deszczów. Maszyny zostały zakotwiczone i zakryte płachtami, a pociągi techniczne jeszcze nie ruszyły ze stacji.

– Czy pan Van Dorn wie, że tu jesteś? – zapytał go Bell, znając skłonność Teksańczyka do chodzenia własnymi ścieżkami.

– Tak, to on kazał mi tu przyjechać.

– Masz jakieś wieści o Froście?

Walt potwierdził skinieniem głowy.

– Porzucił swojego thomasa flyera pod Tucson – powiedział. – Nie mam pojęcia, jak zdołał dojechać tak daleko. Rzecz jasna, po nim i jego kompanach nie było nawet śladu. Pomyślałem, że wsiedli do pociągu. No i miałem rację. Wczoraj dowiedziałem się, że podróżują z klasą. Wynajęli sobie salonkę w ekspresie Limited.

– Dokąd jadą?

– Do Kalifornii.

– Więc dlaczego Van Dorn przysłał cię tutaj?

Walt odsłonił w szerokim uśmiechu garnitur białych zębów, kontrastujących z jego ogorzałą twarzą.

– Miał ku temu swoje powody. Poczekaj tylko, aż zobaczysz, kogo ze sobą przywiozłem.

– W tej chwili chciałbym zobaczyć tylko dwóch ludzi: Harry'ego Frosta albo Marka Celere, jak już wróci z zaświatów.

– Do licha! Niczym nie można cię zaskoczyć. Skąd wiedziałeś?

– Co wiedziałem?

– Przywiozłem Marka Celere.

– Żywego?

– Pewnie, że żywego. Przekazali mi go znajomi detektywi kolejowi z Southern Pacific. Dorwali go, kiedy wyskakiwał z pociągu towarowego. Myśleli, że to jakiś włóczęga, ale on zaklinał się na wszystkie świętości, że jest uczestnikiem wyścigu lotniczego. Twierdził, że zna Josephine, i chciał się natychmiast widzieć z ochraniającymi ją detektywami Van Dorna. Ponieważ ta informacja nie trafiła do prasy, chłopcy zwrócili się z tym do mnie.

– Gdzie on jest?

– W kuchni. Umierał z głodu.

Bell wpadł jak burza do wagonu restauracyjnego. Przy stoliku siedział jakiś obdartus i pałaszował jajka na bekonie. Miał jasne oczy, przetłuszczone czarne włosy przedzielone czerwonawą blizną biegnącą od brwi przez całą głowę i drugą świeżą bliznę na przedramieniu.

– Pan Marco Celere?

– Tak się nazywam – odpowiedział mężczyzna. Mówił z włoskim akcentem, silniejszym niż u Danielle Di Vecchio, ale jego angielszczyzna nie była aż tak niezrozumiała, jak twierdziła Josephine. – Gdzie jest Josephine?

– A gdzie pan się podziewał do tej pory?

Celere uśmiechnął się.

– Sam chciałbym wiedzieć – rzekł.

– Dopóki ja się tego nie dowiem, nie dopuszczę pana do Josephine nawet na kilometr. Kim pan jest?

– Jestem Marco Celere. Zdałem sobie z tego sprawę jakieś dwa tygodnie temu w Kanadzie. wcześniej nie wiedziałem, kim jestem ani jak się tam dostałem. Po pewnym czasie zacząłem stopniowo odzyskiwać pamięć. Najpierw przypomniałem sobie o moich aeroplanach. Potem przeczytałem w gazecie relację z wyścigu lotniczego o Puchar Whitewaya. Pisali, że biorą w nim udział aż dwie moje maszyny, ciężki dwupłatowiec i szybki *monoplano*. Wtedy przypomniałem sobie prawie wszystko.

– Gdzie konkretnie w Kanadzie pan przebywał?

– Na farmie na południe od Montrealu.

– Ma pan jakieś pojęcie, skąd się pan tam wziął?

– Niestety nie. Ludzie, którzy się mną zaopiekowali, znaleźli mnie przy torach kolejowych. Uznali, że jechałem pociągiem towarowym.

– Co to za ludzie?

– Bardzo mili farmerzy. Zajmowali się mną przez całą zimę i wiosnę, dopóki nie zaczęła mi wracać pamięć.

Bell stał przed człowiekiem, który zdaniem Danielle był złodziejem i oszustem, który, aby uciec przed swoją przeszłością, zmienił nazwisko z Prestogiacomo na Celere, i którego James Dashwood podejrzewał o zabójstwo i upozorowanie samobójstwa ojca Danielle. Postanowił wziąć go w krzyżowy ogień pytań.

– Jak pan sądzi, co mogło być przyczyną pańskiej amnezji?

– Dobrze wiem, skąd się wzięła – odpowiedział Celere, gładząc palcami bliznę na głowie. – Byłem na polowaniu z Harrym Frostem. Postrzelił mnie.

– Po co przyjechał pan do Arizony?

– Żeby pomóc Josephine wygrać wyścig na moim aeroplanie. Czy mogę się z nią zobaczyć?

Bell zignorował pytanie.

– Kiedy ostatnio miał pan w ręku gazetę? – kontynuował.

– Znalazłem jakiś podarty egzemplarz tydzień temu, na stacji w Kansas City.

– Czy pan wie, że pański dwupłatowiec się rozbił?

– O nie! Nadaje się do naprawy?

– Roztrzaskał się w górach i spłonął.

– To straszne. A co z lotnikiem?

– To, co zawsze w takich wypadkach. Zginął.

Celere odłożył widelec.

– To potworne. Jest mi niezmiernie przykro. Mam tylko nadzieję, że to nie z powodu jakiejś usterki technicznej.

– Maszyna była mocno rozklekotana. To długi wyścig.

– Ale też niesamowite wyzwanie – stwierdził Marco.

– Muszę pana uprzedzić, że Josephine ponownie wyszła za mąż – powiedział Isaac, ciekaw jego reakcji.

Spodziewał się, że Włoch nie będzie zachwycony wieścią o zamążpójściu kochanki. Ale Celere kompletnie go zaskoczył.

– Wspaniale! – wykrzyknął. – Mam nadzieję, że będzie szczęśliwa. – Zmarszczył brwi i po chwili dodał: – Ale jak to możliwe? Przecież ona jest żoną Frosta.

– Ich małżeństwo zostało unieważnione – wyjaśnił Bell.

– I bardzo dobrze. To jedyne sensowne rozwiązanie. Harry był koszmarnym mężem. A kto jest nim teraz?

– Preston Whiteway.

Celere aż klasnął z zachwytu.

– Cudownie!

– Co w tym cudownego?

– Ona jest awiatorką, a on organizatorem wyścigów lotniczych. Idealnie dobrana para. Nie mogę się doczekać, kiedy będę mógł złożyć im gratulacje i życzyć wszystkiego najlepszego.

Bell zerknął na Walta, który stał przy drzwiach i słuchał w milczeniu, po czym zwrócił się ponownie do włoskiego wynalazcy.

– Nie chciałby pan trochę się odświeżyć? Dam panu brzytwę i świeże ubranie. Na tyłach pociągu jest umywalnia.

– *Grazie*. Dziękuję. Pewnie wyglądam jak siedem nie-szczęść.

Isaac znów wymienił spojrzenie z Waltem i odpowiedział:

– Wygląda pan jak ktoś, kto przejechał cały kontynent w pociągu towarowym.

Zaprowadzili Celere do umywalni i dali mu ręcznik i brzytwę.

– Bardzo panom dziękuję. Mógłbym mieć jeszcze jedną prośbę?

– Czego pan sobie życzy?

– Czy znalazłoby się trochę brylantyny, żebym mógł przygładzić włosy?

– Zaraz poszukam – odpowiedział Walt.

– Będę bardzo wdzięczny. I przydałaby się pomada do wąsów. Dobrze będzie znów wyglądać jak ja.

– Ktoś, kto przejechał cały kontynent w pociągu towarowym? – Hatfield powtórzył słowa Isaaca i pokręcił głową z powątpiewaniem.

Bell uśmiechnął się.

– A co ty o tym sądzisz? – spytał.

– Sądzę, że wyglądał, jakby jechał na poduchach. – Walt użył sformułowania, którym włóczędzy określali pasażerów podróżujących w luksusowych przedziałach. – Mógł przejechać towarowym najwyżej ostatnie sto pięćdziesiąt kilometrów.

– Też tak uważam – zgodził się Bell. – Gdyby to była prawda, ubrudziłby się o wiele bardziej.

– Może jakaś samotna gospodyni na prerii pozwoliła mu się obmyć w korycie dla koni?

– Może i tak.

Hatfield skręcił sobie papierosa, zaciągnął się głęboko i kontynuował.

– Jestem ciekaw, co sobie pomyśli Josephine. Uważasz, że wyszłaby za Whitewaya, gdyby wiedziała, że Celere żyje?

– To zależy od tego, co ich łączyło – odparł Bell.

– Racja. Co z nim robimy, szefie?

– Najpierw przekonajmy się, jakie ma zamiary – zdecydował Isaac.

Zastanawiał się, czy cudowne zmartwychwstanie Marka Celere pomoże mu wyjaśnić znaczenie słów Harry'ego Frosta o rzekomych konszachtach Włocha z Josephine.

Celere wyszedł z pociągu Bella umyty, ogolony i wypomadowany. Jego włosy lśniły, twarz była gładka jak jedwab, a końce wąsów sterczały ku górze. Isaac uśmiechnął się nieznacznie, dostrzegłszy porozumiewawcze spojrzenie Walta. Najwyraźniej bystrooki Teksańczyk również zauważył, że ogolony podbródek Włocha ma nieco jaśniejszy odcień niż jego nos i policzki. Różnica była minimalna, ale obaj detektywi zwracali uwagę na wszelkie drobiazgi, ten zaś świadczył, że Celere jeszcze do niedawna nosił brodę.

Josephine była bezbrzeżnie zdumiona, ujrzawszy Marka, powiedziała jednak, że nawet przez chwilę nie straciła nadziei na jego powrót. Kiedy jej opowiadał swoją historię, trzymała go za rękę, raz po raz wtrącając:

– Mój biedaku!

Zdaniem Bella, naprawdę ucieszyła się na jego widok, choć szybko zmieniła temat rozmowy na sprawy związane z wyścigiem.

– Pojawiłeś w samą porę, Marco. Potrzebuję pomocy przy aeroplanie. Jest już mocno spracowany. Poproszę męża, żeby cię zatrudnił.

– Nie ma takiej potrzeby – odpowiedział Celere. – Pomogę ci za darmo. Przecież ja też chcę, żeby to moja maszyna wygrała.

– W takim razie powinien pan od razu wziąć się do pracy – wtrącił Isaac. – Pogoda się poprawia. Weiner właśnie ogłosił, że wkrótce odlatujemy do Palm Springs.

Celere miał świadomość, że Bell śledzi każdy jego krok, więc cierpliwie czekał na dogodną okazję do rozmowy z Josephine w cztery oczy. Zanim dotarli do Palm Springs, przebywał z nią tylko w obecności innych ludzi.

Okazja nadarzyła się następnego ranka, kiedy tankowano maszyny przed krótkim etapem do Los Angeles. Stali obok siebie i nalewali benzynę do zbiornika, podczas gdy mechanicy pomagali policji wyprowadzać widzów poza pole wzlotów.

Josephine odezwała się pierwsza.

– Kto zginął w pożarze? – spytała.

– Nikt – odparł Marco. – Wsadziłem do wagonu zwłoki jakiegoś włóczęgi. Teraz Płatow już nie istnieje.

– Czy ten człowiek na pewno był martwy?

– Oczywiście. To był jakiś starzec. A myślałaś, że co?

– Sama nie wiem, co myśleć.

– Może czujesz się zakłopotana rolą mężatki?

– Co chcesz przez to powiedzieć?

– Jak to jest być panią Whiteway? – drażnił się z nią Marco.

– Odwołałam miesiąc miodowy do zakończenia wyścigu, tak jak ci mówiłam.

– To zaczyna przypominać operę buffo – skomentował Celere.

– Nie znam się na operze.

– Opera buffo ma charakter komediowy. Tak jak wodewil.

– Dla mnie to nie jest zabawne, Marco.

– A dla mnie jest warte kuli, która niemal rozwaliła mi głowę.

– O co ci chodzi?

– O to, że gdyby Whitewayowi coś się stało, ty odzie-dziczyłabyś jego imperium prasowe.

– A po co mi jego imperium? Jedyne, czego pragnę, to latać i wygrać ten wyścig. – Pogładziła go po twarzy i doda-ła: – I być z tobą.

– Chyba powinienem być wdzięczny, że wciąż tego chcesz.

– Co miałoby się stać Prestonowi?

– Więc teraz mówisz na niego Preston, tak?

– Nie mogę nazywać męża panem Whitewayem.

– Rzeczywiście nie możesz.

– O co ci chodzi, Marco? Do czego zmierzasz?

– Zastanawiam się, czy jesteś gotowa dalej mi pomagać.

– Oczywiście! Ale co miałeś na myśli, mówiąc, że Pre-stonowi mogłoby się coś stać?

– Na przykład to, że twój chorobliwie zazdrosny były mąż może go zabić. – Podwinął rękaw jej bluzki, odsłaniając zabandażowaną ranę postrzałową. – Dobrze znasz Harry'ego, więc nie powinno to być dla ciebie żadnym zaskoczeniem.


# Rozdział 38

Gwarne, kolorowe wesołe miasteczko, które rozbiło namio-ty koło Dominguez Field na południowych przedmieściach Los Angeles, zarabiało krocie dzięki przybyciu do miasta dwustu pięćdziesięciu tysięcy widzów pragnących powitać dwoje ostatnich uczestników wyścigu o Puchar Whitewaya i pożegnać ich następnego ranka, gdy wyruszą do Fresno.

Eustace Weed umierał ze strachu na myśl o tym, co bę-dzie musiał zrobić z napełnioną wodą miedzianą rurką, i nie miał najmniejszej ochoty na wizytę w wesołym miasteczku. Ale pan Bell nalegał, tłumacząc, że sama praca bez rozrywki robi z człowieka nudziarza. Poparł swoje słowa pięcioma dolarami i zapowiedział, że nie życzy sobie otrzymać ani centa reszty. Chłopak nazwiskiem Dashwood, który od Illinois zajmował się głównie obstawianiem wyników wyścigu, odprowadził Eustace'a i umówił się z nim, że razem wrócą na stację.

Weed wygrał pluszowego misia, strącając piłką baseballową drewniane klocki w kształcie butelek mleka. Kiedy zastanawiał się, czy wysłać go Daisy pocztą, czy może przekazać osobiście, gdyby jakimś cudem wszystko skończyło się dobrze, starszy mężczyzna z brakami w uzębieniu, który wręczał mu nagrodę, powiedział chrapliwym szeptem:

– Już czas, Eustace.

– Słucham?

– Jutro rano. Wrzuć rurkę do zbiornika Bella tuż przed startem.

– A jeśli mnie zauważy?

– Zrób to, kiedy będziesz wlewał paliwo.

– Pan Bell jest bardzo bystry. Może się połapać.

Szczerbaty staruszek poklepał Weeda po ramieniu.

– Słuchaj, Eustace – rzekł – nie wiem, o co tu chodzi, i nie chcę wiedzieć. Ale znam ludzi, którzy kazali mi przekazać wiadomość i zapewniam cię, że to najgorsi z najgorszych. Dlatego dobrze ci radzę, postaraj się, żeby ten Bell jednak cię nie zauważył.

Pośrodku wesołego miasteczka stał diabelski młyn. Wielkie koło miało jakieś dwadzieścia pięć metrów średnicy. Patrząc na nie, Eustace zaczął się zastanawiać, czy bandyci zostawiliby Daisy w spokoju, gdyby się zabił, skacząc z samej góry. Wtedy zjawił się Dash.

– Coś ty taki markotny? – spytał. – Skończyły ci się pieniądze?

– Nie, wszystko wszystko w porządku.

– O, wygrałeś miśka.

– Dla mojej dziewczyny.

– Jak ma na imię?

– Daisy.

– Naprawdę? Więc jak się pobierzecie, będzie się nazywała Daisy Weed – zauważył ze śmiechem Dash. Potem powiedział, że Eustace na pewno jest głodny, i mimo protestów chłopaka kupił mu kiełbaskę i piwo.

Smakowały Weedowi jak trociny i ocet.

Przed hangarem czekali na Bella dwaj mężczyźni, łypiąc ponuro spod półprzymkniętych powiek. Mocno sfatygowane kapelusze mieli nasunięte na czoła, niedbale zawiązane krawaty zwieszały im się luźno spod nie pierwszej czystości kołnierzyków, a wypukłości pod czarnymi marynarkami wskazywały, że są uzbrojeni. Prawa ręka jednego z nich spoczywała na temblaku, znacznie bielszym od koszuli. Podobnie rzecz się miała z bandażem na głowie jego kompana. Nie zwracali uwagi na podejrzliwe spojrzenia detektywów- -mechaników Josephine.

– Pamięta nas pan, panie Bell?

– Oczywiście – odparł Isaac. – Griggs i Bottomley. Wyglądacie, jakbyście walczyli z lokomotywą.

– I tak się czujemy – przyznał Griggs.

Bell uścisnął im dłonie, Bottomleyowi lewą ze względu na temblak.

– Wszystko w porządku, chłopcy. To Tom Griggs i Ed Bottomley, detektywi kolejowi z Southern Pacific – powiedział do swoich ludzi. A że pracownicy Agencji Van Dorna uważali gliniarzy kolejowych za przedstawicieli niższej kasty, dodał: – Na pewno pamiętacie wypadek w Glendale. To właśnie Griggs i Bottomley przyczynili się do rozwiązania sprawy. Co słychać, panowie?

– Mieliśmy nosa, że Van Dorn właśnie pana przydzieli do ochrony Josephine.

– Wolałbym, żeby nie pisali o tym w gazetach, ale to prawda – odparł Isaac. – Ja z kolei, sądząc po waszym opłakanym wyglądzie, czuję przez skórę, że nadzialiście się na Harry'ego Frosta.

– Ed wpakował mu kulkę – powiedział Griggs. – Prosto w bebechy. Ale gość nawet nie drgnął.

– Nosi kamizelką kuloodporną – wyjaśnił Bell.

– Słyszałem o tym wynalazku – stwierdził Griggs. – Nie wiedziałem, że to naprawdę działa.

– Teraz już wiesz – zauważył Bottomley.

– Gdzie to było? – spytał Isaac.

– W Burbank. Wezwali nas do kradzieży w magazynie kolejowym. Bydlak właśnie wsiadał do ciężarówki, gdy przybyliśmy na miejsce. Od razu zaczął strzelać. Odpowiedzieliśmy ogniem. A on po prostu do nas podszedł, walnął mnie w łeb, a Toma postrzelił w ramię.

– Zanim doszliśmy do siebie, już go nie było – podjął Bottomley. – Następnego ranka znaleźliśmy pustą ciężarówkę.

– Co zabrał? – zapytał Bell.

– Pięć skrzyń z dynamitem po dwadzieścia pięć kilo każda, kilka hełmów górniczych i szpulę lontu – odpowiedział Griggs.

– Specjalnie mnie to nie dziwi – skomentował Isaac. – Facet uwielbia dynamit.

– Jasne. Ale Tom i ja zachodzimy w głowę, jak zamierza wysadzić w powietrze latającą maszynę?

– Rano lecimy do Fresno – odpowiedział Bell. – Zadzwonię do inspektora Watta, powiem mu, co mi przekazaliście, i poproszę, żeby kazał wszystkim członkom kalifornijskiego wydziału policji kolejowej Southern Pacific sprawdzić mosty na głównych liniach pod kątem sabotażu.

– Przecież latające maszyny nie potrzebują torów.

– Ale pociągi z ich ekipami już tak. Teraz, po przeleceniu niemal sześciu i pół i tysiąca kilometrów, maszyny trzymają się w jednym kawałku tylko dzięki ludziom, którzy jadą w tych pociągach. Czy udało wam się chociaż go ranić?

– Wydaje mi się, że upadając, drasnąłem go w nogę. Może trochę kuleć.

– Dobra robota – powiedział Isaac.

Eustace Weed uznał, że skoro nie może w żaden sposób uniknąć zrobienia tej strasznej rzeczy z maszyną Bella, musi przynajmniej się postarać zrobić to jak najlepiej, żeby Daisy nic się nie stało. Najgorsze byłoby, gdyby jego przyłapano na próbie popełnienia zbrodni, a bandyci skrzywdziliby Daisy.

Wyobraził sobie, że znowu jest w Tucson i ogrywa miejscowych prostaczków w okolicznych barach. Jedno wiedział na pewno: aby wygrać w bilard, trzeba ufać samemu sobie. Na koniec gry pulę zawsze zgarniał ten zawodnik, który zdołał trzymać nerwy na wodzy.

Zanim zaczął wlewać mieszankę benzyny i oleju rycynowego do baku „Orła", ukrył rurkę w lewej dłoni. Dzięki temu nie musiał sięgać po nią do kieszeni, co wyglądałoby podejrzanie. Gdy Moser potwierdził, że maszyna jest gotowa do startu, Bell odwrócił się, by zamienić z nim parę słów. Eustace sięgnął prawą ręką po korek, żeby zamknąć wlew.

– Zróbmy jeszcze jedną próbę sterów– powiedział Isaac do Andy'ego.

Lewa dłoń Weeda znalazła się nad wlewem.

W tej samej chwili kciuk i palec wskazujący Bella zacisnęły się na jego przegubie niczym stalowe kajdany.

– Będziesz musiał nam coś wyjaśnić, Eustace.

Weed otworzył usta, ale nie był w stanie wykrztusić ani słowa. W oczach zakręciły mu się łzy.

Bell przyglądał mu się surowo. Wreszcie powiedział lodowatym tonem:

– Ja będę mówił, a ty tylko potwierdzaj. Zrozumiałeś?

Eustace drżał jak osika.

– Zrozumiałeś? – powtórzył Bell.

Chłopak kiwnął głową.

Issac puścił dłoń Weeda, wyjąwszy z niej uprzednio miedzianą rurkę. Potrząsnął nią i podał Moserowi, a ten rzucił na nią okiem, po czym spojrzał na Eustace'a spode łba.

– Kiedy wosk rozpuści się w benzynie, zawartość dostanie się do baku. Co jest w środku? Woda?

Weed zagryzł wargę i przytaknął.

Bell wyjął notes z kieszeni płaszcza.

– Poznajesz tego człowieka? – spytał, pokazując mu portret.

Eustace zamrugał i wpatrzył się w rysunek.

– Tak – odparł. – To właściciel saloonu w Chicago. Nie wiem, jak się nazywa.

– A tych? – Isaac pokazał dwa następne portrety.

– Pracowali dla właściciela saloonu. Zaprowadzili mnie do niego.

Czwarty rysunek przedstawiał potężnego, ponurego mężczyznę, budzącego jeszcze większe przerażenie niż pozostali. Wyglądał jak bokser, który nie przegrał ani jednej walki.

– Tego nigdy nie widziałem – powiedział Weed.

– To jest detektyw z agencji Van Dorna, który od dwóch tygodni mieszka na tym samym piętrze co panna Daisy Ramsey i jej matka – wyjaśnił Bell. – Mieszka tam razem z kolegą, jeszcze większym. Gdy jeden gdzieś wychodzi, drugi jest zawsze na miejscu, po drugiej stronie korytarza. Kiedy Daisy idzie do pracy w centrali telefonicznej, jeden detektyw pilnuje ulicy przed domem, a drugi obserwuje sam budynek. Wiesz już, do czego zmierzam, Eustace?

– Daisy jest bezpieczna?

– Tak, Daisy jest bezpieczna. Więc powiedz mi wszystko. Natychmiast.

– Skąd pan wiedział, jak ma na imię?

– Sam mi powiedziałeś w Topece. Potwierdziłeś tylko to, co sami już odkryliśmy w Chicago. To nasze miasto.

– Ale przecież nie możecie pilnować jej bez przerwy.

– Nie musimy. – Bell znów podsunął mu rysunki. – Ci dwaj wkrótce trafią do więzienia, w którym odsiedzą zasłużone wyroki dwudziestu lat pozbawienia wolności. A właściciel saloonu postanowił zwinąć interes i otworzyć sklep z konfekcją w Seattle, dokąd wyprowadza się ze względu na stan zdrowia.


Na odludnej prerii między Los Angeles a Fresno tor Southern Pacific West Side Line, po którym mieli jechać uczestnicy wyścigu, przecinał tor linii Atchison, Topeka & Santa Fe. Od skrzyżowania odchodziły pomniejsze odnogi, służące okolicznym farmerom i hodowcom bydła z San Joaquin Valley. Tory, zwrotnice i wiadukty tworzyły w tym miejscu istny węzeł gordyjski, który dyspozytorzy i konduktorzy nazywali Wężowym Tańcem. Pracownicy Prestona Whitewaya oznaczyli prawidłowy kierunek lotu dobrze widoczną płócienną płachtą w kształcie strzałki.

Dave Mayhew, telegrafista Harry'ego Frosta, zszedł ze słupa i przeczytał na głos przechwycone depesze.

– Josephine na prowadzeniu z dużą przewagą. Joe Mudd miał problemy z oderwaniem się od ziemi. Teraz utknął na polu bawełny w Tipton.

– Gdzie jest jej pociąg? – spytał Frost.

– Trzyma się blisko, tuż pod nią.

– A Isaac Bell?

– Dyspozytor z Tulare słyszał, że silnik mu się krztusił, kiedy przelatywał nad nim z Josephine. Od tamtej pory nikt go nie widział. W ostatniej wiadomości mówią, że Josephine leci sama.

– Gdzie jest pociąg Bella?

– Na bocznicy na północ od Tulare. Pewnie tam spadł jego aeroplan.

Frost wyjął zegarek z kamizelki i sprawdził godzinę. Rzeczywiście, mniej więcej o tej porze woda w paliwie powinna ściągnąć maszynę Bella na ziemię.

– Sprowadź samochód – rzucił do Mayhewa.

Prawdopodobnie Bell jest już martwy. Ale jeśli nawet nie, nie będzie mógł przeszkodzić w zestrzeleniu Josephine i zniszczeniu pociągu Whitewaya.

Frost zwrócił się do Stottsa.

– Przestaw znak – polecił.

Mike Stotts wbiegł na główny tor Southern Pacific i przeciągnął wielką strzałkę, aby zamiast na północ wskazywała na północny zachód, wzdłuż krótkiego toru, który skręcał w stronę skalistych wzgórz okalających dolinę od zachodu. Potem przestawił zwrotnicę, żeby pociąg Josephine pojechał w tym samym kierunku.

Gdy Dave Mayhew podjechał nowym thomasem flyerem, Frost i Stotts wsiedli do środka i całą trójką pomknęli na północny zachód.


# Rozdział 39

Żółta maszyna Bella schodziła w dół szerokimi, łagodnymi kręgami. Wyłączony motor nie pracował. Jedynym dźwiękiem był świst wiatru na stalowych cięgnach skrzydeł. Na ziemi poniżej bydło pasło się w najlepsze, a niedaleko przelatywał spokojnie klucz pelikanów, co dowodziło, że aeroplan szybuje cicho jak kondor.

Odległe burzowe chmury znad Pacyfiku gromadziły się nad pasmem nadbrzeżnych gór. Cień maszyny to pojawiał się, to znowu znikał w rytmie wyznaczanym przez dryfujące pospiesznie obłoki, za którymi co i rusz chowało się słońce. Bell starał się manewrować w taki sposób, aby pojawiający się na pobliskich wzgórzach cień nie znalazł się w polu widzenia pasażerów thomasa flyera, który pędził w obłokach pyłu wzdłuż toru kolejowego.

W aucie siedziało trzech mężczyzn. Isaac był za wysoko, żeby ich rozpoznać, nawet gdyby przyglądał się im przez lornetkę. Ale masywna postać widoczna na tylnym siedzeniu, zmiana oznaczenia kierunku trasy oraz to, co Eustace próbował zrobić z jego silnikiem, świadczyły, że musiał to być Harry Frost.

Zauważył wznoszony przez samochód kłąb pyłu jakieś dziesięć mil po tym, jak zakręcił w kierunku wskazanym przez strzałkę. Na ten widok natychmiast wyłączył zapłon. Josephine czekała bezpiecznie na ziemi prawie pięćdziesiąt kilometrów stąd, dąsając się na opóźnienie, mimo iż Preston Whiteway ogłosił oficjalną przerwę w wyścigu, aby dać Bellowi szansę na schwytanie Frosta.

Isaac zawrócił w stronę skrzyżowania torów i uruchomił motor. Gdy zobaczył żółty pociąg Josephine, zszedł niżej i niemal musnął dach wagonu warsztatowego. W lukach dachowych stali uzbrojeni w karabiny detektywi. Zawrócił ponownie i poprowadził pociąg w kierunku thomasa flyera, unosząc się niecałe dwieście metrów nad lokomotywą.

Sądził, że powinni dogonić Frosta w mniej więcej dziesięć minut, ale gdy minął kwadrans, w okolicy nie było widać ani auta, ani unoszącej się spod jego kół chmury pyłu. Na wprost znajdował się wyschnięty strumień. Głęboka rozpadlina była przegrodzona długą kratownicą drewnianej przeprawy, po której biegł tor.

Isaac zdjął jedną rękę ze sterownicy i przyjrzał się przez lornetkę drewnianej konstrukcji. Grube słupy i poprzeczne belki stanowiły idealną osłonę dla uzbrojonych złoczyńców. Auto mogli ukryć w cieniu rzucanym przez most. Nie dostrzegł jednak ani ludzi, ani pojazdu. Nagle usłyszał dwie głośne eksplozje, które przebiły się przez łoskot motoru. Wiedział, że to nie wystrzały z broni palnej, w dodatku nie dobiegły od strony mostu, ale spod lecącego nad lokomotywą aeroplanu.

Wielka czarna lokomotywa zwolniła gwałtownie. Potężne koła krzesały snopy iskier, gdy maszynista starał się jak najszybciej zatrzymać pociąg. Bell zrozumiał, że eksplozje zostały spowodowane przez wypełnione piorunianem rtęci ładunki ostrzegawcze, zakładane na szyny w przypadku zablokowania toru. Gdy lokomotywa po nich przejeżdżała, wybuchały z głośnym hukiem, żeby maszynista i palacz usłyszeli je w kabinie parowozu.

W kłębach białego dymu wydostającego się spod hamulców pociąg zatrzymał się w połowie mostu. Z gwizdka lokomotywy wyskoczyło pięć obłoczków pary. Pięć krótkich, przenikliwych sygnałów oznaczało, że jadący w ostatnim wagonie hamulcowy powinien stanąć na torze z czerwoną chorągiewką w celu ostrzeżenia innych pociągów o blokadzie. Do tego czasu Bell przeleciał na drugą stronę mostu.

Nagle dostrzegł odbicie światła od szkła.

W tym samym momencie zobaczył thomasa flyera ukrytego w cieniu szopy z narzędziami do konserwacji torowiska. Promień słońca ponownie odbił się od lunety celownika. Na dachu szopy zlokalizował dwa plujące ogniem karabiny maszynowe.

Była to świetnie pomyślana zasadzka – zatrzymanie pociągu w celu odwrócenia uwagi, idealna pozycja strzelecka i wykorzystany w stu procentach element zaskoczenia. Bell zdawał sobie sprawę, że gdyby na jego miejscu znajdowała się teraz Josephine, której imię było wymalowane na kadłubie jego żółtego jednopłatowca, Frost zabiłby ją kolejną salwą, bo instynktownie próbowałaby zawrócić, a w zakręcie stanowiłaby łatwy cel.

Skierował maszynę prosto na szopę, w ostatniej chwili odbił nieznacznie w bok, żeby nie trafić we własne śmigło, i opróżnił mieszczący pięć nabojów magazynek remingtona z taką szybkością, że odgłosy poszczególnych strzałów zlały się w jeden potężny huk, niczym wystrzał z armaty. Wznosząc się i zawracając, dostrzegł, że trafił obu strzelców, znajdujących się na prawo i lewo od Frosta. Usunął pusty magazynek, założył nowy i zanurkował ponownie.

Nikt do niego nie strzelał. Przez moment Isaac sądził, że trafił też Frosta, ale wkrótce zauważył go, jak biegnie do thomasa flyera. Uruchomił silnik, wsiadł za kierownicę i wjechał na szyny. Potem, ku zdziwieniu Bella, wyskoczył z auta i ukląkł obok toru, aby po chwili znowu wskoczyć za kółko i popędzić w stronę wzgórz.

Od pierwszego wystrzału nie minęło dziesięć sekund. Detektywi wciąż jeszcze wyskakiwali z wagonu warsztatowego. Bell zakręcił ostro w pogoni za Frostem, ale gdy położył „Orla” na skrzydło, przyjrzał się dokładnie miejscu, w którym znany z perfidii bandyta zrobił krótki postój.

Dostrzegł cienką smużkę białego dymu.

Bez chwili wahania wyłączył zapłon, opuścił nos maszyny i zbliżył się do toru. Poprzez dym obok jednej z szyn zauważył przesuwający się czerwony ognik. Harry Frost zatrzymał się, żeby podpalić lont. Ten sam lont, który ukradł ze sklepu w Burbank, razem z detonatorami i dynamitem.

Isaac zrozumiał, że most został zaminowany. Tym razem atak miał dwa cele – zestrzelenie Josephine i wysadzenie w powietrze pociągu Prestona Whitewaya, a razem z nim wszystkich jadących nim detektywów agencji Van Dorna.

Bell zszedł niżej i dotknął toru płozami. Uderzenie było mocne, aeroplan odbił się i próbował znów wznieść w powietrze. Bezpieczniej byłoby włączyć kontakt, zatoczyć krąg i podejść ponownie, ale nie miał na to czasu. Przycisnął maszynę do ziemi i poczuł, jak płozy rozpadają się, uderzając o podkłady. Pośród trzasku pękającego drewna i jęku gnącego się metalu „Orzeł" zatrzymał się na torze. Isaac zeskoczył na ziemię i puścił się biegiem.

Widział przed sobą smugę dymu sunącą w kierunku mostu. Był szybszy, doganiał nikły ognik. Zostało mu zaledwie kilka kroków, by go zadeptać, gdy nagle płomyk ześliznął się po krawędzi wąwozu i zniknął pod mostem.

– Cofnijcie lokomotywę! – krzyknął, wbiegając na drewnianą konstrukcję – Zjedźcie z mostu!

Widział, jak maszynista gapi się na niego z kabiny, a detektywi biegną mu na pomoc, nie zdając sobie sprawy z zagrożenia. Dostrzegł wśród nich Dashwooda.

– Dash! – wrzasnął. – Pod torami jest lont. Zestrzel go.

Wychylił się w bok i popatrzył pod tory. Dostrzegł lont owinięty wokół belek mostu. Dash był szybki – on też wychylił się za krawędź i między belkami dostrzegł płonący punkt w odległości niecałych pięćdziesięciu metrów. Przytrzymał się jedną ręką, drugą wyciągnął swojego colta z długą lufą i strzelił. Poleciały drzazgi. Lont palił się dalej. Dash strzelił ponownie. Lont podskoczył, ale nie przestał się palić.

Bell wszedł pod tory i zaczął przeskakiwać z belki na belkę. Przed sobą, w cieniu rzucanym przez lokomotywę, ujrzał kilkadziesiąt lasek dynamitu, dość, by wysadzić w powietrze most, pociąg i zabić wszystkich jego pasażerów. Dash wystrzelił po raz trzeci. Lont zakołysał się, lecz płonął dalej.

Isaac przeskoczył na kolejną belkę, płynnym ruchem wyciągnął z płaszcza browninga i oddał jeden strzał.

Ognik zniknął. W jego miejscu została tylko smużka dymu, która zatańczyła leniwie i rozpłynęła się na wietrze, zupełnie jakby pochodziła ze świeczki zdmuchniętej na zakończenie udanej kolacji.

Bell wdrapał się z powrotem na tor i pobiegł do pociągu wydać rozkazy.

Detektywi przydzieleni do ochrony Josephine byli dobrze wyszkoleni, ale głównie z myślą o pracy w mieście; na otwartej przestrzeni radzili sobie znacznie gorzej.

– Uruchomcie i sprowadźcie tu roadstera Whitewaya. Rozminujcie most, a potem weźcie się za naprawę płóz, żebym miał maszynę gotową do lotu.

Zwrócił się do Dashwooda.

– Dash! Osłaniaj ludzi pracujących przy aeroplanie. Gdyby Frost tu wrócił, poślij mu kulkę między oczy. – Przywoławszy młodego detektywa do siebie, dodał ciszej: – Nie pozwól Markowi Celere zbliżyć się choćby na krok do mojej maszyny. A tak przy okazji, wiem, że dostałeś tego colta od matki, ale wolałbym, żebyś zaopatrzył się w porządnego browninga.

Poszukał wzrokiem Hatfielda.

– Walt! Pojedziesz ze mną!

Wsiadł za kierownicę żółtego rolls-royce'a, a Hatfield usadowił się obok niego z dwoma winchesterami. Już po chwili jechali wzdłuż toru kolejowego w stronę podnóża Gór Nadbrzeżnych.

Pokonawszy pięć kilometrów łagodnie wznoszącego się terenu usianego krzakami i niewysokimi drzewami, natknęli się na stojącego na torze thomasa flyera. Poluzowane gwoździe kolejowe przebiły dwie opony auta. Walt wskazał osuniętą ziemię w miejscu, gdzie Frost zbiegł się z nasypu, a potem poszukał śladów w sięgającej do kolan trawie.

Bell z naładowanym winchesterem obserwował okoliczne zarośla i sterty kamieni, podczas gdy Hatfield przeskakiwał od odcisku stopy na piasku do zgiętego źdźbła trawy lub ułamanej gałązki krzewu. Isaac miał spore doświadczenie w tropieniu ludzi, ale Walt czytał ślady tak dobrze jak Komancze, wśród których się wychowywał.

Zza szczytów wzgórz dochodziły pomruki nadchodzącej burzy, a w czarnych chmurach migotały pierwsze błyskawice. Poczuli na twarzach chłodny powiew wiatru, a po chwili ogarnęła ich fala upału.

Nagle, jakiś kilometr od nich, sójka zerwała się do lotu spomiędzy ostrolistnych dębów.

Była to bardzo duża odległość jak na strzał karabinowy, mimo to Bell krzyknął:

– Padnij!

W tej samej chwili usłyszał huk wystrzału. Stojący nieopodal Walt osunął się na ziemię.

# Rozdział 40

Bell rzucił się w prawo, by skryć się za wielkim głazem. Kula świsnęła tuż obok jego głowy. Zamiast schować się za kamieniem, minął go i skoczył dalej do wąskiego koryta wyschniętego strumyka.

Biegł jak najciszej, patrząc pod stopy, aby nie nadepnąć na coś, co zdradziłoby jego pozycję. Koryto strumienia zakręcało w prawo, w kierunku pobliskich wzgórz. Bell przyspieszył. Przebiegł ponad półtora kilometra w górę coraz bardziej stromego stoku, nie zwalniając nawet na chwilę. Gdy wreszcie stanął, by złapać oddech, znalazł się przy występie, z którego miał dobry widok na całą okolicę. Podczołgał się do krawędzi występu, aż w dole zobaczył zarośla, z których strzelał Frost.

Widoczna kilkaset metrów pod nim połać krzewów i drzew pokrywała sporą powierzchnię górzystego terenu. Nie sposób było wypatrzeć kryjówki Frosta, który zresztą mógł pobiec w górę zbocza i teraz skradać się w stronę Bella. Gdyby był mądry, wycofałby się. Ale Isaac był prawie pewny, że Frost popełni błąd typowy dla myśliwych. Będzie stał nieruchomo w jednym miejscu albo przemieści się na ograniczonym dystansie, żeby ponownie zaczaić się na swoją ofiarę. Większość zwierzyny łownej ucieka w popłochu przed człowiekiem. Niektóre gatunki, jak pantera lub słoń, czasami przypuszczają szarżę. Ale bardzo rzadko zdarza się, aby zwierzę okrążyło myśliwego i zaatakowało go od tyłu.

Bell postanowił zejść w dół wzdłuż wysychającej strugi, a potem obejść zarośla od tyłu. Szedł cicho i szybko, nie chcąc, aby Frost zdążył się przemieścić. Gdy coraz płytsze zagłębienie nie dawało mu już osłony, doczołgał się do pobliskich krzaków i skradał się dalej.

Ołowiane niebo przeszyła postrzępiona błyskawica.

Spadły pierwsze krople deszczu.

Gorący, a po chwili chłodny wiatr zaszumiał w zaroślach.

Nagle Bell się potknął. Kamień spod jego butów potoczył się hałaśliwie w dół zbocza.

Padł strzał. Pocisk poderwał chmurę pyłu niecałe pięć metrów od niego. Isaac natychmiast chwycił drugi kamień i rzucił go na prawo od siebie. Upadł z głuchym łoskotem, prowokując Frosta do kilku kolejnych strzałów. Teraz nie mógł wiedzieć, który kamień został rzucony, a który potrącony przypadkiem.

Bell ruszył dalej w dół zbocza. Zorientował się, że Frost znajduje się niemal dokładnie tam, gdzie przewidywał, w gęstej kępie krzewów niecałe sto metrów niżej. Ale teraz już wiedział, że przeciwnik zachodzi go od tyłu.

Nagle Frost zerwał się i pobiegł w kierunku zagłębienia, które wyglądało jak wylot niedużego kanionu. Utykał, zgodnie z przypuszczeniem Toma Griggsa, a mimo to biegł bardzo szybko jak na człowieka tak potężnej postury. Isaac strzelił w jego kierunku i spudłował. Przeładował winchestera, stanął prosto i złożył się, biorąc poprawkę na ruch biegnącego człowieka i wpływ wzmagającego się wiatru na trajektorię pocisku na dzielącym ich odcinku około dwustu metrów. Wreszcie winchester przemówił.

Frost wyrzucił w górę ramiona, upuszczając broń. Z tej odległości nie było słychać żadnego krzyku, ale Bell nie miał wątpliwości, że poważnie go ranił. Tym większe było jego zdumienie, gdy potężny mężczyzna zgarnął z ziemi karabin i po chwili zniknął w kanionie.

Isaac pobiegł w dół zbocza, omijając wykroty, zarośla i głazy. Nagle potknął się i upadł. Wykonał błyskawiczny przewrót, wstał i pobiegł dalej, nie wypuszczając karabinu z rąk.

Bardziej wyczuł, niż zauważył poruszenie u wylotu kanionu. Natychmiast rzucił się na ziemię. Kula przeleciała dokładnie w miejscu, gdzie stał ułamek sekundy wcześniej. Przycisnął karabin do piersi, przetoczył się i wstał, otwierając ogień. Strzelając raz za razem, zmusił Frosta do ucieczki.

Z niewyjaśnionych przyczyn Harry nie próbował strzelać ze swojego marlina. Bell domyślił się, że pocisk, po którym bandyta padł na ziemię, musiał uszkodzić jego karabin, dlatego została mu tylko broń krótka. Kanion nie był szeroki, ale wnikał głęboko między skały. U jego wejścia rosły gęste kolczaste krzewy. Kiedy Isaac rozsunął cierniste gałęzie, natychmiast padły strzały, zdradzając pozycję Frosta. Bandyta klęczał i prowadził ogień z automatycznego rewolweru Webley-Fosbery, z którego swego czasu o mało nie zabił Archiego Abbotta. Z powodu obciętej lufy broń nie była celna. Śmiercionośne pociski siekały gałęzie, rozsypując wokół masę drzazg.

Bell uniósł karabin do ramienia, ale winchester był pusty.

Frost rzucił się do ataku, pędząc między zaroślami jak dziki bizon i nie przestając strzelać z potężnego pistoletu. Isaac po raz pierwszy mógł przyjrzeć mu się z bliska. Jedno oko miał zaćmione a wokół oczodołu widniały blizny, powstałe, gdy trafiły go w twarz ceglane odłamki odłupane przez strzały z remingtona detektywa na dachu chicagowskiego arsenału. Po uchu, w które również Bell go ranił, został tylko poszarpany kikut. Szczęka złamana przez Archiego była zdeformowana. Ale jego zdrowe oko płonęło wściekłością i biegł niepowstrzymanie, jak pędząca lokomotywa.

Isaac przysiadł na jedno kolano, wyciągnął z cholewy buta nóż i rzucił nim z mocnego zamachu. Ostrze wbiło się między kości przedramienia napastnika. Drgające konwulsyjnie palce nie były w stanie utrzymać rewolweru. Ale zanim upadająca broń zetknęła się z ziemią, w lewej ręce Frosta pojawił się mały kieszonkowy pistolet.

Bell wycelował ze swojego browninga i oddał dwa strzały. Pistolety obu mężczyzn wypaliły zgodnym echem. Kamizelka Frosta zatrzymała pociski. Natomiast jedna z jego kul drasnęła Isaaca w policzek, a druga rozerwała rękaw jego płaszcza. Potem pistolet Harry'ego się zaciął, więc bandyta sięgnął po własnego browninga, znacznie groźniejszą broń od poprzedniej. Bell złożył się błyskawicznie i wystrzelił mu pistolet z dłoni. Frost w odpowiedzi wymierzył detektywowi z półobrotu cios lewą pięścią, zalewając go przy okazji krwią z ranionego przedramienia.

Isaac zablokował cios, ale impet gigantycznej pięści wstrząsnął nim, aż ugięły się pod nim kolana. Zobaczył gwiazdy przed oczami, a dłonie zaciążyły mu jak ołowiane sztaby. Wyczuł zbliżające się następne uderzenie, zrobił unik i wyprowadził własny cios, celując w złamaną przez Archiego szczękę.

Mocno zaciśnięta pięść dotarła do celu. Olbrzym zachwiał się na nogach i jęknął z bólu, po czym błyskawicznie obrócił się na pięcie i uderzył detektywa tyłem dłoni, powalając go na ziemię. Następnie chwycił swój zniszczony karabin i uniósł go nad głową niczym długą stalową maczugę. Bell wyciągnął spod kapelusza derringera.

– Rzuć to! – krzyknął.

Frost zamachnął się.

Bell pociągnął za spust.

Nagle wszystko wybuchło przeszywającym światłem, a kanion zalała fala dźwięku pięćdziesiąt razy głośniejsza od wystrzału z pistoletu. Karabin wyleciał z rąk Frosta i wylądował dwanaście metrów od niego. Harry upadł na ziemię. Dwa metry dalej Isaac stał już na nogach, a jego uszy wypełniało głuche dudnienie. Patrzył z niedowierzaniem na powalonego przeciwnika. W powietrzu unosił się swąd spalonego mięsa. Twarz Frosta była osmalona, broda całkiem spalona, koszula i spodnie jeszcze się tliły, a od butów odpadły podeszwy.

Oczy zaszły mu mgłą. Przez poparzone usta wciągał chrapliwie ostatnie hausty powietrza. Ale głos wciąż miał mocny i pełen jadu.

– Nie dorwałeś mnie. Piorun uderzył w karabin.

– Miałem cię już na widelcu – odparł Bell. – Piorun uprzedził mnie o ułamek sekundy.

Frost zaśmiał się ponuro.

– To dlatego wy, vandornowcy nigdy się nie poddajecie. Macie po swojej stronie siły natury.

Isaac patrzył na umierającego bandytę z wyrazem triumfu w oczach.

– Siły natury nie były mi potrzebne – powiedział cicho. – Miałem po swojej stronie Wally'ego Laughlina.

– Kim, u licha, jest Wally Laughlin?

– Był gazeciarzem. Zabiłeś go i dwóch jego przyjaciół, wysadzając salon prasowy przy Dearborn Street.

– Gazeciarz?... A tak, pamiętam – zadrżał z bólu i z trudem mówił dalej: – Opowiedzą mi o tym dokładniej w piekle. Ile miał lat?

– Dwanaście.

– Dwanaście? – Frost wzniósł oczy do nieba. Jego głos stawał się niewyraźny. – To były wspaniałe czasy, kiedy miałem dwanaście lat. Byłem małym chuderlakiem, wykorzystywanym przez każdego cwaniaka w mieście. Aż w wieku dwunastu lat zacząłem rosnąć, byłem coraz większy i większy i wszystko zaczęło się układać po mojej myśli. Wygrałem pierwszą bójkę. Zebrałem pierwszą bandę. Zabiłem pierwszego człowieka. Miał dwadzieścia lat, był całkiem dorosły.

Wykrzywił usta w groteskowej parodii uśmiechu.

– Biedny mały Wally – wymamrotał. – Kto wie, na kogo ten gnojek mógł wyrosnąć.

– Nigdy go nie zapomnę – powiedział Isaac.

– A to czemu?

– Był dobrym dzieciakiem.

Bell wstał i pozbierał swoją broń.

Harry Frost zawołał do niego. W jego coraz słabszym głosie zabrzmiał strach.

– Zostawisz mnie, żebym tu zdychał w samotności?

– Sam pozwoliłeś setkom ludzi umierać w samotności.

– A jeśli powiem ci coś, czego nie wiesz o Marku Celere?

– Celere odnalazł się trzy dni temu w Yumie, cały i zdrowy – odparł Bell. – Uciekałeś przed jedynym morderstwem, którego nie popełniłeś.

Frost podparł się na ramieniu.

– Wiedziałem o tym – powiedział.

Zaintrygowany Bell pochylił się nad umierającym, uważnie obserwując przy tym jego ręce, na wypadek gdyby nagle znalazł się w nich ukryty do tej pory nóż lub kolejny pistolet.

– Skąd wiedziałeś? – spytał.

– Celere pojawił się sześć tygodni temu w Belmont Park.

– Twierdzi, że sześć tygodni temu był Kanadzie.

– On cały czas był z wyścigiem – oznajmił Frost. – Panoszył się tam, jakby sam był właścicielem. A wy, przeklęte Van Dorny, w ogóle się nie połapaliście.

– Płatow! – Bell w końcu pojął. – No jasne!

Zrozumiał, że to Marco Celere był sabotażystą, ale dowiedzenie tego przed sądem graniczyło z niemożliwością.

– Trochę późno się pan zorientował, panie detektywie – zakpił Frost.

– Jak na niego trafiłeś?

– Wypatrzył mnie pewnego wieczoru, gdy próbowałem dostać się do maszyny Josephine. Podszedł do mnie, jak gdyby nigdy nic, i zaproponował układ.

– Dziwię się, że go nie zabiłeś – powiedział Bell.

– Wiesz, co to jest *lupa*? Włosi mówią tak na strzelby z upiłowanymi lufami. Mierzył mi prosto w głowę z takiego obrzyna.

– Co to był za układ?

– Chcesz, żebym ci zrobił prezent z powodu małego Wally'ego? – drażnił się Frost. – Przydałyby ci się informacje, dzięki którym mógłbyś dopaść Celerego. Jak myślisz, czy jeśli teraz ci pomogę, będą mnie lepiej traktowali w piekle?

– Na nic więcej raczej nie możesz liczyć. Co ci zaproponował Marco?

– W zamian za wstrzymanie się z zabiciem Josephine do
chwili, gdy wygra wyścig, obiecał przetransportować mnie
do miejsca, w którym będę mógł w spokoju i luksusie dożyć
reszty swoich dni.

– Gdzie miał być ten twój raj na ziemi? – zapytał Bell.

– W Afryce Północnej. W Libii. Na ziemiach, które
Włosi wkrótce odbiją Turkom. Twierdził, że będziemy tam
bezpieczni, że będziemy żyć jak królowie.

– Brzmi to jak słodka pieśń wyrachowanego oszusta.

– Wcale nie. Celere wiedział, co mówi. Byłem tam, sam
widziałem. Osmanie... Turcy... trzymają się tam resztkami
sił, a Włochy są tak biedne i przeludnione, że ludzie tylko
wypatrują, kiedy będą mogli przechwycić tamtejsze kolonie.
Celere chce dostarczać włoskiej armii uzbrojone latające
maszyny. Gdy Włochy rozgromią Turków dzięki jego aeroplanom uzbrojonym w karabiny maszynowe i bomby, stanie
się bohaterem narodowym. Ale najpierw musi udowodnić,
ile jest wart. Włoski rząd kupi jego konstrukcje, tylko jeśli
Josephine wygra wyścig.

– Dlaczego nie przyjąłeś jego oferty?

Frost wykrzywił poranioną twarz.

– Mówiłem ci już, że nie jestem idiotą – odparł. – Gdyby
Celere był w Afryce tak wysoko ustawiony, aby móc mnie
chronić, to jednocześnie stałby się moim dozorcą.

– Czemu nie odstrzelił ci głowy, gdy odmówiłeś?

– Celere jest jak żongler, zawsze podrzuca w powietrze
kilka piłek jednocześnie. Liczył na to, że będziesz w stanie
skutecznie chronić Josephine, a tymczasem ja może zmienię zdanie. Miał też nadzieję, że w odpowiednim momencie
zabiję Whitewaya.

– Jak to, w odpowiednim momencie?

– Po ślubie. Wiedział, że Whiteway zagiął parol na Josephine. Uznał, że z wściekłości zabiję Whitewaya, a Josephine odziedziczy fortunę i wyjdzie za niego. Potem zabiję ją, a cała forsa trafi w jego ręce.

Jedyne zdrowe oko Frosta wpatrywało się w oczy Bella.

– To Marco zaczął to wszystko. To on zawrócił jej w głowie. Sprawienie, by żongler upuścił wszystkie swoje piłki, miało być moją słodką zemstą.

– Jeszcze jeden powód, żeby ją zabić? – dociekał Isaac.

– Marco wiedział, że dwupłatowiec Stevensa nie dotrwa do końca wyścigu. Potrzebował Josephine, aby udowodnić, że jego latające maszyny są wystarczająco dobre dla włoskiej armii.

Bell pokręcił głową.

– Jedyne, czego ona chce, to latać.

– Dałem jej szansę, a ona obróciła to przeciwko mnie – głos Frosta przeszedł w słaby szept. – Zasługuje na śmierć.

– Umierasz z nienawiścią w sercu – rzekł cicho Isaac.


Bell poczuł ogromną ulgę, gdy zobaczył Walta siedzącego na deszczu i trzymającego się za głowę.

– Czuję się, jakby pod czaszką dudniły mi organy parowe – jęknął Hatfield.

Isaac zaprowadził go do rolls-royce'a i ruszyli z powrotem do estakady. Walt klął szpetnie za każdym razem, gdy trafiali na dziurę w drodze. „Orzeł" był już gotowy do lotu. Bell ułożył Walta wygodnie w pociągu. Potem wzbił się w powietrze i poleciał do Fresno, gdzie zaplanowano ostatni postój przed San Francisco. Żółty aeroplan Josephine i czerwony dwupłatowiec Joe Mudda stały w odległości pięćdziesięciu metrów od siebie na zabłoconym polu. Mudd, podparty na kulach, dowcipkował z mechanikami naprawiającymi podwozie jego maszyny.

– Twarde lądowanie? – spytał go Isaac.

Joe wzruszył ramionami.

– To tylko noga. Z maszyną wszystko w porządku. Mniej więcej.

– Gdzie jest Josephine?

– Razem z Whitewayem w hotelu. Na twoim miejscu trzymałbym się od nich z daleka.

– Coś nie tak?

– Chyba zbiera się tam na burzę.

Bell przywołał detektywów-mechaników Josephine, którzy znosili części i narzędzia dla Marka Celere, majstrującego z kwaśną miną przy silniku maszyny młodej awiatorki.

– Pilnujcie go jak oka w głowie – nakazał. – Nie pozwólcie mu się zbliżyć do aeroplanu Mudda.

– A co, jeśli będzie próbował zwiać? – spytał Dashwood.

– Nie będzie – odparł Isaac. – Nie ruszy się stąd, dopóki istnieje choć cień szansy na to, żeby Josephine wygrała wyścig.

Powiedziawszy to, udał się do hotelu, w którym Preston wynajął całe górne piętro. Przyspieszył kroku na schodach, gdy usłyszał wydawcę krzyczącego na cały głos. Zapukał głośno i wszedł do środka. Whiteway stał nad Josephine, zwiniętą w kulkę w fotelu ze wzrokiem wbitym w dywan.

Gdy zauważył Bella, zamiast zapytać co z Harrym Frostem, krzyknął:

– Może tobie uda się wybić jej to z głowy. Mnie nie chce słuchać.

– O co chodzi? – spytał spokojnie Isaac.

– Moja żona zamierza wycofać się z wyścigu.

– Dlaczego?

– Nie chce powiedzieć. Ale może tobie powie. Gdzie, u diabła, jest mój pociąg?

– Właśnie przyjechał.

– Jadę do San Francisco przygotować finisz.

– Gdzie jest Marion?

– Pojechała już razem z kamerami – odpowiedział Whiteway. Zniżył głos do teatralnego szeptu, który Josephine usłyszałaby, nawet gdyby znajdowała się w sąsiednim hrabstwie: – Postaraj się przemówić jej do rozsądku. Marnuje życiową szansę.

Bell ograniczył się do kiwnięcia głową.

Whiteway zatrzymał się w drzwiach, jakby dopiero teraz go zobaczył.

– Uprawiałeś zapasy z niedźwiedziem grizzly? – spytał.

– Żałuj, że nie widziałeś, co zostało z tego miśka – zażartował Isaac.

– Poczęstuj się burbonem.

– Właśnie taki miałem zamiar – odrzekł Bell.


# Rozdział 41

Tobie też nalać? – zapytał Bell Josephine.

– Nie, dziękuję.

Napełnił niską szklankę, wychylił ją duszkiem, nalał ponownie i wziął jeszcze jeden, już dużo mniejszy łyk.

– Co odpowiedziałaś, gdy Marco zaproponował ci wspólny wyjazd do Afryki?

Uniosła spojrzenie znad dywanu, jej oczy były wielkie jak spodki.

– Skąd o tym wiesz?

– To samo zaproponował Harry'emu.

– Harry'emu? Ale dlaczego?

– Marco chciał, żeby Frost zabił twojego nowego męża.

Jej oczy zgasły jak przepalone żarówki.

– Jest jeszcze gorszy niż Harry – wyszeptała.

– Rzekłbym, że są siebie warci. Więc co mu odpowiedziałaś, Josephine?

– Odmówiłam.

– Zapewne Marco liczy na to, że zmienisz zdanie, gdy już będziesz bogatą wdową.

– Nigdy... – urwała i spytała ze strachem: – Czy Prestonowi coś zagraża?

– Frost nie żyje.

– Dzięki Bogu... Sądzisz, że Marco byłby zdolny zabić Prestona bez pomocy Harry'ego?

Bell zignorował jej pytanie.

– Wiem, dlaczego chcesz się wycofać z wyścigu – powiedział.

– Nic nie wiesz.

– Chcesz się wycofać, bo Marco Celere, podszywając się pod Dmitrija Płatowa, zniszczył wszystkie maszyny lepsze od twojej.

Odwróciła wzrok.

– Zastanawiałam się nad... – urwała i po chwili podjęła: – Nie, nie zastanawiałam się, podejrzewałam to. Ale nie powstrzymałam go. Przegrana będzie moją karą. Postąpiłam strasznie.

– Dlatego, że go nie powstrzymałaś, czy dlatego, że razem z Markiem wrobiłaś Harry'ego w morderstwo?

– To też ci powiedział?

Bell pokręcił przecząco głową.

– Nie, na to akurat wpadłem sam.

– Teraz, gdy o tym myślę wiem, że to było złe. Wtedy też to wiedziałam, ale Harry zasłużył sobie na powrót do więzienia.

– Dlaczego dałaś się namówić na ślub z Whitewayem?

– Nie miałam już siły kłócić się z Markiem. Myślałam tylko o wygraniu wyścigu...

– Miałaś nadzieję, że skoro udało się unieważnić jedno małżeństwo, to samo będzie można zrobić i z drugim?

– No tak, zwłaszcza że nie było nawet miesiąca miodowego. I przysięgam, nie miałam pojęcia, że Marco chce zabić Prestona. Biedny Preston, on jest taki... taki niemądry! Isaac, on naprawdę mnie kocha.

Bell uśmiechnął się przekornie.

– Może myśli, że to, że trafiasz na złych mężczyzn i nie dostrzegasz ich paskudnych postępków, nie świadczy o tobie źle, że ta krótkowzroczność wynika wyłącznie z twojej ślepej miłości do latania. I może dlatego nie wierzy, że naprawdę wycofasz się z wyścigu.

– Nie zasługuję na zwycięstwo. Czy aresztujesz Marka?

– Na razie nie mogę. Brakuje mi wystarczających dowodów przeciwko niemu. Poza tym wolę, żeby nadal zajmował się twoim silnikiem, na wypadek gdybyś zmieniła zdanie.

– Nie zmienię. Wyścig trzeba wygrać uczciwie.

– Idziecie z Muddem łeb w łeb. Byłoby lepiej i dla zwycięzcy, i dla całej awiacji, gdybyś dokończyła wyścig. Chociaż masz sporo na sumieniu, nie zmienia to faktu, że przeleciałaś aeroplanem przez niemal cały kontynent. Może więc jeszcze się nad tym zastanów? A Marco niech w spokoju dopieszcza twoją maszynę.

# Epilog

# „CHODŹ, UKOCHANA, POLECIM WYSOKO"

Chodź, ukochana, polecim wysoko

Marco Celere miał już sposób na wykaraskanie się z tara-patów. Zamiast czekać bezczynnie, aż Josephine zmieni zdanie, o ile w ogóle to zrobi, zamówił międzymiastową z hotelowego telefonu.

Preston Whiteway natychmiast podniósł słuchawkę, jakby całą noc czekał na wieści z Fresno.

– Poleci?

– Tu Marco Celere, konstruktor pańskiego aeroplanu i główny mechanik.

– Aha... No i jak? Poleci?

– O ile mi wiadomo – odpowiedział gładko Celere – pan Bell właśnie omawia z nią tę kwestię przy śniadaniu. Jest jeszcze czas – nad polem wzlotów wciąż wisi mgła, której nie zdążyło rozproszyć słońce. Pozwoli pan, że coś zasugeruję. Nawet jeśli Josephine nie zdobędzie Pucharu Whitewaya, jej maszyna z pewnością może to uczynić.

– O czym pan mówi?

– Jeżeli Josephine nie zechce dokończyć wyścigu, sam polecę na ostatnim odcinku z Fresno i wygram.

– To wbrew regulaminowi zawodów. Jeden lotnik w jed-nej maszynie przez całą trasę.

– Obaj jesteśmy ludźmi światowymi, panie Whiteway. To pan ustala zasady. Puchar Whitewaya to pańskie wido-wisko. Z pewnością może pan zmienić regulamin.

– Proszę mnie posłuchać, panie Celere. Może zna się pan na budowaniu latających maszyn, ale nie ma pan zielonego pojęcia o czytelnikach gazet. Przyjmą bez mrugnięcia okiem dowolne kłamstwo, o ile nie dotyczy ono kogoś, kogo zdążyli już pokochać. Czytelnicy kochają Josephine. Chcą, żeby to ona wygrała. A pańską maszynę mają w nosie.

– Ale to przysłużyłoby się awiacji... – Marco nie dawał za wygraną.

– A panu jeszcze bardziej. Nie urodziłem się wczoraj, łaskawy panie.

Celere usłyszał trzask odkładanej słuchawki.

W hotelowej restauracji trwała jakaś rozmowa. Dobiegł go podniesiony głos Bella, a potem Josephine, mówiącej głośno i wyraźnie jedno słowo:

– Nie.

Pobiegł do swojej maszyny. Mgła wciąż była gęsta i ledwie mógł w niej dostrzec sylwetki aeroplanów Joego Mudda i Isaaca Bella. Mechanicy od Van Dorna przyglądali mu się podejrzliwie, chociaż od pojawienia się w Yumie usiłował ich zjednać na wszelkie sposoby.

– Trzeba uruchomić silnik – powiedział.

– Po co? Josephine nigdzie się nie wybiera.

– Pan Bell ma dar przekonywania. Jeszcze może ją namówić do zmiany zdania. Lepiej napełnijmy zbiorniki i rozgrzejmy silnik.

Mężczyźni wymienili spojrzenia.

– Mechanicy Joego Mudda nie pętają się bezczynnie po okolicy – ciągnął Celere. – Ich maszyna będzie gotowa do lotu, gdy tylko opadnie mgła. My też powinniśmy przygotować swoją, tak na wszelki wypadek.

Ten argument ich całkowicie przekonał. Ostatecznie to były zawody, a oni, chociaż w pierwszym rzędzie byli detektywami, przez ostatnie czterdzieści osiem dni ścigali się zawzięcie na dystansie niemal sześciu i pół tysiąca kilometrów.

– Zacznijcie uzupełniać paliwo – polecił Celere. – Ja zaraz wrócę.

Wszedł do ciasnego przedziału, który przydzielono mu w pociągu, i opuścił go po chwili, niosąc metrową, szeroką na piętnaście centymetrów papierową tubę zapieczętowaną na obu końcach. Włożył ją do kabiny.

– Co to? – zapytał jeden z detektywów

– Chorągiew „San Francisco Inquirera", którą Josephine ma powiewać po wylądowaniu w Presidio – odparł Włoch. – Co się dzieje z tym silnikiem?

– O co panu chodzi?

– Dziwnie pracuje.

– Jak dla mnie chodzi całkiem normalnie.

Celere spojrzał detektywowi-mechanikowi w oczy i rozciągnął usta w swoim najbardziej ujmującym uśmiechu.

– Ustalmy jedno, drogi panie. Ja nie aresztuję kryminalistów, a pan niech mi nie mówi, że ten silnik jest w porządku, gdy w rzeczywistości rzęzi tak, jakby miał się za chwilę zatrzeć.

– Przepraszam, panie Celere. Ma pan rację. Co pan słyszy?

– Przynieście podest.

Wspiął się do kabiny i poruszał manetką przepustnicy, na przemian zwiększając i zmniejszając obroty. Nadstawił ucha i pokręcił głową z niedowierzaniem.

– Wyciągnijcie podstawki. Pokołuję kawałek po polu.

– Tylko niech pan uważa, żeby w nic nie uderzyć. Niewiele widać w tym mleku.

Mechanicy usunęli drewniane klocki blokujące koła maszyny.

Celere zwiększył obroty silnika.

– Słyszy pan to?

– Nie jestem pewien.

– Będzie lepiej słychać, jak dodam trochę gazu.

Dał pełne obroty. Leniwe terkotanie motoru przeszło w głośny ryk. Maszyna drgnęła i potoczyła się po trawie. Celere skorygował sterem kierunek. Po krótkim dobiegu aeroplan wraz z nim rozpłynął się we mgle.

Bell kazał przygotować „Orła" do lotu, ale ściganie Celerego we mgle nie miało większego sensu, zwłaszcza że nikt nie potrafił wskazać kierunku, w jakim poleciał. Pozostało mu liczyć na to, że ktoś zauważy maszynę i da mu znać przez któregoś z dyspozytorów kolejowych. Około godziny później wezwano go do telefonu. Dzwonili detektywi kolejowi, Tom Griggs i Ed Bottomley.

– Czy aby na pewno załatwił pan Harry'ego Frosta?

– Własnoręcznie zapakowałem go do chłodni na posterunku we Fresno.

– Bo właśnie dostaliśmy zgłoszenie o drugiej kradzieży dynamitu w ciągu dwóch dni. Jakiś człowiek ze strzelbą wszedł do składu kolejowego w Merced, zmusił staruszka magazyniera, żeby załadował na drezynę sto kilogramów dynamitu, spłonki i szczypce do lodu, i spokojnie odjechał. Drezynę znaleźliśmy pięć kilometrów dalej, w miejscu, gdzie tor przecina rozległe pole. Ani śladu po złodzieju, dynamicie czy szczypcach.

– Szczypce do lodu? – powtórzył z niedowierzaniem Bell. – Co jeszcze zabrał?

– Mało panu stu kilo dynamitu?

– Co jeszcze?

– Proszę poczekać... Hej, Tom, pan Bell pyta, czy złodziej zabrał coś jeszcze... Faktycznie, Tom mówi, że wziął jeszcze latarkę i kilka metrów kabla.

– Jakie to był spłonki? Z piorunianem rtęci?

– Elektryczne.

– Znaleźliście jakieś ślady opon lub kół?

– I to jest właśnie ciekawe. Jedyne ślady kół znaleźliśmy na środku pola. Przy drodze nie było żadnych śladów poza odciskami stóp. Dziwne, nie sądzi pan?

– Wcale nie, jeśli sprawca uciekł latającą maszyną.

– A niech to... Nie wzięliśmy tego pod uwagę. Panie Bell, jest pan tam jeszcze?

Isaac pędził już do swojej maszyny, krzycząc w biegu:

– Uruchomić motor!

Natarczywy warkot pracującego na wysokich obrotach gnome'a skłonił Joego Mudda do ustąpienia drogi i pozwolenia, by „Orzeł" wystartował przed „Oswobodzicielem". W powietrzu Bell przykleił się do toru Southern Pacific i pomknął na północ, prosto do San Francisco. Na dystansie nieco ponad trzystu kilometrów musiał dogonić Marka Celere.

Dowiedziawszy się o kradzieży elektrycznych spłonek, latarki i kabla, natychmiast odgadł zamiary Włocha. Wszystko to potrzebne było do skonstruowania odpalanej elektrycznie bomby lotniczej. Kontaktowe spłonki z piorunianem rtęci stanowiłyby zbyt wielkie zagrożenie dla latającej maszyny, która trzęsła się i podskakiwała przy starcie, a podczas lotu była narażona na gwałtowne podmuchy wiatru i prądy powietrzne. Każdy wstrząs mógł spowodować eksplozję dynamitu, po której z aeroplanu zostałyby tylko drzazgi.

Za to detonator elektryczny mógł być uruchomiony prostym włącznikiem, takim jak choćby w latarce. Dopóki obwód pozostawał otwarty, dynamit był niegroźny. Wystarczyło go zamknąć, by spowodować wybuch.

Dla własnego bezpieczeństwa Celere prawdopodobnie zastosował dwa włączniki. Jeden do uzbrojenia ładunku w chwili zrzuceniu z maszyny, a drugi, reagujący na wstrząs, do wywołania detonacji w momencie trafienia w cel.

Bell nie mógł rozgryźć tylko jednego – dlaczego Marco ukradł szczypce do lodu?

Natomiast reszta była jasna jak słońce. Whiteway nie pozwolił Celeremu dowieść, że jego maszyna potrafi wygrać wyścig, nawet gdy za sterami zabraknie Josephine. Tym samym odebrał mu możliwość przekonania włoskiej armii do zakupu jego aeroplanów.

Zrzucenie stukilogramowej bomby byłoby idealnym dowodem przydatności bojowej. Odpowiedź na pytanie, co będzie celem jego demonstracji, też wydawała się oczywista. Oszust pokroju Celerego pod pewnym względem nie różnił się zbytnio od Prestona Whitewaya, który był gotów opublikować najbardziej nieprawdopodobną bzdurę, byle tylko podnieść nakład swoich gazet. Obaj wiedzieli, jak najskuteczniej przyciągnąć uwagę tłumów. W San Francisco trudno było znaleźć wyższy i znamienitszy budynek niż siedziba „Inquirera". Wieść o jej zniszczeniu przy użyciu latającej maszyny dotarłaby do generałów wszystkich armii świata.

A gdyby przy okazji Whiteway zginął w swoim luksusowym apartamencie na dachu, Josephine zostałaby zamożną wdową do wzięcia. Bell wiedział, że dziewczyna już nigdy nie ulegnie urokowi Celerego, ale Włoch miał zapewne inne zdanie na ten temat. Zamierzał upiec dwie pieczenie na jednym ogniu: udowodnić potencjał swojej maszyny i poślubić bogatą wdowę.

Pogoda sprzyjała lataniu. Wiatr ucichł. Niebo było czyste, rześkie powietrze skutecznie chłodziło silnik, pozwalając mu nieprzerwanie pracować na pełnych obrotach. Rotacyjny motor dawał Bellowi przewagę, dzięki której miał szansę dogonić Celere. Ale chociaż dostrzegał już w oddali wąwóz, w którym niknął tor kolejowy do Oakland, a za nim błękitne wody zatoki San Francisco, wciąż nie widział przed sobą ściganego aeroplanu. W przypadku awarii Celere mógł spaść do wody lub w las, co uszłoby zapewne uwadze Isaaca. Nie było to wykluczone, biorąc pod uwagę stopień zużycia maszyn.

Nagle zauważył niewielki żółty punkt nad wodami zatoki. Celere zbliżał się do miasta. Leciał niżej, może z powodu dodatkowego ładunku, albo żeby łatwiej trafić w cel. Tak czy inaczej, dawało to Bellowi niewielką przewagę, z której natychmiast skorzystał. Pchnął sterownicę do przodu i zanurkował w dół, szybko nabierając prędkości.

Widział przed sobą nabrzeże Oakland, wcinające się głęboko w zatokę San Francisco. Po ułożonych na nim torach pociągi dojeżdżały do frachtowców i promów pasażerskich. Przelatując nad nim, rozpoznał sławny ciemnozielony pociąg specjalny Southern Pacific, należący do właściciela linii Osgooda Hennessy'ego. Przyjechali nim Archie i Lillian w towarzystwie Danielle Di Vecchio.

Doganiał Celerego.

Był już daleko nad wodą, a ścigany nie doleciał jeszcze do brzegu.

Bell sięgnął po karabin i ustawił go na obrotowej podstawie. Przelatujące tuż nad głową pociski z remingtona powinny zmusić Marka do rezygnacji z morderczych zamiarów i ucieczki. Zrzucanie skrzynek z dynamitem pod gradem kul byłoby karkołomnym zadaniem.

Kiedy jednak Isaac przyjrzał się żółtej maszynie przez lornetkę, doznał szoku.

Już wiedział, do czego miały służyć szczypce do lodu. Zapomniał, że mimo wielu wad Celere był zdolnym mechanikiem. Zrzucenie dynamitu wcale nie będzie karkołomne. Nie było mowy o uciążliwym wypychaniu skrzynek za burtę maszyny.

Wszystkie cztery skrzynki dyndały zgodnie pod brzuchem jednopłatowca, dokładnie w środku ciężkości, a były zawieszone właśnie na szczypcach do lodu. Bell dostrzegł sznur na burcie maszyny, biegnący od uchwytów szczypiec do kabiny, w której siedział Celere.

Żeby zrzucić bombę, musiał tylko uruchomić detonator elektryczny i pociągnąć za sznurek.

Isaac odłożył lornetkę i wycelował z remingtona w jednopłatowiec, ale ten wciąż był poza zasięgiem strzału. Tymczasem Celere mijał już sterczące wysoko maszty wyznaczające początek nabrzeża. Za kilka minut znajdzie się nad siedzibą Whitewaya przy Market Street. Bell pogłębił kąt opadania, zwiększając prędkość lotu. Różnica była wyraźna, po chwili był już nad lądem, a maszyna Włocha weszła w zasięg remingtona. Teraz jednak znajdowała się nad Bellem, który dla zyskania prędkości zszedł tak nisko, że niemal zahaczał płozami o dachy wyższych budowli.

Przed nimi widać już było górujący nad innymi budynek „Inquirera", z zasłaniającym górne piętra żółtym transparentem promującym wyścig. Isaac pociągnął do siebie sterownicę, nieco unosząc nos „Orła", i wziął maszynę Celerego na cel. Już miał zgiąć palec na spuście, gdy kątem oka spostrzegł dziwne refleksy na tarasie apartamentu Whitewaya. Ponownie sięgnął po lornetkę.

Dokładnie na wprost wypchanej dynamitem maszyny, a zarazem na linii ognia Bella, stali operatorzy, zawzięcie kręcący korbkami kamer. Nadzorowała ich wysoka blondynka w białej szmizjerce, z włosami zebranymi w kok, żeby nie przeszkadzały jej w obserwacji planu filmowego. Najwyraźniej Marion postanowiła nakręcić zakończenie wyścigu z dogodnego miejsca na dachu budynku, który zawodnicy mieli okrążyć przed wylądowaniem w Presidio.

Isaac pochylił maszynę w prawo, by zmienić kąt celowania. Celere leciał prosto na budynek. Był niecałe trzydzieści metrów wyżej i za chwilę miał się znaleźć nad dachem. Bell zobaczył, że Włoch sięga po sznurek.

Nie mógł strzelić, nie narażając jednocześnie Marion.

Ale jeśli nie strzeli, Celere zrzuci bombę.

Złożył maszynę w lewym zakręcie. Zadrżały skrzydła, a naciągnięte linki wydały ostrzegawczy jęk. Z rykiem silnika odbił od kursu utrzymywanego przez Włocha, by ustawić się w dogodnej pozycji. Odległość do maszyny Celere znacznie wzrosła. Miał zaledwie sekundę na oddanie strzału. „Orzeł" zadrżał od odrzutu broni. Marco schylił głowę, a potem rozejrzał się dokoła, wbijając zdumione spojrzenie w pędzący za nim aeroplan Bella.

Chwycił sznurek do zrzutu bomby, ale było już za późno. Budynek został za nim. Pochylił maszynę na skrzydło, by spróbować drugiego podejścia.

– Nic z tego, kolego – mruknął Isaac.

Ludzie na tarasie zostali z tyłu, więc bez wahania oddał kolejny strzał. Tym razem pocisk musiał minąć Włocha o włos, sądząc po panicznym ruchu jego głowy. Celere poderwał maszynę, ale Bell wznosił się wraz z nim. Aby prowadzić skuteczny ogień i odciągać Włocha coraz dalej od budynku, musiał utrzymywać się tuż za ogonem jego aeroplanu i wewnątrz promienia jego zakrętu.

Marco wzniósł się jeszcze bardziej, Isaac poszedł w jego ślady. Po chwili Włoch obniżył lot i Bell zrobił to samo. Był tak blisko, że mógłby spojrzeć przeciwnikowi prosto w oczy, jak bokser tuż przed rozpoczęciem walki. Celere pochylił się w kabinie, a kiedy się wyprostował, Isaac dostrzegł w jego dłoni strzelbę *lupa* ze spiłowaną lufą. Wiązka śrutu smagnęła poszycie skrzydeł „Orła".

– Pokazałeś ząbki, co? To teraz zobacz moje.

Bell wystrzelił z karabinu.

Dłoń Włocha odskoczyła od sterownicy, jakby ta nagle rozgrzała się do czerwoności. Isaac strzelił ponownie.

*Alettoni* i ster kierunku maszyny Celere poruszyły się gwałtownie. Aeroplan zatoczył łuk w kierunku zatoki San Francisco. Bell kontynuował pościg, chcąc zmusić go do lądowania w wodzie. Jednak po chwili Marco zawrócił nad budynek „Inquirera". Isaac zauważył z satysfakcją, że jego zakręt był dużo ciaśniejszy niż Włocha. „Orzeł" dawał się prowadzić bez trudności, szedł za ręką, dokładnie tam, gdzie go skierował. Po pokonaniu w powietrzu ponad sześciu tysięcy kilometrów Bell stwierdził, że faktycznie ma dryg do latania.

Zrównał się z Celere, wycelował w niego i zdjął dłoń ze steru, aby gestem nakazać mu lądowanie. W odpowiedzi Marco wypalił z obrzyna. W powietrzu świsnął śrut, nie czyniąc większej szkody, z wyjątkiem jednej maleńkiej grudki ołowiu, która trafiła w zamek remingtona i zablokowała go na amen.

Isaac wyciągnął browninga i kilkakrotnie strzelił w maszynę Celerego.

Nie zrobiło to jednak na Włochu żadnego wrażenia, bo po chwili jego *lupa* odezwała się ponownie. Teraz on miał przewagę w uzbrojeniu, przeładowywał sprawnie i szybko oddawał strzały. Jedynie bardzo krótki zasięg obrzyna chronił Bella przed trafieniem. Tymczasem Celere przymierzał się do zrzutu bomby.

Bell zobaczył, jak sięga po kabel, który miał uzbroić ładunek.

Położył „Orła" na skrzydło, by staranować lecącą obok maszynę, i dostrzegł panikę w oczach Celerego. Dosłownie centymetry przed zderzeniem odbił lekko, żeby przelecieć tuż przed nim. Marco skierował obrzyna przed siebie, wiedząc, że za chwilę Bell znajdzie się naprzeciwko jego luf.

Pewny, że teraz nie może spudłować, pociągnął za oba spusty.

Kątem oka Isaac zobaczył, jak *lupa* bucha ogniem z obu luf.

Wiązka śrutu powinna podziurawić go jak sito, ale detektyw wiedział, że tak się nie stanie. Celere dal się nabrać na jego podstęp. Bitwa była wygrana. Pędzące z wielką prędkością ołowiane kulki zatrzymały się na wirującym śmigle maszyny Włocha, szatkując drewniane łopaty na drzazgi. Żółty jednopłatowiec zakołysał się niepewnie. Celere próbował opuścić nos maszyny w płytkim zakręcie, aby nabrać prędkości i utrzymać się w powietrzu, lecz ciężar wiszącego pod brzuchem dynamitu był zbyt wielki dla nagle pozbawionego napędu aeroplanu, który zamiast skręcić, wpadł w korkociąg. Jedno ze skrzydeł zahaczyło o balustradę na dachu budynku „Inquirera" i urwało się, pieczętując jego los.

Pozbawiony siły nośnej jednopłatowiec runął w dół na Market Street.

Isaac Bell wstrzymał oddech. Miał nadzieję, że skutecznie odwrócił uwagę Włocha, by ten nie zdążył uzbroić bomby. Jeśli jednak Celere zdołał uruchomić pierwszy włącznik, w chwili zetknięcia z ziemią nastąpi potworna eksplozja. Dwie sekundy dzielące maszynę od upadku ciągnęły się niczym stulecie. W końcu roztrzaskała się z głuchym łoskotem, ale nie wybuchła. Jedyną ofiarą katastrofy był zbrodniczy konstruktor, nie licząc zmiażdżonego rolls-royce'a Whitewaya.

Bell okrążył budynek „Inquirera", machając wesoło do Marion.

Potem minął Nob Hill i poleciał nad miastem w kierunku Golden Gate.

Daleko w tyle spostrzegł w powietrzu czerwoną maszynę. „Oswobodziciel" Joego Mudda dolatywał już do Oakland.

Isaac uśmiechnął się szeroko. Od zwycięstwa w wyścigu o Puchar Whitewaya Mudda dzieliło zaledwie dziesięć mil. Isaac wyobrażał sobie minę głównego sponsora po otrzymaniu tej wiadomości.

Tereny koszar Korpusu Łączności w Presidio stanowiły plamę zieleni na wierzchołku półwyspu oddzielającego zatokę San Francisco od Pacyfiku. Wydawało się, że cały obszar faluje, jak pole zboża kołysane wiatrem. Ale po chwili Bell zdał sobie sprawę, że to tylko złudzenie, spowodowane przez dziesiątki tysięcy widzów wypełniających place apelowe, aleje i dachy baraków. Kiedy podleciał bliżej, zauważył, że ludzie wdrapali się nawet na drzewa.

Jedynym miejscem nadającym się do lądowania był lekko nachylony plac apelowy przed zbudowanymi z czerwonej cegły koszarami Infantry Row przy Montgomery Street. Kompania żołnierzy powstrzymywała gapiów od wdarcia się na lądowisko.

Bell zaszedł pod wiatr wiejący znad Pacyfiku i redukując obroty gnoma kilkakrotnym wyłączaniem kontaktu, usiadł na zabezpieczonym przez żołnierzy wąskim pasie ziemi. Wrzask widzów zagłuszył warkot motoru. Isaac powiódł wzrokiem po roześmianych twarzach i odetchnął z ulgą. W tłumie dostrzegł Archiego Abbotta, stojącego o własnych siłach, bladego, ale pogodnego. Obok, przytulona do jego ramienia, uśmiechała się Lillian. Kilka chwil zajęło mu rozpoznanie stojącej razem z nimi wysokiej, elegancko ubranej brunetki. Danielle Di Vecchio z dumą wpatrywała się w maszynę skonstruowaną przez ojca. Koło niej stał zdecydowanie gorzej ubrany, ale bardzo szczęśliwy Andy Moser. Najwyraźniej linie kolejowe opróżniły tory, by przepuścić pociąg specjalny agencji Van Dorna.

Gdy Bell wreszcie zeskoczył na ziemię, natychmiast pojawił się przy nim Weiner z księgowości, wraz z wiernym pocztem asystentów, których sporą gromadkę nazbierał w trakcie wyścigu.

– Gratulacje, panie Bell.

– Za cóż to? – zdziwił się Isaac.

– Wygrał pan.

– Co takiego wygrałem?

– Wielki Wyścig Lotniczy Atlantyk-Pacyfik. Puchar Whiteewaya jest pański.

– Co pan wygaduje, panie Weiner?

Księgowy wyjaśnił, że lecąc „Orłem" za Josephine, zaliczył wszystkie odcinki wyścigu i wylądował na mecie jako pierwszy, z najlepszym czasem.

– Przecież nie brałem udziału w wyścigu. Jak mógłbym wygrać?

– Jestem dyplomowanym księgowym, proszę pana. Razem ze swoimi asystentami pilnuję każdej minuty lotu wszystkich zawodników. Wygrał pan, bez dwóch zdań.

– Ale ja nie jestem zarejestrowanym uczestnikiem. Nie mam nawet licencji pilota.

Weiner, jak się okazało, wiele się nauczył podczas nadzorowania wyścigu, dzięki czemu, będąc wybitnym księgowym, stał się jednocześnie specjalistą od reklamy.

– Jestem pewien – odparł, mrugnąwszy porozumiewawczo – że pan Whiteway przymknie oko na pewne drobne uchybienia regulaminowe, gdy zrozumie, jak wiele wydań jutrzejszej gazety sprzeda, jeśli na pierwszej stronie przedstawi jako zwycięzcę wyścigu przystojnego detektywa zaręczonego z piękną jasnowłosą reżyserką filmową. A teraz pozostawiam pana sam na sam z wielbicielami.

Wskazał tłum fotografów i dziennikarzy, gotowych do rzucenia się na świeżo upieczonego zwycięzcę.

– Proszę się nie martwić o szczegóły, panie Bell. Zrobimy z pana najsławniejszego człowieka w Ameryce.

Na boku, z dala od tego całego bałaganu, Isaac zobaczył obandażowanego Walta Hatfielda, który wraz z Jamesem Dashwoodem celebrował szczęśliwe zakończenie lotniczej przygody. Panowie wymieniali się butelką i ćmili cygara. Dash rozkaszlał się od dymu. Teksańczyk klepnął go mocno w plecy. Młody detektyw zareagował błyskawicznie, wyciągając z rękawa nowego derringera, po czym obaj wybuchli gromkim śmiechem. Patrząc na ich radosne przekomarzanki, Bell uświadomił sobie, że jeśli odbierze Puchar Whitewaya, pozycja najsławniejszego człowieka w Ameryce uniemożliwi mu kontynuowanie pracy głównego śledczego Agencji Van Dorna.

Marion Morgan przyjechała taksówką. Pokazała operatorom miejsca, w których mają ustawić kamery, a potem obdarzyła Bella zniewalającym uśmiechem i przypomniała swoim asystentom, że mają pilnować, aby nie znalazł się w kadrze.

Preston Whiteway nadjechał tuż po niej w furgonetce dostawcy gazet, prowadzonej przez kierowcę zdemolowanego niedawno rolls-royce'a.

– Kto wygrał? – huknął.

Weiner z księgowości popatrzył na Bella.

– Ma pan go w zasięgu wzroku – rzekł detektyw.

– Znaczy kto?

Isaac jeszcze raz spojrzał w stronę wiwatującego tłumu, a potem odwrócił się na pięcie i wskazał palcem w niebo. Lśniący rewolucyjną czerwienią „Oswobodziciel" Joego Mudda zakołysał się niepewnie nad wzgórzem, skorygował kurs zgodnie z kierunkiem morskiego wiatru i opadł na trawę.

– Związki? – jęknął Whiteway

– Murarze, kamieniarze, tynkarze i palacze kolejowi.

– Mój wyścig wygrali związkowcy?

– Niech pan powie czytelnikom, że ciężko na to pracowali.

Marion, Archie i Lillian zostali w tłumie, podczas gdy Andy i Danielle pomagali Bellowi przy uzupełnianiu poziomu paliwa w latającej maszynie. Moser zapewniał detektywa, że aeroplan jest w pełni sprawny, mimo kilku dziur po kulach.

– Profesor Di Vecchio zmajstrował naprawdę solidne ustrojstwo, prawda, Danielle? – powtarzał co chwilę.

– *Elastico*! – zawołała Danielle, obdarzając ich pięknym uśmiechem. – Tata byłby dumny z was obu.

– Bardzo ułatwił nam zadanie – odparł Isaac.

Potem podszedł do Marion Morgan i wziął ją za rękę.

– Obiecałem ci przejażdżkę.

Marion wcisnęła się za nim do kabiny i objęła go w pasie. Andy zakręcił śmigłem i Bell wystartował po krótkim rozbiegu. „Orzeł" szybko nabierał wysokości w wilgotnym morskim powietrzu.

Gdy znajdowali się już wysoko nad błękitnymi wodami zatoki San Francisco, Isaac wyłączył silnik.

W tej chwili jedynym słyszalnym dźwiękiem był szum wiatru pośród linek usztywniających skrzydła. Isaac odwrócił się i pocałował narzeczoną.

– Moja droga, nie wylądujemy, dopóki nie ustalimy daty ślubu.

Marion oddała mu pocałunek. Jej wzrok wędrował z błękitu zatoki przez zieleń półwyspu do słońca, zsuwającego się ze szkarłatnych chmur w wody Pacyfiku. Pocałowała go jeszcze raz i pochyliła się, aby położyć głowę na jego ramieniu.

– Jest tak cudownie – powiedziała. – Zostańmy tu w górze już na zawsze.